Jul i Ridgewater

I Australiens lantliga hjärta: starka kvinnor och oförglömliga hästar

Caitlyn Lynch

Shenanigans Press

För förfrågningar om tillstånd, vänligen kontakta:
Shenanigans Press
PO Box 323, MORAYFIELD QLD 4506 AUSTRALIEN
E-post: admin@shenaniganspress.com

Innehållsförteckning

Jack

Den här serien hade aldrig kunnat skrivas utan de generösa hästexperter från branschens alla hörn som delade med sig av sin kunskap – i de flesta fall utan att ha den blekaste aning om varför jag ställde dessa till synes galna frågor.

Charlotte, enastående hästveterinär

Caleb, en hovslagare som är både prisvärd och pålitlig (guld värt!)

Emma, en Masterson-terapeut med verkligt magiska händer

Tamara, omskolare och tränare av före detta galopphästar

Och hästfolket i Elimbah, som just nu kämpar för sina hem mot den ostoppbara jätten Main Roads, en kamp som inspirerade familjen McKenzies strid om förbifarten.

Kapitel ett

Zoe Webb kisade mot den redan skarpa morgonsolen i Queensland när hon rörde sig över Ridgewaters huvudgård. Redan tidigt i november dallrade hettan från ladornas plåttak, vilket utlovade en stekhet dag och fick Zoe att oroa sig för de ännu hetare sommardagar hon hade blivit varnad för skulle komma. Hon stoppade en bångstyrig lock bakom örat och tittade på klockan. Den var strax efter sex och temperaturen hade redan stigit till en obekväm nivå. Sex månader i Australien hade ännu inte fått henne att vänja sig vid det obevekliga solskenet, men de tidiga morgnarna, när världen kändes nyfödd och hästarna gnäggade mjukt i väntan på frukost, kändes inte så annorlunda från England. Det var bara mycket mindre risk att bli dyngsur eller genomfrusen, och hon log vid tanken.

Den prydligt maskinskrivna listan över klienter och lektioner stirrade upp på henne från skrivplattan hon hade tagit från skrivbordet på kontoret. Pip hade organiserat allt minutiöst innan hon åkte på sin semester till Tasmanien med Jake. Namn, tider, tilldelade ponnyer, särskilda anteckningar om varje ryttare, allt var prydligt uppradat. Zoe följde schemat med fingret, förberedde sig mentalt för varje lektion och föreställde sig de övningar hon skulle använda med de olika barnen och deras ponnyer.

”Nåväl”, mumlade hon för sig själv, hennes brittiska accent fortfarande stark trots månaderna på Ridgewater. ”Först ut klockan sju, Lucy Wareham på Foxie. Första lektionen, fullständig nybörjare.”

Hon tystnade och knackade med pennan mot anteckningen. Lucys pappa var Danny Wareham, journalisten. Hon kom ihåg honom från Kates senaste intervju, den som hade hjälpt till att återställa Kates rykte. Marcus hade nämnt att Danny Wareham nyligen hade flyttat till området med sin unga dotter. Kate hade verkat imponerad av hans integritet, vilket sa en hel del med tanke på familjens allmänna misstänksamhet mot pressen och den tuffa behandling Kate nyligen fått utstå av dem efter att hennes häst misslyckats i ett drogtest, på grund av sabotage från en medtävlare. Zoe själv hade träffat Wareham när han besökte Ridgewater med Kate, och hade blivit glatt överraskad av hans genuina intresse och eftertänksamma, snarare än påträngande, frågor.

Knastret från däck på grus avbröt hennes tankar. En nyare europeisk sedan svängde in på parkeringen, lite dammig från landsvägarna. Zoe såg Wareham stiga ur, en lång, smal man med kort brunt hår. Han såg åtminstone ut att passa in här, i sina välanvända blåjeans, slitna kängor och en enkel grå T-shirt.

Det var dock den lilla gestalten som studsade upphetsat bredvid honom som fångade hennes uppmärksamhet. Flickan, förmodligen Lucy, nästan vibrerade av entusiasm.

Hennes bruna lockar glänste i morgonljuset när hon drog i sin pappas hand och pekade mot hagarna, där flera ponnyer betade.

”Pappa! Titta! Ska en av dem bli min? Undrar om jag får rida den prickiga?”

Zoe log åt barnets upphetsning men lade märke till Dannys kroppsspråk. Han hade armarna i kors över bröstet, fötterna brett isär och blicken svepte över gården med ett vaksamt uttryck. Hon kände igen den beskyddande hållningen hos en ensamstående pappa, efter att ha sett den otaliga gånger i sitt arbete med barn och hästar.

Hon stoppade in skrivplattan under armen och gick fram till dem. Hon sträckte fram handen mot Danny med ett professionellt leende samtidigt som hon böjde sig ner till Lucys nivå.

”God morgon! Du måste vara Lucy! Trevligt att se dig igen, Mr Wareham. Jag är Zoe Webb. Pip vikarierar för mig idag – jag menar, jag vikarierar för Pip.” Hon skakade på huvudet och skrattade åt sin egen felsägning. ”Jag är fröken Zoe, och jag kommer att vara din instruktör idag, Lucy.”

Dannys handslag var fast, och han studerade henne eftertänksamt. ”Är det du som är hästbeteendespecialisten? Jag minns att jag såg dig när jag var här med Kate.”

”Det stämmer”, bekräftade Zoe. ”Jag har varit i Australien i ungefär sex månader nu. Hästterapi är min vanliga roll, men jag hjälper till med lektioner här när det behövs.”

Lucy kikade upp på Zoe genom ögonfransarna och frågade med en tyst, liten röst: ”Vilken ponny ska jag få rida? Är det den prickiga? Han är så söt!”

Zoe log varmt mot flickan, som hade blivit blyg så fort Zoe närmat sig. ”Den prickiga heter Freckles, och han är lite för avancerad för en första lektion. Vi har en jättefin fuxfärgad ponny som heter Foxie utvald till dig. Hon är snäll och tålig, perfekt för nybörjare."

"Vad betyder fuxfärgad?" frågade Lucy och rynkade pannan.

"Det betyder att hon är rödbrun, som färgen på, ja, kastanjer", förklarade Zoe och stakade sig lite när hon försökte komma på en australisk motsvarighet – hon var inte säker på att de hade kastanjeträd här. "Eller rävar. Ni har väl rävar här ute? Det är därför hon heter Foxie." Hon pratade för fort, en dålig vana när hon var nervös. Och det var hon, lite grann. Även om hon hade utbildat sig till instruktör i Storbritannien hade hon aldrig undervisat särskilt mycket och Pips rykte vilade på hennes kompetens. Sättet Danny Wareham iakttog henne på, som om han väntade på att hon skulle göra bort sig, fick tungan att slå knut på sig.

Danny harklade sig, med armarna fortfarande i kors. "Och hur erfaren är den här Foxie med barn? Särskilt fullständiga nybörjare? Lucy har aldrig suttit på en häst förut."

Den beskyddande tonen i hans röst var omisskännlig. Zoe rätade på sig till sin fulla längd, även om hon fortfarande var tvungen att se upp för att möta Dannys blick.

"Foxie har lärt barn att rida på Ridgewater i åtta år utan en enda incident", försäkrade hon honom. "Hon är vad vi i hästvärlden kallar bombsäker. Det betyder väldigt lugn och stabil, även om något oväntat händer. Pip har noggrant matchat henne med Lucy baserat på temperament och storlek."

"Och hur är det med säkerhetsutrustning?" insisterade Danny och såg sig omkring på gården. "Hjälmar? Säkerhetsvästar?"

Zoe undertryckte ett leende. Det här var långt ifrån hennes första möte med oroliga föräldrar. "Vi har ett urval av godkända säkerhetshjälmar i olika storlekar i hjälmrummet. Lucy kommer inte att sitta upp förrän hon har fått en som passar ordentligt; ingen på Ridgewater sitter upp på en häst utan ridhjälm. Det är en osviklig regel på grund av våra försäkringskrav. Vi har även säkerhetsvästar tillgängliga, men på en första lektion i skritt i en inhägnad ridbana tycker de flesta nybörjare att de är begränsande. Men Lucy får gärna ha en på sig om du föredrar det."

Dannys hållning slappnade av en aning. "Och du kommer att leda ponnyn hela tiden?"

"Under den första lektionen, ja, det räknar jag med", bekräftade Zoe. "Lucy kommer att lära sig grundposition, hur man håller tyglarna och enkla kommandon, men jag kommer att ha kontroll över Foxie tills jag är säker på att Lucy har koll på grunderna."

Lucy tittade vädjande på sin pappa. "Kan vi börja nu? Snälla pappa?"

Danny tog äntligen ner armarna och lade en hand på sin dotters axel. "Vi hämtar en hjälm till dig först, Luce."

Zoe tittade på klockan. "Ni är här i god tid." Ridgewater bjöd in klienter att komma upp till en timme före sina lektioner för att hjälpa till att förbereda sina hästar. Deras filosofi lade stor vikt vid bandet mellan häst och ryttare, vilket inte kunde skapas enbart genom tid i sadeln. Zoe gillade verkligen detta tillvägagångssätt. Familjen Wareham hade inte kommit så tidigt den här gången, men det hade Zoe inte förväntat sig; hon hade redan sadlat Foxie. "Vi har gott om tid för att Lucy ska känna sig bekväm med allt innan lektionen officiellt börjar." Hon pekade mot stallbyggnaden. "Hjälmrummet är åt det här hållet. Jag är säker på att du vill träffa Foxie, Lucy, men låt oss fixa din hjälm först."

Dannys ansiktsuttryck mjuknade en aning. Zoe skulle normalt ha föreslagit att barnet fick träffa ponnyn först och ta på sig hjälmen precis före lektionen, men hon misstänkte att Danny var en lite överbeskyddande förälder.

Att fokusera på säkerheten först var mer sannolikt att vinna över honom.

”Okej”, höll han med. ”Visa vägen.”

Medan Zoe ledde dem mot hjälmrummet gjorde hon en mental anteckning att lägga till i klientanteckningarna efter lektionen: *Lucy Wareham, entusiastisk nybörjare, beskyddande pappa. Ta extra tid med säkerhetsförklaringar för att lugna pappan.* Av erfarenhet visste hon att det ibland var lika viktigt att undervisa föräldern som att undervisa barnet.

Hjälmrummet var ett litet, prydligt utrymme som doftade svagt av desinfektionsmedel från våtservetterna de använde för att rengöra hjälmarna mellan ryttarna. Hyllor längs tre väggar var fyllda med hjälmar i olika storlekar, var och en prydligt märkt. En anslagstavla på den fjärde väggen, ovanför klädstången med säkerhetsvästar, visade dussintals foton av leende barn på hästryggen. Zoe tände taklampan och bad Lucy att sätta sig på den lilla bänken i mitten av rummet.

”Okej då, låt oss hitta en hjälm som passar dig ordentligt”, sa hon och granskade hyllorna. Danny stod kvar i dörröppningen, med armarna i kors igen, och tittade noga på.

”Är alla dessa säkerhetscertifierade?” frågade han och nickade mot raderna av hjälmar.

Zoe valde en marinblå hjälm från mittersta hyllan. ”Absolut. Alla våra hjälmar uppfyller gällande australiska säkerhetsstandarder, rengörs mellan ryttare och kontrolleras regelbundet för skador eller slitage.” Hon vände på hjälmen för att visa Danny certifieringsetiketten på insidan. ”Vi kasserar dem efter varje islag, även mindre sådana, och byter ut dem med några års mellanrum oavsett användning.”

Lucy såg förhoppningsfull ut. ”Kan jag få en rosa?”

”Låt oss fokusera på passformen först”, föreslog Zoe och böjde sig ner framför Lucy. ”Den säkraste hjälmen är den som sitter ordentligt. Vi har ett par olika märken, och de passar lite olika huvudformer och storlekar.”

Hon placerade försiktigt den marinblå hjälmen på Lucys huvud. ”För stor”, mumlade hon och tog av den omedelbart. ”Vi vill att den ska sitta rakt, ungefär två fingerbredder ovanför dina ögonbryn.”

Danny tog ett steg längre in i rummet. ”Hur vet man om den är för tajt eller för lös?”

”Bra fråga”, sa Zoe och valde en mindre hjälm från en lägre hylla. ”En lös hjälm kommer att röra sig om man skakar på huvudet, vilket motverkar syftet. En för tajt hjälm orsakar huvudvärk eller tryckpunkter.” Hon demonstrerade genom att trycka fingertopparna mot sin tinning. ”När den sitter ordentligt ska hjälmen få huden i pannan att röra sig när man vrider den försiktigt, men inte glida runt av sig själv.”

Hon satte den mindre hjälmen på Lucys huvud och justerade den. ”Hur känns det, Lucy? Några ställen som klämmer?”

Lucy rynkade på näsan. ”Det känns konstigt.”

”Konstigt hur då?” frågade Danny, omedelbart oroad.

”Ridhjälmar känns annorlunda än cykelhjälmar”, förklarade Zoe och kontrollerade passformen runt Lucys tinningar. ”De är utformade för att skydda olika delar av huvudet och för olika typer av fall.” Hon vickade lite på den innan hon rynkade pannan och tog av den. ”Fortfarande inte riktigt rätt. Låt oss prova en annan.”

Medan Zoe valde en tredje hjälm, vandrade Dannys blick till anslagstavlan med foton. Hon lade märke till att hans uttryck mjuknade när han såg bilderna på barn som strålade av framgång.

”Det där är Pips stolthetsvägg”, sa Zoe. ”Varje foto är en milstolpe; första traven utan ledare, ett första hopp, att vinna en rosett. Den lilla blonda flickan på flera av bilderna är Jemima, Emmas dotter. Hon började också på Foxie, precis som Lucy ska göra idag. Jag var inte här då, men jag har hört att Jim McKenzie köpte Foxie i ettårspresent till Jemima.” Hon log brett mot Danny och bjöd in honom att dela det absurda i idén; att köpa en ponny till en ettåring! Ett mycket svagt leende ryckte i hans mungipor.

”Var är Jemima nu? Fick hon rida större hästar?” frågade Lucy.

Zoe skrattade och satte den tredje hjälmen på Lucys huvud, den här var rosa som önskat. ”Jemima? Hon tävlar i hoppning nu på sitt fullblod, Pepper. Känner du henne? Ni måste vara ungefär lika gamla. Går du på Ridgemont Primary?”

Lucy tittade närmare på fotona och hennes ögon lyste upp. ”Åh, Jemima McKenzie! Ja, hon går i min klass! Hon är snäll.”

Danny såg lite förvånad ut, men nöjd. ”Det var bra att höra, lilla vän.” Han vände sig till Zoe och sänkte rösten. ”Hon började på Ridgemont först den här terminen. Det är inte lätt att börja mitt i året, men det verkar vara en bra skola.”

Den här hjälmen verkade passa bättre. Zoe gjorde små justeringar, kontrollerade avståndet ovanför Lucys ögonbryn och såg till att sidoremmarna bildade ett ”Y” precis under hennes öron.

”Den här ser lovande ut. Låt oss justera hakremmen.” Hon arbetade med hakremmen, spände den tills hon kunde få in två fingrar tätt mellan remmen och Lucys haka. ”Remmen ska sitta så pass tajt att om du gapar stort känner du hur hjälmen dras ner lite.”

Lucy gapade i en överdriven rörelse och fnissade sedan. ”Det kittlar mig på hakan!”

”Det är så vi vet att den sitter rätt.” Zoe log och stoppade undan en lös hårslinga från remmen. ”Hår som fastnar i spännet kan dra, så det är bra att se till att håret är ordentligt uppsatt ur vägen.”

Danny hade kommit närmare och följde processen med intresse. ”Men om hon ramlar? Hur bra skyddar de här egentligen mot hjärnskakning?”

Zoe tog ett andetag och kände igen rädslan i hans fråga. Hon hade hört den från otaliga föräldrar. ”Ingen hjälm kan garantera fullständigt skydd, men moderna ridhjälmar är utformade för att absorbera stötar och fördela kraften. Vi tar fall på allvar här.” Hon pekade på en pärm på en hylla under anslagstavlan. ”Det där är vår incidentrutin. För nybörjare som Lucy minimerar vi risken genom att använda våra mest pålitliga ponnyer, leda dem hela tiden och lära ut korrekt position från början.”

”Och hur många fall har det varit under första lektioner?” frågade Danny.

”Med Pips nybörjare på lina? Inga, någonsin”, sa Zoe. ”Särskilt Foxie har ett oklanderligt säkerhetsfacit. Vi för individuella register över varje häst och ponny på Ridgewater, och Foxie har inte en enda säkerhetsincident i sin fil.”

Lucy hade suttit tålmodigt med hjälmen på, men nu vred hon på sig av spänning. ”Kan vi gå och titta på Foxie nu? Snälla?”

Zoe gjorde en sista justering av hjälmen. ”Den här passar bra. Hur känns den, Lucy? Några tryckpunkter?”

”Den känns okej”, sa Lucy, uppenbart mer intresserad av att träffa sin ponny.

”Skaka på huvudet från sida till sida.” Lucy gjorde som hon blev tillsagd och hjälmen satt kvar. ”Och nu upp och ner.” Hjälmen rörde sig med Lucys huvud, inte oberoende av det.

”Perfekt”, förklarade Zoe. Hon tittade upp på Danny. ”Vad tycker du, Mr Wareham? Nöjd?”

Danny studerade sin dotter. ”Den ser säker ut. Och snälla, kalla mig Danny. ’Mr Wareham’ får mig att känna mig som om jag är på jobbet.”

Zoe noterade den lilla avslappningen i hans hållning. Han var fortfarande vaksam, men mindre stel än tidigare. Framsteg.

”Danny blir det, då”, sa hon och log. ”Skulle du vilja se vår lektionsarena innan vi presenterar Lucy för Foxie? Jag kan gå igenom våra säkerhetsåtgärder med dig.”

”Ja”, svarade Danny, ”det skulle jag uppskatta.”

Lucy hoppade ner från bänken, med sin nya hjälm säkert fastspänd. ”Pappa, du är så pinsam”, viskade hon, tillräckligt högt för att Zoe skulle höra.

”Det är mitt jobb, Luce”, svarade han och rufsade henne försiktigt i håret. ”Jag ser bara efter dig. Men ... okej då. Fröken Zoe verkar ha svar på alla frågor jag kan ställa, och jag är inte här för att förstöra det roliga för dig. Nu ska du få din ponnytid.”

Zoe noterade Lucys hjälmstorlek på sin skrivplatta och gav far och dotter ett ögonblick. Enligt hennes erfarenhet blev de mest beskyddande föräldrarna ofta de mest stöttande när deras oro hade bemötts. Danny Wareham kanske hängde över henne nu, men det var uppenbart att under försiktigheten fanns en pappa som ville att hans dotter skulle uppleva glädje och framgång.

”Nåväl”, sa hon glatt och stoppade in skrivplattan under armen. ”Ska vi gå och träffa Foxie då? Jag tror ni två kommer att komma strålande överens.”

Foxie stod tålmodigt och väntade i stallgången, hennes fuxfärgade päls glänste som polerad koppar. Zoe strök en mild hand nerför ponnyns hals och kontrollerade att borstningen hon gjort tidigare inte hade missat några ojämna fläckar. Foxies utrustning var enkel men oklanderlig: en väl underhållen lädersadel med säkerhetsstigbyglar, ett korrekt justerat nosband på ett träns med gummibett, och tyglar med färgade band för att hjälpa Lucy att lära sig handpositionen.

Lucy närmade sig med stora ögon och lite tveksamma steg, uppenbarligen lite nervös nu när sanningens ögonblick var inne. Danny följde ett steg bakom, redo att ingripa vid första tecken på problem.

”Det här är Foxie”, sa Zoe och pekade på den lugna ponnyn. ”Hon är sexton, vilket i ponnyår gör henne mycket erfaren och klok, men inte riktigt en gammal dam än. Hon har många år kvar av att lära barn precis som du.”

”Hon är så vacker”, andades Lucy. ”Får jag röra henne?”

”Självklart. Kom och ställ dig här bredvid mig så ska jag visa dig hur du ska hälsa på henne ordentligt.”

Danny harklade sig. ”Finns det något hon inte borde göra? Något ponnyn inte skulle gilla?”

Zoe log. ”Vi försöker att aldrig överraska en häst, eftersom de är bytesdjur och de blir rädda för överraskningar och kanske vill springa iväg. Ser du hur deras ögon sitter på sidorna av huvudet? Deras synfält är riktigt bra åt sidorna, medan vi ser bättre rakt fram. Så det är alltid bra att närma sig en häst från sidan.”

Hon ledde Lucy fram och placerade henne vid Foxies bog. ”Håll ut handen platt, så här.” Zoe visade. ”Låt henne nosa på dig först. Det är så hästar säger hej.”

Lucy följde instruktionen och fnissade när Foxies morrhår kittlade hennes handflata. ”Hennes mule är så mjuk!”

”Nu kan du klappa henne på halsen, med lugna, platta händer”, sa Zoe och visade. ”Klappa inte hårt. Du kommer inte att skada henne om du gör det, men hästar föredrar jämna strykningar.”

I ögonvrån noterade Zoe Dannys vita knogar, hans händer knutna mot låren. Hon hade sett den blicken många gånger, den beskyddande föräldern som slits mellan att vilja att deras barn ska uppleva något nytt och instinkten att skydda dem från fara. Han kämpade mot impulsen att dra tillbaka Lucy till ett säkert avstånd.

”Okej då”, sa Zoe, efter att ha gett Lucy några minuter att knyta an till Foxie. ”Är du redo att sitta upp?”

Lucy nickade entusiastiskt. Danny flyttade vikten från den ena foten till den andra.

”Låt oss ta henne till ridbanan. Jag ska visa dig hur man leder henne säkert.” Zoe tog av grimman från Foxies träns och gav Lucy tyglarna, visade henne hur man håller dem i båda händerna, stadigt men inte så nära Foxies mun att det blev obekvämt för ponnyn. Foxie, som var mycket van vid barn, följde fogligt så fort Lucy tog ett steg, och de gick tillsammans till den takförsedda ridbanan.

”Var ...” frågade Danny och stannade vid grinden.

”Du kan välja”, svarade Zoe. ”Det finns en läktare här ute, men om det får dig eller Lucy att känna er säkrare är du välkommen att följa med oss in under den här första lektionen. När Lucy har suttit upp är pallen en ganska bekväm sittplats.”

Danny såg lite obekväm ut, som om han insåg att han hängde över dem. ”Vad tycker du, Luce?” frågade han och lät sin dotter bestämma.

”Du kan sitta med den här första gången, pappa”, bestämde Lucy, och Dannys läppar ryckte till, som om han ville skratta åt sig själv.

”Tja, det uppskattar jag”, sa han, stängde grinden bakom dem och följde efter Zoe, Lucy och Foxie till uppsittningspallen.

”Det allra första man lär sig är hur man sitter upp säkert”, förklarade Zoe och riktade sina ord till både barn och far. ”Vi sitter alltid upp från vänster sida. Det är bara tradition inom ridning.” Hon placerade Lucy bredvid uppsittningspallen, där Foxie, det gamla proffset, redan hade ställt sig i position. ”Vi använder den här pallen för att göra det lättare att komma upp utan att dra i sadeln, vilket skulle vara obekvämt för Foxie. Nu kollar vi först att vår sadelgjord är spänd, så att sadeln inte glider när du sitter upp, och drar ner våra stigbyglar. Jag gissade längden baserat på din längd, men vi justerar dem när du är uppe. Vi drar upp dem när vi inte rider så att de inte svingar mot Foxies sidor och irriterar henne."

Zoe guidade Lucy genom varje steg och förklarade tydligt. "Vänster fot i stigbygeln, håll i tyglarna och lite man i din vänstra hand för balans, och svinga ditt högra ben över försiktigt. Jag hjälper dig att sätta din andra fot i stigbygeln."

Lucy följde instruktionerna noggrant. Väl i sadeln sprack hennes ansikte upp i ett strålande leende, den där blicken som en hästälskare aldrig tröttnar på, det magiska ögonblicket när ett barn för första gången sitter på en häst och inser att de verkligen gör det.

"Perfekt", berömde Zoe och justerade Lucys stigbyglar till rätt längd. "Nu ska vi kolla din position. Sitt upp rakt, som om det finns en tråd som drar dig rakt upp från toppen av din hjälm. Axlarna bakåt och avslappnade."

Hon korrigerade försiktigt Lucys benposition. "Hälarna ner, tårna pekar framåt. Tänk på dina ben som att de kramar Foxie försiktigt, som om de ger henne en liten kram."

Danny hade smugit sig närmare, hans uppmärksamhet helt på sin dotter. Zoe märkte att hans andning hade blivit snabbare, hans uttryck oroligt.

"Hon sitter väldigt säkert där uppe", försäkrade Zoe honom tyst medan hon justerade Lucys händer på tyglarna. "Sadeln är utformad för nybörjare, med ett djupare säte än de flesta. Vi har faktiskt extraremmar till den för funktionshindrade ryttare, som Foxie också undervisar, men Lucy behöver dem inte." Hon vände kort på huvudet för att ge Danny ett leende. "Jag brukar säga att det faktiskt är mycket lättare än att cykla. Hästar ramlar inte omkull när man slutar trampa."

Det gav henne ännu ett litet leende från Danny, och en nick.

Lucy vickade lite på sig för att vänja sig vid känslan. ”Det känns så högt upp! Jag är nästan lika lång som du här uppe, pappa!”

”Du är jätteduktig”, uppmuntrade Zoe. ”Nu ska jag leda Foxie medan du vänjer dig vid rörelsen. Allt du behöver göra är att sitta rakt och slappna av. Foxie kan sitt jobb.”

Zoe hakade fast sitt grimskaft i Foxies träns och började leda ponnyn i en lugn cirkel. Lucy svajade lite i början, men började sedan hitta sin balans, och hennes inledande stelhet smälte bort till en mer naturlig hållning.

”Precis så”, berömde Zoe. ”Du matchar hennes rytm vackert, Lucy. Hur känns det?”

”Det är studsig! Men en bra sorts studsig”, svarade Lucy, och hennes leende blev bredare.

Efter några varv visade Zoe Lucy hur man håller tyglarna ordentligt, med hjälp av de färgade banden för att göra det lättare att förstå rätt grepp.

”Rött går mellan ditt lillfinger och ringfinger, och blått mellan ditt pekfinger och tumme, med tummen överst”, förklarade Zoe. ”När du vill att Foxie ska stanna, ska du försiktigt krama med fingrarna och sitta extra rakt och säga ’proo’ med en lugn röst.”

De övade på att starta och stanna, och Lucys självförtroende växte med varje lyckat kommando. Zoe sneglade på Danny och var glad att se att hans spända hållning hade slappnat av, även om han inte hade satt sig ner på pallen och hans ögon aldrig lämnade hans dotter.

”Du är så duktig, jag tror vi kan prova lite trav”, föreslog Zoe efter femton minuter. ”Det är lite studsigare än skritt, men jag kommer att hålla dig säker. Försök bara att slappna av och röra dig med Foxie.”

”Kommer jag att ramla av?” frågade Lucy, och ett uns av oro syntes i hennes ansikte.

”Jag kommer att vara precis här och hålla i både dig och Foxie”, försäkrade Zoe henne. ”Och kom ihåg, du har din hjälm som skyddar dig. Men Foxie har gjort det här i flera år, och hon är väldigt snäll mot nybörjare.”

Lucy bet ihop med beslutsamhet. ”Jag vill prova.”

Zoe positionerade sig så att hon kunde leda Foxie och stödja Lucy om det behövdes. ”Redo? Nu kör vi. Bara några steg i trav.”

Hon smackade på Foxie, som lydigt började trava i en långsam, mjuk trav. Lucy studsade komiskt under de första stegen, med ögonen vidöppna av förvåning, och brast sedan ut i ett förtjust skratt när hon började hitta rytmen.

”Jag gör det! Pappa, titta, jag travar!”

Zoe sneglade över och såg förvandlingen i Dannys ansikte, oron som gav vika för stolthet och glädje när han såg sin dotter lyckas.

”Jag ser dig, Luce! Du är jätteduktig!” ropade han.

Efter den korta traven återgick Zoe till skritt och började lära Lucy hur man styr, med hjälp av milda tygeltag för att dirigera Foxie.

”Om du vill svänga höger, öppna din högra hand lite – det betyder att du tar ut den åt sidan – och titta dit du vill gå”, förklarade Zoe. ”Foxie kan känna även små rörelser i tyglarna.”

Lucy koncentrerade sig intensivt, med tungan utstickande mellan tänderna när hon navigerade Foxie genom en serie vida kurvor, och slutligen en komplett åtta. När hon var klar med mönstret lyste hennes ansikte upp av framgång.

”Jag klarade det! Såg du, pappa? Jag fick henne att gå precis dit jag ville!”

”Jag såg det, älskling”, ropade Danny tillbaka, med ett äkta leende på läpparna för första gången. ”Du är en naturbegåvning.”

Den fyrtiofem minuter långa lektionen gick snabbt. Snart förklarade Zoe hur man sitter av säkert. Lucys ansikte föll vid nyheten att hennes tid med Foxie närmade sig sitt slut.

”Men vi har ju precis börjat”, protesterade hon, även om Zoe kunde se tröttheten i hennes kropp, ovan vid de nya muskler som ridning krävde.

”Dina muskler behöver tid för att vänja sig vid ridning”, förklarade Zoe mjukt. ”Det är bättre att sluta medan allt går bra, så att du lämnar med en positiv upplevelse. Nästa gång kommer du att vara redo att göra mer.”

”Nästa gång?” Lucy piggnade till. ”När kan jag komma tillbaka?”

Zoe hjälpte Lucy att sitta av och stödde henne när hennes ben vacklade lite på fast mark. ”Det är upp till din pappa”, sa hon och sneglade mot Danny.

”Kan vi komma tillbaka snart, pappa?” bönföll Lucy och rusade över till honom på ostadiga ben. ”Snälla? Foxie är den bästa ponnyn någonsin, och fröken Zoe säger att jag är bra på det!”

Danny tittade från sin dotters hoppfulla ansikte till Zoes, sedan till Foxie, som stod tålmodigt i närheten.

”Vi kan väl se när Zoe, eller Pip, har en ledig tid härnäst”, medgav han, och ett leende mjukade upp hans drag. ”Om det är möjligt?”

”Jag tror att Pip skulle bli överlycklig att lägga till Lucy på sin vanliga lista”, svarade Zoe, oförmögen att dölja tillfredsställelsen i sin röst. ”Hon är inte tillbaka på tre veckor, men om ni vill komma innan dess har jag en tid klockan halv fem på fredag, om en eftermiddagstid skulle passa. Vi är fullbokade på helgen, men när Lucy får lite mer erfarenhet finns det några grupplektioner med lediga platser hon skulle kunna gå med i. Vilket blir billigare”, lade hon till, osäker på om priset var en faktor. Hon hade ingen aning om hur mycket journalister tjänade, men man körde inte en fin, nyare europeisk sedan om man hade det knapert.

”Fredag eftermiddag skulle vara toppen”, sa Danny.

Lucy slog armarna om sin pappas midja. ”Tack, tack, tack!”

Medan Danny klumpigt klappade sin dotters rygg möttes hans och Zoes blickar över Lucys huvud. Vaksamheten hade ersatts av något varmare – tacksamhet, kanske, eller nyvunnen respekt.

”Vi ses på fredag”, sa han. ”Och ... tack. Du är uppenbarligen väldigt bra på det du gör.”

Zoe log och gav Foxie en uppskattande klapp. ”Ponnyerna gör det mesta av undervisningen. Vi bara översätter åt dem tills barnen lär sig att kommunicera själva. Lucy, jag förstår att du måste till skolan idag, så jag sadlar av Foxie åt dig. Men nästa gång, om du kan komma hit femton minuter tidigare, ska jag visa dig hur du sätter på hennes sadel och träns också.”

Lucys ivriga ansiktsuttryck talade om för Zoe att hon skulle släpa sin far direkt till Ridgewater från skolan om hon fick bestämma. Zoe kunde höra barnets upphetsade pladder hela vägen tillbaka till deras bil medan hon ledde Foxie tillbaka till stallet.

Kapitel två

På fredagsmorgonen gick Zoe raskt genom ladan, kontrollerade vattenhinkar och hönät och gick igenom sin mentala checklista över dagens göromål. Den lugna rytmen i morgonrutinen hade blivit tryggt och välbekant under hennes sex månader i Australien, även om hon fortfarande ibland kom på sig själv med att sträcka sig efter en regnjacka av gammal engelsk vana när hon gick ut.

Hon stannade till utanför Foxies box och log när den fuxfärgade ponnyn gnäggade mjukt av igenkänning. "God morgon, min lilla pärla. Redo för en ny lektion med Lucy i eftermiddag?" Zoe sträckte sig efter en morotsbit i fickan och erbjöd den på sin flata hand. "Hon är helt förtjust i dig, vet du. Inte för att jag är förvånad, du är briljant med nervösa nybörjare."

Foxies mjuka läppar kittlade Zoes handflata när hon finkänsligt tog godbiten. Ponnyns milda natur hade gjort Lucys första lektion till en rungande framgång, trots hennes fars uppenbara oro. Åtminstone hade Danny Warehams beskyddande attityd mjuknat synligt i slutet av lektionen. Zoe såg fram emot att se Lucys framsteg idag och hoppades att pappan skulle vara lite mindre på helspänn den här gången.

Vibrationen från hennes mobiltelefon avbröt hennes tankar. Hon fiskade upp den ur bakfickan och log åt namnet på skärmen.

”Pip! Hur är det i Tassie? Har du hittat några djävlar än?”

”God morgon, Zoe!” svarade Pip glatt. ”Tasmanien är underbart, även om Jake säger att jag inte får ta med mig en djävul hem som souvenir. Något om karantänsregler och att de är utrotningshotade. Glädjedödare.”

Zoe skrattade och lutade sig mot stalldörren. ”Synd. Jag är säker på att de skulle komma överens strålande med hästarna.”

”På tal om hästar”, Pips röst förändrades och hennes ton blev allvarligare. ”Jag har fått ett samtal från RSPCA, och jag måste be dig om en jättestor tjänst.”

Zoe rätade på sig, omedelbart uppmärksam på förändringen i Pips röst. ”Vad har hänt?”

”De har en ponny som behöver ett nytt hem akut idag. En arab-welsh-korsning, en valack vid namn Midnight.” Pip tystnade och Zoe kunde höra tvekan i hennes röst. ”Han har bedömts vara för farlig för sitt nuvarande fosterhem. Faktum är att han precis har skickat sin fodervärd till sjukhuset.”

Zoe kände hur det knöt sig i magen. ”Hur allvarligt?”

”En dubbel bakspark i bröstet. Brutna revben, punkterad lunga. Hon är stabil, men...” Pip andades ut långsamt. ”De kommer att avliva honom om de inte kan hitta en lämplig plats för honom senast i eftermiddag.

De känner mig väl, och det är därför de ringde mig, men eftersom jag inte är där... har de inga fler alternativ. Jag berättade för dem om dig och din erfarenhet av traumatiserade hästar och de sa att om du är villig, så ger de dig en chans med honom."

"Och de vill skicka honom hit? Idag?" Zoe såg sig omkring på den livliga gården, där en ryttare höll på att lasta ur sin häst för en hopplektion med Emma och två ägare som hade sina hästar uppstallade på Ridgewater precis var på väg ut på en uteritt.

"Jag vet att det är mycket begärt när jag inte är där", fortsatte Pip snabbt. "Men den här ponnyn, Zoe... av vad de har berättat för mig har han blivit allvarligt misshandlad. Slagen, svulten, hela köret. De hittade honom uppbunden i ett skjul, stående upp till hasorna i sin egen smuts, han hade inte varit ute på flera månader. Han är livrädd för människor."

Zoe körde en hand genom sitt lockiga hår medan tankarna for genom huvudet. "Jag har arbetat med sådana här fall förut, men utan att känna till hela hans historia, hans triggers... det är riskabelt, Pip."

"Jag skulle inte fråga om det fanns något annat alternativ. Men om vi inte tar emot honom väntar avlivning i eftermiddag." Pips röst var låg.

Zoe blundade en kort stund och vägde ansvaret. Om någon kunde hjälpa den här stackars ponnyn, var det någon med hennes specifika utbildning. Ändå...

"Kate är borta på den där dressyrtävlingen i Coffs Harbour i helgen", sa hon och tänkte högt. "Sarah och Emma är här, men med alla lektioner som är inbokade..."

"Jag förstår om det är för mycket", sa Pip mjukt. "Jag kan ringa tillbaka till dem och..."

"Nej", avbröt Zoe, och hennes beslut kristalliserades. "Nej, vi tar emot honom. Om vi inte gör det, dör han, och han förtjänar en chans. Jag kan hantera honom tills du kommer tillbaka."

”Är du säker? Han låter som ett riktigt problemfall, och jag vill inte sätta dig i klistret.”

”Jag är säker”, sa Zoe med mer självförtroende än hon kände. ”Men jag måste prata med Sarah och Emma direkt. När kommer han?”

”De sa att de kan ha honom där vid tre i eftermiddag.”

Zoe rätade på axlarna, även om Pip inte kunde se henne. ”Okej. Jag ska se till att vi har en hingsthage redo för att hålla honom säker, och några varningsskyltar utskrivna och laminerade för att hålla folk borta.”

”Du är en livräddare, Zoe. Bokstavligt talat, i det här fallet. Ring mig om du behöver något, så hjälper jag dig att prata dig igenom det.”

”Ska göra. Njut av resten av din semester. Oroa dig inte för oss.”

Efter att ha lagt på stod Zoe stilla en stund och samlade sina tankar. En farlig ponny som skulle anlända om bara några timmar, på en dag då de hade ett fullspäckat schema med lektioner, inklusive Lucy Warehams andra lektion någonsin. Inte idealisk tajmning, för att uttrycka det milt.

Med ett djupt andetag sköt hon ifrån stalldörren och gick med bestämda steg mot huvudbyggnaden. Hon behövde hitta Sarah och Emma omedelbart.

Hon hittade dem i köket, där Sarah arbetade med sin laptop vid bordet medan Emma svepte i sig en kopp kaffe innan hon skulle ner för hopplektionen.

”God morgon”, sa Zoe och försökte hålla rösten neutral. ”Har ni en minut? Vi har en liten situation.”

Sarah tittade upp, med ett omedelbart alert uttryck. ”Vad är det som är fel?”

”Har precis pratat med Pip. RSPCA har kontaktat henne om en ponny som behöver ett nytt hem akut idag. Han är... tja, han har bedömts som farlig. Skickade sin fodervärd till sjukhuset med en spark i bröstet.”

Emma ställde ner sin kaffekopp. ”Och de vill ta hit honom? Idag?”

Zoe nickade. ”Om vi inte tar emot honom kommer de att avliva honom i eftermiddag. Pip frågade om vi kunde hantera honom tills hon kommer tillbaka.”

”Vad vet vi om honom?” frågade Sarah, praktisk som alltid.

”Inte mycket. Han är en arab-welsh-korsning som heter Midnight. En historia av allvarlig misshandel; slagen, svulten, hållen instängd. Han är livrädd för människor.”

Sarah och Emma utbytte en blick som Zoe inte riktigt kunde tyda.

”När kommer han?” frågade Sarah.

”Tre i eftermiddag. Jag tänkte att vi kunde ställa honom i en av hingsthagarna. Stängslet är starkare där. Och varken Legend eller Cavalier kommer att vara dumma nog att komma inom räckhåll för en spark genom staketet.”

Emma nickade långsamt. ”Det låter vettigt.” Hon lutade sig över Sarahs axel och tog fram lektionsschemat för dagen. ”Inga lektioner i ridhusen vid den tiden, vilket är bra. Jag tänkte hoppa lite med Phoenix, men det kan jag göra senare.”

Sarah sa eftertänksamt: ”Tror du att Marcus borde vara här? Ifall det skulle behövas lugnande medel?”

Zoe tvekade. ”Det kan vara klokt att ha honom i beredskap, men jag skulle föredra att inte ge lugnande om vi kan undvika det. Att bygga förtroende med en traumatiserad häst är svårare om den första interaktionen innebär att man drogar den.”

”Bra poäng”, medgav Sarah. ”Men det vore bra att ha honom tillgänglig, för säkerhets skull. Jag skickar ett sms till honom och ser om hans schema gör att han är i närheten i eftermiddag.”

Zoe tittade på sin klocka för femte gången på lika många minuter. Kvart över tre, och fortfarande inga spår av RSPCA-transporten. Hon gick fram och tillbaka längs kanten av den förberedda hagen, spänningen i magen snodde ihop sig som en alltför hårt spänd fjäder. Sarah stod vid grinden, hennes uttryck var noga neutralt, medan Emma hade placerat sig nära uppfarten för att dirigera transporten när den anlände. Gårdsplanen hade rensats på hästar som en försiktighetsåtgärd, vilket skapade en ovanlig tystnad runt de normalt så livliga stallarna.

”De kanske har fastnat i trafiken”, föreslog Sarah och bröt tystnaden.

Zoe nickade, även om hennes tankar var någon annanstans, där hon mentalt gick igenom allt hon visste om den ankommande ponnyn. Vilket inte var mycket. Ett namn – Midnight – och en hemsk historia av misshandel. Inte tillräckligt för att utforma en ordentlig plan.

Emmas röst skar igenom hennes tankar. ”De är här!”

Zoe vände sig mot uppfarten och förväntade sig att se en hästtransport. Istället rullade en stor lastbil in, med vad som såg ut som en kreatursbox på flaket. Det sjönk i magen på henne. Kreatursboxar användes för boskap, inte för att transportera hästar... om inte djuret var för farligt för att kunna lita på i en vanlig transport.

”Det där är inte bra”, mumlade Sarah bredvid henne och ekade Zoes tankar.

Chauffören stängde av motorn och klättrade ner från hytten. Han var en väderbiten man i femtioårsåldern, klädd i en RSPCA-skjorta, hans ansikte fårat av linjer som talade om år av att hantera de värsta fallen av djurmisshandel. Han närmade sig med ett bistert uttryck.

"Du måste vara Zoe Webb", sa han och sträckte fram en hand. "Graham Parker, RSPCA. Pip talade mycket gott om din erfarenhet av svåra fall."

Zoe skakade hans hand och noterade den valkiga handflatan och de blekta ärren som vittnade om en livstid av djurhantering. "Ja, det är jag. Vi förväntade oss en hästtransport."

Grahams mun förvreds i ett humorlöst leende. "Jag tror inte vi hade fått på honom på en – vi var tvungna att köra honom genom en fålla för att få in honom här – och även om vi hade lyckats, skulle han ha sparkat sönder den."

Som för att understryka hans ord hördes en våldsam duns inifrån boxen, följt av ett metalliskt klang när hovarna träffade de förstärkta sidorna.

"Får vi se honom?" frågade Zoe och försökte upprätthålla ett sken av professionellt lugn medan hjärtat bultade mot revbenen.

Graham nickade och ledde dem runt till baksidan av boxen. Genom metallstängerna fick Zoe sin första glimt av Midnight.

Han var mindre än hon hade förväntat sig, förmodligen knappt över 132 cm i mankhöjd, men det han saknade i storlek kompenserade han för med ren utstrålning. Hans päls var kolsvart, blank av svett från hans ansträngningar i boxen, hans exteriör visade de distinkta, raffinerade linjerna från hans arabiska påbrå tillsammans med den kraftigare byggnaden hos en welshponny. Det gick inte att förneka att han var ett slående vackert djur, även om han var alldeles för mager trots vad som måste ha varit sex veckors intensivt uppfödningsprogram i hans tidigare fosterhem.

Men det var hans ögon som fångade Zoes uppmärksamhet; vilda, med synliga ögonvitor, som flackade panikslaget runt medan han sökte efter en utväg. Hans näsborrar var vida utspärrade, han sög in panikslagna andetag och hela hans kropp darrade av spänning.

”Vacker, eller hur?” sa Graham tyst. ”Synd vad de gjorde med honom.”

Medan de tittade på snurrade Midnight runt i det trånga utrymmet och slog bakut igen, hans hovar träffade metallstängerna med en öronbedövande smäll som fick dem alla att rycka till. Ljudet ekade över gården, och Zoe hörde de andra hästarna i stallarna reagera med nervösa gnäggningar.

”Vad exakt hände med hans fodervärd?” frågade Sarah och höll ett försiktigt avstånd från boxen.

Grahams uttryck mörknade. ”Hon har erfarenhet av rehabiliteringsfall. Hade honom i sex veckor, gjorde långsamma framsteg. Igår skrämde något honom, ingen aning om vad, och han dängde iväg en spark med båda bakbenen. Träffade henne rakt i bröstet. Bröt fyra revben, punkterade en lunga. Hon är stabil nu, men det var nära ögat ett tag enligt hennes man. Tur att han var hemma och kunde ringa ambulansen.”

Zoe svalde hårt och studerade ponnyns panikslagna rörelser. ”Och innan det? Vad vet vi om hans historia?”

”Vi hittade honom vid en razzia på en fastighet efter att en granne ringt och bett oss ta en titt. Den här lilla killen var inlåst i ett skjul, bunden så kort att han knappt kunde röra sig, stod i sin egen smuts. Hade inte varit ute på månader som det såg ut. Allvarligt underviktig, täckt av piskrapp och blåmärken från gud vet vad.” Grahams röst förblev professionell, men Zoe kunde höra den kontrollerade ilskan under den. ”Han hade köpts till ett bortskämt barn som utställningsponny – du ser ju att han är vacker – men hade helt enkelt för mycket temperament för att de skulle kunna hantera honom. De är rika. Chefen tror inte att vi kan få åtalet att hålla, men vi ska försöka.”

Både Sarah och Emma såg fullständigt äcklade ut. Midnight sparkade mot stängerna igen.

”Några specifika triggers vi bör känna till?” frågade Zoe och försökte samla så mycket information som möjligt.

Graham skakade på huvudet. ”Svårt att säga. Plötsliga rörelser. Allt som ser ut som en piska eller en käpp. Men ärligt talat, i det här läget verkar i stort sett allt trigga honom. Han är i ett konstant tillstånd av kamp-eller-flykt, och han väljer oftast kamp.”

Sarah klev närmare Zoe och sänkte rösten. ”Kanske vi borde ringa Marcus nu, få honom att ge lugnande åtminstone för avlastningen. Det skulle vara säkrare.”

Zoe tvekade och tittade på den skräckslagna ponnyn. Lugnande medel skulle visserligen göra förflyttningen enklare, men det skulle också innebära att deras relation inleddes med en handling som, från Midnights perspektiv, skulle kännas som ännu ett övergrepp. Grunden för det förtroende hon behövde bygga skulle äventyras från början.

”Jag skulle vilja prova utan lugnande först”, sa hon tyst. ”Jag har arbetat med sådana här fall förut. Ibland skjuter lugnande medel bara upp den oundvikliga konfrontationen, och jag vill hellre att han är fullt medveten när vi etablerar gränser.”

Sarahs tvivlande uttryck talade sitt tydliga språk, men hon nickade. ”Du bestämmer. Men jag har min telefon redo att ringa Marcus om det går snett.”

Graham harklade sig. ”Jag bör varna er, vi var tvungna att ge honom en lätt dos lugnande för att få upp honom i fållan och in i boxen. Den börjar släppa nu, och det är därför han blir mer uppjagad. Han kommer troligen att vara ännu mer reaktiv när vi öppnar dörren.”

Zoe nickade och justerade mentalt sin strategi. En ponny som höll på att vakna ur sedering skulle vara desorienterad utöver att vara livrädd, en oförutsägbar kombination.

Emma och Sarah utbytte en blick som Zoe såg i ögonvrån; oro blandat med tvivel. Hon kunde inte klandra dem. På pappret var detta ett scenario upplagt för katastrof: ett farligt djur, en hanterare han inte kände, en obekant miljö.

”Vi borde placera boxen så nära ingången till hagen som möjligt”, sa Zoe och fokuserade på de praktiska aspekterna. ”Jag vill att han ska se det öppna utrymmet omedelbart, ge honom något att springa mot istället för att känna sig trängd.”

Graham nickade gillande. ”Bra tänkt. Jag backar den till grinden.”

När han återvände till lastbilshytten klev Emma närmare och sa lågt: ”Är du säker på det här, Zoe? Ingen skulle klandra dig om du bestämde dig för att det här är för riskabelt. Jag ska vara ärlig; om vi hade sett den här på Laidley Sales, skulle till och med Pip ha låtit bli.”

Zoe såg Midnight vandra fram och tillbaka i sitt metallfängelse, hans skräck var påtaglig. För ett kort ögonblick vacklade hennes självförtroende. Tänk om hon inte kunde hjälpa honom? Tänk om någon skadade sig under försöket?

”Jag är säker”, sa hon och lade till en bestämdhet i rösten trots den lätta darrning hon kunde känna i händerna. ”Om vi inte ger honom en chans så dör han. Så enkelt är det.”

Emma nickade och accepterade hennes beslut. ”Var bara ... försiktig. Vi finns här om du behöver oss.”

Sarah och Emma tog ett steg tillbaka för att ge henne utrymme, men Zoe kunde läsa tvivlet i deras kroppshållning, i hur de ställde sig beredda att ingripa om det skulle behövas. Hon kunde inte klandra dem. Utifrån sett såg det hon skulle försöka sig på ut som ren galenskap.

Kanske var det så. Men när Zoe såg in i Midnights vilda, skräckslagna ögon visste hon att hon var tvungen att försöka. Varje skrämt djur förtjänade åtminstone en person som var villig att se bortom rädslan till den sårade själen därunder.

Hon hoppades bara att hon var vuxen uppgiften.

Ljudet av bildäck på grus fångade Zoes uppmärksamhet från djurtransporten precis när Graham slutade backa den intill hagens grind. En bekant sedan körde in på parkeringen, och det knöt sig i magen på Zoe. Danny Wareham och Lucy, som kom tidigt till sin lektion halv fem, precis som hon hade föreslagit. Av alla tänkbara ögonblick var detta tvunget att vara det sämsta. Zoe mötte Sarahs blick och förmedlade tyst sin oro, men det fanns ingen tid att visa dem åt ett annat håll. Danny klev redan ur bilen och hans blick fastnade omedelbart på den ovanliga synen framför honom – djurtransporten, RSPCA-inspektören som klättrade ut ur lastbilen igen, spänningen som var tydlig i allas kroppshållning.

Hela Dannys kroppsspråk förändrades, och hans beskyddarinstinkter slogs synligt på när han sökte av omgivningen efter potentiella hot. Han lade en fast hand på Lucys axel och höll henne tätt intill sig när de närmade sig.

”Vad är det som händer?” frågade han med en röst som var spänd av oro.

Innan Zoe hann svara sparkade Midnight våldsamt mot transporten igen, och det metalliska dånet ekade över gårdsplanen. Lucy hoppade till av ljudet, men istället för att kura ihop sig bakom sin pappa lutade hon sig framåt med ögonen vidöppna av nyfikenhet.

”Är det en ny ponny?” frågade hon med en röst som sprudlade av entusiasm.

Sarah klev smidigt emellan. ”Vi har fått en särskild ankomst idag som behöver lite extra uppmärksamhet och Zoes magiska handlag. Emma kommer att hålla din lektion, Lucy. Varför går inte du och hon bort till stallet, så kan hon visa dig hur man ryktar och sadlar Foxie?”

Men Lucy verkade som förtrollad och sträckte på sig för att kika genom transportens galler. ”Han är jättefin! Han är så svart, titta pappa!”

Dannys grepp om Lucys axel hårdnade en aning. ”Kom nu, Lucy. Vi ska inte vara i vägen.”

”Faktiskt”, sa Zoe, ”vore det bättre om ni båda flyttade er en bra bit bakåt. Den här ponnyn är ganska nervös och vi behöver utrymme för att han ska kunna komma till ro.”

Midnight valde det ögonblicket till att ge ifrån sig ett genomträngande skri som sände en kollektiv rysning genom alla närvarande. Hans hovar dundrade mot metallen igen, och genom gallret kunde Zoe se hans ögon rulla vilt, med vitan fullt synlig runt om.

Danny tog omedelbart flera steg bakåt och drog Lucy med sig. ”Det där låter inte bara ’nervöst’ i mina öron”, sa han.

Zoe gav honom ett stelt leende. ”Han har haft ett svårt förflutet. Vi ger honom en trygg plats att återhämta sig på.”

Lucy stirrade fortfarande, helt fascinerad. ”Vad heter han?”

”Midnight”, svarade Zoe och såg tillbaka på transporten. Hon behövde fokusera på uppgiften framför sig, inte hantera nyfikna åskådare. ”Lucy, var snäll och gå med Emma. Det här är inte ett bra tillfälle för åskådare.”

Emma kom fram, hennes leende var professionellt men lite ansträngt. ”Kom nu, Lucy. Zoe säger att du hade en jättebra första lektion; du borde vara redo att försöka dig på lättridning idag.”

Lucy lät sig motvilligt ledas bort, även om hon fortsatte att kasta blickar tillbaka över axeln. Danny var däremot uppenbart sliten mellan att följa sin dotter och sin uppenbara oro över det som höll på att hända. ”Är det säkert att ha honom här? Med barn i närheten?”

”Han kommer att vara i en säker hage”, försäkrade Sarah honom. ”Vi har rutiner för att hantera svåra fall.”

Zoe kände hur dyrbara minuter tickade iväg. Ju längre Midnight var instängd i transporten, desto mer upprörd skulle han bli. Hon var tvungen att agera nu.

”Snälla Danny”, sa hon utan att dölja brådskan i sin röst. ”Jag måste fokusera på den här ponnyn just nu.”

Något i hennes ton måste ha nått fram till honom, för han nickade kort och började backa undan, även om hans min förblev bekymrad. ”Var försiktig”, sa han innan han vände sig om för att följa efter Emma och Lucy.

När paret Wareham äntligen rörde sig bortåt vände Zoe sin fulla uppmärksamhet tillbaka till uppgiften framför henne. Graham stod vid transportens bakdörr, med handen på spärren för att fälla ner rampen, och väntade på hennes signal.

”Har ni bråttom?” frågade Zoe Graham, som gav henne ett snett leende och skakade på huvudet.

”Jag har hela eftermiddagen på mig om det behövs, raring. Ta den tid du behöver.”

”Jag ska försöka vägleda honom med rösten och kroppsspråket”, förklarade Zoe för Sarah, som fortfarande såg skeptisk ut. ”Om jag kan få honom att röra sig framåt in i hagen utan att känna sig instängd eller trängd, så vore det en fantastisk början.”

”Och om du inte kan?” frågade Sarah lågt.

Zoe gav henne ett stelt leende. ”Då övergår vi till plan B och ringer Marcus. Men låt mig försöka med det här först.”

Zoe tog ett djupt andetag och placerade sig där Midnight skulle se henne men inte känna sig blockerad. Hon började prata med låg, jämn ton, samma lugna röst som hon använde med alla skrämda hästar.

”Hej, Midnight. Jag vet att du är rädd. Allt är konstigt och nytt, och människor har inte varit snälla mot dig. Men du är säker nu. Ingen här kommer att skada dig.”

Hon pratade och pratade tills hon var torr i halsen, och släppte aldrig den mjuka, lugnande tonen. Inte förrän ponnyn tystnade och iakttog Zoe istället för att dundra runt i transporten. Och sedan fortsatte hon prata, upprepade sig dussintals gånger, medveten om att även om Midnight inte förstod orden, så talade lugnet i hennes ton och hennes avslappnade kroppshållning om för honom att hon inte var ett hot. Att han var säker, även om han inte ville tro det.

Nästan en timme hade gått, och i bakhuvudet gnagde tanken; Lucy skulle snart vara klar med sin lektion. Hon var tvungen att få ut Midnight ur transporten och in i en hage på ett säkert sätt innan barnet kom tillbaka. Om hon hade fått bestämma själv kanske hon hade stannat en timme till och pratat tyst, men hon var medveten om att även Graham förtjänade att avsluta sin dag och åka hem. Midnight stod tyst, började se trött ut, och kanske var det här det bästa hon skulle kunna uppnå. Hon lyfte en hand för att få Grahams uppmärksamhet.

Graham mötte hennes blick, och hon nickade. Långsamt lossade han spärren och fällde ner rampen, vilket skapade en fri väg från transporten direkt in i hagen.

Under ett långt ögonblick hände ingenting. Midnight stod som fastfrusen i transporten, synbart darrande, med blicken fäst på Zoe som om hon vore ett rovdjur på väg att anfalla.

”Det är ingen fara”, fortsatte hon mjukt. ”Du kan komma ut i din egen takt. Ingen brådska, ingen press.”

Hon tog ett litet steg åt sidan för att visa honom den öppna vägen förbi henne till utrymme och säkerhet, och höll sina rörelser långsamma och medvetna. Midnights öron spetsades, sedan lades de bakåt, och hans näsborrar vidgades när han kände doften av det gröna gräset i hagen bortom.

Ytterligare en minut förflöt i spänd tystnad. Sedan, trevande, tog Midnight ett enda steg framåt, och hans hov nuddade rampen.

”Just det”, uppmuntrade Zoe stillsamt. ”Duktig pojke.”

Det som hände sedan utvecklade sig med ett blixtnedslags oförutsägbarhet. Midnights huvud vändes med ett ryck mot hennes röst, och hans rädsla förvandlades plötsligt till aggression. Innan Zoe hann reagera hoppade han ner för rampen och kastade sig rakt mot henne, med blottade tänder, och högg tag i hennes underarm i ett våldsamt bett.

Smärta sköt genom hennes arm när hans tänder klämde åt. Zoe flämtade till men tvingade sig att inte rycka undan, medveten om att plötsliga rörelser bara skulle eskalera hans panik. Istället förblev hon stilla, andades genom smärtan och talade med samma lugna ton trots plågan som strålade upp i armen.

”Det är lugnt. Du är rädd. Jag förstår.”

Midnight släppte hennes arm, men innan hon hann backa undan rusade han framåt och stötte till henne med tillräcklig kraft för att slå omkull henne helt. Zoe slog i marken hårt, luften pressades ur hennes lungor och stjärnor dansade för hennes ögon.

”Zoe!” Sarahs röst skar igenom smärtdimman.

”Jag är okej!” lyckades Zoe flämta fram medan hon kämpade sig upp på fötter. Blod sipprade genom ärmen på hennes tröja där Midnights tänder hade slitit igenom tyg och hud. ”Ge honom bara utrymme.”

Midnight hade rusat förbi henne och stod nu i det bortre hörnet av hagen, med högt huvud, flåsande sidor, redo att fly eller slåss vid minsta provokation. Zoe ställde sig mellan den skrämda ponnyn och de andra, ignorerade den pulserande smärtan i armen och de blåmärken hon redan kände börja bildas när hon sakta backade genom grinden.

”Stäng grinden”, instruerade hon Graham, med en röst som var anmärkningsvärt stadig trots adrenalinet som pumpade genom hennes system. ”Långsamt.”

Graham lydde och sköt försiktigt igen grinden utan att göra några plötsliga rörelser. Spärren klickade till, och Zoe tillät sig en liten lättnadens suck. Midnight var åtminstone inhägnad nu, även om överflyttningen inte hade gått så smidigt som hon hoppats.

I ögonvrån kunde hon se Danny stå på avstånd och iaktta händelsen med synlig oro.

Sarah närmade sig försiktigt och tittade på blodet som dränkte Zoes ärm. ”Låt mig se på det där.”

”Om en minut”, svarade Zoe, fortfarande fokuserad på Midnight. Ponnyn vandrade längs staketet i hagen, frustande och kastade med huvudet, men åtminstone rusade eller sparkade han inte längre, eller skrek utmaningar mot Legend, Ridgewaters ålderman och hingst, som stod och tittade på med milt intresse från hagen bredvid. ”Jag vill försäkra mig om att han lugnar ner sig först.”

Danny kom fram, men höll ett försiktigt avstånd till staketet. Hans min var bekymrad, pannan rynkad när han såg Midnights upprörda rörelser.

”Är det verkligen värt risken?” frågade han. ”Att ha ett så farligt djur på en ridskola med barn närvarande?”

Zoe vände sig för att möta hans blick, medveten om blodet som nu droppade från hennes fingertoppar. ”Varje djur förtjänar en chans. Han är inte farlig av naturen, han är skräckslagen och traumatiserad. Med rätt rehabilitering kan han återhämta sig.”

”Och under tiden? Tänk om han kommer lös? Tänk om ett barn kommer för nära hans hage?” Dannys oro verkade äkta snarare än konfrontativ, men frågorna sved ändå.

Innan Zoe hann svara hördes Lucys röst bakom dem. ”Pappa! Fröken Emma sa att jag får titta på den nya ponnyn om jag håller mig långt borta. Snälla? Han är så vacker!”

Emma dök upp bakom Lucy och gav Zoe en ursäktande blick. ”Lektionen är slut. Hon var jätteduktig med sin lättridning, men hon har frågat om den nya ankomsten oavbrutet.”

Danny såg kluven ut och blickade mellan sin entusiastiska dotter och den uppenbart farliga ponnyn. ”Jag tror inte att det är en bra idé, Luce.”

”Jag ska hålla mig jättelångt borta, jag lovar! Snälla?” Lucys ögon var vidöppna och vädjande.

”Vad sägs om en kompromiss?” föreslog Emma förnuftigt. ”Kom upp på verandan med mig så hämtar jag ett kallt glas vatten åt dig. Det är på säkert avstånd, men du kommer fortfarande att kunna se honom, och du måste vara törstig, det är en varm dag.”

Lucy studsade på tårna. ”Får vi, pappa? Snälla?”

Danny tvekade och nickade sedan motvilligt. ”Okej. Men bara från verandan, och bara i fem minuter.”

När Emma ledde bort Lucy och Danny tog Sarah försiktigt tag i Zoes oskadade arm. ”Nu, låt mig titta på det där bettet. Inga protester.”

För trött för att protestera lät Zoe sig ledas till en bänk där Sarah försiktigt kavlade upp hennes ärm och avslöjade de ilskna sticksår från Midnights tänder. Blödningen hade avtagit men inte upphört, och området runt bettet svullnade och blåmärktes redan.

”Det här måste rengöras ordentligt, och du kan behöva antibiotika”, sa Sarah i en ton som inte lämnade utrymme för diskussion. ”Hästbett kan orsaka otäcka infektioner.”

Zoe nickade och kände plötsligt den fulla kraften av skadan nu när den omedelbara krisen var över. ”Jag ska rengöra det, jag lovar. Men jag vill titta på honom en stund till först, se till att han lugnar ner sig.”

Sarah suckade men argumenterade inte. ”Jag hämtar första hjälpen-lådan. Rör dig inte.”

När Sarah gick iväg återvände Zoes blick till Midnight. Ponnyn hade saktat ner sitt vandrande något, även om han fortfarande rörde sig med nervös energi och stannade då och då för att stirra på henne med vilda, misstrogna ögon.

”Lycka till”, sa Graham och stängde djurtransporten. Han kastade en sorgsen blick på Midnight. ”Det är en jävla skam.”

Något i hans ton sa Zoe att han hade dömt ut Midnight. Att han fullt ut förväntade sig att de skulle ringa, inom dagar snarare än veckor, för att berätta att de hade misslyckats och var tvungna att avliva Midnight för att han var bortom all räddning. Och varje instinkt i Zoe gjorde uppror mot det. Det fanns hästar i hennes förflutna som hon inte hade kunnat rädda, men trots allt han hade gått igenom var den här fortfarande stark, vältränad och livfull.

”Om du bara vill låta oss hjälpa dig”, viskade hon. ”Jag lovar, du är säker. Jag ska inte låta någon skada dig igen.”

Zoe blev kvar vid staketet långt efter att Sarah hade rengjort och bandagerat hennes arm, långt efter att Danny motvilligt hade släpat med sig en trollbunden Lucy, långt efter att Emma hade tittat till henne tre gånger och slutligen gått hem för att laga middag åt Jemima.

I det snabbt fallande skymningsljuset såg hon Midnight vandra. Hans öron förblev spetsade, hans kropp spänd, redo att fly vid minsta provokation. Han betade inte, inte ens med Legend som ett föredöme där han fridfullt mumsade på gräs på andra sidan staketet.

”Vad har jag gett mig in på?” viskade Zoe, och hennes axlar sjönk under ansvarets tyngd. Ponnyns ögon fångade de sista solstrålarna när han vände sig om, vacker, vild och alltför skräckslagen för att ens äta.

Hon hade räddat honom från en omedelbar död, ja. Men om hon verkligen kunde rädda honom från demonerna som drev hans rädsla återstod att se. Och under försöket, hur många fler bett och blåmärken skulle hon få utstå? Hur stor fara kunde hon föra till Ridgewater? Dessa frågor hade inga omedelbara svar. För nu var allt hon kunde göra att titta och vänta, i hopp om att det någonstans under all den skräcken fanns en ponny som kunde lära sig att lita på igen.

Kapitel tre

Dannys fingrar trummade en nervös rytm mot ratten när han svängde in på grusuppfarten till Ridgewater. Bakom honom i baksätet vibrerade Lucy praktiskt taget av upphetsning, och orden forsade ut så snabbt att han knappt hann med. Efter bara tre lektioner hade hästar redan blivit medelpunkten i hennes universum. Han sneglade på hennes studsande lockar i backspegeln och kände det välbekanta stinget av stolthet och oro i bröstet. Idag var det hennes första grupplektion. Inget ledrep, ingen som höll i ponnyn eller gick bredvid, bara Lucy som styrde ett djur tio gånger tyngre än hon själv med inget annat än sina egna små händer och ben. Tanken fick det att knyta sig i magen på honom.

”Kom bara ihåg vad fröken Zoe sa om att säkerheten kommer först, okej?” sa han.

Lucy himlade med ögonen med den särskilda irritation som bara en nioåring kan uppbåda. ”Pa-appa, jag vet. Jag har redan haft tre lektioner.”

”Tre hela lektioner? Ja, då är du ju praktiskt taget en expert”, retades han och försökte dölja sin oro med humor när de klev ur bilen. Han såg flera andra föräldrar som strosade omkring, smuttade på kaffe och pratade bekvämt som om deras barn inte var på väg att balansera på oberäkneliga djur. Hur lyckades de se så lugna ut?

Zoe dök upp från stallet och vinkade när hon fick syn på dem. Hon bar en urblekt olivgrön skjorta med uppkavlade ärmar, som avslöjade det vita bandaget som fortfarande täckte hennes underarm där den svarta ponnyn hade bitit henne. Danny kände ett styng av oro när han såg det, följt av en oväntad stöt av något helt annat när hon log i deras riktning.

”Lucy! Vad kul att se dig”, ropade Zoe. ”Och precis i tid till din första grupplektion. Jag är så glad att du känner dig självsäker nog att vara med oss redan.”

Lucy strålade av berömmet och rätade på sig. ”Jag har övat på min sits varje kväll på en köksstol, precis som du visade mig.”

”Det förklarar din utmärkta sits då”, nickade Zoe allvarligt, även om hennes ögon dansade av munterhet. Hon vände sig mot Danny och hennes leende mjuknade. ”Hon är en naturbegåvning, din dotter. Hon tar instruktioner jättebra och är inte rädd för någonting.”

”Det är det som oroar mig”, erkände Danny, och ärligheten slank ur honom innan han hann hejda sig.

Zoe skrattade. ”Oroa dig inte, vi börjar väldigt försiktigt. Grupplektionerna har fortfarande gott om övervakning, bara lite mer självständighet. Foxie väntar, Lucy, om du vill borsta henne innan vi börjar.”

När Lucy skuttade i förväg mot stallet dröjde sig Zoe kvar ett ögonblick med Danny. ”De andra barnen i den här gruppen är på en liknande nivå, även om de är i olika åldrar. Vi kommer att vara i ridhuset och mest arbeta med styrövningar och kanske lite lättridning om alla klarar det bra.”

Danny nickade, märkligt lugnad av hennes metodiska förklaring. ”Tack. Jag ska bara ...” Han gestikulerade vagt mot ridhuset.

”Det finns en plats på läktaren där de flesta föräldrar sitter”, föreslog Zoe. ”Bra utsikt, men ur vägen.”

Han hittade den föreslagna platsen ganska lätt. Fyra andra föräldrar, alla kvinnor, stod samlade i närheten, smuttade på kaffe och utbytte skvaller. Danny fick några blickar från sidan men kände inte särskilt för att prata. Han ville fokusera på sin dotter, inte prata med främlingar.

Lektionen började med att Zoe ledde in barnen i ridhuset på ett led och sedan övervakade varje barn när de satt upp på sin tilldelade ponny. Lucy satt rak som en fura på Foxie, med ett koncentrerat ansiktsuttryck som fick det att dra ihop sig i Dannys hjärta. Hon såg så liten ut där uppe, så sårbar trots hjälmen och ponnyns milda uppsyn. Han greppade hårt om räcket när barnen spred ut sig i ridhuset.

”Kom ihåg vad vi har övat på”, ropade Zoe och flyttade sig till mitten. ”Skritta fram, använd era skänklar, inte rösten, och styr mot spåret.”

Barnen skrittade sina ponnyer längs ridhusets kant och höll jämnt avstånd. Zoe ropade vänliga rättelser: ”Upp med blicken, Lucy, titta dit du vill, inte ner på Foxies hals” och ”Underbar sits, Annabelle”, medan hon rörde sig i mitten av ridhuset som en dirigent och på något sätt höll koll på alla fem barnen samtidigt.

När Danny såg Lucy sitta där lugnt och följa Zoes instruktioner kände han en så stark våg av stolthet att den för ett ögonblick sköljde över hans oro. Hon gjorde det, hon styrde faktiskt ponnyn själv, med ansiktet allvarligt av koncentration.

”Nu ska vi prova några vändningar”, meddelade Zoe. ”När jag ropar ert namn, vänd diagonalt över ridhuset och rid i en rak linje till motsatt långsida.”

Dannys grepp hårdnade igen. Att vända innebar att styra, och att styra innebar risken för missförstånd mellan barn och ponny. Men när Zoe ropade ”Lucy!” vände hans dotter självsäkert Foxie från spåret och skrittade en nästan rak linje tvärs över ridhuset, med perfekt hållning.

”Jättefint, Lucy!” Zoes beröm hördes över hela ridhuset, och Danny kom på sig själv med att le. Zoe sneglade åt hans håll, mötte hans blick och gjorde en snabb tumme upp. Danny kände hur hettan steg i ansiktet och tittade bort, märkligt förvirrad av den enkla bekräftelsen.

Allt eftersom lektionen övergick till lättridning, med Lucy som reste sig och satte sig i takt med ponnyns rörelser, fann Danny att hans uppmärksamhet delades mellan dotterns framsteg och kvinnan som undervisade henne. Zoe rörde sig med en ledig grace, hennes instruktioner var tydliga och tålmodiga, hennes beröm specifikt och genuint. När Annabelle, som Danny uppskattade var ungefär fem år gammal, kämpade med sin rytm, tillbringade Zoe extra tid vid hennes sida, och visade aldrig frustration, bara lugn envishet tills barnet lyckades.

Det var något nästan hypnotiskt med att se henne undervisa, insåg Danny. Sättet hon förutsåg problem innan de uppstod, hur hon byggde upp varje barns självförtroende med strategiskt placerat beröm, hennes till synes outtömliga tålamod. Hans puls ökade när hon skrattade åt något Jemima sa, och ljudet spreds över ridhuset som musik.

När Lucy framgångsrikt klarade ett helt varv i lättridning utan att tappa rytmen, ville Danny jubla. Istället fann han sig själv sökande efter Zoes reaktion, märkligt nöjd när hon klappade händerna av förtjusning. ”Strålande jobbat, Lucy! Härlig rytm, och du hänger inte alls i tyglarna. Bra gjort!”

Lektionen avslutades med en lugn avskrittning, och varje barn strålade av stolthet över sina prestationer. Dannys axlar slappnade slutligen av, och timmen av spänning släppte när barnen satt av och ledde sina ponnyer tillbaka mot stallet i en prydlig rad.

"Hon var fantastisk", kommenterade en av mammorna bredvid honom och nickade mot Lucy. "Lärde sig mycket snabbare än Juliette. Min tjej var livrädd för att trava första månaden."

"Tack", sa Danny, förvånad över den avslappnade kamratligheten. "Hon har varit besatt sedan sin allra första lektion."

Kvinnan småskrattade. "Det är så det börjar. En varning bara, din plånbok kommer att bli mycket lättare. Först är det lektioner, sen är det ridbyxor, sen tigger de om en egen ponny."

Danny skrattade trots sig själv och såg Lucy prata animerat med Zoe när ponnyerna lämnade ridhuset. För första gången sedan de flyttat till Ridgemont såg hans dotter fullständigt och ohämmat lycklig ut.

Efter lektionen lutade Danny sig mot stalldörren och såg på när Lucy metodiskt borstade Foxie under Zoes vakande öga. Hans dotters rörelser var noggranna men självsäkra, hennes små händer hanterade borsten med överraskande kompetens efter bara tre lektioner. Bandet mellan flicka och ponny var redan synligt. Lucy mumlade tyst beröm medan hon arbetade sig över Foxies kopparfärgade päls, och ponnyn stod lugnt med halvslutna ögon i välbehag. Scenen rörde upp något oväntat i Dannys bröst, en värme han inte hade känt sedan långt innan hans äktenskap kollapsade.

”Just det, härliga långa tag”, uppmuntrade Zoe och stod tillräckligt nära för att övervaka men gav Lucy utrymme att arbeta självständigt. ”Du är jätteduktig med henne.”

Lucy strålade av berömmet. ”Jag tror hon gillar bäst när jag borstar hennes hals. Hon ser så sömnig ut då.”

”Hästar ryktar varandra i det vilda”, förklarade Zoe med den milda lärarröst som Danny hade lagt märke till i ridhuset. ”När du borstar henne talar du hennes språk, du talar om för henne att du är en del av hennes flock.”

Danny betraktade den avslappnade samvaron mellan dem, hur Lucy sög i sig Zoes kunskap som en svamp. Hans dotter hade alltid varit smart, men sedan hon började med lektionerna verkade hon ha hittat ett fokus som förvandlade henne. Det ständiga pratet om hästar, som från början verkade vara en övergående fas, utvecklades till genuin kunskap.

”Helt klar”, meddelade Lucy stolt och tog ett steg tillbaka för att beundra sitt arbete.

”Perfekt jobb”, bekräftade Zoe, tog borsten från Lucy och lade den i en ryktlåda i närheten. ”Och nu, om du ursäktar, måste jag kolla till Midnight innan jag hjälper till med kvällsfodringen.”

Lucys huvud for upp, hennes ögon var vidöppna av nyfikenhet. ”Den svarta ponnyn? Får jag följa med och titta på honom också? Snälla?”

Zoe tvekade och sneglade på Danny med en fråga i blicken. Danny tog ett steg framåt, hans beskyddarinstinkter omedelbart på helspänn. Han hade sett ponnyns våldsamma reaktion den första dagen, och bandaget som fortfarande var virat runt Zoes underarm var ett bevis på dess farliga natur.

”Jag tror inte det är en så bra idé, Luce”, började han, men hans dotters ansikte föll så dramatiskt att orden dog i halsen på honom.

”Du skulle kunna stå väldigt långt bort”, erbjöd Zoe, som verkade känna av hans oro. ”Långt utanför staketet.

Han är i en säker hage, och Lucy skulle vara helt säker med ordentlig övervakning."

Danny vägde riskerna. Hans journalistiska nyfikenhet på ponnyn drog i honom också, om han skulle vara ärlig mot sig själv. "Okej, men du håller dig med mig hela tiden, Lucy. Inget springande i förväg, inga plötsliga rörelser och vi håller avstånd. Överens?"

Lucy nickade högtidligt, även om spänning dansade i hennes ögon. "Överens! Jag ska vara jätteförsiktig, jag lovar."

De följde Zoe över egendomen till en avskild hage som låg intill en rad eukalyptusträd. När de närmade sig lade Danny märke till att staketet var högre än vid de andra inhägnaderna, de dubbla hasparna på grinden och de laminerade varningsskyltarna som proklamerade "FARA: TILLTRÄDE FÖRBJUDET" med stora röda bokstäver.

"Stanna här, tack", instruerade Zoe och placerade dem flera meter från staketet. "Jag behöver bara kolla att han har vatten och att han inte har skadat sig."

Danny lade en beskyddande hand på Lucys axel och höll henne på plats när Zoe närmade sig hagen ensam. Däri gick den lilla svarta ponnyn nervöst längst bort, hans rörelser ryckiga och spända. När han fick syn på Zoe lade han öronen platt bakåt mot huvudet, och näsborrarna vidgades i uppenbar oro.

"Hej där, Midnight", ropade Zoe mjukt och stannade flera steg från staketet. Hennes röst sjönk till en mild, nästan hypnotisk kadens som Danny var tvungen att anstränga sig för att höra. "Jag kollar bara till dig, inget att oroa sig för. Du är säker här."

Ponnyn frustade och kastade med huvudet, men Danny lade märke till att han stod kvar och iakttog Zoe med vaksamma ögon.

"Han ser inte så glad ut", viskade Lucy och tryckte sig närmare Dannys sida.

”Han är väldigt rädd”, förklarade Danny tyst, med blicken fäst på Zoe som rörde sig med försiktig, avsiktlig långsamhet längs staketet. ”Ibland när djur, eller människor, är rädda, beter de sig arga istället.”

Zoe fortsatte sin lågmälda monolog, kollade vattenhon och skannade hagen utan att göra några plötsliga rörelser. Hennes kroppsspråk förblev öppet och avslappnat trots ponnyns uppenbara oro. Danny studerade hennes teknik med intresse och noterade hur hon signalerade varje rörelse innan hon gjorde den, hur hon höll sin röst i samma lugna register oavsett ponnyns reaktion.

Efter att ha slutfört sin inspektion återvände Zoe till dem med ett eftertänksamt uttryck. ”Han har ätit lite hö, vilket är framsteg. Och han dricker, vilket är livsviktigt.”

”Varför är han så rädd?” frågade Lucy, hennes tidigare spänning dämpad av ponnyns uppenbara lidande.

Zoe sneglade på Danny och bedömde tyst hur mycket hon skulle berätta för barnet. Danny gav en liten nick, i tillit till hennes omdöme.

”Midnight hade ett mycket svårt liv innan han kom hit”, förklarade Zoe och satte sig på huk till Lucys nivå. ”Vissa människor var väldigt grymma mot honom. De skadade honom och höll honom inlåst i ett mörkt skjul utan tillräckligt med mat. Så nu tror han att alla människor kan skada honom också.”

Lucys ögon vidgades av sorg. ”Det är ju hemskt! Vem skulle göra så mot en ponny?”

”Jag är rädd att vissa människor kan vara väldigt ovänliga mot djur”, sa Zoe mjukt. ”Men han är säker nu, och mitt jobb är att hjälpa honom att lära sig att inte alla människor är läskiga.”

Dannys journalistiska instinkter tog över, och behovet av detaljer och sammanhang trängde förbi hans vanliga återhållsamhet. ”Vad exakt hände som fick honom hit? Du nämnde att han blev räddad?”

Zoe rätade på sig, hennes guldbruna ögon mötte hans direkt. ”RSPCA hittade honom under en razzia på en fastighet för ungefär sex veckor sedan. Han hade köpts som en tävlingsponny till ett barn, men han var för livlig för dem att hantera. Istället för att hitta honom ett lämpligt hem låste de in honom i ett skjul, slog honom och lämnade honom i princip att tyna bort.”

Danny kände hur det vände sig i magen på honom. Som kriminalreporter hade han bevakat historier om mänsklig grymhet förut, men den nonchalanta illviljan i en sådan behandling chockade honom fortfarande. ”Och sedan kom han hit?”

”Inte direkt”, Zoe skakade på huvudet och rörde omedvetet vid bandaget på armen. ”RSPCA placerade honom hos en erfaren fosterfamilj först, men han var så traumatiserad att när något skrämde honom sparkade han bakut och lade in henne på sjukhus med brutna revben och en punkterad lunga. De skulle ha avlivat honom samma eftermiddag om vi inte hade gått med på att ta honom.”

Lucy flämtade till, och hennes lilla hand fann Dannys och kramade den hårt. ”Du räddade honom!”

En skugga föll över Zoes ansikte. ”För tillfället. Min bror Marcus är veterinär, och han tycker att vi borde avliva honom nu, säger att han är för farlig och för traumatiserad för att kunna rehabiliteras. Men …” Hon tittade tillbaka på ponnyn, som hade återupptagit sitt nervösa tempo. ”Jag har sett hästar komma tillbaka från värre. Det tar tid, tålamod och rätt tillvägagångssätt, men jag tror att han kan läka.”

Den starka beslutsamheten i hennes röst överraskade Danny. Detta var inte blind optimism eller naivt hopp, utan en genomtänkt professionell bedömning grundad på erfarenhet och skicklighet. Trots sin egen skepticism ville han tro på henne.

”Vad kommer att hända med honom om du kan hjälpa honom?” frågade Lucy, med hopp i rösten.

Zoe log, även om det inte riktigt nådde hennes ögon. ”Om vi kan hjälpa honom att lita på människor igen, skulle han kunna få ett underbart liv. Han är ung, vacker och verkar vara av fin stam trots sin behandling. Men först måste vi övertyga honom om att människor kan vara snälla.”

Medan de stod och betraktade den oroliga ponnyn, slogs Danny av Zoes orubbliga engagemang för ett djur som många skulle anse inte vara värt att rädda. Samma tålamod och medkänsla som hon visade barn som lärde sig rida sträckte sig till denna skadade varelse som redan hade skadat henne en gång och mycket väl kunde göra det igen.

”Du måste verkligen älska hästar”, sa han tyst, och orden slank ur honom innan han hann tänka.

Zoe sneglade på honom, och förvåning flimrade över hennes drag innan hon log. ”Varje djur förtjänar en förkämpe, särskilt de som har blivit missförstådda eller illa behandlade.” Hon tystnade och tittade tillbaka på Midnight. ”Ibland är allt som krävs att en person tror på dem när ingen annan gör det.”

Det enkla uttalandet fick genklang djupt i Dannys bröst, en sanning han kände igen från sitt eget liv, från åren av kamp för Lucys säkerhet och välbefinnande när alla andra hade avfärdat hans oro över hans ex-frus farliga nya partner. En persons tro kunde verkligen göra all skillnad.

Han iakttog Zoes profil mot den sena eftermiddagssolen, hennes uppmärksamhet helt fokuserad på den oroliga ponnyn, och kände en oväntad våg av beundran, följt av ett pirr av attraktion som han inte var helt beredd att erkänna.

När de gick tillbaka från Midnights hage skuttade Lucy lite före, hennes tidigare allvar över den oroliga ponnyn redan bleknande till barndomens motståndskraftiga glädje. Danny höll sig några steg efter, medveten om Zoe bredvid sig, hennes närvaro både bekväm och oroande på samma gång. Han hade ägnat de senaste två åren helt åt att skapa stabilitet för Lucy och medvetet undvikit alla relationer som kunde komplicera deras noggrant återuppbyggda liv. Ändå hotade något med denna plats, och kvinnan som gick tyst bredvid honom, de murar han hade byggt så omsorgsfullt.

Lucy stannade plötsligt och pekade upphetsat. ”Titta! Det är Jemima och Charlotte! De tittar på fölen!”

Danny följde hennes gest och såg de två flickorna luta sig mot ett hagstaket där två gängliga föl skuttade runt sina mammor. Det ena var ett vackert brunt föl med en vit stjärna, medan det andra var ett apelkastat skimmelföl som verkade fast beslutet att springa ifrån sin egen skugga.

”Får jag gå och hälsa? Snälla?” Lucy studsade på tårna och smög redan mot sina skolkamrater.

Danny tvekade och sneglade på sin klocka. ”Vi borde nog åka hem snart, Luce. Jag måste börja med middagen.”

”Bara i några minuter?” bönföll Lucy. ”Jag får aldrig bara umgås med dem i skolan eftersom jag fortfarande är den nya tjejen.”

Den nakna sårbarheten i hennes röst träffade Danny som ett fysiskt slag. Han hade varit så fokuserad på de praktiska aspekterna av deras flytt, på Lucys säkerhet och utbildning, att han kanske hade underskattat de sociala utmaningar hon stod inför.

”Okej då”, gav han med sig. ”Tio minuter, inte mer.”

Lucy strålade och rusade iväg mot de andra flickorna, som vände sig om när hon närmade sig med välkomnande leenden och glada vinkningar. Danny tittade på med en klump i halsen när Jemima omedelbart gjorde plats för Lucy vid staketet, och de tre flickorna kurade ihop sig som om de hade varit vänner i åratal snarare än bara bekanta.

”Det där är Renaissance med sin mamma Serenade”, sa Zoe tyst bredvid honom och nickade mot det bruna fölet. ”Han är ett barnbarn till Legend, avlad för att bli en topphäst. Skimmelstoet är Starlight, efter Legend och undan ett av Emmas räddningsston. Båda födda i våras.”

Danny nickade, tacksam för det neutrala samtalsämnet. ”De verkar vara fulla av energi.”

”Det är milt uttryckt”, skrattade Zoe. ”Föl är som småbarn på espresso, bara ben och impulsiva beslut med absolut ingen självbevarelsedrift.”

Beskrivningen framkallade ett genuint skratt från Danny. ”Det låter oroväckande bekant. Lucy hade en fas vid tre års ålder då hon försökte klättra på allt hon såg, inklusive bokhyllor.”

”Jag kan tänka mig det”, log Zoe, och Danny fann sig själv noterande de små rynkorna i hennes ögonvrår, sättet hela hennes ansikte lystes upp när hon var road. ”Även om jag kan se att hon är ganska reserverad med människor av naturen, har hon samma orädda inställning till ridning, vilket är underbart att se. Vissa barn är tveksamma, men Lucy bara kastar sig rakt in i det.”

”Det har hon från sin mamma”, sa Danny utan att tänka, och ångrade omedelbart kommentaren när Zoes uttryck övergick till artigt intresse.

”Är hennes mamma också ryttare?”

”Nej, jag menade bara impulsiviteten”, förtydligade Danny, obekväm med vändningen i samtalet. ”Lucy träffar inte sin mamma. Har inte gjort det på ganska länge.”

Zoe verkade känna av hans obehag och pressade inte på. ”Tja, hon trivs verkligen här. Hennes sits utvecklas vackert, och hon har härligt mjuka händer och bra balans. Vissa barn utvecklar aldrig det, oavsett hur länge de rider.”

Danny kände en våg av stolthet över den professionella bedömningen. ”Tack. Det betyder mycket för henne, de här lektionerna. Mer än jag förväntade mig, ärligt talat.”

De föll in i en behaglig tystnad och betraktade flickorna vid staketet. Deras förtjusta fnitter hördes över hagen när skimmelfölet dansade i sidled och gjorde ett lekfullt bocksprång, vilket slutade med ett förvånat uttryck när det nästan snubblade över sina egna gängliga ben, vilket fick barnen att skratta på nytt. Lucys ansikte var förvandlat av glädje, hennes vanliga försiktiga återhållsamhet helt borta när hon pratade med sina nya vänner.

”Skolan har varit ... en omställning”, erkände Danny, förvånad över att finna sig själv anförtro sig åt Zoe. ”Vi flyttade hit från Brisbane i början av förra terminen. Lucys gamla skola var större, mer strukturerad. Landsbygdsklassen blev lite av en kulturkrock.”

”Barn är anmärkningsvärt anpassningsbara”, observerade Zoe. ”Men att ha vänner gör all skillnad, eller hur? Jemima och Charlotte är oskiljaktiga, men de har alltid varit snälla med att välkomna andra. Charlotte är dotter till den lokala advokaten Joe Ashford, och hon bor med honom på heltid nu sedan hennes mamma lämnade tidigare i år. Så Lucy är inte den enda med en ensamstående pappa. Och Jemimas pappa försvann från scenen innan hon ens föddes ... även om Emma nu är förlovad med Ryan, som äger golfbanan här bredvid.”

Parallellerna till hans egen situation gick inte Danny förbi, och han kände en gnutta tacksamhet mot Zoe för de lugnande orden. Hon förstod, tänkte han, även med den lilla information han hade delat, att han var osäker på att uppfostra Lucy som ensamstående pappa.

Innan han hann svara, bröt sig Lucy plötsligt från sina vänner och sprang tillbaka till honom med blossande kinder och tindrande ögon.

”Pappa! Pappa! Jemima säger att om jag tar lektioner två gånger i veckan istället för bara en, skulle jag kanske till och med kunna vara redo att rida i julshowen där de klär ut ponnyerna till renar!”

Danny blinkade och försökte bearbeta den snabba informationen. ”Sakta ner, Luce. En sak i taget.”

Lucy tog ett djupt andetag och försökte synbart behärska sin spänning. ”Får jag gå på fler lektioner? Jemima rider varje dag och Charlotte minst tre gånger i veckan, och de säger att det är det enda sättet att bli tillräckligt bra för att tävla.”

Danny sneglade på Zoe, som ryckte på axlarna med ett leende. ”Lucy gör verkligen tillräckligt snabba framsteg för att dra nytta av mer tid i sadeln.”

När Danny såg på sin dotters hoppfulla ansikte kände han sin beslutsamhet vackla. Lucys förvandling var obestridlig. Inte bara hennes nyvunna självförtroende, utan den rena, okomplicerade glädje som strålade från henne nu, något han inte hade sett sedan långt före skilsmässan.

”Vi kanske kan prova en vanlig lektion till per vecka och se hur det går”, sa han försiktigt. Pengarna var lyckligtvis inget problem: arvet hans farmor hade lämnat honom inkluderade inte bara huset utan också en betydande summa kontanter. Med sina egna utgifter kraftigt minskade eftersom han inte längre betalade hyra i Brisbane, hade Danny mer än råd att ge Lucy en ridlektion varje dag om det var vad som krävdes för att säkerställa hennes lycka.

Lucy gav ifrån sig ett tjut av förtjusning och slog armarna om hans midja. ”Tack, tack, tack! Jag älskar det så mycket här, pappa. Hästarna, och lektionerna, och hur det luktar hö och solsken, och hur alla känner alla andra, och hur ingen tycker det är konstigt om ens stövlar är leriga. Och Jemima säger att jag kan komma över ibland även när jag inte har lektioner, bara för att umgås och hjälpa till med hästarna, för det är vad vänner gör här!”

Orden forsade ut i en andfådd ström av ren lycka. Danny strök henne över håret, hans hjärta samtidigt fyllt och värkande. ”Det låter underbart, lilla gumman.”

”Får jag gå och berätta för dem?” frågade Lucy och backade redan mot sina väntande vänner.

”Två minuter till, sen måste vi verkligen gå”, medgav Danny och såg henne rusa tillbaka till staketet och omedelbart falla in i ett animerat samtal med de andra flickorna.

”Du har gjort hennes dag”, sa Zoe mjukt bredvid honom. ”Förmodligen hela hennes vecka. Och jag lovar, hon kommer att vara säker om hon umgås med Jemima. Jemima växte upp här, och hon är väl medveten om farorna och respekterar reglerna. Hon skulle aldrig leda in Lucy i en farlig situation.”

Danny nickade, oförmögen att finna ord för de komplicerade känslor som virvlade inom honom. Glädje över att se Lucy så lycklig, tacksamhet mot denna plats och dessa människor som hade välkomnat henne, rädsla för att det på något sätt skulle tas ifrån honom, ångest över att skydda denna nyfunna lycka. Och under allt detta, en obekväm medvetenhet om kvinnan som stod bredvid honom, vars tålamod och skicklighet hade hjälpt till att skapa denna förvandling hos hans dotter.

”Det var de mesta orden jag har hört henne sätta ihop på …” han kunde inte ens komma på hur länge. ”Hon ber nästan aldrig om någonting. Självklart kan hon få det här, om det gör henne lycklig.”

De tre flickorna hade nu lockat det bruna fölet till staketet, och deras förtjusta skratt ekade över hagen när den nyfikna ungen undersökte deras utsträckta händer. Lucys ansikte lyste av förundran, hennes kroppsspråk helt avslappnat mellan hennes två nya vänner. För första gången sedan den fruktansvärda vårdnadstvisten och den efterföljande flytten såg hon ut som om hon verkligen hörde hemma någonstans.

Danny gav sig själv ett löfte i det ögonblicket, när han såg sin dotters ohämmade glädje. Han skulle skydda denna lycka till varje pris, skapa varje möjlighet, göra varje uppoffring som var nödvändig för att vårda denna nya början för henne. Och om det innebar att noggrant hantera sin egen växande attraktion till en viss guldögd hästtränare med milda händer och till synes gränslöst tålamod och medkänsla, tja … det var ett litet pris att betala för sin dotters leende.

Han skulle hålla sitt hjärta bestämt inlåst. Lucys lycka kom först, alltid. Även om en förrädisk del av honom undrade hur det skulle vara att sträcka sig efter sin egen.

Kapitel fyra

GRYNINGENS BLEKA GULD HADE knappt börjat skölja över Ridgewaters hagar när Zoe närmade sig Midnights inhägnad. Världen hade den där säregna stillheten som bara fanns under dessa tidigaste timmar, endast bruten av fågelsång och ett enstaka mjukt gnäggande från stallen när hästarna väntade på frukost.

Midnight stod i det bortre hörnet av sin hage, med huvudet höjt i vaksamhet när hon närmade sig. Hans päls verkade ännu svartare mot det silvriga morgonljuset och hans ögon speglade en misstänksamhet när de fästes på henne.

”God morgon, vackra du”, ropade Zoe mjukt och höll rösten mild och låg. ”Det är bara jag igen. Ingen fara.”

Hon satte sig med korslagda ben på marken utanför hans staket, utan att bry sig om daggen i gräset. Genom staketstolparna såg hon honom frusta och kasta med sitt eleganta huvud innan han återgick till att beta, även om hans öron förblev spetsade i hennes riktning. Även detta var ett framsteg, tänkte hon. För tre dagar sedan skulle han inte ha sänkt huvudet om en människa var i närheten.

Tålamod var allt med traumatiserade hästar. Zoe hade för länge sedan lärt sig att om man tvingade fram kontakt förstärkte man bara rädslan. Istället satt hon tyst och lät Midnight vänja sig vid hennes närvaro utan krav eller förväntningar.

”Vädret har blivit härligt i morse”, fortsatte hon i samtalston. ”Inte så varmt än. Perfekt för ett träningspass, skulle jag säga, om du kände för det. Men ingen brådska.”

Midnight vickade på ett öra vid ljudet av hennes röst men fortsatte metodiskt att slita i gräset. Zoe log för sig själv. Varje lugnt ögonblick i en människas närvaro var en insättning på det förtroendekonto de försökte bygga upp.

Efter tjugo minuters tyst observation sträckte hon sig försiktigt ner i fickan och tog fram en morot. Midnights huvud for upp vid rörelsen och näsborrarna vidgades.

”Det är lugnt”, lugnade hon. ”Bara ett litet tillskott till frukosten.”

Långsamt bröt Zoe moroten i bitar och lade flera precis innanför staketet innan hon drog sig tillbaka till sin ursprungliga position. Det här var den metod hon hade anammat för Midnight: icke-påträngande närvaro, med respekt för djurets gränser, samtidigt som hon erbjöd milda incitament för frivillig kontakt.

Midnight tittade på morotsbitarna, och hans intresse var uppenbart trots hans motvilja. Han tog några steg närmare, stannade sedan, sliten mellan längtan och misstro.

”Ingen press”, mumlade Zoe. ”De finns kvar när du är redo.”

Minuterna släpade sig fram. Det började sticka i Zoes ben, men hon förblev stilla och observerade varje subtil förändring i ponnyns kroppsspråk. När hon absolut var tvungen att röra på sig signalerade hon sina avsikter och förklarade mjukt vad hon skulle göra innan hon långsamt bytte ställning.

”Ska bara sträcka lite på benen, ingen fara.”

Midnight frustade och backade flera steg vid hennes rörelse, men han skenade inte till det bortre hörnet som han skulle ha gjort några dagar tidigare. Ännu en liten seger.

Solen klättrade högre och dagen började bli varm medan Zoe fortsatte sin tysta vaka. Efter nästan en timme tittade hon på sin klocka och suckade. Morgonlektionerna skulle snart börja och hon behövde förbereda sig.

Hon sträckte sig efter sin anteckningsbok och skrev ner sina observationer: ”*Dag 5. Betade medan människa var närvarande. Åt ungefär 60 % av nattens hö (upp från 40 % igår). Visar intresse för morötter men försiktigheten dominerar. Mindre reaktiv vid små rörelser. Ingen kontakt idag men höll sig närmare än under tidigare sessioner.*”

Varje detalj var viktig i fall som Midnights. Framstegen skulle komma i mikroskopiska steg, lätta att missa om de inte dokumenterades noggrant. Det faktum att han åt mer regelbundet var faktiskt betydelsefullt. Stressade hästar vägrade ofta mat helt och hållet, och även om hon visste att han hade börjat gå upp i vikt hos sin tidigare fodervärd var han fortfarande alldeles för mager.

”Nåväl, min vän”, sa Zoe, ”plikten kallar. Jag kommer tillbaka i eftermiddag.” Hon hämtade morgonfodret, en specialblandning av protein- och mineralrikt foder som hon hade valt ut till Midnight efter att ha rådgjort med Emma, som var expert på att få upp spinkiga, nyligen pensionerade galopphästar i vikt. De hade lärt sig den första dagen att han inte åt ur en hink, så hon hällde ut fodret på marken precis innanför grinden innan hon gick därifrån.

Hon lämnade de återstående morotsbitarna där de låg, i hopp om att även de skulle försvinna medan hon var borta. Ibland skedde de största framstegen i frånvaro, när trycket från mänsklig observation var borta.

När hon gick därifrån rullade Zoe på axlarna för att släppa den spänning som hade byggts upp under hennes stillasittande. Att arbeta med Midnight var känslomässigt och fysiskt dränerande och krävde en nivå av fokus och tålamod som gjorde henne utmattad.

Det glada ljudet av flickors skratt mötte henne när hon närmade sig sadelkammaren. Zoe sköt upp dörren och fann Lucy, Jemima och Charlotte sittande på uppochnedvända hinkar med sadeltvål och trasor utspridda framför sig medan de arbetade med olika delar av utrustningen.

”Och då”, sa Jemima och gestikulerade dramatiskt med händerna, ”stannade Sparky så plötsligt att jag flög rakt över hans huvud och landade med ansiktet före i leran!”

Flickorna brast ut i fniss, och Lucys skratt ringde klart och ohämmat. Zoe stannade i dörröppningen, slagen av förvandlingen. Borta var det entusiastiska men vaksamma barnet från den första lektionen. Denna Lucy satt med avslappnade axlar, hennes kropp naturligt vänd mot de andra flickorna, helt till mods i sin omgivning.

Charlotte lade märke till Zoe först. ”God morgon, Zoe! Jag visar Lucy hur man rengör träns ordentligt. Sarah säger att jag måste göra om dem om jag lämnar några tvålrester.”

”Det är utmärkt, Charlotte”, svarade Zoe med ett leende. ”Korrekt underhåll av utrustningen är lika viktigt som ridkunskaper.”

”Jag har aldrig rengjort utrustning förut”, erkände Lucy, medan hon försiktigt arbetade in sadeltvål i lädertyglarna. ”Men det är faktiskt ganska roligt.”

”Speciellt när man gör det tillsammans”, instämde Zoe, och värme spred sig genom hennes bröst vid synen. Dessa naturliga barndomsband var precis vad Lucy behövde, normalitet och tillhörighet efter vad som måste ha varit en svår övergång till hennes nya liv.

”Åh!” utbrast Charlotte plötsligt och sträckte sig ner i fickan. ”Jag glömde nästan. Jag gjorde den här till dig, Lucy.”

Hon drog fram ett flätat vänskapsarmband i nyanser av lila och blått och höll fram det med ett blygt leende. Lucys ögon vidgades och hennes händer frös fast på tränset hon hade rengjort.

”Till mig?” frågade hon med en mjuk röst av förvåning.

”Klart att den är till dig, din tok”, sa Jemima och knuffade till Lucys axel. ”Du är vår vän nu.”

”Charlotte gör de bästa vänskapsarmbanden”, fortsatte Jemima medan Charlotte knöt det runt Lucys handled. ”Hon gjorde ett till mig också, ser du? Mitt är grönt och svart.”

Lucy stirrade på armbandet och lät fingrarna förundrat löpa över de flätade trådarna. ”Tack”, viskade hon, och hennes leende spred sig långsamt över ansiktet. ”Jag älskar det.”

Zoes hjärta drog ihop sig vid den enkla gesten. Det var därför hon gjorde det hon gjorde, inte bara för att lära ut ridkunskaper, utan för att skapa platser där barn kunde finna självförtroende och gemenskap.

”Okej då, tjejer”, sa Zoe och kollade på klockan. ”Lektionerna börjar om en halvtimme och inga ponnyer är redo än! Jemima, kan du visa Lucy var vi har ryktlådorna? Charlotte, skulle du kunna hjälpa mig att hämta in Foxie, Freckles och Butterscotch från hagen?”

Medan flickorna skyndade sig att utföra sina uppgifter, fortfarande pratande och fnissande, tillät sig Zoe ett privat leende. Ibland kom framstegen i dramatiska genombrott som vänskapsarmband och ohämmat skratt. Och ibland kom de i de mest subtila tecken, som en rädd ponny som åt lite mer hö än han gjorde igår.

Båda, tänkte hon, var lika mycket värda att fira.

”Hälarna ner, Annabelle”, ropade Zoe över ridbanan och såg hur den lilla flickan koncentrerade sig intensivt på att hålla sin position i sadeln. Middagssolen stekte på det takförsedda ridhuset, varmt även i skuggan av taket. I ögonvrån såg Zoe hur Emma ledde in två ponnyer till från hagen och tyst tog hand om förberedelserna som normalt skulle vara Zoes ansvar mellan lektionerna.

Zoe guidade sin nuvarande grupp genom deras sista övningar, tacksam för Emmas tysta hjälp. Att jonglera Pips fullspäckade undervisningsschema såväl som sina egna klienter gjorde att hon var igång dygnet runt, och stödet från systrarna McKenzie hade varit orubbligt.

När lektionen avslutades och barnen steg av, närmade sig Emma och torkade händerna på sina jeans.

”Jag kan ta din nästa lektion om du vill titta till vårt problembarn”, erbjöd Emma och nickade mot Midnights hage i fjärran. ”Ricardo sa att han trodde att ponnyn haltade tidigare, men han kom inte tillräckligt nära för att kontrollera ordentligt.”

Oro for omedelbart genom Zoe. ”Haltade? Sa han vilket ben?”

Emma skakade på huvudet. ”Han kunde inte avgöra det från avstånd. Men om Midnight har skadat sig kommer han definitivt inte att låta någon av oss behandla honom lätt.”

Zoe sneglade på sin klocka och räknade mentalt ut tiden mellan lektionerna. Inte tillräckligt för en ordentlig bedömning, men hon behövde åtminstone bekräfta om Midnight hade ont.

”Är du säker på att du inte har något emot det?” frågade hon. ”Det är Turner-tvillingarna härnäst, och de kan vara en handfull.”

Emma skrattade så att ögonen rynkades. ”Jag har undervisat Turner-tvillingarna sedan de var fem. Jag kan alla deras knep.” Hon gjorde en schasande gest med händerna. ”Gå nu, jag har det här. Ju förr vi vet om vi behöver ringa in Marcus, desto bättre.”

Tacksamhet sköljde genom Zoe när hon räckte över sin lektionspärm. ”Du är en räddare i nöden. Jag ska skynda mig så fort jag kan.”

Hon skyndade sig över gårdsplanen, och oron växte för varje steg. Skadade hästar kunde vara farliga att hantera. En skadad, traumatiserad ponny med en historia av våldsamma försvarsreaktioner skulle vara exponentiellt mer utmanande. Om Midnight verkligen behövde veterinärvård skulle de kanske inte ha något annat val än att ge honom lugnande medel, vilket skulle rasera det bräckliga förtroende hon hade byggt upp.

Till hennes lättnad, när Midnight kom inom synhåll, stod ponnyn stadigt på alla fyra ben och betade fridfullt. Zoe närmade sig långsamt, försiktig så att hon inte skrämde honom.

”Hej igen”, ropade hon mjukt och höll ett respektfullt avstånd från staketet.

Midnights huvud ryckte till, ögonen fästes på henne med den vanliga misstänksamheten, men han drog sig inte tillbaka till det bortre hörnet som han brukade göra. Istället stod han kvar och bedömde henne från trettio meters avstånd.

Zoe observerade honom noggrant och letade efter tecken på att han avlastade ett ben. Hon vågade inte gå in i hagen för en närmare titt, men från detta avstånd verkade hans viktfördelning jämn, hans hållning avslappnad snarare än bevakad.

”Lurar du Ricardo nu, eller är det verkligen något som stör dig?” mumlade hon och såg hur Midnight tog några steg, hans rörelser var smidiga och obehindrade.

Vad Ricardo än hade sett – kanske ett tillfälligt snubblande – verkade det inte vara ett bestående problem. Zoe gjorde en mental anteckning om att kontrollera igen senare men kände sig tillräckligt säker för att återvända till sina uppgifter utan att slå larm.

När hon kom tillbaka till stallet fann hon Sarah på kontoret, med telefonen inklämd mellan örat och axeln medan hon organiserade om schemat på whiteboardtavlan, suddade och skrev om lektionstider med snabba, effektiva rörelser.

”Om det går bra för er, Mrs Lawrence, kan vi flytta Bethany till klockan fyra-passet imorgon istället”, sa Sarah. ”En av våra skolponnyer har blivit halt i morse ... Nej, inte Freckles, han mår bra. Det är Butterscotch ... Ja, det är en hovböld och veterinären har redan tittat på honom. Han kommer att bli bra, men han behöver en vecka eller två för att återhämta sig, och tyvärr innebär det att vi måste pussla lite med schemat.”

Zoe lutade sig mot dörrkarmen och tittade på whiteboardtavlan medan hon väntade på att Sarah skulle avsluta samtalet. Schemat hade gjorts om helt, med lektioner som slagits ihop och ponnyer som omfördelats för att kompensera för Butterscotchs frånvaro från listan.

”Utmärkt, då ses vi med Bethany klockan fyra. Tack för att ni är så flexibel.” Sarah lade på och vände sig mot Zoe med ett snett leende. ”Sådär, det var den sista. Alla har fått nya tider utan alltför mycket krångel.”

”Du har gjort om hela veckans schema”, observerade Zoe, imponerad. ”Du behövde inte göra det. Jag hade kunnat hantera det.”

Sarah ryckte på axlarna. ”Du har haft fullt upp med Midnight, och Emma nämnde att han kanske var skadad. Mår han bra?”

”Han verkar må bra av det jag kunde se, även om jag inte kom tillräckligt nära för en ordentlig undersökning”, svarade Zoe. ”Tack för att du ordnade allt det här. Jag fasade för att ringa de där samtalen efter att Butterscotch blev halt på första lektionen.”

Sarah viftade bort hennes tack. ”Det är så vi gör här. Alla hjälper till där det behövs.” Hon sneglade på klockan. ”Den är nästan ett. Har du ätit något? Nästa lektion är halv två, så kom och ta en smörgås. Emma är precis klar med Turner-barnen och Ricardo kommer att sadla av.”

Femton minuter senare satt Zoe vid köksbordet med Sarah och Emma, och den sällsynta stunden av tystnad avbröts endast av det milda klirrandet av teskedar mot muggar. Det hemtrevliga köket, med sitt slitna träbord och väggar täckta av rosetter, foton och tävlingsscheman, kändes som en fristad efter morgonens ständiga aktivitet.

”Hur känns armen?” frågade Emma och nickade mot Zoes bandagerade underarm där Midnights tänder hade lämnat sina märken några dagar tidigare.

Zoe böjde på handleden för att testa. ”Mycket bättre. Gör knappt ont nu om jag inte slår i den.”

Sarah tog en fundersam klunk av sitt te. ”Du vet, Pip skulle vara stolt över hur du har klivit fram. Att ta på dig hela hennes undervisningsschema samtidigt som du hanterar Midnights rehabilitering ... det är mycket, särskilt för någon som inte har varit här så länge.”

En värme som inte hade något att göra med det varma teet spred sig genom Zoes bröst. ”Jag försöker bara hålla ställningarna medan hon är borta.”

”Du gör mer än så”, insisterade Emma. ”Jag såg Midnight i morse när du umgicks med honom. Han visar redan subtila förändringar. Sättet han följer dig med öronen istället för hela kroppen, hur han betar mer normalt även när du är i närheten.” Hon lutade sig framåt med armbågarna på bordet. ”Det är verkliga förbättringar, hur minimala de än kan verka.”

Zoe kände en våg av stolthet över Emmas observation, även om hon instinktivt avvärjde berömmet. ”Det är tidiga dagar än. Han kommer förmodligen att få ett återfall innan han verkligen blir bättre.”

”Självklart”, höll Sarah med. ”Men du har fått honom att äta och dricka, vilket ärligt talat är mer än jag förväntade mig, med tanke på hans tillstånd när han anlände.”

Zoe stirrade ner i sitt te, märkligt rörd av deras förtroende för hennes förmågor. ”Vi får se. Jag är bara tacksam för all er hjälp. Jag skulle inte klara det utan den.”

”Det är så det är på Ridgewater”, sa Emma och reste sig för att skölja sin mugg i diskhon. ”Ingen lyckas ensam här, och ingen misslyckas ensam heller.”

När samtalet övergick till eftermiddagens lektioner och Sarahs avelsplaner för det kommande året, kände Zoe hur hon slappnade av i deras samspelta rytm. Det var något speciellt med att arbeta med människor som förstod både de tekniska och känslomässiga aspekterna av det hon gjorde, som uppmärksammade de små segrarna som utomstående lätt kunde missa.

De tre kvinnorna rörde sig tillsammans genom resten av dagen med samma bekväma synkronicitet, Emma som hjälpte en kämpande elev medan Zoe demonstrerade en teknik, Sarah som tyst skötte den administrativa sidan så att Zoe och Emma kunde fokusera på undervisningen. Olika i temperament och expertis, men förenade av sin gemensamma passion för hästar och sitt engagemang för Ridgewaters framgång.

För någon som hade tillbringat de senaste åren med att arbeta mestadels ensam, kändes denna känsla av att tillhöra ett riktigt team som att upptäcka ett språk Zoe alltid hade velat tala men aldrig hade blivit lärd.

Dagens lektioner var äntligen klara, ponnyerna matade och utsläppta för natten, och gården hade fallit in i den fridfulla tystnad som bara infinner sig efter att den sista trailern har kört iväg. Zoe satte sig vid det slitna bordet i sadelkammaren och öppnade sin dagbok. Dagens inlägg skulle inte bara täcka Midnights stegvisa förändringar utan också Lucys anmärkningsvärda sociala förvandling, båda representerade olika sorters helande som Zoe fann djupt tillfredsställande.

Hon tog av korken på sin penna och började skriva:

15 november – Midnight

Förmiddagspass: Betade medan jag förblev stillastående 2 m från staketet. Öronen följde mina rörelser men kroppen var mindre reaktiv. Visade intresse för morötter som placerats nära staketet men närmade sig inte medan jag var närvarande. Ingen flyktrespons när jag bytte position (förbättring).

Utfodring: Åt cirka 70 % av nattens hö (fortsatt uppåtgående trend). Åt hela ransonen kraftfoder (utfodras fortfarande på marken). Vattenintag normalt. Ricardo rapporterade möjlig hälta, men inga tecken observerades vid bedömning. Kommer att bevaka noggrant.

Eftermiddagspass: Stod på medelavstånd istället för i bortre hörnet när jag närmade mig. Frustade men backade inte. Behåller ögonkontakt utan att visa ögonvitorna (betydande förbättring av stressindikatorer).

Bedömning: Framstegen förblir minimala men konsekventa. Börjar etablera en neutral förknippning med mänsklig närvaro. Fortsätt nuvarande metod med gradvis minskning av avstånd. Rekommenderar att upprätthålla isolering från andra skötare i minst ytterligare en vecka för att undvika motstridiga interaktioner.

Zoe pausade och knackade pennan mot hakan medan hon funderade över sin nästa observation. Den vetenskapliga dokumentationen var nödvändig för Midnights rehabiliteringsprogram, men den fångade inte den intuitiva känsla hon hade om hans framsteg. Hon tillade:

Notering: Hans kroppsspråk visar subtila skiftningar mot nyfikenhet snarare än ren rädsla. Kvaliteten på hans uppmärksamhet har förändrats; mindre hypervaksam, mer bedömande. Dessa förändringar är inte mätbara men antyder att en inre bearbetning pågår under det observerbara beteendet.

Nöjd med sin professionella bedömning bläddrade Zoe till en annan del av sin dagbok där hon förde anteckningar om barnen hon undervisade.

Lucy Wareham – Lektion 6 (andra grupplektionen)

Tekniskt: Behåller korrekt sits genomgående i skritt. Lättridning i trav visar god rytm även om hon fortfarande behöver stöd i övergångar. Börjar använda skänklarna effektivt för styrning istället för att förlita sig på tyglarna. Naturlig känsla för hästens rörelser.

Socialt: Dramatisk förändring från första lektionen. Integrerad sömlöst med Jemima och Charlotte under aktiviteter före och efter lektionen. Kroppsspråket öppet och avslappnat. Ouppmanat skratt och samtal observerat. Tog emot vänskapsarmband från Charlotte med genuin känsla.

Zoe skissade ett snabbt diagram som visade den fysiska positioneringen hon hade observerat mellan de tre flickorna. I deras första interaktion hade Lucy stått något isär, med kroppen vinklad för en snabb reträtt. Dagens konfiguration visade alla tre i en tät cirkel, med Lucy centralt placerad snarare än perifert, lutad in i samtalet snarare än bort från det. Dessa subtila rumsliga relationer avslöjade ofta mer än ord någonsin kunde.

Notering för framtiden: Lucy visar särskild fallenhet för tystare, mer tekniska aspekter av hästhantering. Möjligen introducera övningar i avancerad markhantering nästa vecka om pappan godkänner.

Zoe stängde dagboken och lutade sig tillbaka i stolen, sträckte armarna över huvudet för att släppa spänningen i axlarna. Tillfredsställelsen av att se både Lucy och Midnight göra framsteg, hur olika de än var i omfattning, fyllde henne med en stilla känsla av prestation. Men under den löpte en ström av ångest som hon inte helt kunde avfärda.

Pips tro på hennes förmågor tyngde henne ibland. Även om systrarna McKenzie inte hade varit annat än stöttande, kunde Zoe inte låta bli att undra om hon verkligen var kvalificerad att hantera ett så komplext fall som Midnights. Tänk om hon gjorde ett avgörande misstag? Tänk om Midnight aldrig återhämtade sig tillräckligt för att kunna hanteras säkert? Ansvaret att fatta beslut om liv och död för ett djurs rehabilitering var inget hon tog lätt på.

Hon stoppade ner dagboken i sin väska och reste sig, och bestämde sig för att lite frisk luft kanske skulle rensa hennes trassliga tankar. Utanför stod solen lågt över de västra hagarna och målade Ridgewater i ett varmt bärnstensfärgat sken som mjukade upp varje kant. Hästar betade fridfullt över egendomen, vissa ensamma, andra i små grupper, deras former mörka silhuetter mot det gyllene gräset.

Zoe stannade upp och lät sig själv för ett ögonblick bara absorbera den fridfulla scenen. Oavsett vilka utmaningar morgondagen skulle medföra, kändes detta ögonblick, denna plats, djupt rätt på ett sätt som få saker i hennes liv någonsin hade gjort.

Hennes fötter bar henne naturligt mot Midnights hage för en sista kontroll innan mörkret föll. Kvällsfodringen hade skötts av Ricardo, som höll ett respektfullt avstånd från den besvärliga ponnyn enligt instruktionerna. När Zoe närmade sig staketet märkte hon omedelbart att morotsbitarna hon hade lämnat på morgonen hade försvunnit från marken.

”Hej igen”, ropade hon mjukt och behöll sin vanliga milda ton. ”Kollar bara till dig innan läggdags.”

Midnight stod mitt i hagen, varken närmade sig eller drog sig tillbaka vid hennes ankomst. I det gyllene kvällsljuset skimrade hans päls som polerad obsidian, hans arabiska arv tydligt i den stolta bågen på hans nacke och den delikata inbuktningen i hans ansikte. Även efter allt han hade uthärdat förblev hans medfödda skönhet oförminskad.

Zoe lutade sig avsiktligt avslappnat mot staketet. ”Jag ser att du hittade dina morötter. Smakade de bra?”

Ponnyns öron vickade mot hennes röst, hans näsborrar utvidgades mjukt när han kände hennes doft i kvällsbrisen. Han tog ett enda steg framåt, stannade sedan, fortfarande på säkert avstånd men utan att visa något av de föregående dagarnas upprörda vandrande.

En idé formades i Zoes sinne; kanske riskabel, men potentiellt avslöjande. Långsamt, med tydligt signalerade rörelser, vände hon ryggen mot hagen och stod tyst. Detta var den ultimata förtroendeövningen med ett potentiellt farligt djur, att exponera sin sårbara rygg medan hon fortfarande var inom räckhåll för staketet.

Hennes hjärta bultade mot revbenen när hon stod orörlig och motstod den primala driften att vända sig om och kontrollera Midnights position. Hon fokuserade på att hålla andningen stadig, sin hållning avslappnad trots spänningen som slingrade sig genom hennes kropp. Minuterna gick i tystnad, endast markerade av de avlägsna ropen från fåglar som slog sig till ro för natten.

Sedan, så svagt att hon kunde ha inbillat sig det, kände hon luftdraget bakom sig, närvaron av något stort som försiktigt närmade sig. Håren på hennes nacke reste sig i instinktivt alarm, men hon förblev fullständigt stilla och litade på sitt professionella omdöme över sin kropps försvarssignaler.

En mjuk frustning kom precis bakom henne, följd av den omisskännliga känslan av varm andedräkt mot hennes hår. Midnight var tillräckligt nära för att bita genom staketspjälorna om han ville, tillräckligt nära för att en aggressiv rörelse skulle kunna orsaka allvarlig skada. Men istället sniffade han bara försiktigt på henne och undersökte denna främmande människa som inte krävde något.

Ögonblicket varade, skört som spunnet glas, innan hon hörde det mjuka tillbakadragandet av hovar när Midnight backade undan. Först då tillät Zoe sig själv att vända sig om och rörde sig långsamt.

Ponnyn stod flera meter bort nu och iakttog henne med ett uttryck som på något sätt verkade annorlunda. Fortfarande vaksam, fortfarande osäker, men med den svagaste antydan till nyfikenhet som ersatte den blinda skräcken.

Ett leende spred sig över Zoes ansikte, lättnad och triumf blandades i hennes bröst. Denna lilla interaktion, bara några sekunder av frivillig närhet, representerade ett enormt framsteg. Inte fullt förtroende, inte ens i närheten, men den första försiktiga övervägningen att kanske inte alla människor förde med sig smärta.

”Duktig pojke”, viskade hon, och orden bars iväg på kvällsbrisen. ”Vi kommer att klara det, en dag i taget.”

När mörkret föll över Ridgewater gick Zoe mot huset med lättare steg. Vägen framåt med Midnight var fortfarande lång och osäker, men ikväll hade hon fått bekräftelse på att de rörde sig i rätt riktning, hur långsamt det än gick. Ibland, reflekterade hon, började helandet med inget mer dramatiskt än en nyfiken sniff i det tilltagande mörkret.

Kapitel fem

DANNYS KÖKSBORD HADE FÖRSVUNNIT under mappar, utskrifter och hans anteckningsbok, det organiserade kaos som uppstår när en journalist inleder jakten. Han smuttade på kaffe som hade blivit ljummet, medan han bläddrade igenom mötesprotokoll som nämnde Ridgemont-förbifartsprojektet i frustrerande vaga ordalag. Tre veckor hade gått sedan Kate McKenzie hade nämnt hotet mot Ridgewater i deras intervju, med en röst spänd av oro när hon förklarade hur den föreslagna östra sträckningen skulle skära rakt igenom deras egendom och förstöra allt de hade byggt upp. Familjen McKenzie stod inför tvångsinlösen, och trots betydande lokalt motstånd och ett förslag på en genomförbar alternativ väg, verkade regeringen fast besluten att genomföra den östra sträckningen.

”Jag ska titta på det”, hade Danny lovat, och orden kom lätt. Löften gjorde alltid det, enligt hans erfarenhet. Det var att hålla dem som visade sig vara komplicerat.

Men Ridgewater hade börjat betyda något för Lucy, och det innebar att det betydde något för Danny. Han kastade en blick på kylskåpsdörren, täckt av Lucys teckningar och skolarbeten som hölls fast av omaka magneter. Hennes senaste skapelse föreställde en anmärkningsvärt exakt avbildning av Foxie, den fuxfärgade ponnyn hon brukade rida på. För varje ridtur blev hon självsäkrare, och hennes ridning förbättrades i takt med hennes glädje. Tanken på att Ridgewater skulle skadas av kortsiktiga planeringsbeslut väckte en beskyddarinstinkt i hans bröst som gick bortom professionell nyfikenhet.

Han sträckte sig efter sin mobil och bläddrade fram till Sarah McKenzies nummer. Som den äldsta systern och den som skötte Ridgewaters affärer var hon den logiska utgångspunkten för honom att börja gräva djupare än i de offentliga handlingarna. Telefonen ringde tre gånger innan hennes snabba röst svarade.

”Danny. God morgon.” Hennes ton var trevlig men direkt, som en kvinna van vid att hantera flera kriser före frukost.

”God morgon, Sarah. Jag hoppades att vi kunde ses idag angående förbifarten. Kate nämnde att du har samlat in dokumentation.”

En kort paus. ”Ja, jag har varit familjens arkivarie i den här mardrömmen. Hur snart kan du vara här? Jag har ett avelsmöte klockan elva.”

Danny sneglade på sin klocka. ”Jag kan vara där om tio minuter.” Hans farmors gamla hus, där han och Lucy nu bodde, låg bara en kort bit från Ridgewater.

”Perfekt. Jag ska ha pappren redo. Kaffet väntar.”

Effektiviteten i hennes svar fick honom att le när han avslutade samtalet. Han hade observerat tillräckligt av McKenzie-systrarna nu för att känna igen deras olika sätt att tackla problem – Kates perfektionism, Emmas medkänsla och Sarahs metodiska envishet. Om någon hade sammanställt ett omfattande ärende mot förbifarten så var det Sarah.

Sarah väntade i köket i det stora huset, ett vidsträckt Queenslander-hus som utgjorde hjärtat i Ridgewaters verksamhet. Det stora matsalsbordet på gården hade rensats från sitt vanliga krafs för att göra plats för flera prydligt märkta förvaringslådor.

”Du är punktlig. Det uppskattar jag”, sa Sarah som hälsning. Hon såg trött ut, märkte Danny, den där sortens djupa utmattning som kommer av att utkämpa ett slag man börjar tro att man inte kan vinna. ”Ta för dig av kaffet.” Hon nickade mot en kanna på bänken.

Danny hällde upp en mugg och såg på medan Sarah började ta ut mappar ur den första lådan. ”Hur länge har du följt det här förslaget om förbifarten?”

”Sedan början av året”, svarade hon. ”Det började som rykten för längre sedan, förstås; det är knappast en hemlighet att Bruce Highway behöver en dubblering, men i januari fick vi plötsligt ett brev från ingenstans som i princip presenterade den östra sträckningen som det redan valda och föredragna alternativet. Ingen förberedande planeringsprocess offentliggjordes; jag är inte säker på att de någonsin gjorde någon. De drog bara några streck på kartan och sa: 'Det där blir bra'.” Hon gav honom en tjock blå mapp. ”Det här är kronologin. Jag har daterat och kommenterat allt.”

Danny öppnade mappen och fann en minutiös tidslinje, där varje post var skriven med Sarahs prydliga handstil med motsvarande dokumentreferenser. Detaljnivån vittnade om timmar av mödosamt arbete – kommunprotokoll korsrefererade med tidningsannonser, fastighetsregister matchade mot föreslagna sträckningar, e-postkorrespondens med tjänstemän noggrant bevarad.

”Det här är otroligt grundligt”, sa han, imponerad.

Sarahs mun förvreds i ett humorlöst leende. ”Jag var tvungen. Varje gång vi tog upp våra farhågor ändrades dokument mystiskt eller försvann från det offentliga registret. Så jag började spara kopior av allt.”

Hon bredde ut en stor karta över bordet, med olikfärgade överstrykningspennor som markerade potentiella förbifartsleder. ”Den östra sträckningen, i rött, skär rakt igenom vår egendom. Den alternativa västra sträckningen, i grönt, påverkar främst tallplantager på statlig mark, med minimal påverkan på privata fastigheter.” Hennes finger följde den gröna linjen. ”Logiskt sett är den västra sträckningen mycket mer förnuftig. Mindre undanträngning och färre miljöhänsyn eftersom den undviker ett känsligt våtmarksområde norr om Ridgewater Lake, som den östra sträckningen skulle gå rakt igenom.”

Danny studerade kartan och noterade hur den östra sträckningen också påverkade flera andra fastigheter. ”Men de driver på för det östra alternativet?”

”Aggressivt.” Sarahs röst förblev neutral och presenterade fakta snarare än anklagelser. Hon knackade på kartan. ”Den östra sträckningen skulle också öka det kommersiella värdet på de här fastigheterna här, som nyligen köptes av Coastal Holdings ... och med nyligen menar jag precis i slutet av förra året, veckor innan den östra sträckningen så gott som förklarades vara ett fullbordat faktum.”

”Och Coastal Holdings ägs av...?” frågade Danny och anade redan svaret.

”En trustfond där flera kommunfullmäktigeledamöter är förmånstagare, inklusive kommunalrådet James Conley, som har varit mycket högljudd när det gäller att avfärda oss som, och jag citerar, ’hobbybönder’.” Sarah suckade och gned sig över tinningarna. ”Jag påpekar bara mönster som väcker frågor. Jag har inga bevis för att något otillbörligt pågår.”

Danny nickade och antecknade. Historien började anta en bekant form – skärningspunkten mellan pengar, makt och bekvämlighet ledde ofta till samma förutsägbara resultat. ”Har ni presenterat dessa farhågor formellt?”

Sarah skrattade, ett kort, trött ljud. ”Flera gånger. Vi har deltagit i varje offentligt samråd, lämnat in detaljerade invändningar och till och med anlitat en oberoende miljökonsult för att genomföra vår egen bedömning.” Hon pekade mot en annan låda. ”De lyssnar artigt, tackar oss för vårt ’passionerade engagemang’ och fortsätter precis som de vill.”

När Danny sorterade igenom dokumentationen blev omfattningen av Sarahs ansträngningar tydlig. ”Det här kommer att kräva en del grävande”, sa han och valde ut nyckeldokument att ta med sig. ”Jag kommer att behöva verifiera några av dessa kopplingar på egen hand.”

Sarah nickade, lättad men utan att fira. ”Självklart. Jag förstår journalistiska normer. Allt jag har berättat för dig finns dokumenterat någonstans i dessa filer, men du måste bekräfta det själv.”

”Sarah”, sa Danny med mild röst, ”varför har detta inte fått medieuppmärksamhet tidigare?”

Hon tittade bort, och hennes uttryck stramades åt nästan omärkligt. ”Vi försökte. Lokaltidningen ägs av ett dotterbolag till Coastal Holdings. Regionala medier var intresserade tills de inte var det längre. En reporter var ganska öppen med att han hade blivit tillsagd att släppa det.” Hon mötte hans blick direkt. ”Jag är inte naiv, Danny. Jag förstår hur sådant här fungerar. Pengar talar, och Ridgewater är bara en egendom som står i vägen för framsteg.”

”Inte bara en egendom”, rättade Danny och tänkte på Lucys ansikte som lyste upp när hon red på Foxie, på barnen han hade sett få självförtroende under Zoes tålmodiga handledning, på samhället som hade välkomnat hans dotter när hon behövde det som mest. ”Ridgewater betyder något för många människor.”

Sarahs uttryck mjuknade något. ”Ja. Det gör det.” Hon började lägga tillbaka mappar i sina lådor. ”Ryan Wardell kan vara värd att prata med. Han har kontakter inom regional planering från sin tidigare företagskarriär, innan han köpte golfbanan och flyttade hit upp. Han är med Emma i hopphagen och förbereder för hennes pass med Phoenix.”

Danny samlade ihop sina anteckningar och dokumenten. ”Jag går dit härnäst. Och Sarah? Tack för att du är så organiserad. Det gör mitt jobb lättare. Jag lovar att jag ska lämna tillbaka allt det här till dig i säkert förvar.”

”Det är McKenzie-sättet”, svarade hon med en antydan till stolthet. ”Vi kanske inte vinner varje strid, men ingen kan säga att vi inte kom förberedda.”

När Danny lämnade köket kände han tyngden av dokumenten i sina händer – inte bara papper och bläck, utan kulmen på en familjs kamp för att skydda sitt hem. Historien tog form i hans sinne, kopplingar bildades mellan fakta, frågor uppstod ur mönster. Det var för länge sedan han hade satt tänderna i en riktig utredning, i något som betydde mer än dagliga nyhetscykler och klickbetesrubriker.

Det var därför han hade blivit journalist från första början. Inte bara för att rapportera nyheter, utan för att avslöja sanningen. För att ge en röst åt dem som systemet försökte tysta. Det faktum att Ridgewater hade blivit personligt viktigt för honom minskade inte hans professionella intresse – det skärpte det.

Hopphagen bredde ut sig bredvid ridhuset, precis där den röda linjen hade skurit över Sarahs karta. Ryan Wardell rörde sig självsäkert runt en serie imponerande hinder och justerade höjder och avstånd med det skarpa fokuset hos någon som förstod att millimetrar spelade roll. Runt kanten av hagen värmde Emma McKenzie upp Phoenix, fullblodshästen cirklade med samlad energi, hans svarta päls glänste i det starka, heta solljuset.

Danny stannade vid staketet och såg på medan Ryan tog ett steg tillbaka för att bedöma en särskilt komplex kombination av hinder. Även för Dannys otränade öga såg hindren formidabla ut – en serie färgglatt målade bommar satta på höjder som verkade omöjliga för någon häst att klara säkert. Ryan kontrollerade måtten med ett måttband och justerade sedan ett hinder några centimeter närmare nästa.

”Stör jag om jag avbryter?” ropade Danny.

Ryan tittade upp, med ett igenkännande uttryck i ansiktet. ”Wareham. Lucys pappa.” Han gick fram och torkade händerna på byxorna. ”Vad för dig hit till den läskiga delen av Ridgewater?”

”Förbifartsförslaget”, svarade Danny och lyfte sitt anteckningsblock något. ”Sarah föreslog att du kanske hade några insikter.”

Ryans uttryck förändrades subtilt, humorn gav vika för något mer behärskat. ”Aha. Just den huvudvärken.” Han sneglade på Emma, som hade stannat Phoenix i närheten och uppenbarligen lyssnade samtidigt som hon låtsades att hon inte gjorde det. ”Ge mig en minut att bli klar med att ställa in de här höjderna för Em, sedan kan vi prata.”

Danny nickade, nöjd med att observera medan Ryan återvände till sitt arbete. Emma travade Phoenix i en stor cirkel, hästen svarade på osynliga signaler – en lätt viktförskjutning, ett subtilt tryck från benen – med anmärkningsvärd känslighet. Emma hoppade Phoenix över ett litet hinder, eller åtminstone litet i förhållande till de hinder Ryan kontrollerade. Den stora hästen såg ivrig ut, med spetsade öron, men han försökte inte skena iväg med Emma. Vilket var bra, för Danny lade plötsligt märke till att Phoenix hade ett träns som inte ens hade ett bett! Hur kunde Emma överhuvudtaget styra det massiva djuret så där?

Ryan avslutade sina justeringar och signalerade till Emma, som manade Phoenix till galopp och vände honom mot det första hindret. Danny höll andan när det massiva fullblodet närmade sig hindret, säker på att hästen skulle vägra inför den imponerande höjden. Istället samlade Phoenix ihop sig och svävade över bommarna med gott om marginal, hans form en perfekt båge mot himlen.

"Herregud", muttrade Danny, både imponerad och förskräckt av synen.

Ryan småskrattade när han kom fram till Danny. "Precis vad jag sa första gången jag såg henne hoppa honom. Skrämmande, eller hur?"

"Det är bäst att Lucy inte får några idéer", sa Danny och såg på medan Emma guidade Phoenix genom den komplexa kombinationen av hinder, och fick dem att se nästan lätta ut.

"För sent för det", svarade Ryan. "Varje barn som ser hoppning vill prova det förr eller senare. Men det ligger år av träning bakom innan de kommer till något seriöst." Han höll fram ett lantmätarmåttband. "Kan du hjälpa mig? Vi kan prata medan jag gör klart."

Danny tog emot måttbandet och föll naturligt in i rollen som assistent medan Ryan fortsatte att göra mindre justeringar på banan. "Sarah nämnde att du hade haft kontakt med den regionala planeringsavdelningen om förbifarten."

Ryan mätte avståndet mellan två hinder innan han svarade. "Till en början försökte jag de officiella kanalerna. Begärde information, deltog i de offentliga samråden, ställde direkta frågor. Kom ingenstans." Han markerade en plats med foten. "Kan du flytta den där hinderstödet ungefär tio centimeter åt det här hållet?"

Danny hjälpte till att flytta det tunga hinderstödet, förvånad över dess vikt. "Vad förändrades?"

"Jag utnyttjade kontakter från mitt tidigare liv." Ryans ton förblev ledig, men Danny uppfattade den underliggande skärpan. ”Ringde några samtal till tidigare klienter som råkar sitta i styrelser för infrastrukturplanering, uttryckte min oro över procedurmässiga oegentligheter i godkännandeprocessen.” Hans leende nådde inte ögonen. ”Plötsligt blev avdelningen mycket intresserad av att följa korrekt protokoll.”

”Men de driver fortfarande igenom den östra sträckningen”, noterade Danny och klottrade i sitt anteckningsblock.

”Med lite mer pappersarbete nu, ja.” Ryan tog ett steg tillbaka och bedömde hindret. ”De försökte skynda igenom den östra sträckningen med minimalt samråd. När jag började ställa frågor, saktade de ner men ändrade inte kurs.” Han sneglade på Emma, som nu guidade Phoenix genom en serie snäva svängar mellan hindren. ”Jag fick aldrig något rakt svar på varför.”

Danny följde med Ryan till vattengraven och hjälpte till att justera bommarna framför vattenlådan. ”Några teorier?”

”Flera, inga bevisbara.” Ryan sänkte rösten något. ”Den östra sträckningen skulle göra fler människor rika, låt oss uttrycka det så. Den västra sträckningen går genom tallskog på statlig mark på andra sidan sjön, och de skulle bara använda en remsa av den. Ingen bostadsutveckling eller kommersiella fastigheter att tjäna pengar på där borta.” Han log lite självmedvetet. ”Tyvärr är jag en av få personer som skulle gynnas kommersiellt av att den västra sträckningen godkänns; den skulle passera på andra sidan min golfbana och det finns obebyggd mark där borta som skulle passa för kommersiell användning. Så jag är en något misstänkt källa, är jag rädd.”

Danny nickade förstående. ”Det finns alltid vinnare och förlorare, det förstår jag. Men det verkar som att de flesta förlorarna från den östra sträckningen skulle vara de som faktiskt bor här. Fastighetsägarna, bönderna.”

”Vissa av dem har funnits här i generationer.” Ryan nickade, med ett lite bistert uttryck. ”Som McKenzies. Ridgewater skulle lösas in helt. Vilket, för övrigt, inte heller känns rätt för mig, för vad skulle hända med resten av marken som vägen inte går på?” Han viftade med handen för att indikera den enorma storleken på egendomen. ”Man skulle kunna bygga några ganska flotta, dyra hus med utsikt över sjön, värda en förmögenhet, och de skulle vara tillräckligt långt från själva vägen för att inte påverkas av vägbuller. Sedan mer bostäder eller kommersiell utveckling på andra sidan. Vem skulle tjäna på allt det? För det kommer inte att vara familjen McKenzie.”

Emma galopperade Phoenix mot dem, hästens kraftfulla steg åt upp avståndet utan ansträngning. På nära håll kunde Danny se koncentrationen i hennes uttryck, den perfekta balansen hon upprätthöll när Phoenix svävade över hindren.

”Hur ser det ut?” frågade Emma Ryan och galopperade tillbaka runt till dem.

”Perfekt. Prova kombinationen en gång till, ge honom sedan en paus.” Ryans röst mjuknade när han talade till Emma, hans gest mot hindren var mildare än hans effektiva rörelser hade varit ögonblicken tidigare. ”Han hoppar vackert idag.”

Emma strålade. ”Han verkar ha roligt. Löjligt att han inte anstränger sig för något under en meter och trettio, men det är vår Phoenix!”

När hon guidade Phoenix tillbaka mot banan, såg Ryan på henne med ett uttryck som Danny kände igen – blicken hos någon vars hela värld krymper till en enda fokuspunkt när den personen kommer in i deras synfält. Det var kortvarigt, kontrollerat, men omisskännligt.

”Anmärkningsvärd häst”, kommenterade Danny, medvetet ledigt.

”Anmärkningsvärd kvinna”, rättade Ryan tyst och verkade sedan hejda sig. ”Alla McKenzie-systrarna är det.

Det är därför jag inte kan stå bredvid medan något kortsiktigt planeringsbeslut hotar det de har byggt upp här."

De såg tyst på när Emma guidade Phoenix över vattengraven – hindret med vattenlådan. Ryan verkade hålla andan, märkte Danny. Phoenix tvekade något vid anridningen, samlade sig sedan och klarade det rent, och Emmas tysta beröm hördes även på avstånd.

"Puh", mumlade Ryan. "Vattenhinder är det enda han fortfarande tvekar inför ibland, men han blir bättre för varje gång."

"Vad skulle du föreslå som mitt nästa steg?" frågade Danny och stoppade undan sitt anteckningsblock. "Sarahs dokumentation är omfattande, men jag behöver mer om beslutsprocessen."

Ryan övervägde detta medan han samlade ihop hinderskenor från en hink. "Det finns en planeringstjänsteman vid namn Christine Delaney. Karriärtjänsteman, har varit på avdelningen i tjugo år. Hon uttryckte oro över den östra sträckningen under tidiga bedömningar, och flyttades sedan plötsligt till ett annat projekt." Han gav Danny flera av metallskenorna. "Hon kan vara värd att prata med. Jag kan skicka hennes kontaktuppgifter om du vill."

Danny accepterade både hinderskenorna och erbjudandet med genuin uppskattning. "Det skulle vara extremt hjälpsamt."

De arbetade tillsammans i flera minuter till, och Danny fann oväntad tillfredsställelse i den fysiska uppgiften att justera hinder. Det var för länge sedan han hade gjort något så praktiskt; hans arbete under det senaste decenniet hade främst existerat i en värld av ord och digitala filer.

"En sak till", sa Ryan när de var klara. "Oavsett vad du hittar, spelar dessa människor ett hårt spel. Jag har sett hur de agerar. Var försiktig."

Varningen levererades ledigt, men Danny kände igen allvaret bakom den. ”Det är jag alltid.”

Den söndagseftermiddagen satt Danny på den väderbitna bänken utanför ridbanan bredvid en rad föräldrar, med sitt anteckningsblock vilande på knät. För den oinvigde observatören kunde han ha sett ut som bara ännu en förälder som tittade på sitt barns lektion, men han bedömde tyst de mammor som samlats i samtalsgrupper och identifierade potentiella intervjupersoner för sin utredning.

Lucy mötte hans blick från ryggen på Foxie, hennes hållning nu självsäkert upprätt när hon guidade ponnyn genom en serie mjuka svängar. Zoe gav ett tyst berömmande ord när Lucy slutförde övningen, och Lucy strålade glatt tillbaka mot henne.

Danny vände sig till kvinnan som satt bredvid honom, en blond kvinna i fyrtioårsåldern vars son satt på en apelkastad ponny på andra sidan ridbanan. Hon hade presenterat sig som Helen när han först satte sig, och hennes vänliga leende gjorde henne till en lättillgänglig första intervjuperson.

”Jag undersöker förslaget om förbifarten för en artikel”, förklarade Danny och höll rösten ledig. ”Har du några tankar om hur det skulle påverka lokalbefolkningen?”

Helens uttryck förändrades omedelbart, hennes tidigare avslappnade uppsyn stramades åt. ”Tankar? Jag har mer än tankar. Jag har mardrömmar om det.” Hon gestikulerade vagt söderut. ”Vår fastighet ligger på Mills Road; vi har mjölkkor. Den östra sträckningen skulle skära rakt igenom den, lämna vårt hus och ladugård på ena sidan och vår damm och bakre hagar på den andra. Det skulle bli helt ohållbart eftersom vi inte skulle kunna flytta korna till ladugården för mjölkning. De har erbjudit kompensation som inte skulle täcka hälften av vad vi skulle förlora.”

Danny nickade och gjorde några snabba anteckningar. ”Hur länge har ni varit där?”

”Alltid.” Hennes blick följde sonens ridframsteg, men hennes tankar var helt klart någon annanstans. ”Min far och farfar födde upp boskap på den marken före oss.”

”Och om den västra sträckningen skulle väljas istället?”

”Skulle inte påverka oss alls. Skulle inte påverka de flesta bostadsfastigheter.” Hon skakade på huvudet. ”Det är det som gör det så irriterande. Det finns ett förnuftigt alternativ som de ignorerar.”

Danny noterade de personliga detaljerna vid sidan av fakta; generationernas historia. Dessa mänskliga element skulle omvandla torra planeringsdispyter till berättelser som läsare kunde ansluta till känslomässigt.

På andra sidan ridbanan instruerade Zoe barnen i en ny övning och demonstrerade genom att gå mönstret hur de skulle guida sina ponnyer genom en åtta, trava hela vägen men med ett stopp i mitten. Lucys ansikte var en studie i koncentration, tungan fångad mellan tänderna när hon noggrant utförde manövern. För bara två veckor sedan hade hon varit en fullständig nybörjare, nervös och osäker. Nu rörde hon sig med Foxie som om de delade ett språk och förutsåg ponnyns rörelser innan de hände.

”Danny? Har du en minut?”

Han tittade upp och såg Melissa Carter stå i närheten, en liten kvinna vars dotter också var med på lektionen, men som han kände igen från skolan där hon var lärarassistent. Hon pekade på den tomma platsen bredvid honom på bänken.

”Får du höra ett och annat av Helen om förbifarten?” frågade hon när hon satte sig, och hennes leende tog bort udden ur orden.

”Bara samlar in perspektiv”, svarade Danny och vände till en ny sida i sitt anteckningsblock. Det var uppenbart att Melissa hade kommit fram för att ge honom sin version av historien.

Melissas leende falnade. ”Tja, här är ett till för dig. Den östra sträckningen går inom hundra meter från Ridgemont Primary, om du inte hade insett det.”

Dannys penna stannade till ett ögonblick. Lucy gick på Ridgemont Primary. Han hade inte tänkt på den specifika effekten av förbifarten. ”Har skolledningen tagit upp farhågor?”

”Upprepade gånger. Kommunen hävdar att bullerpåverkan kommer att ligga inom acceptabla gränser, men deras bedömning gjordes under skollovet.” Melissa skakade på huvudet. ”Praktisk timing.”

Fler föräldrar hade nu samlats, ryktet hade spridit sig att en journalist ställde frågor om förbifarten. Danny befann sig i centrum av en liten grupp, där varje person var ivrig att dela med sig av sitt perspektiv. En viltvårdare som oroade sig för viltkorridorer, en frivillig brandman som var bekymrad över utryckningsvägar, en pappa som var orolig för fastighetsvärden. Danny antecknade varje berättelse sympatiskt och byggde en sammansatt bild av ett samhälle enat i motstånd mot en plan som verkade utformad utan deras hänsyn.

Danny tittade upp från sina anteckningar och såg Lucy utföra en perfekt övergång från skritt till trav, hennes kropp höjdes och sänktes i rytm med Foxies rörelser. Hon hade övat på den rörelsen och arbetat beslutsamt genom den tidiga klumpigheten tills den blev flytande. Hennes ihärdighet påminde honom om Sarah McKenzies metodiska dokumentation av kampen mot förbifarten – vägran att låta sig nedslås av motgångar, och fortsättningen att tro att ansträngning till slut skulle ge resultat.

”Vad tycker din fru om allt det här?” frågade Helen plötsligt och drog Danny ur hans tankar.

”Jag är ensamstående pappa”, svarade han automatiskt, och insåg sedan att hon hade gestikulerat mot hans anteckningsblock.

”Förlåt”, sa hon snabbt. ”Jag antog bara att du arbetade med någon, på det sätt du bygger den här historien.”

Missförståndet träffade Danny med oväntad kraft. Han hade arbetat ensam så länge – isolerad efter att hans äktenskap kollapsat, helt fokuserad på att skapa stabilitet för Lucy – att idén om samarbete verkade nästan främmande. Men här, omgiven av föräldrar som delade sina bekymmer, medan han såg Lucy rida tillsammans med vänner som hade välkomnat henne oreserverat, insåg han att något hade förändrats.

Han var inte längre bara en observatör som dokumenterade en planeringskonflikt. Någonstans mellan Lucys första ridlektion och detta ögonblick hade Ridgewater och det omgivande samhället blivit personligt. Förbifarten var inte längre bara en historia; det var ett hot mot en plats som betydde något för honom, för Lucy, för dessa människor vars namn nu fyllde hans anteckningsblock.

När lektionen slutade och barnen satt av, och ledde sina ponnyer mot stallet för att sadla av, stängde Danny sitt anteckningsblock och reste sig. Hans blick svepte över Ridgewaters hagar, de väderbitna stallen, den skimrande sjön vid den västra gränsen. Platsens fysiska skönhet var obestridlig, men det var de mindre påtagliga aspekterna som hade fångat honom: gemenskapen som hade omfamnat hans dotter, syftet och glädjen Lucy hade funnit här, McKenzie-systrarnas orubbliga beslutsamhet att skydda familjens arv.

Lucy kom fram, med rosiga kinder av ansträngning. ”Hej, pappa! Kan vi stanna och titta på Midnight innan vi åker?” frågade hon hoppfullt.

Danny tvekade. ”Frågade du Zoe?”

”Inte än. Hon kanske säger ja om du frågar.” Lucy gav honom en slug blick, och Danny kände ett ögonblick av plötslig, hjärtstoppande panik. Hade Lucy någon aning om hur attraktiv hennes pappa fann den lockhåriga hästterapeuten som var lika snäll och mild mot hästar och nervösa barn?

”Vi frågar”, sa han och hoppades att han överanalyserade. Att Lucy försökte para ihop honom var en komplikation han verkligen inte behövde!

Lucy smög sin hand i hans och de gick för att leta efter Zoe, och hittade henne till slut sittande på gräset precis utanför Midnights hage.

”Bekvämt?” frågade Danny med en nyfiken blick.

”Poängen är inte att jag ska ha det bekvämt”, sa Zoe med ett leende upp mot honom. ”Det är för att Midnight ska bli bekväm i min närvaro. Sätt dig, om du vill.” Hon klappade på gräset bredvid sig. ”Jag har kollat efter myror.”

Lucy satte sig genast ner, och efter ett ögonblick satte sig Danny också ner och tittade på den svarta ponnyn, som hade slutat beta för att titta på dem.

”Så du bara... sitter?” frågade han.

”Ibland läser jag.” Zoe drog fram en sliten pocketbok ur sin bakficka. ”Sällskap utan förväntningar, det är poängen. Han börjar vänja sig vid mig.”

”Skulle jag också kunna göra det?” frågade Lucy. ”Jag gillar att läsa. Jag skulle kunna hålla honom sällskap medan du arbetar.”

Zoe tittade på Danny, som tvekade.

”Säkerheten?” kontrollerade han med Zoe.

”Så länge du stannar på den här sidan av den där stolpen på marken kan han inte nå dig för att bitas”, sa Zoe och pekade ut stolpen för Lucy. ”Och under det här trädet, där det finns skugga och du inte blir solbränd. Försök inte röra honom, även om han sticker huvudet genom staketet.” Hon visade Lucy sin arm, där bandaget hade tagits bort, men märkena från bettet fortfarande läkte. ”Det är vad hans tänder kan göra.”

Lucy såg lagom förskräckt ut. ”Jag ska inte försöka röra honom, och jag ska stanna bakom stolpen, jag lovar!” Hon tittade vädjande på Danny.

”Okej då”, medgav han. Trots sina fortsatta reservationer mot Midnight verkade ponnyn göra framsteg, och han litade på att Lucy skulle följa de enkla säkerhetsregler som Zoe hade lagt fram. Glädjen i hans dotters ansikte när han gav sitt godkännande bekräftade att han hade fattat rätt beslut, liksom godkännandet i Zoes.

Hur svårt han än kunde finna det, behövde han tillåta sin dotter några små steg mot självständighet, och han kunde inte tänka sig någon bättre plats att göra det på än på en plats som Ridgewater där säkerheten beaktades vid planeringen av varje aktivitet.

Det faktum att det fick Zoe Webb att le mot honom på det sättet skadade inte heller, förstås.

Kapitel sex

Det hade börjat sticka och pirra i Zoes ben, men hon vågade inte ändra ställning. Bredvid henne satt Lucy ovanligt stilla för att vara nio år, med boken öppen men i stort sett bortglömd medan de båda iakttog Midnight. Den svarta ponnyn hade betat i den bortre änden av sin hage, men under de senaste tio minuterna hade han långsamt, nästan omärkligt, arbetat sig närmare deras plats vid staketet. Varje steg var avsiktligt, och han lyfte ofta på huvudet för att bedöma dem med sina vaksamma, intelligenta ögon.

”Han smyger sig på”, viskade Lucy.

Zoe nickade lätt och höll rörelsen minimal. ”Precis. Han är nyfiken men fortfarande rädd. Så han låtsas att han bara betar, men egentligen kollar han in oss.”

De hade suttit i nästan en timme, och tiden markerades endast av det försiktiga vändandet av sidor i Lucys bok och Zoes enstaka, lågmälda kommentarer riktade till Midnight. Ponnyn gjorde framsteg; långsammare än hon kanske hade hoppats, men snabbare än hon hade fruktat. Varje dag medförde små segrar: att äta när en människa var närvarande, att tillåta större närhet, att visa intresse istället för blind skräck.

Lucy hade visat sig vara ett oväntat gott sällskap under dessa tysta stunder. Där andra barn kanske hade blivit rastlösa eller krävt aktivitet verkade Lucy instinktivt förstå värdet av tålamod.

Midnight tog ännu ett steg närmare och sänkte sedan huvudet för att slita åt sig en grästuva kanske tio meter från där de satt. Hans öron förblev riktade mot dem och snurrade då och då vid de avlägsna ljuden från aktiviteten på huvudgården.

”Du är så duktig”, mumlade Zoe, hennes röst som en stilla krusning i tystnaden. ”Du har bara en vanlig ponnydag, eller hur? Äter gräs, njuter av solskenet.”

Midnights svans viftade bort en fluga, rörelsen var ledig och naturlig. Zoe kände en aning tillfredsställelse. När han först anlände hade varje rörelse varit spänd, hypervaksam. Nu visade han glimtar av normalt hästbeteende.

Ännu ett försiktigt steg förde honom ännu närmare. Zoe kunde se muskelspelet under hans glänsande svarta päls, den fina glansen av svett längs halsen. Rädslan styrde honom fortfarande, men nyfikenheten började vinna små strider.

”Titta”, andades Lucy. Boken låg nu helt övergiven i hennes knä.

Midnight hade höjt huvudet, med näsborrarna vida utspärrade när han kände deras doft i den varma brisen. Under ett andlöst ögonblick trodde Zoe att han skulle retirera, men istället tog han ännu ett avsiktligt steg framåt och sänkte sedan huvudet för att beta igen, nu bara några meter från staketet där de satt.

En känsla av seger vällde upp i Zoes bröst, även om hon höll ansiktet noggrant neutralt. Denna närhet under betandet var ny, ett tydligt tecken på att Midnight började omkategorisera människor från ”omedelbart hot” till ”potentiellt ofarliga”. Hon längtade efter att dela sin upprymdhet med Lucy men vågade inte bryta det sköra ögonblicket med en plötslig rörelse eller ett ljud.

Medan Midnight fortsatte att beta, och emellanåt lyfte huvudet för att bedöma dem innan han återvände till gräset, formades en vild, kanske dumdristig idé i Zoes sinne. Hon hade planerat att snart försöka gå in i hans hage, men hade föreställt sig att göra det medan han var på avstånd, för att ge honom gott om utrymme att dra sig undan. Nu, när han frivilligt kom så nära, fanns det en möjlighet att försöka något mer betydelsefullt.

Det var riskabelt. Hans första attack hade lämnat märken på hennes arm som fortfarande höll på att läka. Men något i hans kroppsspråk idag, mjukheten runt ögonen, den minskade spänningen i nacken, sa till hennes professionella instinkter att detta ögonblick var viktigt.

”Lucy”, sa hon med en röst som knappt var mer än en viskning, ”jag ska prova något. Jag vill att du sitter helt stilla, oavsett vad som händer. Kan du göra det?”

Flickan nickade högtidligt, med stora men orädda ögon.

Med en isande långsamhet vecklade Zoe ut sina ben och grimaserade lätt när blodet rusade tillbaka till hennes domnade fötter. Midnights huvud for upp, men han skenade inte. Han iakttog, med öronen spetsade framåt, medan hon försiktigt reste sig upp och signalerade varje rörelse med avsiktlig precision.

”Det är bara jag”, sa hon mjukt. ”Inget att oroa sig för.”

Hon stod helt stilla vid staketet i flera långa minuter och lät honom vänja sig vid hennes höjd. När han slutligen sänkte huvudet för att beta igen, tog hon det som ett tillstånd att fortsätta.

Med samma omsorgsfulla eftertänksamhet närmade hon sig staketet, stannade varje gång Midnight spände sig och väntade på att han skulle visa något tecken på avslappning innan hon rörde sig igen. Slutligen böjde hon sig försiktigt ner och gled mellan slanorna, med varje rörelse långsam, och hjärtat som bultade mot revbenen trots hennes yttre lugn.

Nu stod hon inne i hagen och delade Midnights utrymme för första gången utan staketets barriär mellan dem. Ponnyn backade flera steg när hon klev över staketlinjen, hans kropp spänd som en fjäder, men, och det var det viktiga, han skenade inte.

”Det är lugnt”, mumlade Zoe medan hon långsamt satte sig i skräddarställning i gräset inne i hagen. ”Precis som förut. Ingen press, inga förväntningar.”

Hon placerade sig på ungefär samma avstånd från honom som hon hade varit utanför staketet, gav honom utrymme samtidigt som hon gjorde det klart att hon inte förföljde honom. Varje instinkt, finslipad genom år av arbete med traumatiserade hästar, sa henne att förbli stilla, att låta honom göra nästa drag.

Minuterna kändes som timmar när de betraktade varandra. Midnight stod som frusen, endast enstaka viftningar med svansen eller en ryckning i ett öra avslöjade hans inre oro. Zoe höll andningen långsam och jämn, hennes hållning avslappnad trots adrenalinet som pumpade genom hennes kropp.

Sedan, nästan omärkligt, började spänningen rinna av ponnyns kropp. Hans huvud sänktes något, hans andning blev synligt långsammare. När han slutligen, försiktigt, sänkte huvudet för att beta, kände Zoe tårarna svida i ögonvrårna.

Detta var det, genombrottet hon hade arbetat för. Inte dramatiskt eller pråligt, bara ett tyst ögonblick av acceptans. Midnight betade med henne inne i sin hage och bekräftade hennes närvaro utan att känna sig tillräckligt hotad för att fly eller slåss. För en häst med hans bakgrund representerade det en monumental förändring i förtroende.

Försiktig så att hon inte störde stunden, sneglade Zoe tillbaka mot Lucy. Flickan satt helt stilla där hon hade lämnat henne, men hennes ansikte var förvandlat av glädje, hennes ögon lyste av förståelse. Hon gav Zoe tummen upp och insåg tydligt betydelsen av vad de bevittnade.

Zoe återvände med sin uppmärksamhet till Midnight, som fortsatte att beta flera meter bort, och hans handlingar blev mer naturliga för varje minut som gick. Hon skulle inte pressa på för mer idag; denna tysta seger var tillräcklig. Den enkla handlingen av en traumatiserad ponny som accepterade en människa i sitt utrymme utan att återgå till panik eller aggression representerade en enorm mängd framsteg komprimerat till ett enda ögonblick.

När hon satt i fridfull tystnad och delade utrymme med denna skadade varelse som äntligen började läka, kände Zoe en känsla av att allt var rätt och riktigt sänka sig över henne. Det var därför hon hade lämnat England, varför hon hade rest halvvägs runt jorden. Inte för pengar eller erkännande, utan för stunder som denna; tysta triumfer som de flesta människor aldrig skulle se eller förstå, men som förändrade en livsbana för alltid.

Efter att ha lämnat Midnights hage en halvtimme senare, och upptäckt att Lucy hade smitit iväg någon gång medan Zoe satt med ponnyn, gick Zoe mot huvudstallet, upprymd av genombrottet. Ljudet av flickors skratt ledde henne till en av tvättspiltorna där Lucy, Jemima och Charlotte trängdes runt en apelkastad ponny. Alla tre var beväpnade med borstar och arbetade i glad samordning medan de ryktade det tålmodiga djuret. Lucys ansikte lyste av glädje, så annorlunda från det försiktiga, tillbakadragna barn som först hade anlänt till Ridgewater.

”Se till att du kommer ända in till huden med gummiskrapan”, instruerade Jemima och demonstrerade på ponnyns bog med små cirkelrörelser. ”Stormy älskar det, ser du hur han lutar sig mot den?”

Den grå ponnyn, ett av Pips träningsprojekt, verkade verkligen njuta av uppmärksamheten, med ögonen halvslutna av belåtenhet medan flickorna arbetade.

”Hej, Zoe!”, ropade Charlotte och lade märke till henne först. ”Vi gör Stormy fin inför att Pip kommer hem så att han ser snygg ut.”

”Det ser jag”, svarade Zoe med ett leende. ”Han ser redan väldigt stilig ut.”

Lucy såg upp och hennes borste stannade mitt i ett drag. ”Åt Midnight morotsbitarna jag lämnade?”

”Jag kollade inte, men jag är säker på att han gör det nu när vi har gått”, försäkrade Zoe henne. ”Han har gjort underbara framsteg idag.”

Jemima hade flyttat till Stormys hals, hennes fingrar arbetade skickligt för att separera en del av manen. ”Att fläta är lätt när man väl har fått kläm på det”, sa hon till Lucy, med en röst självsäker av auktoriteten hos någon som för vidare viktig kunskap. ”Men man måste fukta håret först, annars blir det alldeles halt och håller sig inte.”

Lucy tittade på med spänd uppmärksamhet när Jemima började väva samman slingorna. Charlotte lutade sig också in, lika fascinerad av demonstrationen.

”Nu får du prova”, erbjöd Jemima och flyttade sig åt sidan för att ge Lucy tillgång till en oflätad sektion.

Zoe gick därifrån och lämnade dem ifred, och var precis på väg ut ur stallet när en kompakt gestalt i en dammig Akubrahatt kom in.

”Pip!”, utbrast Zoe, och genuin glädje värmde hennes röst.

Pip Rodriguez-McKenzie sköt tillbaka sin hatt och avslöjade sitt ansikte som sprack upp i ett brett leende. Trots nästan tre veckors resa såg hon fräsch och energisk ut, hennes nätta gestalt vibrerade praktiskt taget av hennes vanliga gränslösa energi.

”Där är hon, mirakelgöraren!”, utbrast Pip, minskade avståndet mellan dem och drog in Zoe i en varm kram. Även om Pip var liten till växten, kramades hon med hela kroppen, den typen av omfamning som fick en att omedelbart känna sig hemma. ”Du har inte bränt ner stället då”, retades hon när hon klev tillbaka, med skrattrynkor i ögonen.

”Inte för att jag inte försökt”, skämtade Zoe tillbaka, förvånad över hur glad hon var att se Pip. Ansvaret för att hantera både Pips undervisningsschema och Midnights rehabilitering hade tyngt henne mer än hon hade insett. ”Hur var Tasmanien?”

”Underbart! Jakes faster har en liten stuga precis vid kusten. Vi såg näbbdjur, vandrade, åt för mycket...”, avbröt hon sig själv och log lyckligt. ”Men berätta allt som har hänt här. Sarah gav mig en snabb genomgång, men jag vill höra om Midnight från dig.”

Zoe nickade mot dörren. ”Låt oss prata medan vi går. Flickorna klarar sig bra med Stormy.”

När de promenerade genom stallarna informerade Zoe Pip om de föregående tre veckorna, från den utmanande ankomsten i djurtransporten till dagens genombrott. Pip lyssnade uppmärksamt och ställde ibland klargörande frågor om Midnights beteendemönster och reaktioner på olika tillvägagångssätt.

”Tjejer, titta vem som är tillbaka”, meddelade Zoe när de passerade tvättspiltan igen på sin runda.

”Faster Pip!”, ropade Jemima och övergav sin flätning för att rusa fram. ”Hade du med dig något från Tasmanien?”

”Jemima McKenzie!”, skrattade Pip, gav Jemima en varm kram och sträckte ut handen för att rufsa om Charlottes röda hår när hon också närmade sig. ”Är det något sätt att välkomna mig hem? Men ja, det kan finnas en liten sak i min väska till dig.”

Hon riktade sin uppmärksamhet mot Lucy, som hade hållit sig tillbaka, plötsligt blyg i närvaron av någon ny. ”Och vem är det här? En ny rekryt i våra hästled?”

”Det här är Lucy Wareham”, presenterade Zoe. ”Hon har tagit lektioner medan du var borta, och hon har hjälpt mig med Midnight genom att hålla honom sällskap medan jag jobbar.”

Pips ögonbryn höjdes uppskattande. ”Det är ett stort ansvar. Trevligt att träffas, Lucy. Alla vänner till Midnight är mina vänner.”

Lucy strålade vid erkännandet och hennes blyghet smälte bort. ”Han åt lite hö precis bredvid staketet idag”, erbjöd hon. ”Och Zoe satt i hans hage!”

”Gjorde hon det?”, sa Pip och såg imponerad ut. ”Det måste jag definitivt se med egna ögon.”

Flickorna återvände till sin ryktning medan Zoe och Pip fortsatte sin rundtur, på väg mot Midnights hage. Medan de gick kunde Zoe inte låta bli att lägga märke till hur Pips närvaro verkade ge energi åt alla de passerade. Pip hade den effekten på människor; hennes naturliga entusiasm och värme smittade av sig.

”Så säg mig ärligt”, sa Pip när de närmade sig Midnights hage, och hennes ton blev allvarligare. ”Hur svårt har det varit?”

Zoe övervägde sitt svar noggrant. ”Utmanande men inte omöjligt. Han är djupt traumatiserad, men det finns en nyfiken, intelligent ponny under all den där rädslan. Jag har haft några små genombrott.”

De nådde staketet och stannade. Midnight betade mitt i hagen och lyfte vaksamt på huvudet när han såg dem. Han spände sig synligt vid åsynen av en ny person men skenade inte till hörnet som han skulle ha gjort tidigare.

Pip visslade lågt, tydligt imponerad av vad hon såg. ”Förväntade mig inte att han skulle se så lugn ut redan”, sa hon. ”Inte efter vad Graham berättade om honom. Han fick mig övertygad om att vi skulle ha att göra med en riktig demonponny.”

”Han har varit svår”, medgav Zoe och såg hur Midnight försiktigt återupptog betandet, även om hans uppmärksamhet förblev fäst på dem. ”Men hans aggression kommer från rädsla, och jag tror att han börjar komma över det värsta av det.”

”Du har gjort ett enastående arbete på ett par veckor”, sa Pip, genuint beundrande. ”Jag hade mina tvivel när Sarah informerade mig om hans ankomst, om jag ska vara ärlig.”

Berömmet värmde Zoe oväntat. Att det kom från Pip, vars skicklighet med svåra hästar var nästan legendarisk, betydde mycket. ”Jag borde lämna över vården av honom till dig nu när du är tillbaka”, erbjöd hon, även om en del av henne var ovillig att ge upp den koppling hon hade skapat med Midnight.

Pip skakade bestämt på huvudet. ”Han känner dig nu”, sa hon och såg hur Midnight tog några steg i deras riktning, nyfiken trots sin vaksamhet. ”Jag kan se att du har byggt upp något skört men äkta. Jag tänker inte ställa mig i vägen för det.”

”Är du säker?”, frågade Zoe. ”Han är ju ditt räddningsfall.”

”Han är Ridgewaters räddningsfall”, rättade Pip. ”Och du är rätt person för honom, det är solklart. Jag hjälper till med de fysiska aspekterna om du behöver ett par extra händer och en liten ryttare för att så småningom börja rida in honom igen, men förtroendebyggandet?” Hon gestikulerade mot Midnight, som hade vågat sig ännu närmare. ”Det är helt och hållet du, Zoe.”

Zoe kände en våg av stolthet över Pips förtroende för hennes förmågor, även om hon försökte att inte visa det alltför tydligt. ”Tack”, sa hon enkelt. ”Jag uppskattar förtroendet.”

”Du har förtjänat det”, svarade Pip, med en eftertänksam blick när hon studerade den svarta ponnyn.

”Hans hovar är i fruktansvärt skick”, sa Zoe härnäst och pekade på Midnights övervuxna hovar, som var synligt förlängda och började krulla sig något vid tårna. ”Han skulle ha verkats för länge sedan, men det finns ingen chans att han tolererar hantering än. Inte för något så invasivt.”

Pip nickade förstående. ”Vi kan dock inte skjuta upp det mycket längre. De långa tårna kommer snart att börja påverka hans balans och leder, om de inte redan har gjort det.”

”Jag vet.” Zoe suckade, frustrerad. ”Jag har försökt komma på ett sätt att närma mig det som inte raserar alla våra framsteg.”

”Lugnande medel”, sa Pip enkelt. ”Det är inte idealiskt, men ibland är det nödvändigt. Vi kan be Marcus ge en mild dos, precis tillräckligt för att ta udden av det värsta medan du arbetar.”

Zoe hade övervägt samma lösning, om än motvilligt. Varje interaktion med Midnight behövde bygga förtroende, inte urholka det, och påtvingad sedering kändes som ett steg bakåt. Men den fysiska verkligheten med hans hovar kunde inte ignoreras; korrekt hovvård var avgörande för hans övergripande rehabilitering. Och om det fanns någon veterinär hon kunde lita på att låta henne leda arbetet med Midnight, så var det hennes egen bror.

”Du har rätt”, medgav hon. ”Låt oss prata med Marcus. Kanske kan vi med våra senaste framsteg locka Midnight till staketet frivilligt för injektionen. Eller kanske en pilpistol?” Hon tog fram sin telefon och skickade ett sms till Marcus, som mycket snart svarade att han precis höll på att avsluta sitt sista jobb för dagen och skulle vara hemma om en halvtimme och mer än gärna hjälpa till.

De tillbringade mellantiden med att förbereda allt de skulle behöva: hovkratsar, verktänger, raspar och en bekväm matta där Midnight kunde stå säkert när han var sederad, eftersom det inte skulle vara ett alternativ att ta ut honom ur hagen för att sätta honom i verkstolen. Zoe gick igenom proceduren mentalt och planerade hur hon skulle arbeta effektivt under det begränsade fönster som sederingen skulle ge.

”Hur mår problempatienten?”, frågade Marcus när han närmade sig hagen, med veterinärväskan i handen.

”Bättre”, svarade Zoe blygsamt. ”Jag ser vissa framsteg. Idag var första gången han lät mig komma in i hagen.”

”Det är betydligt mer än ’vissa’ framsteg med tanke på hans bakgrund”, kontrade Marcus och förberedde en bedövningspil.

Zoe tuggade på underläppen medan Marcus laddade pilen i luftpistolen. ”Har inte använt en sån här på ett tag”, noterade han, siktade och tog sikte på Midnights hals.

”Jag skulle aldrig få honom att stå stilla tillräckligt länge för att du skulle få in en spruta i honom, dock”, sa Zoe beklagande. ”Bättre att göra det här på långt håll. Han kommer att associera det mindre med oss... det kommer att kännas mer som ett bistick.”

Marcus avfyrade, och Midnight ryckte till, vände på huvudet och försökte snappa efter pilen som satt i hans hals, men Marcus hade placerat den perfekt.

”Sådär ja”, sa Marcus tyst. ”Låt oss ge det några minuter att verka fullt ut.” Det lugnande medlet började verka nästan omedelbart, och ponnyns rörelser blev gradvis mindre koordinerade.

De såg på medan Midnights ögonlock blev tunga, hans huvud sänktes något när sederingen fördjupades. När han var tillräckligt dåsig gick Zoe försiktigt in i hagen och närmade sig honom, hela tiden pratande med en mild, lugnande ton.

”Jag är ledsen för den lömska pilen”, sa hon till honom medan hon lät sina händer lätt stryka nedför hans hals. ”Men vi måste ta hand om de där fötterna på dig.”

Med Pips hjälp placerade de Midnight på den förberedda mattan. Marcus och Pip höll honom i balans medan Zoe började arbeta med hans hovar. Hon lyfte varje fot i tur och ordning, rengjorde, verkade och raspade snabbt. Trots sin hastighet var hon noggrann och omformade försiktigt de övervuxna hovarna för att återställa korrekt balans och vinkel. Hon hade studerat barfotaverkning i två år för att kunna förstå hur hovproblem kunde påverka en hästs hela skelett- och muskelsystem, och även om hon inte var lika snabb som en mästerhovslagare kanske hade varit, visste hon att hon kunde göra ett hyfsat jobb.

När hon satte ner den sista hoven började Marcus undersöka Midnights tänder och öppnade försiktigt ponnyns mun för att kontrollera hans tandhälsa.

”Det var intressant”, mumlade han och kikade på Midnights tänder. ”Baserat på hans tandmarkörer är han bara ungefär fem år gammal.”

Zoe såg förvånat upp. ”Fem? Jag antog att han var minst sju eller åtta, med tanke på hans bakgrund.”

”Unga hästar kan tyvärr samla på sig mycket trauma på kort tid”, sa Marcus, och hans röst bar en antydan av den ilska de alla kände mot Midnights tidigare ägare. ”Men det här är faktiskt goda nyheter för hans rehabiliteringsutsikter. Unga hästar är mycket mer anpassningsbara, mer kapabla att koppla om dessa rädsloreaktioner.”

En våg av hopp blommade i Zoes bröst vid denna oväntade uppenbarelse. Ungdom innebar motståndskraft, anpassningsförmåga, en betydligt bättre chans till fullständig återhämtning. Det som hade verkat som en svår men värdefull rehabiliteringsinsats kändes nu som en verkligt lovande andra chans för den traumatiserade ponnyn.

”Det förklarar hans nyfikenhet”, sa hon eftertänksamt. ”Trots allt han har gått igenom finns det fortfarande den där ungdomliga vetgirigheten där under.”

Sederingen började avta. Midnights ögon var mer alerta nu, hans huvud lyftes när medvetandet återvände. Men istället för den panik hon kanske hade förväntat sig förblev han förvånansvärt lugn och blinkade dåsigt när han anpassade sig till sin omgivning.

Zoe såg en möjlighet i detta övergångstillstånd och bestämde sig för att prova något hon hade övervägt. Masterson Method-teknikerna gjorde ofta underverk för att släppa på spänningar hos hästar, och Midnight bar säkerligen på tillräckligt med fysiska spänningar för att motivera behandling, om hon kunde få honom att acceptera det.

Med långsamma, avsiktliga rörelser placerade hon sig nära hans huvud och började med lättast möjliga beröring, hennes fingertoppar nuddade knappt när hon följde urinblåsans meridian från hans nacke och nedåt. Metoden förlitade sig på subtilt kroppsarbete som respekterade hästens nervsystem, bad om lov istället för att kräva lydnad.

Till hennes glädje accepterade Midnight den milda beröringen utan att rycka till. Hans ögonlock sjönk något, inte från sedering nu utan från avslappning när hennes fingrar arbetade längs hans muskelgrupper och släppte på spänningar som troligen hade hållits i månader. När hon applicerade det minsta tryck på nyckelpunkter längs hans hals, svarade han med att sänka huvudet ännu mer, ett klassiskt tecken på att en häst släpper både fysisk och mental stress.

”Ser man på”, viskade Pip från där hon stod och tittade på. ”Han njuter faktiskt av det.”

När Zoe slutligen klev tillbaka, efter att ha arbetat sig igenom de stora spänningspunkter hon säkert kunde komma åt, stod Midnight tyst ett ögonblick innan han gick iväg med märkbart mer avslappnade steg. Den spända, skrämda rörelsen som hade kännetecknat honom sedan ankomsten hade tillfälligt gett vika för något mer naturligt, mer flytande, gången hos en häst som är bekväm i sin egen kropp.

Zoe såg honom gå, en tyst känsla av väl utfört arbete värmde hennes bröst. Sederingen hade varit nödvändig för hans fysiska vård, men denna fridfulla efterdyning, detta ögonblick av genuin avslappning, representerade något mycket mer värdefullt för hans långsiktiga återhämtning.

När hon vände sig om för att följa efter Marcus och Pip från hagen, fångade en rörelse på verandan till huvudbyggnaden hennes uppmärksamhet. Danny stod djupt försjunken i ett samtal med Ryan och Sarah, deras huvuden böjda över vad som såg ut att vara kartor och dokument utspridda över bordet. Även på detta avstånd kunde hon se intensiteten i Dannys uttryck när han pekade på något i papperen, hans fokus helt uppslukat av vad hon förstod måste vara utredningen om förbifarten.

Sarah nickade åt vad det än var Danny poängterade, medan Ryans gester antydde att han förklarade något komplicerat om dokumenten. Deras gemensamma beslutsamhet att skydda Ridgewater väckte något i Zoes bröst, en växande tillgivenhet för denna plats och de människor som kämpade för den.

Som om han kände hennes blick såg Danny plötsligt upp, och hans ögon mötte hennes över avståndet. För ett kort ögonblick höll deras blickar varandra, och Zoe kände ett oväntat fladder under revbenen innan hon snabbt tittade bort och påminde sig själv om att fokusera på sina egna ansvarsområden istället för den distraherande journalisten med de snälla gröna ögonen och beskyddande naturen.

Kapitel sju

Danny satt med bister min och tittade ner på pappren som täckte hans köksbord medan han smuttade på dagens första kaffe. Den bittra smaken passade hans humör när han markerade ännu en inkonsekvens i planeringsprocessen för förbifarten. Gult för proceduravvikelser, orange för misstänkt tajming, blått för namn som dök upp för ofta vid nyckelbeslut. Mönstret blev allt tydligare för varje dokument han granskade, och historien som tog form i hans huvud var långt ifrån den transparenta planeringsprocess som borde ha följts.

”Kommunalråd Conley igen”, mumlade han och ringade in namnet med blått. Fjärde gången på sex månader som Conley hade drivit igenom ett förslag som gynnade den östra sträckningen med minimal diskussion. Danny bläddrade tillbaka i sina anteckningar och kopplade ihop datum då Coastal Holdings hade köpt intilliggande fastigheter med kommunfullmäktigemöten där viktiga beslut mystiskt nog saknades i protokollen.

Utkastet till artikeln växte, stycke för stycke. Tre veckors undersökning hade gett mer än tillräckligt med bevis för att väcka allvarliga frågor om urvalsprocessen för förbifarten. Det som hade börjat som en tjänst åt familjen McKenzie hade utvecklats till exakt den typ av historia som han hade byggt sitt rykte på i Brisbane: mäktiga intressen som manipulerade offentliga processer för privat vinning, medan vanliga medborgare fick stå för kostnaden.

Morgonens stillhet omslöt honom som en välbekant filt. De här tidiga timmarna innan Lucy vaknade hade blivit hans mest produktiva tid och lät honom fokusera helt utan den ständiga medvetenheten om att vara förälder. Han skrev snabbt och orden flödade när han översatte torra proceduravvikelser till en berättelse som vanliga läsare kunde följa.

”*Den östra förbifartssträckningen, som skulle skära rakt igenom historiska jordbruksfastigheter och störa etablerade verksamheter, presenterades konsekvent som det enda gångbara alternativet trots betydande motstånd från lokalsamhället och att ett lämpligt alternativ presenterats i den västra sträckningen*”, skrev han. ”*Dokument som denna reporter har tagit del av avslöjar ett mönster av genvägar i förfarandet och selektivt samråd, vilket väcker allvarliga frågor om huruvida korrekta planeringsprotokoll har följts.*”

Danny pausade och gned sig i ögonen innan han granskade det han hade skrivit. Fakta behövde tala för sig själva, men han visste av erfarenhet att siffror och datum ensamma inte skulle beröra läsarna. Han behövde det mänskliga elementet, berättelserna som förvandlade abstrakta politiska beslut till synliga konsekvenser för verkliga människors liv.

Han tog fram sina intervjuanteckningar och skrollade till Helens redogörelse för hennes familjs mjölkgård. Tre generationer hade brukat den jorden och byggt upp den från ingenting till en produktiv verksamhet som försörjde inte bara deras familj utan även flera anställda. Den östra sträckningen skulle göra den obrukbar genom att dela fastigheten i två delar med en livligt trafikerad motorväg, som korna inte kunde korsa för att nå mjölkningsladan.

”Min farfar lärde mig att mjölka i den ladan när jag var sex år”, hade Helen sagt till honom med stadig röst men med lätt darrande händer. ”Mina söner och döttrar lärde sig också där. Vad ska jag säga till dem nu? Att framsteg betyder att radera vår historia?”

Danny arbetade in hennes ord i artikeln och kontrasterade det kliniska språket i kommunens ersättningserbjudande med det ovärderliga värdet av kunskap som förts vidare i generationer och kopplingen till platsen.

Situationen på Ridgewater var både enklare och mer komplex. På pappret borde det vara en enkel expropriation; staten skulle tvångsinlösa marken som behövdes för vägkorridoren. Men Danny hade med egna ögon sett vad Ridgewater betydde för samhället. Ridlektionerna som byggde barns självförtroende, sysselsättningen den erbjöd, känslan av kontinuitet den representerade i en värld av ständig förändring. Hur beräknade man skälig ersättning för det? Och varför insisterade staten på att lösa in hela fastigheten? Visst skulle erbjudandet läggas fram så att familjen kunde köpa en likvärdig fastighet någon annanstans, men vad skulle hända med resten av marken som inte användes för själva vägen ... och vem skulle tjäna på det? För precis som Ryan Wardell var han helt säker på att det inte skulle vara familjen McKenzie.

Hans fingrar svävade över tangentbordet när han funderade på hur han skulle rama in den här delen av historien. Ridgewater var inte vilken fastighet som helst; den hade blivit personligt viktig för honom genom Lucys förvandling. Journalisten i honom varnade för att låta den personliga kopplingen färga hans rapportering, men pappan i honom kunde inte ignorera hur ridcentret hade hjälpt hans dotter att hitta fotfästet efter traumat av deras familjs splittring och deras flytt till landet.

Det mjuka ljudet av bara fötter på köksgolvet avbröt hans tankar. Lucy dök upp i dörröppningen, med håret i en vild röra från sömnen och med fortfarande tunga ögonlock.

”God morgon, pappa”, gäspade hon och lufsade mot skåpet. ”Du har varit uppe hur länge som helst.”

Danny sneglade på klockan – 06.45. ”Bara några timmar. Jobbar med artikeln om förbifarten.”

Lucy nickade frånvarande och sträckte sig efter flingpaketet. Danny såg på när hon genomförde sin frukostrutin med de effektiva rörelserna hos ett barn som hade vant sig vid att vara självständig. Hon hällde upp flingor, tillsatte mjölk och bar sin skål till den lilla yta hon hade röjt vid kanten av bordet, till synes oberörd av det organiserade kaoset av hans researchmaterial.

”Kan vi åka till Ridgewater efter frukosten?” frågade hon mellan tuggorna. ”Jemima sms:ade i går kväll. Hon och Charlotte vill att jag ska komma och vara där hela dagen. Jemimas mamma sa att det var okej och att jag kan äta smörgåsar till lunch i Stora huset med dem.”

”Hela dagen?” Danny höjde ett ögonbryn. ”Det är en lång tid.”

Lucy ryckte på axlarna, en avväpnande vuxen gest. ”Det är lov nu. Jemima ska lära mig hur man gör tävlingsflätor ordentligt, och Charlotte har en ny bok om hästar som hon vill visa mig.”

Ivern i hennes röst var omöjlig att motstå. För två månader sedan hade Lucy varit den nya tjejen utan vänner, tyst och tillbakadragen. Nu hade hon inbjudningar, interna skämt, delade intressen – alla de normala barndomsupplevelser han hade fruktat skulle gå förlorade i deras svåra nystart.

"Det går väl bra, antar jag", sa han och försökte låta nonchalant snarare än absurt tacksam mot familjen McKenzie och deras ridcenter. "Jag måste ändå ställa några uppföljningsfrågor till Sarah för den här artikeln."

Lucys ansikte lyste upp. "Tack, pappa! Jag går och klär på mig direkt."

"Ät upp din frukost först", sa Danny när hon började skjuta sig från bordet, med bara halva flingportionen uppäten. "Du kommer att behöva energin för en dag med hästarna."

Han trodde nästan att hon skulle himla med ögonen åt honom, men hon nickade med en eftertänksam min och tog upp skeden igen. "Du har rätt. Fröken Zoe säger att det är viktigt att komma ihåg att ta hand om sig själv först, annars kan man inte hjälpa andra, oavsett om det är hästar eller människor."

"Det låter väldigt förnuftigt." Och det lät precis som Zoe också. Danny log, sparade sedan sitt artikelutkast och började samla ihop de viktigaste dokumenten att ta med sig medan Lucy åt upp sin frukost, ställde in skålen i diskmaskinen och skyndade sig upp på övervåningen igen. Berättelsen tog form, mönstret av tvivelaktiga beslut blev tydligare med varje bevisbit han samlade ihop.

Det handlade inte bara om vägar och sträckningar, insåg han. Det handlade om vad som hände när beslut som påverkade samhällen fattades av människor som inte skulle behöva leva med konsekvenserna. Det handlade om makt och dess ansvarsfulla användning, om skillnaden mellan framsteg som förde människor framåt och framsteg som helt enkelt körde över dem.

Medan han sorterade sina papper kunde han höra Lucy röra sig på övervåningen, troligen ivrigt på väg att hoppa i sina ridkläder med en entusiasm som bara en nioåring kunde uppbåda klockan sju på morgonen. Hennes upprymdhet smittade av sig och värmde honom mot kylan från det hans utredning avslöjade.

Vad som än hände med förbifarten hade han åtminstone gett sin dotter detta: en plats där hon hörde hemma, vänner som uppskattade henne, färdigheter som byggde hennes självförtroende. För nu fick det räcka.

Danny körde de få korta minuterna till Ridgewater och lyssnade på Lucys livliga pladder från baksätet. Jullovet sträckte ut sig framför dem som en omålad duk, och hans dotter hade uppenbarligen bestämt sig exakt för hur hon ville måla den, i Ridgewaters färger, omgiven av hästar och sina nyfunna vänner. Hennes upprymdhet smittade av sig, även om en liten knut av oro bildades i hans mage över hur snabbt hon växte upp och sträckte sig efter upplevelser bortom hans beskydd.

”Och Jemima säger att de dekorerar ponnyerna till jul med glitter och bjällror och sånt”, fortsatte Lucy och tog knappt en paus för att andas. ”Hon sa att jag får hjälpa till med Foxie om jag vill, och vi ska öva inför julshowen där alla klär ut sig till renar i finalen. Visste du att hästar kan ha horn? Inte riktiga, såklart.”

Danny log mot hennes spegelbild i backspegeln. ”Självklart. Även om jag kan tänka mig att hästarna inte är särskilt entusiastiska över det.”

”Jemima säger att de inte har något emot det så länge hornen inte är för tunga. Och vi ger dem extra morötter som tack.” Lucy tryckte ansiktet mot fönstret när de svängde in på den välbekanta grusvägen som ledde till Ridgewater. ”Fröken Emma säger att Foxie är jättetålmodig med utklädningar. Inte som Butterscotch som försöker äta upp dekorationerna.”

Det avslappnade sättet som Lucy nu refererade till personalen och hästarna på, med den lätta förtrogenheten hos någon som hör hemma, värmde något i Dannys bröst. Bara för några veckor sedan hade hon varit tveksam och osäker, och hade klamrat sig fast vid hans hand när de gav sig in i denna okända värld. Nu talade hon om den med självförtroendet hos någon som visste exakt var hon passade in.

Bilen hade knappt stannat förrän Lucy knäppte upp sitt säkerhetsbälte och ramlade ut. Hon fick syn på Jemima och Charlotte vid ridbanan där Emma höll på att ställa upp hinder, dock mycket mindre än de han hade sett henne ta Phoenix över några dagar tidigare; de här måste vara för elevers lektioner. Danny såg Lucy springa över gården, med spretiga lemmar och studsande lockar, och hennes vänners ansikten lyste upp när de såg henne närma sig. Trion föll omedelbart in i en livlig konversation och pekade mot hindren som Emma arrangerade tills Emma vinkade över dem för att hjälpa till.

Han klev ur långsammare och stoppade ner sin anteckningsbok i bakfickan. Den välbekanta atmosfären på Ridgewater mötte honom; hovar som klapprade på betong när Kate ledde sin höga, grå skimmel tillbaka till stallet efter ett dressyrpass, den söta doften av grönt gräs, en kookaburra som skrattade i närheten. Han lutade sig mot staketet, nöjd med att observera flickornas interaktion på avstånd.

Emma vinkade till honom innan hon vände sig tillbaka till barnen och demonstrerade något om hindren med händerna. Alla tre flickorna nickade allvarligt och tog till sig lektionen med identiska, koncentrerade uttryck. Sedan pekade Emma mot en hage där flera ponnyer betade och gav uppenbarligen instruktioner.

Lucy bröt sig loss först, med Jemima och Charlotte efter sig. Danny såg sin dotter – sin försiktiga, en gång tveksamma dotter – självsäkert öppna grinden, gå in i hagen och närma sig en raggig brun ponny. Djuret lyfte på huvudet, öronen spetsade framåt i igenkänning, och lunkade mot henne utan tvekan.

”När lärde du dig det där?” mumlade Danny för sig själv och såg på när Lucy spände en grimma över ponnyns huvud. Rörelserna såg naturliga ut, som om hon hade hanterat hästar hela sitt liv snarare än bara i några veckor. Hon tog grimskaftet och ledde ponnyn till grinden där hennes vänner mötte henne med ytterligare två ponnyer, och alla tre flickorna pratade och skrattade på väg till stallet.

Något fastnade i halsen på honom; stolthet blandat med en märklig sorg. Varje ny färdighet som Lucy bemästrade var samtidigt en seger och ett litet steg bort från den lilla flickan som hade behövt honom för allt. Han ville att hon skulle växa, att hon skulle bli självsäker och kapabel, men varje milstolpe påminde honom om hur flyktig barndomen var, hur snabbt hon höll på att bli sin egen person.

En rörelse nära hingsthagen fångade hans uppmärksamhet. Zoe satt precis innanför grinden till Midnights inhägnad, med en uppslagen bok i knät. Den svarta ponnyn, som inte längre var det skrämda, aggressiva djur Danny först hade sett, betade fridfullt bara ett par meter bort. Han verkade lugn, med en avslappnad hållning när han systematiskt betade gräset, och ryckte då och då på ett öra mot Zoe men visade ingen av den panik som hade präglat hans första dagar på Ridgewater.

Danny tittade fascinerat på den tysta scenen. Han hade varit skeptisk till Zoes rehabiliteringsmetod, övertygad om att ponnyn var för farlig för att rädda. Ändå var detta synliga bevis på framsteg; det traumatiserade djuret kunde nu existera fredligt i en människas närvaro. Zoe satt avslappnad, lutad på en arm, hennes vilda lockar samlade i en lös fläta, och vände ibland sida i boken men var i övrigt noga med att vara stilla.

Hans uppmärksamhet drogs tillbaka till stallet när Lucy kom ut ledande sin numer borstade ponny, vars päls glänste i morgonsolen. Hon band den vid en bom och gick till sadelkammaren, återvände med sadel och träns och lade dem på ponnyn med fullständigt självförtroende. Förvandlingen från det trevande barnet på hennes första lektion till denna självsäkra unga ryttarinna var anmärkningsvärd. Emma kom för att kontrollera Lucys arbete, och även från detta avstånd kunde Danny se Lucys stolta leende när Emma nickade och klappade Lucy på axeln med ett berömmande ord.

Ett skrik av skratt hördes när Charlotte sa något som fick båda de andra flickorna att bryta ut i fnitterattacker. Danny log. Dessa stunder av okomplicerad glädje hade varit sällsynta i efterdyningarna av skilsmässan och vårdnadstvisten. Att se Lucy skratta ohämmat, med avslappnad kropp och ett öppet, glatt ansikte, kändes som en gåva han inte vetat att han skulle be om.

Hans fridfulla observation avbröts när Lucy pekade mot Midnights hage och sa något till sina vänner innan hon vände sig om och sprang tillbaka mot där Danny stod. Hennes ansikte strålade av upphetsning när hon nådde honom.

”Pappa! Titta på Midnight!” utbrast hon och pekade mot den avlägsna hagen. ”Han låter fröken Zoe sitta mitt i hans hage nu! Och han äter och allt, inte rädd!”

Danny nickade. ”Jag ser det. Hon har gjort stora framsteg med honom.”

”Fröken Zoe säger att han börjar lita på människor igen. Hon sa igår att hon kanske snart ska försöka röra vid honom.” Hennes ögon glänste av upphetsning. ”Pappa, jag frågade om jag fick hjälpa till med honom, och hon sa kanske, om du sa att det var okej.”

Knutan av oro i Dannys mage drog ihop sig. ”Hjälpa till med Midnight? Lucy, den ponnyn skickade någon till sjukhuset. Han bet fröken Zoe så illa att hon behövde bandage."

"Jag vet, men det var flera veckor sedan. Han är mycket bättre nu." Lucys ansikte blev allvarligt, det uttryck hon hade när hon försökte övertyga honom om något viktigt. "Jag skulle vara jätteförsiktig, pappa. Jag lovar. Fröken Zoe säger att jag har en mjuk hand med hästar. Hon sa att jag kunde hjälpa till bara genom att sitta tyst och läsa nära honom, som vi gjorde förut. Jag skulle inte försöka röra honom eller något förrän hon sa att det var okej."

Danny sneglade mot Midnights hage, där den svarta ponnyn fortsatte att beta fredligt. Det gick inte att förneka att djuret såg lugnare ut, men minnet av Zoes blodiga arm och den ondskefulla attacken fanns kvar levande i hans medvetande. Tanken på Lucy någonstans i närheten av det oförutsägbara djuret skickade en kall våg av rädsla genom honom.

"Snälla pappa?" bad Lucy enträget, och läste tydligt hans tvekan. "Det är viktigt. Han måste lära sig att barn inte är läskiga också, för han är för liten för att vara en vuxenhäst."

Danny fann sig sliten mellan att vilja stödja Lucys medkänsla och sitt instinktiva behov av att skydda henne från potentiell skada. Det ivriga hoppet i hennes ögon gjorde det svårt att vägra, men risken, hur minskad den än var, kändes fortfarande för stor. Han tittade åter mot Zoe och undrade hur hon så lugnt kunde dela utrymme med ett djur som en gång hade attackerat henne.

"Låt mig prata med fröken Zoe först", sa han slutligen och köpte sig tid att formulera sina invändningar. "Jag måste förstå exakt vad hon föreslår innan jag kan bestämma mig."

Lucys ansikte ljusnade. "Tack, pappa! Jag ska berätta för Jemima och Charlotte att jag kanske får hjälpa till med Midnight!" Hon skyndade sig tillbaka till de andra flickorna och lämnade Danny stirrandes efter henne med en blandning av stolthet och oro.

Han rätade på sig från staketet, spände axlarna och gick mot Midnights hage. Det här samtalet med Zoe var nödvändigt, men han visste redan att svaret skulle göra hans dotter besviken. Vissa risker, oavsett hur kontrollerade, var helt enkelt för stora för att ta med den person han älskade mest i hela världen.

Zoe tittade upp från sin bok när Danny närmade sig och läste genast något i hans uttryck som fick henne att sätta ett bokmärke och resa sig graciöst från sin sittande position. Hon mumlade något till Midnight innan hon smet genom grinden för att möta Danny utanför hagen. På nära håll hade hennes gyllenbruna ögon en frågande blick, och en vild hårslinga hade rymt från hennes fläta och krullade sig mot hennes kind. Danny tvingade sig själv att fokusera på saken i fråga snarare än den distraherande lusten att stoppa in den bångstyriga locken bakom hennes öra.

”Lucy berättade just för mig att du diskuterade att hon skulle hjälpa till med Midnight”, sa han rakt på sak, med spända axlar av anspänning.

Zoe nickade, hennes uttryck öppet men försiktigt. ”Vi pratade om det igår. Hon har faktiskt frågat i flera veckor.” Hon sneglade tillbaka mot ponnyn, som fortsatte beta, till synes oberörd av avbrottet. ”Jag sa till henne att det helt och hållet berodde på din tillåtelse.”

”Jag är inte bekväm med det”, konstaterade Danny krasst och lade armarna i kors. ”Jag förstår att han visar förbättring, men risken verkar fortfarande onödig.”

Zoe studerade honom en stund, med huvudet lätt på sned som för att försöka läsa mellan hans ord. ”Jag uppskattar din oro”, sa hon slutligen. ”Men Lucy har visat ett anmärkningsvärt omdöme kring hästar. Hon respekterar gränser bättre än många vuxna jag har undervisat.”

”Det handlar inte om Lucys omdöme. Det handlar om ett oförutsägbart djur med en våldsam bakgrund.” Danny pekade mot den svarta ponnyn. ”Han skickade någon till sjukhuset. Han bet dig så illa att du behövde läkarvård.”

”Båda är sanna påståenden”, erkände Zoe lugnt. ”Och jag skulle inte föreslå detta om jag trodde att Midnight utgjorde samma risknivå som han gjorde när han kom hit.” Hon kavlade upp ärmen och visade de nästan läkta märkena där Midnights tänder hade brutit huden. ”Men han gör genuina framsteg. Sessionerna med Lucy skulle vara helt övervakade, Danny. Hon skulle inte interagera med honom direkt alls utan min närvaro, och hon kommer inte att röra honom förrän jag tror att han är redo. Jag vill ärligt talat bara ha henne här för att prata med medan jag arbetar med honom, för att hjälpa honom att associera barns röster med lugna, positiva upplevelser.”

Dannys käke spändes. ”Tills något skrämmer honom och han anfaller.”

”Det är därför vi har säkerhetsrutiner.” En antydan till frustration smög sig in i Zoes röst. ”Lucy har följt varje instruktion hon har fått perfekt varje gång hon har varit i närheten av Midnight.”

”Dina rutiner stoppar inte en målmedveten häst.” Danny skakade på huvudet. ”Jag har sett vad som händer när säkerhetsåtgärder misslyckas. När folk blir självbelåtna med risker.”

Zoes uttryck skiftade subtilt, från professionellt tålamod till något mer direkt. ”Det är skillnad på rimlig försiktighet och förlamande rädsla. Att lära sig bedöma och hantera risker är en del av att växa upp.”

”Det här handlar inte om min föräldrafilosofi”, sa Danny, med skarpare röst än han hade tänkt. ”Det handlar om en specifik fara som det verkar onödigt att utsätta min dotter för.”

”Allt som är värt något innebär en viss risk”, kontrade Zoe, och hennes egen ton hettade till. ”Ridlektioner. Att skaffa vänner. Att växa upp. Vi kan inte eliminera risker helt och hållet, vi kan bara lära oss att hantera dem.”

”Vi kan undvika onödiga risker”, insisterade Danny. ”Midnight är inte Lucys ansvar. Det finns gott om andra hästar hon kan arbeta med, sådana utan hans historia.”

Zoe suckade och drog en hand genom håret i frustration, vilket fick fler lockar att lossna från hennes fläta. ”Lucy har en sällsynt gåva med hästar; inte ens Jemima, som växte upp här, har den där odefinierbara egenskapen som Lucy besitter naturligt. Hon är mild, tålmodig, icke-hotfull. Egenskaper som är otroligt värdefulla i det här arbetet.” Hon mötte hans blick direkt. ”Hon vill hjälpa honom, Danny. Hon utvecklar empati och medkänsla genom dessa upplevelser. Det är egenskaper som är värda att vårda, även om de kommer med noggrant hanterade risker.”

”Till vilket pris?” Dannys röst sjönk, och orden var laddade med en betydelse som sträckte sig bortom deras omedelbara sammanhang. ”Var drar vi gränsen mellan värdefull erfarenhet och onödig fara?”

”Du kan inte linda in henne i bomull för evigt”, sa Zoe mjukt och sträckte ut handen för att kort röra vid hans arm. ”Barn behöver utrymme för att testa sina gränser, för att upptäcka sina förmågor. Lucy håller på att hitta något hon är genuint bra på, något som betyder något för henne.”

Den enkla beröringen och den tysta sanningen i hennes ord frigjorde något i Dannys bröst. ”Det var det min exfru sa innan hon lämnade oss för en man med ett kriminellt förflutet”, sa han plötsligt, och bekännelsen vällde ut innan han kunde hejda den. ”Hon valde honom framför Lucys säkerhet. Sa till mig att jag var överbeskyddande, att jag behövde ’låta Lucy leva lite’. Och sedan kämpade jag för ensam vårdnad eftersom hennes nya pojkvän hade domar för sexuella övergrepp på minderåriga och redan hade hotat Lucy. Rakt upp i hennes *ansikte*. Ginny gjorde absolut ingenting för att stoppa det.”

Zoes uttryck förvandlades, från chock till förståelse och sedan djup empati. ”Jag är så ledsen. Det visste jag inte.”

”Hur skulle du kunna?” Han tittade bort, förvånad över sitt eget avslöjande. ”Det är inget jag pratar om. Men det är därför säkerhet inte är förhandlingsbart för mig. Jag har på nära håll sett vad som händer när de människor som borde skydda Lucy väljer att inte göra det.”

Spänningen mellan dem förändrades, konfrontationen löstes upp i något mer komplext. Zoes röst var mild. ”Det måste ha varit skrämmande för er båda.”

”Det var det.” Danny svalde tungt och fann en oväntad lättnad i att äntligen tala om det. ”Vårdnadstvisten var ful. Lucy hamnade i mitten och fick höra saker som inget barn borde höra. När vi äntligen kom till rätta här, lovade jag mig själv att hon aldrig skulle känna sig otrygg igen.”

”Och nu bygger ni upp allt igen”, sa Zoe mjukt. ”Hittar fotfästet på en ny plats, bara ni två.”

Danny nickade, slagen av hur snabbt hon hade förstått. ”Allt jag gör handlar om att ge henne stabilitet, trygghet. Se till att hon vet att hon alltid kan lita på mig.”

”Hon vet det, Danny.” Zoes ögon var varma av visshet. ”Vem som helst som tillbringar fem minuter med er två kan se det. Hon litar fullständigt på dig.”

”Då måste jag vara värdig det förtroendet. Vilket innebär att inte utsätta henne för onödiga faror, även med de bästa avsikter.” Han suckade och drog en hand genom håret. ”Jag vill stödja hennes intressen. Det vill jag verkligen. Men det här känns som för mycket, för tidigt.”

Zoe nickade långsamt. ”Det förstår jag. Och jag respekterar ditt beslut, även om jag ser situationen annorlunda.” Hon tvekade och tillade sedan: ”Om det är till någon tröst skulle jag aldrig föreslå något som jag trodde kunde medföra en risk för skada för Lucy. Hennes säkerhet är viktig för mig också.”

Den enkla uppriktigheten i hennes röst överrumplade honom. De stod nära varandra nu, och morgonsolen kastade fläckiga skuggor genom eukalyptusträden på Zoes uppåtvända ansikte. Danny fann sig i att lägga märke till detaljer han hade försökt ignorera; kurvan på hennes mun när hon talade, guldfläckarna i hennes ögon som fångade ljuset, sättet hon lyssnade på med hela sin kropp, närvarande och engagerad.

"Det vet jag", sa han, och hans röst sjönk för att matcha ögonblickets plötsliga intimitet. "Jag tror att det är därför det här är så komplicerat."

Något förändrades i hennes uttryck, en flamma av medvetenhet som matchade känslan av att det drog ihop sig i hans bröst. De stod knappt en handsbredd ifrån varandra nu, samtalet hade fört dem närmare utan medveten avsikt. Danny märkte att han lutade sig något framåt, dragen av en kraft han hade kämpat emot i veckor. Zoes läppar skiljdes mjukt åt, hennes ögon mötte hans med en outtalad fråga.

Då slog verkligheten tillbaka som en kall våg. Vad höll han på med? Den här kvinnan arbetade med hans dotter. Varje komplikation mellan dem skulle påverka Lucy också. Han rätade abrupt på sig, tog ett steg tillbaka och ångrade omedelbart den glimt av besvikelse som for över Zoes ansikte innan hon kunde dölja den.

"Jag borde återgå till arbetet", sa Zoe snabbt och stoppade in boken under armen med händer som inte var helt stadiga. "Flickorna skulle hjälpa till med en handikapplektion. Emma kommer att behöva hjälp."

Innan Danny hann svara gick hon därifrån, med målmedvetna om än något snabba steg. Han såg efter henne, med en blandning av förvirring och frustration som virvlade i bröstet. Hur hade ett samtal om Lucys säkerhet kunnat spåra ur till ett så personligt område? Och varför, trots sin övertygelse om Midnight-situationen, kände han att han på något sätt hade misslyckats med ett viktigt test?

Midnight frustade mjukt från sin hage och fångade Dannys uppmärksamhet. Ponnyn iakttog honom med intelligenta ögon, inte längre det skräckslagna djur som hade anlänt i djurtransporten. Framsteg var möjligt, erkände Danny. Människor – och djur – kunde läka från sina trauman, lära sig att lita igen. Men den läkningen kunde inte påskyndas, och den fick inte ske på bekostnad av säkerheten.

Han vände sig om och gick tillbaka dit Lucy skulle vänta, medveten om att han skulle behöva göra henne besviken. Vissa läxor, reflekterade han bistert, var svårare att lära ut än andra.

Kapitel åtta

JULDEKORATIONER PRYDDE STALLDÖRRARNA PÅ Ridgewater, en krans gjord av stängseltråd sammanvävd med glitter och röda band och gav den vanligtvis så funktionella platsen en känsla av julglädje. Det var två veckor kvar till jul och hela anläggningen surrade av förberedelser inför den årliga uppvisningen, höjdpunkten på Ridgewaters kalender. Från det täckta ridhuset hördes julsånger spelas från bärbara högtalare medan Kate instruerade en avancerad dressyrelev genom en träning av ett kürprogram.

Zoe stannade till vid ingången till stallet och log åt synen framför sig. Lucy, Jemima och Charlotte stod hopkurade runt en grupp ponnyer och deras ryktborstar rörde sig i rytmiska drag över skinande pälsar. Förvandlingen hos Lucy under de senaste veckorna fortsatte att förvåna henne; där det en gång funnits ett tveksamt, vaksamt barn stod nu en självsäker ung flicka, vars skratt blandades fritt med vännernas.

”Pappa köpte en ny tävlingströja till mig”, sa Charlotte och arbetade med en kam genom Beaus svarta man. ”Han hittade den här gröna med glittrande strasstenar som matchar Beaus tävlingspannband perfekt.”

”Mamma säger att jag får ha mina nya vita ridbyxor”, svarade Jemima och borstade försiktigt ut Butterscotchs gyllene svans. ”Och vi ska sätta små bjällror på Phoenix förbygel till den avslutande paraden. Vi provade dem på honom och han hade inget emot dem alls!”

Lucy såg upp från där hon kratsade Foxies hovar, med ett uttryck som strålade av spänning. ”Tror ni att Foxie kommer att bli rädd för dekorationerna? Jag har aldrig tävlat förut.”

”Foxie har varit med på julshowen varje år sedan jag var liten”, försäkrade Jemima henne. ”Hon älskar det. Alla ponnyerna får extra godis efteråt.”

Zoe fortsatte förbi, glad över att se Lucys smidiga integration i livet på Ridgewater. Julshowen var ett perfekt tillfälle för hennes första tävlingserfarenhet; festlig snarare än skrämmande, med fokus på att ha roligt snarare än på teknisk precision. Lucys ridning hade förbättrats anmärkningsvärt; hon red nu lätt i trav med en naturlig rytm och började förstå det subtila språket av skänklar och viktförskjutningar. Pip planerade att låta henne gå vidare till en mer avancerad ponny snart och börja lära henne galoppera och ta små hinder, och själva tanken på detta skrämde Danny, men efter att ha nekat Lucy tillåtelse att hjälpa till med Midnight insåg han att han inte kunde hålla tillbaka henne i den naturliga utvecklingen i hennes ridning heller.

Ute kastade morgonsolen långa skuggor över gårdsplanen när Zoe gick mot Midnights hage. Den svarta ponnyn hade fortsatt att göra stadiga framsteg, där varje dag medförde små men betydelsefulla segrar. Bara igår hade han låtit Zoe klappa honom på halsen i nästan fem minuter, och hans inledande spänning smälte gradvis under hennes mjuka beröring när hon använde Masterson-tekniker för att uppmuntra honom att släppa den.

Idag bar hon ett mjukt grimskaft ledigt slängt över axeln, fast besluten att fortsätta deras ledövningar. Midnights hovar såg mycket bättre ut och han hade börjat röra sig friare sedan deras ingripande, men hon ville inte behöva ge honom lugnande igen. Hon behövde kunna lyfta varje hov på ett säkert sätt innan hans nästa verkning om några veckor.

”God morgon, snygging”, ropade hon när hon närmade sig staketet.

Midnights huvud lyftes från betandet, med öronen spetsade framåt i igenkänning. Han frustade en gång och gick sedan mot henne med avmätta steg, utan att skynda sig, men inte heller tveka. Detta villiga närmande fyllde fortfarande Zoe med en tyst stolthet varje gång det hände.

Hon smet igenom grinden och stängde den noggrant bakom sig. Midnight stod några meter bort och iakttog med intelligenta ögon medan hon började deras vanliga rutin, som inleddes med ett mjukt samtal och försiktiga rörelser. När hon slutligen sträckte sig efter grimman som hängde på staketstolpen sänkte han huvudet en aning, inte direkt erbjudande, men inte heller motsträvigt. Zoe väntade, orörlig, tills Midnight blåste ut en pust och vände huvudet lite längre mot henne och accepterade hennes förfrågan.

”Så ja”, mumlade hon, lade grimman över nosen på honom och gav honom en morotsbit som belöning. ”En perfekt gentleman idag.”

Ljudet av en bilmotor drog kort hennes uppmärksamhet till uppfarten där Dannys bil stannade. Lucy hade nämnt att han skulle hämta henne tidigare än vanligt idag för att handla julklappar i Brisbane. Deras tidigare spänning hade gradvis lättat under de senaste veckorna och övergått i en försiktig förståelse, även om Zoe fortfarande kände ett fladder av medvetenhet närhelst han dök upp.

Hon fokuserade igen på Midnight och fäste försiktigt grimskaftet i hans grimma. ”Ska vi ta en liten promenad? Bara runt hagen som vanligt.”

Ponnyn följde henne med endast minimal spänning; tidigare explosiva reaktioner på tryck från grimman var nu ersatta av försiktig följsamhet. De gick en runda i hagen, och Zoe berömde honom tyst medan de gick och delade ut enstaka morotsbitar. Hans framsteg hade varit anmärkningsvärda, men hon förblev smärtsamt medveten om hur skört hans nyvunna förtroende fortfarande var och hur lätt en plötslig skrämsel kunde utlösa hans försvarsreaktioner.

Hon höll på att be honom att vika undan från henne i en vändning när hon lade märke till att Lucy skyndade mot hagen, med ansiktet strålande av spänning, och Danny som följde flera steg efter. Zoe kunde läsa spänningen i hans gång, den lätta rynkan mellan ögonbrynen som dök upp närhelst Lucy närmade sig Midnights utrymme, trots staketet mellan dem.

”Fröken Zoe!” ropade Lucy, lätt andfådd när hon nådde staketet. ”Midnight ser fantastisk ut! Han går så fint med dig.”

”Han sköter sig underbart idag”, instämde Zoe och ledde ponnyn mot staketet men stannade på ett säkert avstånd. ”Vi övar på våra vändningar och halter.”

Lucys ögon glänste av ohämmad beundran när hon såg Midnight svara på Zoes mjuka vägledning. ”Han är så vacker. Och han mår mycket bättre nu, eller hur? Han är inte rädd för människor längre.”

”Han har gjort otroliga framsteg”, bekräftade Zoe och läste noggrant ponnyns kroppsspråk när de stod nära staketet. Hans öron pendlade mellan henne och Lucy, men hans hållning förblev relativt avslappnad. ”Men han håller fortfarande på att lära sig att lita på folk.”

Lucy grep tag i staketribban, med ett ivrigt uttryck. ”Fröken Zoe, jag tänkte... eftersom Midnight kan ledas nu, kanske jag kunde visa honom i klassen för visning vid hand på julshowen? Jemima sa att nybörjare kan vara med i klassen för visning vid hand även om de inte rider.”

Zoe kände Midnight spänna sig en aning bredvid henne, som en reaktion på förändringen i hennes eget kroppsspråk. Innan hon hann formulera ett svar klev Danny fram, med händerna knutna kring ribban med vita knogar.

”Absolut inte”, sa han, med en röst som var skarpare än Zoe hade hört på flera veckor. ”Lucy, vi har pratat om det här. Midnight är inte en säker ponny för dig att hantera.”

”Men pappa...”

”Nej.” Hans hållning hade blivit stel, och rädslan var tydlig i de spända linjerna runt hans mun. ”Han har gjort framsteg, men han är fortfarande farlig.”

Zoe registrerade Midnights ökande spänning bredvid sig, hans reaktion på Dannys höjda röst var omedelbar. ”Låt oss alla ta ett djupt andetag”, sa hon tyst och signalerade med ögonen till Danny att hans reaktion påverkade ponnyn. Med avsiktligt lugn ledde hon Midnight några steg bort från staketet, gav honom utrymme innan hon släppte honom och lämnade sedan hagen, varpå hon vände sin fulla uppmärksamhet mot Lucy när hon stängde grinden.

Hon hukade sig ner något för att möta Lucys blick och talade vänligt men bestämt. ”Lucy, din entusiasm är underbar, och jag är så stolt över hur du har hjälpt till med Midnight, att få honom van vid ditt sällskap från utsidan av staketet. Du har verkligen hjälpt till, mycket mer än du anar. Men din pappa har rätt. Midnight är inte redo för en tävlingsmiljö.”

Lucys ansikte föll, och hennes tidigare spänning rasade samman. ”Men han mår så mycket bättre nu. Han låter dig leda honom och allting.”

”Han mår bättre”, instämde Zoe, ”men julshowen skulle vara skrämmande för honom. Tänk efter; det kommer att vara hög musik, massor av främlingar, andra hästar överallt, dekorationer som fladdrar i vinden. Det skulle vara grymt att utsätta honom för den situationen när han fortfarande håller på att lära sig att lita på bara en eller två personer på en tyst, bekant plats.”

Hon såg förståelsen sakta gry i Lucys uttryck, även om besvikelsen fortfarande förmörkade hennes ögon.

”Det skulle inte vara rättvist mot honom?” frågade Lucy tyst.

”Inte än”, bekräftade Zoe. ”Och det skulle inte vara rättvist mot dig heller. Midnight är fortfarande oförutsägbar när han blir rädd, och jag skulle aldrig förlåta mig själv om du blev skadad för att vi pressade honom för snabbt.”

Lucys axlar sjönk. ”Jag tänkte bara... jag ville visa alla hur speciell han är. Att han inte är en läskig ponny.”

”Jag vet att du ville det, älskling. Och det är en underbar avsikt. Men ibland är det snällaste vi kan göra att inse när någon inte är redo, även när vi verkligen vill att de ska vara det. Det gäller både människor och djur, men djur kan inte använda sina ord för att berätta det för oss. Vi måste läsa deras andra signaler. Och jag tror att du vet, eller hur, att Midnight fortfarande ger signaler om att han är rädd?”

Lucy nickade, och hennes besvikelse var tydlig i varje linje av hennes lilla kropp. Dannys hand lades på hennes axel, och hans tidigare spänning mjuknade till något mildare när han såg sin dotters sorg.

”Förlåt, Luce”, sa han tyst. ”Jag ser att du var glad över idén.”

Zoe hade sett Lucys motståndskraft tillräckligt många gånger för att veta att barnet skulle komma över denna besvikelse, men åsynen av de där små, hängande axlarna slet ändå i hennes hjärta. Hon såg empati flimra över Dannys ansikte när han klämde om Lucys axel. Hans tidigare skärpa hade smält bort vid åsynen av sin dotters besvikelse och ersatts av den milda oro som alltid dök upp närhelst Lucy var upprörd. Zoe bet sig i underläppen och tänkte snabbt igenom alternativ som kunde rädda Lucys julshowsdrömmar utan att kompromissa med säkerheten.

”Du vet, Lucy”, sa hon eftertänksamt, ”det finns faktiskt flera klasser du skulle kunna delta i på julshowen. Du har gjort fantastiska framsteg med din ridning, och du har ett riktigt band med Foxie. Jag tror att ni två skulle kunna klara er riktigt bra i nybörjarklassen i skritt och trav.”

Lucy tittade upp, och ett flimmer av intresse bröt igenom hennes besvikelse. ”Verkligen? Tror du att jag är tillräckligt bra?”

”Mer än tillräckligt bra”, försäkrade Zoe henne. ”Du har bemästrat din lättridning i trav vackert, och Foxie svarar underbart på dina hjälper nu. Den klassen är precis rätt för din nuvarande nivå.”

Dannys hållning slappnade av en aning, och hans hand vilade fortfarande beskyddande på Lucys axel. ”Det låter mer passande”, sa han, även om Zoe noterade den kvardröjande försiktigheten i hans röst.

”Foxie är mycket erfaren på tävlingsbanan”, fortsatte Zoe och adresserade Dannys outtalade oro. ”Hon kan sitt jobb och tar hand om sina ryttare. Nybörjarklassen är mycket kontrollerad, du skulle rida i en grupp med en instruktör som ropar ut rörelserna.”

Lucy nickade långsamt och övervägde detta. ”Men hur är det med att visa en häst själv? Jemima sa att klassen för visning vid hand är jättekul.”

Zoe log när hon såg en öppning. ”Tja, jag är säker på att vi skulle kunna ordna det. Även om Midnight inte är redo för en show, finns det flera snälla ponnyer som skulle vara perfekta för en klass för visning vid hand.” Hon kastade en blick mot en hage där en vacker palomino stod och slumrade i skuggan av ett stort träd. ”Faktum är att jag tror att Honey skulle kunna vara helt perfekt för dig.”

”Fröken Pips showponny?” Lucys ögon vidgades. ”Men hon är så fin! Och värdefull!”

”Hon är också otroligt snäll och erfaren”, svarade Zoe. ”Hon har vunnit otaliga klasser för visning vid hand, inklusive på riktigt stora utställningar som Ekka, så hon vet precis vad hon ska göra. Du skulle bara behöva lära dig visningsmönstret.”

”Är det svårt?” frågade Lucy, och hennes intresse växte märkbart.

”Inte alls”, försäkrade Zoe henne. ”Det handlar mest om att gå med ponnyn korrekt, visa upp henne för domaren och ställa upp henne ordentligt för inspektion. Du har hjälpt till med rykten i veckor nu, du vet redan hur man får en ponny att se vacker ut. Jag har sett dig öva på att fläta också, och dina flätor börjar se riktigt prydliga ut.”

Dannys uttryck hade skiftat från regelrätt motstånd till eftertänksamt övervägande. ”Det låter faktiskt mer hanterbart”, medgav han. ”Och Honey är väldigt lugn, av vad jag har sett.”

”Det snällaste stoet på fastigheten”, kom Pips röst när hon närmade sig från stallet, hennes lilla gestalt klädd i prydliga ridbyxor och en festlig röd tröja. ”Pratar ni om min guldklimp?”

”Perfekt timing”, ropade Zoe och vinkade över Pip. ”Vi diskuterade just julshowen. Lucy hoppades på att få delta i klassen för visning vid hand, och jag föreslog att Honey skulle kunna vara den idealiska partnern.”

Pip lutade sig mot staketet, och hennes klara ögon flyttade sig mellan Lucy och Danny. ”Det är en lysande idé. Honey har fler championat i visning vid hand än vad man kan räkna. Hon visar praktiskt taget upp sig själv.”

Lucys ansikte ljusnade ytterligare. ”Verkligen? Skulle du verkligen låta mig visa henne?”

”Absolut”, nickade Pip. ”Hon är inte för stor för dig, och hon är ett fullblodsproffs i ringen. Ärligt talat får hon alla att se bra ut, inklusive mig! Men jag kommer att ha alldeles för mycket att göra på showen.”

Pip ljög så att det stod härliga till; hon älskade att få visa upp Honeys skönhet. Men Pip visste också att Zoe inte skulle ha kommit med förslaget om det inte var viktigt. En snabb blick från Pip på Zoe och ett halvt leende sa att Pip visste exakt vad som pågick, och hon hade inget emot att spela med.

Zoe kunde se Lucys spänning byggas upp medan hon bearbetade detta alternativ. Besvikelsen var inte helt borta, men den ersattes snabbt av en ny möjlighet.

”Och det finns en sak till du skulle kunna hjälpa till med”, lade Zoe till. ”Jag ska göra en demonstration av Masterson-metoden som en del av den pedagogiska delen av showen. Jag skulle kunna behöva en assistent för att förklara vad jag gör medan jag arbetar på en av hästarna.”

”Vad är Masterson-metoden?” frågade Lucy, med väckt nyfikenhet.

”Det är en speciell typ av kroppsbehandling som hjälper hästar att släppa spänningar och röra sig friare”, förklarade Zoe. ”Kommer du ihåg hur du har sett mig arbeta med Midnight? Hur jag använder mycket lätta beröringar för att hjälpa honom att slappna av? Det är en del av metoden. För demonstrationen kommer jag att arbeta på en häst samtidigt som jag förklarar varje teknik, och min assistent skulle hjälpa till att peka ut saker för publiken.”

Lucy övervägde denna nya information, med pannan rynkad i koncentration. ”Så jag skulle kunna rida Foxie i nybörjarklassen, visa Honey vid hand och vara din assistent för den speciella demonstrationen?”

”Exakt”, bekräftade Zoe. ”Du skulle vara involverad i tre olika delar av showen, vilket är mer än de flesta nybörjare. Och var och en skulle visa upp olika färdigheter som du har utvecklat.”

Pip nickade entusiastiskt. ”Du skulle bli en riktigt upptagen ryttare! Jag kan hjälpa dig att öva med Honey redan idag, om du vill. Klassen för visning vid hand har ett specifikt mönster att följa, men det är lätt att lära sig med lite övning.”

”Vad exakt ingår?” frågade Danny, hans beskyddarinstinkter nu dämpade av genuint intresse.

Zoe log, tacksam för hans engagemang snarare än rena avslag. ”För klassen för visning vid hand skulle Lucy leda in Honey i ringen, först i skritt och sedan i trav i ett specifikt mönster, vanligtvis en triangel mellan koner. Sedan skulle hon ställa upp Honey så att domaren kan undersöka henne, och se till att alla fyra benen är korrekt placerade för att visa upp hennes exteriör. Slutligen skulle hon trava Honey bort från domaren och tillbaka igen för att visa hennes rörelser och Lucys hanteringsförmåga. Alltihop varar i ungefär tre eller fyra minuter per deltagare.”

”Och Honey kan allt det här redan?” förtydligade Danny.

”Hon skulle kunna göra det i sömnen”, försäkrade Pip honom med ett skratt. ”Hon har fler rosetter än vi har väggplats för.”

Lucy såg upp på sin pappa, med en fråga i ögonen. ”Får jag det, pappa? Snälla?”

Zoe såg på Dannys ansikte när han vägde alternativen. Hans beskyddarinstinkt var så stark, men hon kunde se honom göra en medveten ansträngning för att balansera säkerhet med Lucys uppenbara önskan att delta.

”Jag tycker att det låter som en rimlig kompromiss”, sa han till slut. ”Så länge du lovar att följa fröken Pips och fröken Zoes instruktioner exakt.”

Lucys ansikte sprack upp i ett strålande leende. ”Jag lovar! Jag ska vara jätteförsiktig och göra allt rätt.” Hon vände sig ivrigt till Pip. ”Kan vi börja öva direkt? Snälla?”

”Ingen tid som den nuvarande”, instämde Pip med ett leende. ”Låt oss hämta henne från hagen så ska jag visa dig grunderna.”

”Tack!” utbrast Lucy och slog armarna om Danny i en snabb kram innan hon vände sig till Zoe. ”Och tack för att du kom på alla dessa sätt jag kan vara med i showen, även om Midnight inte är redo.”

”Ingen orsak”, svarade Zoe. ”Din pappa och jag kommer precis bakom dig.”

Lucy nickade och sprang iväg efter Pip, hennes besvikelse helt bortglömd i spänningen över nya möjligheter. Zoe såg henne gå, återigen slagen av hur snabbt barn kunde komma tillbaka från motgångar när de fick livskraftiga alternativ.

Hon vände sig om för att titta till Midnight, som nöjt betade i skuggan där hon hade lämnat honom. När hon vände sig om igen fann hon att Danny fortfarande stod vid staketet och såg på henne med ett uttryck hon inte riktigt kunde tyda.

”Tack”, sa han tyst. ”För att du hittade ett sätt att få det här att fungera för henne utan att avfärda mina farhågor.”

Tacksamheten i hans röst skickade en liten rysning av välbehag genom henne som inte hade något att göra med den svala decemberbrisen.

”Det är vad vi gör här”, svarade Zoe. ”Hittar balansen mellan utmaning och säkerhet.” Hon var smärtsamt medveten om att Danny stod tillräckligt nära för att hon skulle kunna känna den svaga doften av hans parfym. Solen fångades i hans hår och framhävde kopparfärgade slingor hon inte hade lagt märke till tidigare.

Danny skakade på huvudet och körde en hand genom håret i den nu bekanta gesten som alltid dök upp när han bearbetade något svårt. ”Nej, det är mer än så. Du kunde ha gjort mig till boven där bak, den överbeskyddande pappan som krossar sin dotters drömmar. Istället hittade du ett sätt att hålla henne säker samtidigt som du uppmuntrade hennes passion.”

Den genuina uppskattningen i hans röst värmde Zoe mer än den borde ha gjort. ”Lucys säkerhet är min prioritet också, Danny. Jag skulle aldrig föreslå något som skulle utsätta henne för risk.”

”Jag vet det”, sa han med orubblig blick. ”Jag borde ha litat på ditt omdöme från början. Du har aldrig gett mig någon anledning att tvivla på din expertis eller din omsorg om Lucys säkerhet.”

Zoe lutade sig mot grinden och observerade den subtila förändringen i hans hållning när den sista resten av hans försvarsinställning smälte bort. ”Du är hennes pappa. Att vara beskyddande är en del av arbetsbeskrivningen.”

”Det finns beskyddande och så finns det...”, avbröt han sig och letade efter rätt ord. ”Jag vill inte vara den typen av förälder som låter rädsla styra varje beslut, men jag måste sätta hennes säkerhet först. Inte som...” Hans uttryck mörknade. ”Till skillnad från hennes mamma.”

Bitterheten i hans röst överraskade Zoe. Danny talade sällan direkt om Lucys mamma, och Lucy hade aldrig sagt ett enda ord om henne.

”Lucy är så motståndskraftig”, erbjöd Zoe försiktigt. ”Vad som än hände, trivs hon uppenbarligen nu.”

Danny var tyst en stund och såg på Midnight som betade i fjärran. ”Vet du hur länge det har gått sedan Ginny har träffat Lucy? Nästan ett år. Inte ens ett telefonsamtal eller ett kort i posten på hennes födelsedag.” Hans röst hade blivit platt, kontrollerad på ett sätt som antydde djup smärta under ytan. ”Efter att jag vann vårdnadstvisten beviljades hon umgängesrätt, varannan helg, så länge hennes pojkvän höll sig borta. Hon kom två gånger, sedan började hon avboka. Alltid i sista minuten, alltid med någon ursäkt.”

Zoe kände en ilsken vridning för Lucys skull. ”Det måste ha varit förkrossande för Lucy.”

”De första gångerna klädde Lucy upp sig, så ivrig att få träffa sin mamma...” Danny svalde tungt. ”Hon väntade vid fönstret i timmar. Till slut var jag tvungen att sluta berätta för henne när besöken var planerade. Jag stod inte ut med att se hennes hjärta krossas om och om igen.”

Zoes bröst snördes åt vid bilden. ”Jag kan inte föreställa mig hur svårt det måste ha varit för er båda.”

”Det värsta?” fortsatte Danny, med blicken fortfarande fäst i fjärran. ”Lucy skyllde på sig själv. Trodde att om hon var bättre, mer älskvärd på något sätt, skulle hennes mamma vilja träffa henne.” Hans händer grep tag i staketribban, och knogarna vitnade. ”Efter att jag vann ensam vårdnad bad Ginny inte ens om umgängesrätt; domaren var tvungen att insistera på det. Hon har gjort det smärtsamt tydligt att hennes pojkvän betyder mer än hennes egen dotter.”

Den råa smärtan i hans röst fick Zoe att önska att hon kunde sträcka ut handen och ta hans, men något höll henne tillbaka. En känsla av att han behövde få ut detta utan avbrott.

”Lucy pratar inte om henne längre”, sa han tystare. ”Jag trodde det var ett gott tecken först, att hon höll på att läka. Nu undrar jag om hon bara har lärt sig att hålla den smärtan för sig själv.”

”Barn är anmärkningsvärt anpassningsbara”, sa Zoe mjukt. ”Men det betyder inte att de inte bär med sig såren. Jag ser det i sättet Lucy söker godkännande, hur noga hon är med att följa regler, hur hon lyser upp när hon får positiv uppmärksamhet. Hon arbetar så hårt för att vara värdig kärlek.”

Dannys ögon mötte slutligen hennes, och något sårbart bröt igenom hans vanliga behärskning. ”Det är det som skrämmer mig. Att hon kommer att bära med sig detta övergivande resten av sitt liv, denna tro att hon inte var tillräcklig för att hennes egen mamma skulle stanna.”

”Det kommer hon inte, för hon har dig”, invände Zoe. ”En pappa som skulle flytta berg för att skydda henne, som kör henne till ridlektioner och tittar på varje minut för att se till att hon är säker, som sätter hennes lycka över allt annat.” Hon fann sig själv ta ett steg närmare, dragen av smärtan i hans ögon. ”Barn är motståndskraftiga, Danny, särskilt när de har en förälder som älskar dem fullständigt.”

Han skakade lätt på huvudet. ”Jag hoppas att det räcker.”

”Det gör det”, insisterade Zoe. ”Jag ser det i henne varje dag; hennes växande självförtroende, hennes vilja att prova nya saker, hennes tillit till att du kommer att finnas där oavsett vad. Det är inte handlingarna hos ett barn som känner sig oälskat.”

Dannys uttryck mjuknade. ”Tack för att du säger det.” Han pausade och verkade samla sina tankar. ”Och tack för att du förstår varför jag är så beskyddande. Efter allt Ginny utsatte henne för... kan jag inte stå ut med tanken på att Lucy ska bli sårad igen, vare sig fysiskt eller känslomässigt.”

”Jag förstår det bättre än du kanske tror”, sa Zoe. ”Mitt arbete med traumatiserade hästar har lärt mig mycket om läkning. Framsteg är inte linjära; det finns motgångar och genombrott, ibland på samma dag. Men med tålamod och konsekvens kan även de djupaste såren läka.”

Deras blickar möttes för ett långt ögonblick, och något outtalat passerade mellan dem. Zoe kände sitt hjärta slå snabbare när Danny lutade sig något närmare.

”Jag kan inte ens föreställa mig att göra det valet”, sa hon, och orden kom från någonstans djupt och ärligt inom henne. ”Jag skulle välja Lucy och dig framför nästan vad som helst.”

I samma ögonblick som orden lämnade hennes mun kände hon en rodnad av sårbarhet. Hon hade inte menat att vara fullt så öppen, att inkludera honom så explicit i sin deklaration. Men när hon såg effekten av hennes ord korsa hans ansikte – överraskning, följt av något varmare, mer intensivt – kunde hon inte ångra det.

Danny tog ett halvt steg närmare, tillräckligt nära nu för att hon kunde känna värmen som strålade från honom. Hans blick sjönk kort till hennes läppar, sedan tillbaka till hennes ögon, en fråga i dem som fick henne att tappa andan.

”Zoe”, sa han tyst, och hennes namn lät på något sätt annorlunda i ögonblickets intimitet.

Hon stod blickstilla, rädd att varje rörelse skulle bryta denna sköra förbindelse mellan dem. Hans hand lyftes långsamt, tveksamt, och för ett andlöst ögonblick trodde hon att han skulle röra vid hennes ansikte. Hennes läppar skildes lätt, och förväntan snördes åt hårt i hennes bröst.

”Pappa! Pappa!” Lucys röst ekade över gården, ljus av spänning. ”Du måste komma och träffa Honey! Hon är den vackraste ponnyn på Ridgewater och hon kan buga och allt!”

Ögonblicket splittrades som ömtåligt glas. Danny tog snabbt ett steg tillbaka och lät handen falla ner längs sidan när de båda vände sig mot Lucys närmande gestalt. Pip följde efter och ledde det skinande palominostoet vars päls glänste som polerat guld i solljuset.

”Hon är underbar, Luce”, ropade Danny tillbaka, med en röst som bara var aningen ostadig. ”Jag kommer direkt.”

Han vände sig tillbaka till Zoe, med en ursäkt i ögonen blandad med något som påfallande liknade frustration. ”Jag borde gå och titta på denna perfekta ponny”, sa han, med ett snett leende som ryckte i hans läppar.

”Det borde du absolut”, instämde Zoe och matchade hans ton medan hon försökte lugna sitt rusande hjärta. ”Honey är en riktig showstopper. Nästan lika imponerande som din dotters timing.”

Det lockade fram ett genuint skratt från honom, och spänningen bröts när de delade ett ögonblick av gemensam humor över avbrottet. ”Oklanderlig, eller hur?”

”Praktiskt taget övernaturlig”, instämde Zoe och log trots sin kvardröjande besvikelse. ”Gå nu. Lucy väntar.”

Han nickade och höll kvar hennes blick i ytterligare ett laddat ögonblick innan han vände sig om för att ansluta sig till sin dotter. Zoe såg honom gå och tillät sig en liten suck när hon vände sig om för att titta till Midnight igen.

”Kommer timingen någonsin att bli rätt?” frågade hon ponnyn, som bara ryckte på ena örat i hennes riktning och fortsatte beta, helt oberörd av mänskliga komplikationer.

Vad som än utvecklades mellan henne och Danny skulle få vänta på ett annat ögonblick, ett som förhoppningsvis var fritt från välmenande avbrott från exalterade barn och ovetande ponnyer. För nu hade hon en julshow att förbereda, en traumatiserad ponny att rehabilitera och en växande samling av nästan-ögonblick att spela upp i sina tystare stunder.

Kapitel nio

"STÅ RAK I RYGGEN, med axlarna bakåt", instruerade Jemima och visade rätt hållning när hon stod bredvid Honey. Palominostoets päls skimrade som flytande guld i morgonsolen, och små klockor på hennes röda utställningsgrimma klingade mjukt vid varje rörelse av hennes eleganta huvud. Lucy tittade på med spänd uppmärksamhet och sög i sig varje detalj medan hon förberedde sig för att själv ta grimskaftet. Zoe lutade sig mot ridbanans staket med ett leende på läpparna när hon observerade den improviserade lektionen.

"Domaren kommer att titta på hur du hanterar Honey lika mycket som de tittar på henne", fortsatte Jemima med auktoriteten hos ett barn som vuxit upp i utställningsringen. "Du håller alltid grimskaftet i båda händerna, så här." Hon demonstrerade det korrekta greppet med sina små, självsäkra händer på repet. "Och du måste hålla Honey mellan dig och domaren, så att de kan se henne ordentligt."

"Jag kan vara domare", erbjöd sig Charlotte, antog ett allvarligt uttryck och marscherade in till mitten av uteridbanan. Hon satte händerna i sidorna och kisade med ögonen i vad Zoe kände igen som en häpnadsväckande exakt imitation av en av de strängare lokala domarna.

Jemima räckte över grimskaftet till Lucy, som tog emot det med försiktig vördnad. "Led henne nu i ett triangelmönster", instruerade Jemima. "Håll repet slakt men se till att det inte släpar i marken. Du vill inte dra i hennes huvud, men du vill att hon ska känna sig sammankopplad med dig."

Lucy nickade med pannan rynkad i koncentration när hon började gå. Hennes första steg var tveksamma, men Honey matchade hennes tempo perfekt, med öronen spetsade uppmärksamt framåt.

"Precis så", ropade Zoe uppmuntrande. "Fin rak linje, Lucy. Håll blicken uppe."

Lucy rättade till sig och lyfte blicken från marken för att se framåt. Hennes hållning rätades naturligt upp, och Honey svarade omedelbart genom att välva sin egen hals elegantare, som för att matcha Lucys nyvunna självförtroende.

"Vänd nu och gå rakt mot domaren", coachade Jemima. "Kom ihåg att le mot fröken Charlotte!"

Lucy genomförde vändningen, lite vid men smidig, och närmade sig Charlotte med ett nervöst leende. Charlotte bibehöll beundransvärt sin stränga domarpersonlighet, även om hennes läppar ryckte i ansträngningen att inte le tillbaka.

"Gör nu halt och ställ upp Honey", ropade Jemima.

Lucy gjorde halt, och Honey ställde automatiskt upp sig, van vid rutinen. Den lilla flickans förvåning över hur lätt stoet positionerade sig syntes i hennes uppspärrade ögon.

”Hon kan sitt jobb”, sa Zoe skrattande och gick fram för att ansluta sig till dem.

”Hon är så smart”, viskade Lucy beundrande.

”Nu till travmomentet”, meddelade Jemima. ”Det här är den viktigaste delen, eftersom domaren vill se Honey röra sig. Du måste springa bredvid henne, men inte för fort, för då börjar hon galoppera.”

Under de följande tjugo minuterna övade flickorna på mönstret upprepade gånger, och Lucy blev synbart mer bekväm för varje varv. Vid det sista försöket rörde hon sig tillsammans med Honey som om de hade varit ett ekipage i flera år istället för bara några timmar, med självsäkra steg och tydliga signaler. När Honey föll in i en svävande trav bredvid henne matchade Lucy hennes tempo perfekt, med ansiktet strålande av framgång.

”Strålande!”, utbrast Charlotte och bröt sin karaktär helt. ”Du såg ut precis som en professionell visare!”

Lucy strålade och smekte Honeys glänsande hals. ”Hon gör det enkelt. Det är som om hon hjälper mig.”

”De bästa tävlingspartnerna gör alltid det”, svarade Zoe. ”Nå, ska vi gå vidare till vår Masterson Method-övning? Ridhuset är ledigt.”

Lucy nickade ivrigt och räckte försiktigt tillbaka Honey till Jemima. ”Tack för att du lärde mig”, sa hon artigt. ”Kan vi öva igen imorgon?”

”Absolut”, instämde Jemima. ”Du kommer garanterat att vinna den där klassen.”

Inne i det svalare ridhuset väntade en ung, grå ponny, löst bunden vid en ring på väggen. Han flyttade sig nervöst när de närmade sig, med vidöppna ögon och öron som for fram och tillbaka.

”Det här är Whisper”, förklarade Zoe, knöt loss ponnyn och flyttade honom från väggen ut i det fria, så att han skulle känna sig mindre instängd. ”Han är ett av Pips senaste projekt, har bara varit här i två veckor. Han är väldigt känslig och håller mycket spänningar i nacken och halsen. Jag tänkte att han skulle vara perfekt för dig att öva på, eftersom du kommer att kunna se tydliga resultat."

Lucy närmade sig ponnyn försiktigt och stannade när han spände sig. "Han är orolig", observerade hon tyst.

"Ja", instämde Zoe, nöjd med Lucys iakttagelseförmåga. "Men inte panikslagen. Han är bara osäker. Låt honom se dina händer innan du rör vid honom."

Lucy höll ut sina små händer med handflatorna uppåt och lät ponnyn nosa på dem. När han nyfiket sträckte ut halsen mot henne förblev hon helt stilla och lät honom ta initiativ till kontakt.

"Bra", mumlade Zoe. "Placera nu, väldigt försiktigt, dina fingertoppar på hans nacke, precis bakom öronen, på ena sidan av manen. Vi ska inte trycka eller massera, bara röra lätt och vänta på hans reaktion."

Lucy lydde, och hennes beröring var fjäderlätt när hon placerade fingrarna på ponnyns nacke. Whisper spände sig ett ögonblick och andades sedan ut mjukt.

"Precis så", uppmuntrade Zoe. "Nyckeln till Masterson Method är att leta efter områden med begränsad rörlighet, applicera lättast möjliga beröring och vänta på att hästen själv ska släppa på spänningen. Vi tvingar aldrig fram något."

Under nästa halvtimme guidade Zoe Lucy genom de grundläggande teknikerna och visade henne hur man känner igen de subtila tecknen på att spänningen släpper: en blinkning, ett sänkt huvud, den mjuka utandningen som indikerade att spänningen gav vika. Lucys inledande tvekan ersattes av självförtroende när hon såg ponnyns positiva reaktioner.

"Titta på det där", sa Zoe mjukt när Whispers ögonlock blev tunga och hans huvud sänktes i avslappning. "Du har hjälpt honom att släppa på spänningar som han förmodligen har hållit kvar i veckor."

Lucys ansikte lyste av tyst stolthet. ”Hans blick ser mjukare ut nu. Och han håller inte huvudet så högt.”

”Exakt”, bekräftade Zoe. ”Under uppvisningen kommer jag att arbeta med hästen medan du förklarar för publiken vad jag gör och vilka reaktioner de ska titta efter. Tror du att du kan göra det?”

”Jag tror det”, nickade Lucy allvarligt. ”Det handlar om att hjälpa dem att må bättre, inte bara att få dem att göra som vi vill.”

Zoe kände en våg av tillfredsställelse över barnets förståelse. ”Det är helt rätt. Ibland är det viktigaste vi kan göra för hästar att lyssna på vad de säger oss, inte bara ge kommandon.”

Inom en timme hade Lucy bemästrat de grundläggande förklaringarna och kunde identifiera de viktigaste tecknen på att spänningen släppte. Whisper stod där, fullkomligt avslappnad, och hans tidigare oroliga uttryck hade ersatts av fridfull belåtenhet.

”Du har en gåva”, sa Zoe ärligt till henne när de ledde tillbaka ponnyn till hans hage, där han omedelbart lade sig ner och somnade. ”Alla kan inte vara så tålmodiga och observanta, särskilt inte i din ålder.”

Under lunchrasten blev Zoe inte förvånad över att hitta Lucy sittandes på gräset utanför Midnights hage, på ett respektfullt avstånd från staketet. Hennes smörgås låg på en servett bredvid henne, och hon höll en vältummad bok om hästskötsel öppen i knät och läste högt med klar, mild röst.

”Hästen kommunicerar främst genom kroppsspråk”, läste Lucy och gjorde en paus för att ta en tugga av sin smörgås. ”Deras öron, ögon, svans och hållning förmedlar alla information om hur de mår.”

Midnight betade en bit bort, men Zoe lade märke till att hans öron ständigt vändes mot Lucys röst. Även om han höll sitt försiktiga avstånd var hans hållning avslappnad, och hans betande upphörde ibland som om han lyssnade.

Zoe närmade sig tyst för att inte störa den fridfulla scenen. Lucy tittade upp med ett leende men fortsatte att läsa, och hennes röst ändrade aldrig sin lugnande rytm. Det var precis rätt tillvägagångssätt för Midnight; konsekvent, icke-hotfullt, utan några förväntningar.

”Han lyssnar på dig”, sa Zoe mjukt när Lucy gjorde en paus för att vända blad.

Lucy nickade. ”Jag tror att han gillar historien.” Hon stängde boken och markerade sidan med en papperslapp. ”Jag vet att han inte kan vara med på tävlingen”, sa hon och överraskade Zoe med sin direkthet. ”Men det gör inget. Han är inte redo än.”

”Nej, det är han inte”, instämde Zoe och slog sig ner på gräset bredvid henne. ”Hur känner du inför det nu?”

Lucy övervägde frågan allvarligt. ”Jag blev besviken först”, erkände hon. ”Men sedan tänkte jag på hur skrämmande det skulle vara för honom, med alla de där människorna och ljuden.” Hon kastade en blick på ponnyn, som hade höjt huvudet för att titta på dem. ”Han behöver tid för att lita på folk igen.”

Zoe kände en våg av värme inför barnets mognad. ”Det är väldigt klokt av dig, Lucy.”

”Pappa säger att vissa saker inte kan skyndas på”, fortsatte Lucy och tog upp sin smörgås för att ta de sista tuggorna. ”Som tillit och vänskap. Och läkning.”

”Din pappa har helt rätt i det”, instämde Zoe och klämde försiktigt på Lucys axel. Visdomen i de orden berörde något djupt inom henne, särskilt eftersom hon visste att de kom från en man som hade sina egna djupa sår att läka.

När hon fortsatte med sin nästa uppgift och lämnade Lucy till hennes tysta samvaro med Midnight, reflekterade Zoe över hur mycket barnet hade vuxit i självförtroende och förståelse sedan hon först kom till Ridgewater. Precis som Midnight läkte Lucy på sitt eget sätt och fann sin plats i världen igen efter att ett trauma hade skakat hennes grundvalar.

Zoe tvekade innan hon knackade på Dannys ytterdörr, plötsligt medveten om sitt vindrufsiga hår och fläckarna av rödaktigt damm på sina jeans. Hon hade bytt om efter jobbet, men det bästa hon hade lyckats med var en ren tröja och något mindre dammiga stövlar. Detta skulle vara en arbetsmiddag med fokus på dokumentationen om förbifarten, påminde hon sig själv bestämt. Inte en dejt. Det hade känts som en viktig distinktion när hon hade insisterat på det efter att Lucy bjudit in henne på middag, men när hon nu stod på hans tröskel kunde hon inte riktigt minnas varför.

Innan hon hann knacka flög dörren upp och avslöjade Lucy i ett mjöligt förkläde, med ansiktet strålande av upphetsning.

"Fröken Zoe! Du är här!", utbrast Lucy, tog tag i Zoes hand och drog in henne. "Pappa och jag har gjort hemgjord pizza. Eller ja, pappa gjorde degen, men jag fixade all topping. Det finns en med ananas eftersom pappa sa att du kanske skulle gilla det, men jag tycker att ananas på pizza är konstigt."

Zoe skrattade och lät sig dras in i husets värme. "Jag gillar faktiskt ananas på pizza. Din pappa gissade rätt."

Lucy såg kort besviken ut över att hon inte kunde utropa sig till segrare i vad som uppenbarligen var en pågående debatt, men samlade sig snabbt. "Pizzorna är nästan klara. De är i ugnen och luktar fantastiskt. Kom och titta!"

Huset var av blygsam storlek men bekvämt, med den lätt väderbitna charmen hos de äldre Queenslander-husen i området. Familjefoton kantade hallen, mestadels av Lucy i olika åldrar och ett äldre par som måste vara Dannys föräldrar, även om Zoe lade märke till frånvaron av bröllopsbilder eller foton av Lucys mor. En trave böcker på sidobordet, en kvarglömd jacka slängd över en stol, ett par barnstövlar avsparkade nära dörren; allt talade om ett hem som var bebott snarare än bara underhållet.

Köket var varmt och doftade av bakad pizza. Danny stod vid köksbänken och skar en tomat till en sallad, hans lediga grå t-shirt och cargoshorts en omväxling från hans vanligtvis lite mer formella klädsel. Han tittade upp när de kom in, och hans leende skickade ett oväntat fladder genom Zoes bröst.

”Du hittade hit”, sa han. ”Jag var orolig att mina vägbeskrivningar kanske var förvirrande.”

”Den blåa trävillan med det stora jakarandaträdet”, svarade Zoe. ”Ganska okomplicerat.” Hon höll upp en mapp. ”Jag har med mig de senaste miljökonsekvensbeskrivningarna från Sarah. Hon trodde att de kunde vara användbara för din artikel.”

”Toppen”, nickade Danny. ”Vi kan gå igenom dem efter middagen.” Hans ögon mötte hennes en sekund längre än nödvändigt, och den gemensamma medvetenheten om Lucys försök att para ihop dem syntes i hans lätta leende.

”Jag har gjort bordet extra fint”, meddelade Lucy och pekade stolt mot matsalsdelen där tre platser hade dukats omsorgsfullt.

”Det ser underbart ut”, sa Zoe beundrande. ”Kan jag hjälpa till med något?”

”Nej! Du är vår *gäst.*” Lucys betoning på ordet gjorde hennes avsikt kristallklar. ”Du kan sitta precis här, bredvid pappa.” Hon klappade på stolen bredvid Dannys plats vid bordsänden.

Danny mötte Zoes blick över Lucys huvud, hans uttryck en blandning av munterhet och lätt förlägenhet. ”Subtil, eller hur?”, mumlade han när Lucy rusade tillbaka till köket för att kontrollera pizzorna.

”Ungefär lika subtil som en skenande hästflock”, instämde Zoe och lade sin mapp på ett sidobord. ”Jag hoppas att detta inte är alltför pinsamt. När hon bjöd mig på pizza försökte jag göra det tydligt att detta handlade om arbetet med förbifarten.”

”Lucy har sin egen agenda”, sa Danny med ett mjukt skratt. ”Men oroa dig inte. Hon menar väl, och pizzorna är faktiskt goda.”

Timern surrade och Lucy snubblade nästan över sig själv i sin iver att komma till ugnen. Danny avbröt henne smidigt, med ugnsvantarna redan i händerna. ”Jag tar ut dem, Luce. Du kan visa fröken Zoe var drickan finns.”

Middagen var avslappnad och bekväm, de hemgjorda pizzorna med sina handrullade bottnar var utsökta. Lucy dominerade samtalet och berättade ivrigt om sina framsteg med Honey och sin spänning inför julshowen. Zoe fann att hon slappnade av i den okomplicerade familjedynamiken och njöt av Lucys livliga berättelser och Dannys milda retsamhet med sin dotter.

”Pappa sa att jag kan få en ny tröja till visningsklassen”, meddelade Lucy och sträckte sig efter en ny pizzaslice. ”En som matchar Honeys utställningsgrimma.”

”Det skulle se väldigt professionellt ut”, instämde Zoe. ”Domare lägger märke till sådana detaljer.”

”Det var det jag sa till pappa!”, nickade Lucy energiskt. ”Och kanske några nya ridbyxor också? Mina börjar bli lite korta.”

Danny höjde ett ögonbryn mot sin dotter. ”Opportunistisk, må man säga?”

Lucy grinade, oförskämd. ”Fröken Zoe säger att presentationen är viktig i utställningsringen.”

”Jag tror att jag blir expertmässigt manipulerad”, sa Danny till Zoe med låtsat allvar. ”Är det här vad jag har att se fram emot under tonåren?”

”Åh, det här är bara början”, svarade Zoe med ett skratt. ”Vänta bara tills hon vill ha en egen ponny.”

Lucys ögon vidgades av hopp, och Danny skakade snabbt på huvudet. ”Ett steg i taget, Luce. Låt oss ta oss igenom julshowen först.”

Efter middagen dröjde Lucy envist kvar och erbjöd sig att visa Zoe sin samling hästböcker och de nya flätningsteknikerna hon hade övat på sin gosedjurshäst. Det var först när klockan visade halv nio som Danny till slut ingrep.

”Sängdags, Lucy.”

”Men pappa”, protesterade Lucy, ”fröken Zoe har inte sett uppsatsen jag skrev om när jag lärde mig rida på Foxie, som jag fick högsta betyg för i skolan!”

”Fröken Zoe är här för att hjälpa mig med arbetet på artikeln om förbifarten”, sa Danny bestämt. ”Och du behöver din sömn om du ska vara på Ridgewater hela dagen imorgon igen.”

Lucys axlar sjönk ihop i nederlag, även om Zoe anade en gnutta tillfredsställelse under besvikelsen. ”Okej”, medgav hon och sken sedan upp. ”Men fröken Zoe skulle väl kunna komma på middag igen efter julshowen, eller hur? För att fira?”

”Vi får se”, svarade Danny med den universella föräldrafrasen för att gardera sig. ”Och nu, borsta tänderna och på med pyjamasen. Jag kommer upp och säger godnatt om tio minuter.”

Lucy kramade sin pappa och gav sedan, efter en kort tvekan, Zoe en snabb kram också. ”Godnatt, fröken Zoe. Jag är jätteglad att du kom och åt pizza med oss.”

”Jag med”, svarade Zoe ärligt. ”Tack för att jag fick komma.”

När Lucy motvilligt hade gått uppför trappan harklade Danny sig lätt. ”Ursäkta det inte så subtila försöket att para ihop oss. Hon har planerat det här bakhållet hela veckan.”

”Det är gulligt, faktiskt”, sa Zoe och hjälpte honom att duka av bordet. ”Hon tycker uppenbarligen väldigt mycket om dig.”

”Känslan är ömsesidig”, svarade Danny och hans min mjuknade. ”Nåväl, ska vi sätta igång? Matsalsbordet har bäst ljus.”

De bredde ut dokumenten om förbifarten över bordet och satt tätt intill varandra medan Danny förklarade de mönster han hade upptäckt. Zoe blev smärtsamt medveten om hans närhet, värmen från hans arm som då och då snuddade vid hennes när han sträckte sig efter olika papper. Lampskenet kastade ett varmt sken över bordet och skapade en intim stämning trots att deras uppgift var av professionell natur.

Medan de arbetade övergick deras samtal gradvis från kommunprotokoll och markägande till mer personliga ämnen.

”Vad fick dig att välja kroppsbehandlingar på häst?” frågade Danny under en naturlig paus. ”Det verkar vara ett så specialiserat område.”

Zoe pillade med hörnet på ett dokument medan hon funderade på sitt svar. ”Jag följde med min bror Marcus till veterinärutbildningen”, sa hon slutligen. ”Men något saknades. Jag ville arbeta direkt med hästar, särskilt de som hade beteendeproblem. Jag hoppade av efter mitt första år och började leta efter andra svar.” Hon tvekade och fortsatte sedan: ”Det fanns en häst i synnerhet som förändrade allt för mig.”

Danny vände sig mot henne och hans uppmärksamhet flyttades helt från pappren mellan dem. ”Vad hände?”

”Han hette Cobalt”, sa Zoe mjukt, och minnet var fortfarande smärtsamt flera år senare. ”Ett vackert engelskt fullblod med kroniska smärtproblem som yttrade sig som aggressivt beteende. Alla hade gett upp hoppet om honom, men jag var så säker på att jag kunde hjälpa till.” Hennes röst stockade sig en aning. ”Jag var ung och övertygad om att jag kunde fixa vad som helst, bara jag fick tillräckligt med tid. Jag missade subtila tecken på att hans smärta var neurologisk, inte skelett- eller muskelrelaterad.

När jag insåg det var det för sent.” Hon svalde tungt. ”Han skadade en skötare allvarligt och de lät avliva honom.”

Dannys uttryck visade fullständig förståelse. ”Du anklagade dig själv.”

”Det gör jag fortfarande, ibland”, medgav Zoe. ”Det var därför jag kastade mig över att lära mig varje rehabiliteringsmetod jag kunde hitta. Masterson-metoden, akupressur, biomekanik ... Jag ville aldrig mer missa något avgörande.”

Danny nickade långsamt. ”Jag förstår den sortens ånger”, sa han. Hans hand rörde sig för att täcka hennes där den vilade på bordet. ”Efter att mitt äktenskap föll isär, efter allt Ginny utsatte Lucy för ... jag undrar hela tiden vad jag missade, vilka tecken jag borde ha sett tidigare.”

”Du kunde inte ha vetat”, sa Zoe mjukt.

”Kanske inte. Men jag är livrädd för att göra ett nytt misstag som hon får betala för”, erkände Danny. ”Varje beslut känns så tungt nu. Tänk om jag väljer fel igen? Tänk om jag inte kan skydda henne?”

Sårbarheten i hans bekännelse berörde Zoe djupt. ”Du gör ett fantastiskt jobb med henne. Det kan vem som helst se.”

”Vissa dagar har jag ingen aning om vad jag gör”, erkände han. ”Jag hittar på allt eftersom och hoppas att jag inte förstör henne för mycket.”

”Är inte det vad föräldraskap handlar om?” frågade Zoe med ett mjukt leende. ”Av vad jag har sett betyder nog det faktum att du oroar dig så mycket för det att du gör rätt.”

Hans tumme ritade ett mjukt mönster på hennes handrygg och den enkla beröringen sände en värme som spred sig uppför hennes arm. ”Tack för att du säger det”, sa han tyst. ”Det betyder mycket, särskilt när det kommer från dig.”

Deras blickar möttes över bordet och dokumenten om förbifarten var glömda mellan dem. I det varma lampskenet, med Lucy tryggt sovande på övervåningen och husets tystnad som omgav dem, förändrades något mellan dem. Professionella gränser gav vika för något mer personligt, mer betydelsefullt.

Dannys hand låg kvar på hennes och deras fingrar flätades gradvis samman i ett tyst erkännande av den förbindelse de båda hade känt nästan sedan deras allra första möte. När han slutligen höjde blicken för att möta hennes var frågan i hans ögon omisskännlig. Zoe höll andan när han sträckte upp sin lediga hand, tvekade ett ögonblick innan han strök bort en bångstyrig lock från hennes ansikte, och hans fingertoppar dröjde kvar mot hennes kind.

”Jag har velat göra det i veckor”, erkände han mjukt. ”Ditt hår rymmer alltid, oavsett hur du försöker hålla det på plats.”

Zoe log och lutade sig lätt mot hans beröring. ”Det har en egen vilja.”

Hans hand kupade sig om hennes kind och hon kände den lätta darrningen i hans fingrar, beviset på att detta ögonblick påverkade honom lika djupt som det påverkade henne. De hade kretsat kring varandra i veckor, professionella gränser och personlig tvekan hade skapat ett försiktigt avstånd som ingen av dem hade varit riktigt redo att överskrida.

Tills nu.

”Zoe”, viskade han, hennes namn var både en fråga och ett svar på en och samma gång.

Hon nickade nästan omärkligt, och Danny lutade sig fram och minskade avståndet mellan dem. Hans läppar mötte hennes i en kyss som började som en fråga, trevande och sökande efter tillåtelse. Zoe svarade omedelbart, hennes hand steg för att vila mot hans bröst där hon kände hans hjärtas stadiga slag under sin handflata. Kyssen fördjupades och förvandlades från tveksamt utforskande till något mer angeläget, och år av ensamhet och försiktigt avstånd löstes upp i värmen mellan dem.

När de slutligen drog sig isär var Zoe andfådd och hennes hjärta rusade. Dannys ögon var mörka av åtrå, men han gjorde ingen ansats att skynda på, hans hand fortfarande varsam mot hennes ansikte.

”Jag har tänkt på det där länge”, erkände han med hes röst.

”Jag med”, medgav Zoe. ”Mycket längre än jag förmodligen borde erkänna.”

Då log han, ett genuint leende som fick det att rynkas i ögonvrårna och fick honom att se yngre ut, obetyngd. Hans tumme följde kurvan på hennes underläpp och sände en rysning längs hennes ryggrad.

”Stanna”, sa han enkelt.

Ordet hängde mellan dem, tungt av betydelse. Zoe sneglade mot trappan, medveten om att Lucy sov där uppe.

Danny följde hennes blick och förstod genast. ”Hon sover tungt”, försäkrade han henne. ”Och jag ställer ett larm. Du skulle kunna gå innan hon vaknar.”

De praktiska övervägandena talade sitt tydliga språk om hans liv som ensamstående pappa, som alltid balanserade sina egna behov mot sin dotters välbefinnande. Zoe fann sig själv nicka, hennes beslut fattades inte i passionens hetta utan i den tysta förvissningen om att denna förbindelse var värd att utforska.

Danny reste sig och sträckte fram sin hand. Hon tog den och lät honom leda henne genom det svagt upplysta huset, förbi Lucys rum där en nattlampa kastade stjärnformade mönster genom den lätt gläntande dörren, till hans sovrum i slutet av hallen. Han stängde dörren tyst bakom dem och det mjuka klicket från låset förseglade dem i deras egen privata värld.

Hans sovrum var enkelt möblerat men bekvämt, den stora sängen prydligt bäddad med ett enkelt marinblått påslakan. En trave böcker låg på nattduksbordet och ett inramat foto av Lucy som red på Foxie var den enda dekorationen på byrån. Det var ett praktiskt utrymme, maskulint utan att vara spartanskt.

Danny vände sig mot henne och månskenet som silade in genom gardinerna lyste upp hans drag. Det uppstod ett ögonblick av delad sårbarhet, ett erkännande av vad detta steg innebar för dem båda. Sedan kysste han henne igen, djupare den här gången, och hans armar slöt sig om hennes midja för att dra henne närmare.

Zoe smälte in i hans omfamning och hennes händer gled in under hans tröja för att utforska den varma huden därunder. Hon kände den subtila åsen av ett ärr längs hans revben, de fasta musklerna på hans rygg, varje upptäckt en ny intimitet. När de drog sig isär för att andas höll Dannys ögon fast hennes när han långsamt lyfte upp fållen på hennes blus, en tyst fråga. Hon höjde armarna som svar och lät honom dra den över hennes huvud.

”Du är vacker”, viskade han och tog in synen av henne.

Zoe kände inget av den självmedvetenhet som ibland hade plågat henne i tidigare förhållanden. Något med sättet Danny tittade på henne, med uppskattning snarare än utvärdering, fick henne att känna sig genuint vacker.

De klädde av varandra långsamt, varje plagg som togs av var en ny nivå av tillit som etablerades mellan dem. När de slutligen stod inför varandra utan barriärer kände Zoe en djup känsla av att allt var rätt, som om de hade rört sig mot detta ögonblick sedan den dag de träffades.

Danny drog henne mot sängen, hans händer varsamma men säkra när de landade bland kuddarna. Hans beröring var vördnadsfull när han utforskade hennes kropp, upptäckte vad som fick hennes andning att fastna, vad som fick henne att böja sig mot honom i njutning. Zoe matchade hans utforskningar med sina egna och lärde sig terrängen på hans kropp, platserna som fick honom att rysa under hennes fingertoppar.

Deras älskog var både brådskande och öm, kulmen på veckor av växande attraktion och outtalad åtrå. Zoe kände hur hon öppnade sig för honom på sätt som gick bortom det fysiska och anförtrodde honom sin sårbarhet på ett sätt hon hade litat på få andra. När de slutligen rörde sig tillsammans som en, översteg förbindelsen ren njutning och blev något djupare, mer meningsfullt.

I den tysta efterdyningen låg de intrasslade i varandra, hennes huvud vilande på hans bröst, hans fingrar ritade lata mönster längs hennes ryggrad. Rummet var tyst förutom deras gradvis långsammare andetag och det svaga prasslet från vinden i jakarandaträdet utanför.

”Vad tänker du på?” frågade Danny mjukt, hans röst ett mjukt muller under hennes öra.

Zoe log mot hans hud. ”Att det här känns rätt. Komplicerat, men rätt.”

Hans armar slöt sig lite hårdare om henne. ”Komplicerat hur då?”

Hon stödde sig på ena armbågen för att se på honom, månskenet silverfärgade hans drag. ”Du är inte vem som helst, Danny. Du är någon vars dotter jag undervisar, vars förtroende jag värdesätter professionellt såväl som personligen.” Hon följde linjen på hans käke med varsamma fingrar. ”Om det här går fel är det inte bara vi som blir sårade.”

”Jag vet”, sa han nyktert. ”Jag har också tänkt på det. Förmodligen övertänkt det, om jag ska vara ärlig.” Hans hand kom upp för att fånga hennes och förde hennes fingrar till sina läppar. ”Men tänk om det går rätt, Zoe? Tänk om det här är början på något underbart?”

Hoppet i hans röst matchade känslan som vecklade ut sig i hennes eget bröst. ”Jag skulle vilja ta reda på det”, erkände hon.

De pratade med dämpade röster i timmar, delade förhoppningar och kvardröjande rädslor och upptäckte nya kopplingar mellan dem. Danny berättade om sin barndom i Melbourne, sina tidiga karriärambitioner, sin kamp för att bygga upp ett nytt liv för Lucy efter skilsmässan. Den oväntade välsignelsen när hans farmor gick bort, eftersom hon lämnade honom sitt hus i Ridgemont, en tillflyktsort precis när han behövde den.

I gengäld berättade Zoe för honom om sin uppväxt i England, hennes akademiska frustrationer, artikeln hon hade varit medförfattare till som upprörde mäktiga etablissemangsfigurer inom den brittiska galoppindustrin. Samtalet från hennes bror som hade tagit henne till Australien precis när hon behövde en nystart.

Det var inte förrän Zoe råkade snegla på väckarklockan vid sängen som hon insåg hur sent det hade blivit. Nästan två på morgonen, världen utanför tyst och stilla. Danny följde hennes blick och slöt armarna hårdare om henne.

”Stanna”, mumlade han mot hennes hår. ”Stanna till morgonen.”

Zoe kände frestelsen starkt, önskan att vakna i hans armar. Men det praktiska gjorde sig påmint och med det bilden av Lucys ansikte om hon upptäckte Zoe där vid frukosten. Inte för att barnet skulle bli upprört, tvärtom. Men det skulle vara mycket för Lucy att bearbeta, en betydande förändring i deras relation som förtjänade en mer noggrann hantering.

”Jag borde gå”, sa hon motvilligt och tryckte en kyss mot hans bröst innan hon satte sig upp. ”Jag vill inte förvirra Lucy genom att vara här på morgonen. Inte än, inte förrän vi har haft tid att lista ut vad det här betyder för oss.”

Danny nickade långsamt, med förståelse i blicken trots besvikelsen. ”Du har rätt. Jag tänkte inte på hur det skulle kunna se ut för henne.” Han satte sig upp bredvid henne och strök tillbaka hennes rufsiga lockar från ansiktet. ”Men det här är inte bara för ikväll, eller hur? Det här är något vi kommer att utforska vidare?”

Sårbarheten i hans fråga berörde henne djupt. ”Definitivt”, försäkrade hon honom. ”Det här är viktigt för mig, Danny. Du är viktig för mig.”

Lättnad sköljde över hans ansikte, följt av ett leende som fick hennes hjärta att slå ett extra slag. ”Bra. För du är viktig för mig också. Väldigt mycket.”

Zoe klädde på sig tyst i mörkret, Danny hjälpte henne att hitta utspridda kläder med dämpade skratt när en strumpa visade sig vara svårfångad. När hon äntligen var klar följde han henne till ytterdörren och drog henne intill sig för en sista kyss, djup och löftesrik. ”Vi ses imorgon?” frågade han. ”På Ridgewater?”

”Jag är där”, bekräftade hon och tillät sig själv ett ögonblick till i hans famn innan hon motvilligt tog ett steg tillbaka. ”Godnatt, Danny.”

”Godnatt, Zoe.”

Hon smet ut i den varma nattluften, Södra korset lyste klart på den väldiga, mörka himlen. När hon gick till sin bil kände sig Zoe på något sätt lättare, som om något som länge svävat i ovisshet äntligen hade fallit på plats. Vilka komplikationer morgondagen än skulle medföra hade denna natt varit en början, ett steg mot något som kändes anmärkningsvärt likt hopp.

Kapitel tio

Tio dagar före jul skalade Ridgewater av sig vardagsklädseln och klädde upp sig för årets största dag. Grindarna stod öppna från soluppgången och en parad av bilar och hästtransporter knastrade uppför den långa grusvägen till den extra hagen. Skenbart över en natt hade staketen smyckats med vimplar i alla tänkbara färger, rosetter från tidigare år satt samlade kring varje grindstolpe, och till och med den gamla väderkvarnen bar en girlang av guldglitter och en plaststjärna som silvertejpats fast vid dess nos. Familjen McKenzie hade engagerat alla tillgängliga händer och alla villiga barn för att förvandla egendomen, och klockan sju på morgonen var Ridgewater ett ridparadis.

Danny stod vid ingången till ridbanan och visade åskådare till deras platser, samtidigt som han försökte att inte se ut som en fisk på torra land. Han var inte den ende pappan som hade ryckt in för att hjälpa till; minst ett dussin andra rörde sig i området, några med skrivplattor och armbindlar med officiellt utseende, andra som tappert försökte följa sina döttrars ropade instruktioner medan de dirigerade parkeringen av hästtransporter och ställde fram fällstolar åt åskådarna. Luften dallrade av dofterna från häst, gräs och hett kaffe, punkterad av det glada kaoset från barn som sprang från ridbana till ridbana.

I den relativt tysta och svala skuggan i stallet stod Lucy med sina vänner, med en så intensiv koncentration att hon verkade omedveten om den växande folkmassan. Honey, utställningsponnyn av rasen palomino, stod tålmodigt medan hennes snövita man redan var uppdelad i dussintals prydliga sektioner, var och en hopknuten med ett litet gummiband. Charlotte höll i plastsprayflaskan medan Jemima, klädd i en tröja med en jultomte som red på en enhörning, övervakade flätningen.

”Stå stilla nu, Honey”, viskade Lucy och lockade nästa man-slinga på plats.

”Gör den hårdare”, rådde Jemima och lutade sig fram för att titta över Lucys axel. ”Tävlingsponnyer måste se ut som om de har blivit attackerade av en hel rad med spindlar.”

Charlotte sprayade övernitiskt och vattendroppar stänkte på Lucys kind.

”Förlåt!” fnissade hon och baddade Lucys ansikte med ett hörn av sin tröjärm.

”Det är ingen fara”, sa Lucy, även om Danny kunde se att hennes händer darrade. Hon sneglade på honom, som för att kontrollera att han fortfarande var där, och böjde sig sedan ner mot sitt arbete igen. Danny gav henne tummen upp, eftersom han inte litade på sin röst, och försökte se uppmuntrande ut snarare än påträngande.

Det upphörde aldrig att förvåna honom hur snabbt hans dotter hade anpassat sig till den här världen. Men i dag hade den gamla nervositeten smugit sig tillbaka, och Danny kände igen de avslöjande tecknen.

När alla flätor i manen var klara, tog Lucy ett rött band från sin väska och knöt en prydlig rosett högst upp på Honeys svans.

”Nu är hon perfekt”, sa Charlotte och tog ett steg tillbaka för att beundra deras hantverk.

Jemima nickade. ”Du gjorde det jättebra, Lucy. Hon ser fantastisk ut. Lika fin som när Pip vann championatsgirlangen på Ekka!”

Danny såg stoltheten flamma till i Lucys ögon, en liten men intensiv låga. Han gjorde en mental anteckning om att tacka Jemimas mamma för att ha skapat en så utmärkt förebild.

En visselpipa ljöd från huvudarenan, och sorlet från publiken ändrade karaktär när föräldrar och barn började strömma mot tävlingsområdet. Lucy drog borsten längs Honeys skinande hals en sista gång och tog sedan tag i stoets grimskaft. Danny mötte henne halvvägs till ridbanan och satte sig på huk så att de var i ögonhöjd.

”Är du redo?” frågade han.

Lucy tvekade, nickade sedan med en liten röst. ”Om jag klantar mig, tar du fortfarande med mig och köper glass efteråt?”

”Även om du ramlar på näsan och glömmer ditt eget namn”, lovade Danny. ”Det är för varmt för att hoppa över glassen.”

Hon log brett och spänningen smälte bort från hennes ansikte.

”Kom nu, pappa. Det är dags.”

Danny gick bredvid henne och hoppades att hon inte skulle märka att hans egna händer darrade av nervositet. Funktionären ropade ut nummer och Lucy placerade sig i slutet av en lång rad med äldre tjejer och handlers med professionellt utseende, varav de flesta var minst ett huvud längre än hon. Danny räknade och pustade ut; femton tävlande! Ett stort startfält att möta i Lucys allra första klass.

Honey, för sin del, stoltserade i uppmärksamheten, stod rakt med öronen framåt och sina blå ögon som uppmärksamt tog in allt som hände runt omkring henne. Pip hade inte överdrivit när hon sa att Honey hade fler blå rosetter än väggutrymme att hänga dem på, trots ett tydligen problematiskt förflutet, och Danny kunde förstå varför. I hans ögon var palominon helt klart den vackraste i startfältet. Pip hade också tyst nämnt att stoet var dräktigt, även om det var fem eller sex månader kvar till fölning, och hon såg bara hälsosamt rund ut.

Domaren, en silverhårig kvinna i en elegant dräkt och en hatt stor som en parabolantenn, gick längs raden med en skrivplatta i handen och stannade vid varje ekipage för att inspektera hållning, presentation och ponnyns respons på hanteringen. När hon kom till Lucy log hon, sa något som var för lågt för att Danny skulle höra, och såg på medan Lucy ledde ut Honey i en elegant trav, stoppade henne på rätt plats och lät handen glida ner längs ponnyns bog för att justera en lite sned hov.

Domaren gick vidare efter en nick och ytterligare ett tyst ord, och Lucy andades ut med blicken fäst på staketet där Danny stod. Han gav henne ytterligare en tumme upp, mer för sin egen skull än för hennes, och försökte att inte gråta.

Bedömningen tog ganska lång tid, eftersom varje tävlande var tvungen att visa upp sin trav och inspekteras av domaren. Lucy väntade tålmodigt hela tiden, med rak hållning, medan Honey inte rörde en muskel bredvid henne. När den sista tävlande hade haft sin tur, ställde ekipagen upp sig på en rad i väntan på resultaten. Danny trängde sig fram och armbågade sig till en bättre sikt när domaren började ropa in placeringarna.

”Fjärde plats, nummer tjugoett, Maddy Withers och Sunlight Affair.”

Appläderna var artiga, och flickan neg blygt när domaren räckte henne en grön rosett.

”Tredje, nummer arton, Chloe Mason och Spark of Glory.”

Ett par stolta morföräldrar jublade från staketet.

”Andra, nummer femton, Georgia Hales och Silver Lining.”

Danny kunde se hur Lucys ansikte föll. Med tio andra tävlande i klassen, alla äldre och mer erfarna än hon, var hon övertygad om att hon hade missat placeringarna.

”Och första plats, nummer sex, Lucy Wareham och Ridgewater Honeybee!”

Ljudet som utbröt från Charlotte och Jemima dränkte nästan resten av publikens applåder. Lucy täckte munnen i chock, och till och med Honey verkade dansa fram med ny energi när de klev fram för att ta emot den blå rosetten. Domaren böjde sig ner för att knyta den runt Honeys hals, sa något som fick Lucy att rodna och skakade sedan hennes hand som om hon vore en besökande dignitär.

Danny märkte knappt att Ben Crossley klappade honom på ryggen och gratulerade honom. Han var för upptagen med att titta på sin dotters ansikte, se henne ta in jublet, klappandet och gratulationerna från de andra tävlande. För första gången på vad som kändes som en väldigt lång tid såg han ren, oförfalskad glädje i hennes ögon.

När hon ledde Honey från ridbanan fann Lucys ögon hans, och hon formade orden med läpparna: ”Såg du?”

Danny nickade, hans egen röst satt fast någonstans under golfbollen som tycktes ha fastnat i hans hals.

Jemima och Charlotte var på henne på en sekund, kramade henne och Honey och pratade så snabbt att inte ens Danny kunde hänga med. Jemima höll upp ett finger. ”Nu måste du rida ärevarvet, med rosetten! Det är tradition.”

Danny drog sig tillbaka till staketet och lät flickorna ta över ritualen med pyssel och firande. Han såg på medan Lucy ledde Honey runt ridbanan, med axlarna bakåt och hakan upp, den blå rosetten fladdrande i den varma brisen. Publiken jublade, men det var den tysta stoltheten i Lucys ansikte som fick honom att kisa i den starka solen.

Utställningsklasserna slutade före lunch, och vid det laget hade hagarna runt ridbanorna fyllts med familjer som hade picknick på campingstolar och filtar. Schemat gav precis tillräckligt med tid för en hastig smörgås före nybörjarklassen i ridning, och Danny fann sig själv ta emot gratulationer från främlingar medan han hjälpte Lucy att byta sin kavaj mot en lättare topp.

”Nästa är den stora”, sa Lucy. ”Skritt-trav-klass på Foxie. Tror du jag klarar det?”

Danny låtsades fundera. ”Tja, du har ju bara vunnit en blå rosett hittills i dag. Det är inte så illa för en nybörjare.”

Hon log brett. ”Jag gillar Foxie. Hon blir inte rädd för någonting, inte ens för barn i tomtenissedräkter!”

De gick till uppvärmningsarenan, där Pip väntade med armarna i kors och solglasögonen glittrande i solen. Hon hälsade på Lucy med en high five och lät sedan en kritisk blick svepa över Foxies utrustning.

”Allt ser bra ut”, sa Pip. ”Hur är hållningen i dag, Lucy?”

Lucy rätade på sig som om hon hade blivit stucken med en pinne.

”Utmärkt. Och kom ihåg, om du blir nervös, andas bara och prata med Foxie. Hon gillar att få höra att hon är söt.”

”Förstår hon svenska?” frågade Lucy fnissande.

”Hon är tvåspråkig”, sa Pip med en blinkning.

Danny lutade sig mot staketet medan Pip hjälpte upp Lucy i sadeln, justerade hennes stigbyglar och gav ett sista, tyst peppande tal. Foxie stod tålmodigt och viftade då och då på svansen mot flugor. Danny såg på de andra barnen som radade upp sig, nio stycken totalt, alla mellan sex och tolv år enligt hans uppskattning.

”Är det första gången du ser nybörjarklassen?” frågade en röst bredvid honom. Danny vände sig om och såg en annan pappa, med kaffe i handen och ett oroligt uttryck i ansiktet.

”Första gången för Lucy”, svarade Danny.

”De tar sina tävlingar på allvar här”, sa den andra mannen och nickade mot domartornet. ”Min äldre dotter har ridit i tre år, och hon skakar fortfarande före varje tävling.”

”Lucy med”, sa Danny. ”Men hon älskar det.”

”Det gör de alla. Jag tror att det är den enda sporten där det anses vara en bedrift att bli täckt av smuts.”

De skrattade båda, och Danny kände den sista resten av sin egen spänning smälta bort.

Klassen kallades in till huvudarenan och Lucy anslöt sig till de andra. Ponnyerna gick på ett led och följde funktionärens anvisningar, och Foxie stegade fram smidigt under Lucys tysta ledning.

Danny tittade med ett kritiskt öga och lade märke till varje liten korrigering som Zoe och Pip hade nött in i Lucy under de senaste veckorna: det mjuka trycket med benen, den subtila viktförskjutningen, sättet hon kontrollerade sin position med några stegs mellanrum. Han undrade om han någonsin hade varit så fokuserad i hennes ålder, eller om han någonsin skulle förstå lockelsen i denna udda, uråldriga sport.

Efter några varv i skritt bad domaren om en övergång till lättridning. Vissa av ponnyerna joggade motvilligt, andra rusade framåt, men Foxie travade iväg raskt, och Lucy matchade hennes rytm med bara en kort vingling innan hon fann sig till rätta i rörelsen.

De följde mönstret som anvisat; skritt, trav, vänd rätt upp, halt, ryggning. Danny höll andan vid varje övergång och slappnade inte av förrän Foxie svarade perfekt varje gång. Det fanns ett ögonblick då en annan ryttare korsade banan för tidigt och nästan kolliderade med Lucy, men hon justerade sin väg utan att missa ett taktslag och lyckades till och med med ett artigt leende mot den andra flickan.

Efter två hela mönster bad domaren om den sista uppställningen. Danny flyttade sig närmare och försökte läsa av domarens uttryck. Kvinnan var oberörd, men Danny såg henne göra en anteckning bredvid Lucys nummer. När resultaten tillkännagavs, förberedde han sig.

”På tredje plats, nummer tjugotre, Lucy Wareham och Ridgewater Foxie!”

Dannys första impuls var besvikelse för hennes skull; bara trea, efter all den ansträngningen? Men sedan såg han Lucys ansikte, strålande av stolthet, och insåg att hon aldrig hade förväntat sig att placera sig överhuvudtaget. Hon kramade Foxie runt halsen, tog emot sin gula rosett från domaren, och, viktigast av allt, vände sig om för att gratulera de två flickorna som hade placerat sig före henne med ett handslag och ett leende.

Efter prisutdelningen, när barnen travade ut från ridbanan, rusade Jemima och Charlotte för att möta Lucy. De tre ledde Foxie till stallets skugga, medan Jemima och Charlotte båda berättade för Lucy hur strålande hon hade ridit.

Danny fann sig själv stående kvar, nöjd med att titta på en stund innan han anslöt sig till dem. Han var fortfarande inte helt säker på hur de hade hamnat här, hur en flytt till landsbygden i Queensland, ett slumpartat möte med familjen McKenzie och några ridlektioner hade förvandlat hans försiktiga, sårade barn till stjärnan i showen. Men när Lucy tittade på honom, med ansiktet rött av spänning och rosetterna fladdrande i hennes hand, bestämde han sig för att det fanns vissa frågor som inte behövde några svar.

Hon sprang fram, med hästsvansen flygande, och Danny fångade henne i en björnkram.

”Du klarade det”, sa han.

”Jag vet”, svarade hon, lätt andfådd. ”Men vet du vad? Jag tror jag gillar den gula mer än den blå. Det var svårare, för Honey gjorde bara allt åt mig i den andra klassen.”

”Det är min tjej”, viskade Danny och kramade henne hårt. ”Jag är så stolt över dig, Luce. För åtta veckor sedan hade du aldrig ens suttit på en häst, och se på dig nu!”

Det var nästan dags för den öppna uppvisningen, den del av tävlingen som även de mest luttrade föräldrarna erkände var värd att se. Danny lotsade Lucy och hennes vänner till ridhuset, där Kate värmde upp sin häst inför uppträdandet.

”Det där är Ridgewater Mystery”, sa Jemima och pekade på den höga apelkastade skimmeln när hon flöt förbi publiken, hennes svans flätad med silverband. ”Eller bara Misty, som vi kallar henne.”

Lucy stirrade, vördnadsfullt. ”Är det inte hon som är på alla affischer?”

”Japp”, sa Jemima. ”Hon vinner Grand Prix-klasser nu, men mamma säger att hon bara har börjat. Faster Kate ska till OS med henne, precis som både mormor och morfar gjorde.”

Läktaren var fylld med folk, varje plats tagen och barn som satt uppe på sina föräldrars axlar för att få bättre sikt. När de första tonerna av ”All I Want for Christmas Is You” började spelas över högtalarna, lade sig en tystnad över publiken.

Danny var ingen dressyrkännare, men även han kunde se att detta var en extraordinär uppvisning i ridskicklighet. Kate guidade stoet genom rörelserna med absolut fattning, rörde sig knappt i sadeln förutom de mest subtila av hjälper, medan speakern berättade om uppträdandet över PA-systemet för publikens skull. Passagen – svävande, höga travsteg som såg omöjliga ut för något jordbundet djur – framkallade flämtningar från åskådarna. När de övergick till piaff, verkade Misty dansa på stället, med hovarna stampande i perfekt takt med sången. Lucys mun föll upp när Kate styrde Misty in i en serie galoppombyten i varje språng, stoets ben som växlade fram och tillbaka i ett invecklat, balettliknande mönster.

”Hur gör hon så där?” viskade Lucy.

”Det är magi”, sa Jemima. ”Och *många års* övning.”

Danny kunde inte låta bli att svepas med; publiken var som trollbunden, hästen och ryttaren så perfekt samspelta att de verkade dela en och samma tanke. I slutet av programmet, när Kate och Misty utförde en sista perfekt halt till musikens storslagna final, bröt hela publiken ut i ett jubel. Till och med den stränga domaren från tidigare klappade händerna.

Kate gjorde en blygsam bugning och ledde sedan Misty ut från ridbanan medan speakern bjöd in publiken att bege sig till den närliggande hopparenan. Den låg bara några steg bort, så alla förflyttade sig snabbt, och sedan kom Emma in på Phoenix, den höga, svarta valacken som såg ut som en riktig estradör. Ett hörbart mummel spred sig när folk kände igen hästen: Phoenix hade rykte om sig att göra spektakulära hopp och, hade man berättat för Danny, ibland även få spektakulära raseriutbrott.

Hoppbanan var redan framställd, bommarna glänste av nymålad färg och oxrarna såg rent av skrämmande ut. Emma red Phoenix i en samlad galopp i en cirkel och vände honom sedan mot det första hindret.

”Han ser ut som om han ska explodera”, viskade Lucy, lite vördnadsfullt, när Phoenix närmade sig det första hindret med musklerna spända under den blanka pälsen. Avstampet var explosivt och hästen klarade det en och femtio höga rättuppstående hindret med god marginal. Publiken jublade och Phoenix bockade lite för effektens skull, men Emma rörde sig knappt i sadeln. Hon var den perfekta motvikten till hans drama, hon absorberade energin och riktade om den med kylig precision.

Hinder efter hinder fick de det att se enkelt ut, även när svängarna blev snävare och kombinationerna mer tekniska. Vid det sista hindret – en enorm röd mur så hög att Danny var ganska säker på att Phoenix inte kunde se över den – svävade Phoenix över och landade med spetsade öron och Emma leende från öra till öra. Applåderna var öronbedövande och Emmas vinkning till publiken var ett uttryck för ren och skär glädje.

När paret red ett segervarv i ridbanan hördes speakerns röst i högtalarna.

”Och det där, mina damer och herrar, är anledningen till att Ridgewater är hem för några av de bästa ryttarna, och bästa hästarna, i länet. Ge systrarna McKenzie en stor applåd till, och alla andra som arbetar så hårt för att göra dagar som denna möjliga.”

Danny tittade ner på Lucy, som fortfarande stirrade med stora ögon när Emma för ett ögonblick gav Phoenix fria tyglar och den före detta segrande galopphästen visade upp sin fart i en markvinnande galopp.

”Tror du att jag skulle kunna rida så där en dag?” frågade hon med en röst som nästan var en viskning.

Danny tvekade inte. ”Absolut. Men bara om du lovar att inte få hästen att dansa till Mariah Carey.”

Hon fnissade, blev sedan allvarlig med blicken fäst på arenan. ”Jag vill prova banhoppning en dag. Kanske nästa år?”

Danny tittade på henne, på stjärnorna i hennes ögon när hon blickade ut mot hindren, och kände en våg av något som liknade hopp. Om hon kunde drömma så här stort igen, och om han ens kunde tänka på att släppa taget tillräckligt för att låta henne jaga de drömmarna, så var de kanske båda på bättringsvägen.

”Kanske nästa år, om fröken Pip och fröken Zoe tycker att du är redo”, sa han.

Nästa punkt på schemat var Masterson-metodens demonstration, och när Danny och Lucy kom tillbaka till ridhuset hade en liten men intresserad publik samlats vid staketet. Många var föräldrar med yngre barn, familjer som ännu inte var invigda i hästmassagekonstens mysterier och som såg evenemanget som en ursäkt för att vila i skuggan.

Sessionens stjärna var Whisper, en liten grå ponny med ett bekymrat uttryck och en tendens att skifta vikt från hov till hov som om han stod på het sand. Zoe ledde in honom i arenan och välkomnade publiken med ett brett, självsäkert leende.

”Tack för att ni kom”, började hon, och hennes röst bar med lätthet i det ekande utrymmet. ”Idag ska vi visa hur mjuk kroppsterapi kan hjälpa även den mest känsliga hästen att bli mer bekväm och avslappnad, med en metod som helt handlar om att lyssna och svara istället för att tvinga fram något.”

Lucy gick fram och ställde sig bredvid Zoe, lite stel i början men hon njöt uppenbart av sin officiella roll som assistent. Danny slog sig ner på en av träbänkarna längs staketet och motstod lusten att filma händelseförloppet för att istället titta uppmärksamt.

Zoe inledde med att presentera Whisper och förklarade hur vissa hästar och ponnyer, särskilt de som är nya i arbetet, utvecklar spänningar i kroppen som kan orsaka alla möjliga problem, från dålig prestation till rentav beteendeproblem. Hon demonstrerade en lätt beröring längs ponnyns nacke och nackstycke och bjöd in publiken att observera varje ryckning med ett öra eller vidgning av ett öga.

”När vi använder Masterson-metoden”, sa Zoe, ”letar vi inte efter omedelbara resultat eller dramatiska förändringar. Istället uppmärksammar vi vad hästen berättar för oss och belönar även de minsta tecknen på avslappning.”

Hon uppmuntrade Lucy att kliva fram och prova, och vägledde hennes hand till punkten precis bakom Whispers öra. Ponnyn stelnade till först, men med Zoes coachning mjuknade Lucys beröring, och hon rörde sig i långsamma cirklar och väntade.

Danny höll andan när Whispers ögonlock började hänga och kamp-eller-flykt-spänningen ersattes av ett växande lugn. Ponnyns läppar darrade och slappnade sedan av. Han gav ifrån sig en lång, frustande suck och sedan en enorm, oväntad gäspning. Flera barn i publiken flämtade till, och en mamma viskade: ”Titta där. Han somnar ju faktiskt.”

Zoe fångade ögonblicket och använde det för att lära ut. ”Om ni ser att hästen blinkar, slickar sig om munnen, gäspar eller sänker huvudet är det tecken på att den släpper på spänningar. Lägg märke till hur Lucy varken trycker eller drar. Hon väntar på att Whisper ska ge signalen.”

”Han blinkar nu. Det betyder att han slappnar av, eller hur?” frågade Lucy.

”Precis”, sa Zoe. ”Nu provar vi hans bog, så ser vi vad mer han berättar för oss.”

Publiken såg på när Lucy flyttade sina händer nerför ponnyns hals och följde instruktionerna med det lugna tålamod som Zoe hade ingjutit i henne under veckor av lektioner. Whisper, som hade börjat demonstrationen med vidöppna ögon och högt huvud, stod nu med mulen nästan i marken, tunga ögonlock och vilande på en bakre hov.

Föräldrar lutade sig fram och utbytte förvånade blickar. Även de mer erfarna hästägarna verkade tyst imponerade av förvandlingen. Danny kände en oväntad åtstramning i bröstet när han betraktade scenen; Lucy, lugn och fokuserad, Zoe vid hennes sida, den oroliga ponnyn som smälte till en pöl av tillit.

Demonstrationen avslutades med en kort frågestund. Både barn och vuxna ville veta om metoden fungerade på alla hästar, om man kunde använda den hemma och om det verkligen var så lätt som Lucy och Zoe just hade fått det att se ut.

”Det krävs övning”, sa Zoe ärligt. ”Men vem som helst kan lära sig detta, om man är villig att lyssna mer än man talar. Hästar bryr sig inte om hur mycket du vet förrän de vet hur mycket du bryr dig.”

Det fick föräldrarna att skratta, och till och med en liten applådrund.

”Och gott folk, den briljanta Zoe Webb tar emot bokningar för att utföra sin magi på era hästar”, sa speakern i högtalarsystemet. ”Intresseanmälningar tas också emot för smågruppskurser för att börja lära sig Masterson-metoden. Ta en titt på Zoes sida på Ridgewaters webbplats för att få veta mer!”

När publiken började skingras ledde Zoe och Lucy ut Whisper från arenan, och ponnyn gick med den lösa, svävande gången hos en häst som inte längre kom ihåg vad den skulle oroa sig för. Danny väntade vid utgången, fångad mellan stolthet och något som liknade vördnad.

”Du var otrolig”, sa han när Lucy kom fram till honom, med kinder som blossade av glädje.

”Det var mest Whisper”, protesterade Lucy. ”Han behövde bara någon som lyssnade.”

”Det är det som gör dig så bra på det här”, sa Danny till henne. ”Du får det att se enkelt ut.”

Hon log strålande, tvekade sedan och kastade en blick tillbaka på Zoe som dröjde sig kvar för att svara på några sista frågor. ”Fröken Zoe säger att jag har en naturlig känsla för det. Hon säger att inte alla lyssnar som jag gör.”

Danny lade armen om hennes axlar och lät stundens tyngd sjunka in. Han undrade en kort stund om han någonsin verkligen hade förstått hur modig Lucy kunde vara, eller om han hade ägnat så mycket tid åt att skydda henne från smärta att han hade missat djupet av hennes medkänsla.

”Du vet”, sa han tyst, ”när jag först tog med dig hit var jag rädd att du skulle skada dig. Men det är du som lär mig att lita på andra.”

Lucy såg upp på honom med rynkad panna. ”Du behöver inte vara rädd, pappa. Jag är försiktig. Och jag har Foxie, och Jemima, och fröken Zoe, och fröken Pip, och...” hon tystnade och log sedan blygt. ”Jag har dig.”

Danny kramade henne tätt intill sig. ”Du kommer alltid att ha mig, Luce.”

Det var inte bara hästarna som lärde sig att slappna av, insåg han. Ibland gjorde människor det också.

Solen började sin färd mot horisonten när showens sista evenemang intog scenen. Ridhuset hade förvandlats igen: ljusslingor i olika färger löpte längs staketen, och huvudentrén pryddes av en glitterkrans nästan lika stor som Jemima. Ur högtalarsystemet strömmade julmusik, som växlade mellan popklassiker och en märklig remix av ”Bjällerklang” framförd av en blåsorkester och en barnkör.

Lucy och hennes vänner bytte om till sina paraddräkter i ett virrvarr av paljetter och filt-renhorn. Charlotte insisterade på att måla allas kinder med glitter och satte glittriga hårsnoddar i deras hår. Deras ponnyer undkom inte den festliga behandlingen; Foxie, Sparky och Beau bar glittergirlanger runt halsen, och var och en hade ett par fejk-renhorn säkert fästa vid sina träns. Danny tittade på när flickorna förberedde sig, tog bilder för McKenzies sociala medier och motstod lusten att rätta till Lucys renhorn.

Emma ställde upp ordningen för paraden och gav de sista instruktionerna med en röst som överröstade sorlet.

”Kom ihåg, fint långsamt tempo runt ridbanan. Vinka till publiken. Inget race om ni inte vill ha mockningsjour resten av lovet. Förstått?”

”Ja, fröken Emma!” ropade flickorna i kör, även om Jemima log mot sin mor som om hon kanske skulle utmana ödet.

Paraden började med de yngsta ryttarna först, en procession av pyttesmå ryttare på shetlandsponnyer och små welshponnyer, varje par utklätt i kostymer som sträckte sig från klassisk tomtenisse till en komplett julkrubba. Bakom dem kom de mer avancerade ryttarna in med de större hästarna i skritt, med fastklistrade leenden och högt burna huvuden. Applåderna från publiken var öronbedövande, föräldrar vinkade och tog bilder, vänner ropade namn och buade godmodigt åt alla som glömde att vinka.

Danny fick syn på Lucy när hon red in i ridbanan, flankerad av Jemima på Sparky och Charlotte på Beau. Trion utförde en förvånansvärt välrepeterad formation och vinkade i takt när de rundade hörnen. Foxie verkade njuta av uppståndelsen och bar Lucy med en tyst värdighet, med sänkt huvud och spetsade öron.

När paraden cirklade i arenan fick Danny en glimt av McKenzie-kvinnorna – Sarah, Kate, Emma och Pip – som stod i mitten med knäppta händer och ansikten som lyste av stolthet. När den sista gruppen ryttare kom in, klev Sarah fram med mikrofonen i handen.

”Tack till alla som har gjort denna dag möjlig – våra elever, föräldrar, tränare och särskilt våra fyrbenta vänner. Ridgewater är mer än bara ett ridcenter; det är en familj. Och vi är så tacksamma för att ha er alla som en del av den.”

Appläder rullade genom byggnaden. Då fick Sarah syn på Zoe som stod och tryckte vid kanten och låtsades kontrollera sitt skrivblock, och vinkade över henne med en gest som inte tålde några invändningar.

”Och tack till Zoe, som bara har varit här på Ridgewater i några månader, men som redan har visat sig vara oumbärlig och en favorit bland våra unga ryttare. En stor applåd för fröken Zoe, allihop!”

Zoe blev röd som en beta när hon korsade ridbanan, men ovationerna hon fick var genuina och högljudda. Danny såg att Lucy klappade hårdast av alla, med skinande ögon.

När det sista varvet närmade sig sitt slut hoppade ryttarna av och ponnyerna leddes ut, vilket lämnade ett hav av barn och föräldrar kvar i arenan för en sista omgång gratulationer. Jemima och Charlotte fann Lucy först och drog in henne i en gruppkram. Danny höll sig i utkanten och lät flickorna ha sin stund, och fångade sedan Lucys uppmärksamhet med en vinkning.

”Redo att gå, mästare?” ropade han.

”Bara en sekund, pappa”, sa hon, innan hon rusade iväg för att ge Foxie en sista morot.

Danny kände någon komma upp bredvid honom och vände sig om och fann Zoe, med håret ännu vildare än vanligt efter den långa dagen men med mjuka och trötta ögon.

”Hon var fantastisk idag”, sa Zoe och nickade mot Lucy.

”Det var du också”, svarade Danny, med lite sträv röst.

Zoe log upp mot honom. ”Du vet, när du tog hit henne den där första gången, trodde jag att hon skulle hålla ut i kanske tre lektioner innan hon tappade intresset. De flesta stadsbarn gör det.”

”Hon är full av överraskningar”, sa Danny.

”Det är hon”, höll Zoe med. ”Men det är du också.”

Han tittade förbryllat på henne.

”Inte alla föräldrar skulle låta sitt barn kasta sig in i en värld som är så här annorlunda”, påpekade hon. ”Eller lita på främlingar med något så dyrbart.”

Danny var tyst en stund och såg Lucy skratta med sina vänner. ”Jag hade inte mycket till val. Hon behövde något jag inte kunde ge henne själv.”

”Du gav henne utrymmet att hitta det”, sa Zoe. ”Ibland är det det svåraste.”

De stod i en behaglig tystnad och såg de sista familjerna droppa av, med barn som klamrade sig fast vid rosetter och minnen. Ljuset i arenan tändes när skymningen föll och kastade ett gyllene sken över allt.

Lucy kom tillbaka, lätt andfådd, med sina rosetter i handen och renhornen på sned.

”Såg du oss, pappa?” frågade hon.

”Du var showens stjärna”, svarade han, och hon strålade, innan hon gick fram till Zoe och bad om en kram och tackade henne. Danny var ganska säker på att Zoe blinkade för att hålla tillbaka sina egna tårar när hon kramade Lucy hårt och sa till henne att hennes framträdanden hade varit inget mindre än spektakulära.

På väg till bilen tittade Lucy tillbaka mot arenan, där Ridgewaters personal fortfarande städade undan under skratt som ekade ut i den ljumma kvällen.

”Det var den bästa dagen *någonsin*”, sa hon.

Danny nickade instämmande. ”Det var det verkligen.”

Lucy hoppade före, med sina nya rosetter som släpade efter henne som en kometsvans. Danny såg henne gå och kände hur tyngden av gamla rädslor försvann, ersatt av den stadiga förvissningen om att höra hemma.

Han tittade upp på Ridgewater-skylten, behängd med julbelysning och skinande starkt i skymningen, och tänkte att de kanske, kanske, allihop äntligen var hemma.

Kapitel elva

Zoe smuttade på sitt te och såg ångan ringla sig lättjefullt över muggen medan morgonsolen strömmade in genom köksfönstren i Stora huset. Rester från gårdagens julshow fanns överallt: glitter draperat längs stolsryggarna, en tomteluva som satt käckt på sniskan på fruktskålen och den omisskännliga känslan av tillfredsställelse som dröjde sig kvar efter ett lyckat evenemang. Familjen McKenzie var samlad runt det enorma köksbordet på gården och rösterna blandades i livliga återberättelser av minnesvärda ögonblick och mindre katastrofer som med nöd och näppe hade undvikits. Pip underhöll alla med historien om ett renhorn på vift under den avslutande paraden och gestikulerade vilt med händerna när hon beskrev dess bana.

”Det seglade rakt över stackars Mr Hendersons huvud”, skrattade Pip. ”Höll på att ta med sig hans tupé!”

Sarah fnös i sitt kaffe. ”Jag undrade varför han såg så förvirrad ut. Jag trodde det var Kates kür som hade gjort honom så uppspelt.”

Kate himlade med ögonen men kunde inte undertrycka ett leende. Hon hade solat sig i tyst stolthet sedan gårdagens uppvisning och minnet av publikens reaktion var uppenbarligen fortfarande färskt. ”Misty var stjärnan, inte jag. Men vi måste jobba på hennes piruett inför nästa tävling, vi gjorde en något för stor cirkel.”

”Alltid perfektionisten”, retades Emma och sträckte sig efter ytterligare en skiva rostat bröd. ”Publiken kunde inte slita blicken från er två.”

Köket var ett härligt kaos med tallrikar med halvt uppätna frukostar utspridda över bordet, syltburkar med skedar som stack ut i konstiga vinklar och Marcus som stod vid spisen och vände ännu en omgång pannkakor. Ryan satt bredvid Emma med armen nonchalant draperad över ryggstödet på hennes stol och såg ut att vara fullkomligt hemmastadd. Den stela företagsattityden som hade definierat honom när han först dök upp på Ridgewater hade mjuknat till något mycket mer avslappnat, mer äkta.

”Lucy var fantastisk med Honey”, flikade Zoe in och log åt minnet av den lilla flickans ansikte när hon fick sin blåa rosett. ”Danny kunde knappt prata, han var så stolt.”

”Hon är en bra tjej och hon red Foxie jättefint också. Och hennes uppvisning med dig var verkligen otrolig. Det barnet har en talang”, instämde Pip. ”Och på tal om gåvor, märkte någon hur många intresseanmälningar vi samlade in? Minst trettio nya potentiella kunder. Julshowen lockar alltid hit dem, men det här var exceptionellt. Och du har fått massor av intresseanmälningar till nybörjarkurserna i Masterson Method, Zoe.”

Sarah nickade och sträckte sig efter högen med post som Emma hade hämtat från brevlådan när hon och Ryan kom in. ”Vi måste boka in ett personalmöte för att gå igenom dem. Om ens hälften anmäler sig måste vi justera lektionsschemat för januari.”

Hon började sortera kuverten och skilja räkningar från personlig korrespondens, när hennes hand stannade vid ett officiellt utseende kuvert med Queenslands regerings emblem. Pratet fortsatte runt henne, men Zoe lade märke till den lilla rynkan som bildades mellan Sarahs ögonbryn när hon förde in ett finger under fliken.

Sarah vecklade upp brevet och skummade igenom innehållet. Det tystnade i köket när all färg försvann från hennes ansikte.

”Sarah?” frågade Marcus med stekspaden orörlig i luften. ”Vad är det?”

Sarah tittade upp med ögonen vidöppna av chock. ”Det är ett expropriationsbesked.” Hennes röst lät konstig, nästan frånvarande. ”För Ridgewater.”

Köket tystnade och det enda ljudet var fräsandet från pannkakssmeten som brändes vid på den bortglömda pannan. Marcus stängde av plattan med en snabb vridning och gick bort till Sarahs sida och läste över hennes axel.

”Hur mycket?” frågade Kate med spänd röst.

Sarahs hand darrade lätt när hon vände till den andra sidan. ”Tre komma två miljoner.”

”Det är löjligt”, exploderade Marcus och slet papperen ur Sarahs hand. ”Den här egendomen är värd minst sju miljoner bara för marken, även utan att räkna med byggnaderna och affärsvärdet!”

Emmas ögon fylldes av tårar. ”De kan inte göra så här.”

Ryan drog henne närmare med spänd käke. ”Det är ett klassiskt öppningsdrag. Ett skambud, i hopp om att man är desperat nog att acceptera det.”

Kate sköt ifrån bordet och började vanka av och an, medan hon drog fingrarna genom sitt blonda hår. ”De kan inte bara ta vårt hem”, sa hon och rösten brast på det sista ordet. ”Det måste finnas något vi kan göra.”

Pip, som hade varit ovanligt tyst, lade armarna i kors. ”Vi kämpar emot, så klart. Rättsliga åtgärder. Offentliga protester. Mediekampanj. Om de vill ha den här marken får de släpa oss härifrån.”

Zoe såg hur Sarah drog ett anteckningsblock mot sig och tog upp en penna, medan handen redan rörde sig i snabba beräkningar. ”Även om vi kämpade och fick ett rättvist marknadsvärde”, sa hon med lätt darrande röst, ”skulle vi behöva hitta något jämförbart. Markpriserna har skjutit i höjden. Vi skulle behöva minst nio miljoner för att flytta hela verksamheten någonstans med likvärdiga anläggningar och tillgänglighet. Det de har erbjudit är bara ... det är förolämpande. Omöjligt.”

”Men om vi bara flyttar verksamheten och bygger anläggningarna när vi väl är på plats?” föreslog Ryan, vars affärssinne uppenbarligen arbetade igenom olika alternativ. ”Börja med det nödvändigaste, bygg ut med tiden.”

”Och vad händer med alla våra kunder under tiden?” fräste Kate och vände sig mot honom. ”Ursäkta, vi har stängt i ett år medan vi bygger ridhus och stall? Inkomstströmmen kommer att sjunka till noll över en natt.”

Zoe kände hur knuten i magen drog åt sig. Hon hade förstås vetat om hotet från förbifarten; det hade de alla gjort, men det hade verkat som en avlägsen möjlighet, något de kunde bekämpa med opinionstryck, med förnuft. Det officiella beskedet gjorde det plötsligt, skrämmande verkligt.

”Vad är tidsramen?” frågade Marcus och bläddrade till den tredje sidan i dokumentet. Hans ansikte mörknade när han läste. ”Sex månader. De ger oss sex månader att ’utrymma fastigheten’. Och de betalar inte förrän vi faktiskt har åkt, vilket är helt galet. Hur ska vi kunna köpa något annat att flytta till innan de betalar?”

”Sex månader?” viskade Emma, askgrå i ansiktet. ”Tänk på hästarna? Tänk på våra kunder? Tänk på ...” Hennes röst dog ut och Ryan lade armen hårdare om hennes axlar.

”De kan inte förvänta sig att vi ska flytta ett helt ridcenter på sex månader”, sa Sarah. ”Det är inte ens i närheten av rimligt.”

”Sedan när har myndigheterna varit rimliga?” kontrade Pip. ”De har bestämt att det här är den väg de vill ha och vi är obekvämt i vägen.”

Zoe såg glittret på ryggstödet till Kates övergivna stol fladdra i brisen från det öppna fönstret. De glada dekorationerna verkade nu nästan hånfulla, klara färgklickar mot blekheten av oro i allas ansikten.

”Kan vi överklaga?” frågade Emma och tittade på Ryan. ”Du har väl kontakter?”

Ryan nickade långsamt. ”Jag känner folk som kanske kan hjälpa till, men statliga expropriationer är notoriskt svåra att bekämpa. Särskilt när det gäller infrastruktur.”

”Det finns den västra sträckningen”, påpekade Marcus. ”Det är ett genomförbart alternativ.”

”Och ändå är vi här”, sa Kate bittert och pekade på beskedet i Marcus hand. ”De är uppenbarligen inte intresserade av alternativ.”

Sarah suckade och masserade tinningarna. ”Vi måste ringa mamma och pappa. Och vi behöver juridisk rådgivning, omedelbart. Pip, skulle du vilja ringa Joe Ashford? Skanna brevet och skicka en kopia till honom.”

Pip nickade och sträckte sig redan efter sin telefon. ”Absolut.”

”Under tiden”, fortsatte Sarah och samlade sig synligt, ”fortsätter vi som vanligt. Hästarna måste fortfarande få mat, kunder kommer att anlända för lektioner och vi har ett företag att driva. Vi kommer att kämpa mot detta, men vi måste vara smarta.”

Zoe kände en våg av beundran för Sarahs motståndskraft, även när hennes eget hjärta sjönk. Hennes blick svepte mot fönstret, där Ridgewaters vidsträckta hagar sträckte sig mot horisonten. Denna plats hade blivit hennes hem på ett sätt som England aldrig riktigt hade varit. Tanken på att den skulle jämnas med marken för en förbifart gjorde henne fysiskt illamående.

”Vi borde berätta för personalen”, sa Kate tyst. ”Innan de hör det från annat håll.”

Sarah nickade och tittade sedan rakt på Zoe. ”Du är också familj, Zoe. Vad som än händer ska vi se till att ta hand om dig.”

Vänligheten i hennes röst fick det att dra ihop sig i Zoes hals. Hon nickade, utan att våga lita på sin röst. Utanför fortsatte morgonsolen att skina på ridbanorna där barn bara igår hade skrattat och ponnyer hade dansat i glitterselar. Kontrasten mellan gårdagens glädje och dagens förtvivlan kunde inte ha varit skarpare.

Medan familjen började mobilisera, med Pip i telefon, Sarah som samlade ihop dokument och Kate som sms:ade sina föräldrar, satt Zoe tyst kvar med sitt te bortglömt. Hon tänkte på Danny och Lucy, på det liv de höll på att bygga upp här, på sina egna trevande planer för framtiden. Om Ridgewater försvann, vad skulle hända med dem alla?

Danny stirrade på pappersarket på skrivbordet framför sig och läste om det utskrivna mejlet för tredje gången, som om orden på något sätt skulle kunna omorganisera sig till ett mindre komplicerat förslag. ”*Senior grävande reporter, Melbourne Herald.*” Bara jobbtiteln representerade allt han hade arbetat för i åratal: prestige, trygghet, erkännande. Den erbjudna lönen fick hans ögonbryn att höjas; nästan fyrtio procent mer än hans nuvarande frilansinkomster, plus förmåner och ett flyttbidrag. Hans redaktör hade sagt att han behövde komma in för att diskutera ”en möjlighet”, men Danny hade inte förväntat sig detta! En chans att återgå till en fast tjänst på en av landets mest respekterade tidningar, i en stad där hans föräldrar regelbundet kunde träffa sitt barnbarn.

Han andades in och ut. *Melbourne. Ännu en flytt. Ännu en skola för Lucy. Ännu ett farväl.*

”Nå?” krävde hans redaktör utan omsvep. ”Vad tycker ni?”

”Jag försöker bara smälta det”, svarade Danny och försökte hålla rösten neutral. ”Det är ... oväntat.”

Greg småskrattade. ”Ni borde vara smickrad. Callum Fraser frågade personligen vem jag skulle rekommendera för tjänsten. Er utredning om förbifarten fångade hans uppmärksamhet.”

”Den är inte ens publicerad än.”

”Ryktet sprider sig. Kvalitetsarbete gör alltid det.” Greg tystnade. ”Det är ett steg uppåt, Danny. Ni vore galen om ni tackade nej. Jag rekommenderade er personligen när jag hörde att tjänsten skulle bli ledig.”

Danny tittade ut genom fönstret och såg en grupp yngre reportrar lämna byggnaden, skrattande på väg mot ett närliggande kafé. Han kom ihåg när han var så ung, så hungrig efter nästa artikel, nästa karriärsteg.

”Jag uppskattar det, Greg. Men Lucy har precis funnit sig till rätta igen. Hon har fått vänner, hittat sin plats på Ridgewater ...”

”Barn är anpassningsbara”, avbröt Greg. ”Dessutom har väl Melbourne gott om fina hästställen i förorterna? Och ni skulle vara närmare era föräldrar. Sa ni inte att de har tjatat på er att flytta dit ner?”

”Det har de”, erkände Danny. Hans mors röst ekade i hans tankar från deras senaste telefonsamtal: ”Vi missar hela hennes barndom, Danny. Videosamtal är inte samma sak som kramar.”

”Hör här”, fortsatte Greg och hans ton mjuknade, ”jag försöker inte tränga ut er. Ni gör ett fantastiskt jobb här. Men fasta tjänster med den här typen av profil dyker inte upp ofta, särskilt inte när tidningarna har det kämpigt. Tänk på tryggheten. Tänk på Lucys framtid.”

Ansvarets tyngd pressade på Dannys axlar. Lucys framtid. Alltid, Lucys framtid.

”När behöver de ett svar?”

”I slutet av januari. Det ger er julhelgen att tänka över saken.” Greg tystnade. ”Om ni vill veta vad jag tycker, så tror jag att ni skulle göra succé på Herald. Men om ni inte vill ha det, så försöker jag absolut inte bli av med er. Ni har ett jobb här så länge ni vill ha ett.”

Efter att ha lämnat kontoret gick Danny ner till sin bil och satt bara tyst i flera minuter och såg staden skimra genom vindrutan. Till slut startade han motorn och körde iväg från trottoarkanten, på väg mot Ridgewater. Den välbekanta vägen gav honom för mycket tid att tänka, att föreställa sig alternativa framtider som förgrenade sig framför honom som vägar på en karta.

Melbourne innebar stabilitet. En regelbunden lön. Hans föräldrar i närheten för att hjälpa till med Lucy. Det professionella erkännande han en gång hade längtat desperat efter.

Men Ridgemont innebar Lucys vänner. Hennes skola. Hästarna. *Zoe.*

Det högg till i bröstet vid tanken på henne. Det de hade var fortfarande nytt, men det kändes betydelsefullt på ett sätt han ännu inte kunde definiera. Möjligheten att det skulle ta slut innan det ens hade börjat på riktigt lämnade honom med en oväntad tomhet.

När han körde upp till Ridgewater kändes något genast annorlunda. Den vanliga livliga aktiviteten fortsatte, med elever i ridhuset och hästar i hagarna, men det fanns en spänning i luften som han inte riktigt kunde sätta fingret på. Han såg Kate i ett intensivt samtal med en kund, hennes normalt samlade ansikte spänt av påtvingad vänlighet.

Han hittade Zoe vid stallet, lutad mot en stolpe med telefonen i handen och pannan rynkad i koncentration. Hon bar sina vanliga praktiska kläder, men saknade sitt typiska lättsamma leende.

”Dåliga nyheter?” frågade han och närmade sig.

Hon tittade upp, förvånad, och gav honom sedan ett leende som inte riktigt nådde ögonen. ”Väntar bara på nyheter, faktiskt. Min ansökan om permanent uppehållstillstånd. Advokaten skulle mejla en uppdatering idag.”

Danny lutade sig mot stolpen bredvid henne, nära nog att känna värmen från hennes arm mot sin. ”Jag visste inte att du var orolig för det.”

”Det var jag inte, från början.” Hon stoppade ner telefonen i fickan med en suck. ”Men jag är här på ett arbetssemestervisum, som bara har sex månader kvar, och utan formella kvalifikationer ... låt oss bara säga att poängsystemet inte direkt är till min fördel.”

Danny hade inte tänkt på detta; den osäkra situationen hon befann sig i. I hans sinne var Zoe en lika permanent del av Ridgewater som det uråldriga eukalyptusträdet framför Stora huset.

”Din erfarenhet måste väl räknas för något, liksom det faktum att du redan har startat ett företag? Bara omdömena från kunderna borde övertyga dem om att du är en tillgång för landet. Och din bror bor här, han är din familj och han är medborgare nu, eller hur?”

Zoe ryckte på axlarna och hennes blick vandrade till hästarna som betade fridfullt i fjärran. ”Ja, det är han, och han är min *enda* familj. Men migrationsverket bryr sig inte om det. De vill ha examensbevis, certifikat, konkreta bevis på värde.” Hon vände sig mot honom och hennes ansiktsuttryck ljusnade med en synlig ansträngning. ”Men nog om mina byråkratiska bekymmer. Hur var ditt möte i Brisbane?”

Jobberbjudandet låg på hans tunga, plötsligt tungt av innebörd. ”Det var ... intressant”, började han försiktigt. ”Greg hade nyheter. Melbourne Herald söker en senior grävande reporter. Han föreslog mitt namn.”

Han iakttog hennes ansikte noga medan han talade. Blixten av bestörtning var kort men omisskännlig innan hon bemästrade sina drag till något mer stöttande.

”Melbourne?” ekade hon och hennes röst var omsorgsfullt neutral. ”Det är ju ... det är underbart, Danny. En stor möjlighet.”

”Det skulle vara en fast anställning”, fortsatte han och fann sig märkligt nog tvungen att räkna upp fördelarna som om han försökte övertyga sig själv. ”Bättre lön, mer trygghet. Lucy skulle vara närmare mina föräldrar.”

”Det skulle hon älska”, sa Zoe och orden kom ut en aning för snabbt. ”Och Melbourne ska visst vara underbart. Fantastisk kultur. Bra skolor, är jag säker på.”

Deras blickar möttes och för ett ögonblick hängde allt outtalat i luften mellan dem. Danny ville sträcka sig efter hennes hand, säga henne att han inte hade bestämt något, att tanken på att lämna henne fick möjligheten att förlora mycket av sin glans. Men orden kändes förmätna, deras förhållande för nytt för att göra sådana uttalanden.

”Pappa! Pappa!” Lucys röst ekade över gården när hon kom springande från inomhusarenans håll, med ansiktet rött av upphetsning. ”Fröken Pip lät mig rida Sparky idag så jag kunde prova galopp! En riktig galopp, inte bara trava jättefort!” Hon tvärstannade framför dem med ögon som lyste av framgång. ”Jag var rädd först, men sen visste Sparky bara vad han skulle göra, och det kändes som att flyga, pappa, som att faktiskt flyga!”

Danny satte sig på huk i hennes nivå, hans egna bekymmer tillfälligt bortglömda inför hennes glädje. ”Det är fantastiskt, Luce. Jag önskar att jag hade varit här och sett det."

"Fröken Pip filmade det med sin mobil! Hon sa att hon skulle skicka det till dig." Lucy vände sig till Zoe och studsade nästan. "Fröken Zoe, hörde du? Jag galopperade!"

"Jag hörde det", svarade Zoe och hennes leende var nu äkta. "Det är en enorm milstolpe, Lucy. Du borde vara väldigt stolt."

"Jag ska berätta för Jemima och Charlotte", förklarade Lucy. "De kommer att bli så imponerade. Jemima sa att jag förmodligen inte skulle galoppera förrän efter jul!" Hon pilar iväg igen, på väg mot en liten grupp barn som samlats utanför sadelkammaren.

Danny rätade på sig och såg henne gå. Lucy rörde sig nu genom Ridgewater med fullständigt självförtroende, en tillhörighet som fick det att värka i hans bröst. Hon hade hittat sin plats här, sitt folk. Tanken på att rycka upp henne igen kändes grym, nästan omöjlig.

Han vände sig tillbaka till Zoe, som såg på Lucy med ett liknande vemodigt uttryck.

"Hon blomstrar här", sa Zoe mjukt.

"Det gör hon", instämde Danny. "Jag har inte sett henne så här lycklig sedan ... ja, på väldigt länge."

Den outtalade frågan hängde mellan dem: Hur kunde han ta henne ifrån detta? Men när han såg sig omkring på Ridgewater trängde sig en annan fråga på i hans medvetande. Om förbifarten byggdes, om Ridgewater gick förlorat, vilken anledning skulle de överhuvud taget ha att stanna kvar?

Zoe verkade läsa hans tankar. "Har du hört något mer om beslutet om förbifarten? För familjen McKenzie fick ett expropriationsbrev idag. Ett fruktansvärt skambud. De tänker slåss, såklart, men ..." Hon avbröt sig.

”Inte än”, svarade Danny och kände tyngden av alla dessa sammanlänkande osäkerheter lägga sig på hans axlar. ”Min artikel är nästan klar. Kanske kan den göra skillnad.”

Ingen av dem uttalade det de båda fruktade: att det kanske redan var för sent.

Kvällen sänkte sig över Ridgewater som en mjuk filt och stjärnorna tändes en efter en på den allt mörkare blå himlen. Danny satt på en höbal utanför huvudstallet och dagens bekymmer lade en tyngd på hans axlar som inte ens den fridfulla skymningen kunde lätta på. Julbelysning som sträckte sig längs stalltakfoten tändes automatiskt och deras glada, mångfärgade sken stod i strid med tyngden i hans bröst. Från detta tysta hörn kunde han se Stora huset upplyst på andra sidan hagen, skuggor som rörde sig bakom fönstren medan familjen McKenzie fortsatte sina julförberedelser trots morgonens förödande nyheter.

Han hörde mjuka fotsteg närma sig och såg upp för att se Zoe ta sig fram över gården. Hon bar på två ångande muggar, hennes ansikte skuggat i halvdunklet.

”Tänkte att du kanske behövde den här”, sa hon och räckte honom en mugg som doftade härligt av kaffe och något starkare. ”Sarahs specialbryggning. Med en generös skvätt Bundaberg-rom.”

”Gud välsigne henne”, mumlade Danny och tog tacksamt emot muggen. Zoe slog sig ner bredvid honom på höbalen, nära men utan att röra vid honom.

En stund satt de i samförstånd och tystnad, smuttade på sina drinkar och såg de sista spåren av solnedgången blekna bort från horisonten. Dagens kaos hade äntligen lagt sig, hästarna var till ro i sina boxar eller natthagar och till och med den vanliga kvällsaktiviteten hade dämpats till en viskning.

"Är Lucy fortfarande med Jemima i huset?" frågade Zoe till slut.

Danny nickade. "Sarah bjöd in henne för att se en julfilm. Sa att tjejerna behövde lite normalitet efter att alla har varit så spända hela dagen." Han sneglade på Zoes profil. "Hon vet inte om beskedet än."

"Inget av barnen vet det, inte ens Jemima, för som tur var var hon ute när Sarah öppnade brevet i morse. De måste få veta snart", sa Zoe mjukt. "Lucy älskar det här stället. Hon förtjänar en förvarning om ..."

Hon avslutade inte meningen. Hon behövde inte.

Danny tog en klunk till av sin drink och lät alkoholen värma honom inifrån. "Jag tänker hela tiden på det där jobberbjudandet", erkände han. "I morse verkade det som ett komplicerat beslut. Nu känns det som att universum spelar ett fruktansvärt kosmiskt skämt."

"Hur så?"

"Melbourne skulle innebära att jag rycker upp Lucy igen, tar henne ifrån allt hon älskar här." Han gestikulerade med sin lediga hand. "Men om det här stället försvinner ..."

Zoes ansikte var halvt upplyst av julbelysningen, skuggor som betonade den fina kurvan på hennes kindben, den lilla rynkan mellan hennes ögonbryn. "Det är en bra möjlighet, eller hur? Jobbet?"

"Professionellt? Ja. Det är exakt vad jag har arbetat för. Trygghet, erkännande, bättre lön." Orden lät ihåliga även i hans egna öron. "Och mina föräldrar skulle få träffa Lucy regelbundet."

"Det är viktigt", sa Zoe med omsorgsfullt neutral röst. "Familjen är viktig."

Danny vände sig mot henne och kände ett plötsligt behov av att se henne i ögonen. "Men Lucy har äntligen hittat stabilitet här. Vänner. Självförtroende. Att ta det ifrån henne nu ..."

”Barn anpassar sig”, sa Zoe, även om hennes röst hade en sorgsen ton. ”Särskilt när de är älskade. Och du skulle hitta en annan ridskola i Melbourne.”

”Det skulle inte vara Ridgewater”, sa Danny enkelt.

Zoe drog hörbart efter andan och såg ner i sin mugg. ”Nej, det skulle det inte.”

En häst gnäggade mjukt inne i stallet, ett ljud som var smärtsamt normalt mot bakgrund av deras osäkra framtid. Danny kände tyngden av outtalade ord pressa mot hans bröst.

”Ringde advokaten om ditt visum?” frågade han och bytte ämne när tystnaden blev för lång.

Zoe skakade på huvudet. ”Inte än. Utan formella kvalifikationer ...” Hon suckade och ställde ner sin mugg på höet bredvid sig. ”Jag räknade med att Ridgewaters sponsorskap skulle stärka min ansökan. Om egendomen exproprieras försvinner det stödet.”

”Din expertis måste väl ändå räknas för något”, insisterade Danny. ”Du är briljant på det du gör.”

”Expertis utan certifikat kommer man inte långt med hos migrationsverket”, svarade Zoe med en ny skärpa i rösten. ”Jag borde ha slutfört den där veterinärutbildningen, eller åtminstone skaffat några erkända kvalifikationer. Istället följde jag mitt hjärta in i ett specialiserat arbete som ger mig lojala kunder men betyder ingenting på myndigheternas papper eftersom ingen av mina år av utbildning har varit med ackrediterade organisationer.”

Frustrationen i hennes röst var något Danny inte hade hört förut. Hon var vanligtvis så optimistisk.

”Det måste finnas andra alternativ”, fortsatte han enträget.

”Jag har svårt att hitta några.” Hon ryckte på axlarna, en rörelse vass av spänning, och vände sig helt mot honom. ”Vet du hur många hästar jag har hjälpt? Hur många ägare här som litar på mig nu? Att börja om innebär att bevisa mig själv på nytt, tillbaka i Storbritannien där mitt rykte redan är kört i botten i vissa kretsar.”

Danny nickade och förstod hennes frustration men kände sig hjälplös att lindra den. ”Jag är ledsen, Zoe. Det är inte rättvist.”

”Nej, det är det inte”, instämde hon och hennes röst mjuknade något. ”Precis som inget av detta är rättvist; inte för familjen McKenzie, inte för samhället, inte för barnen som älskar det här stället.”

Ljusen i Stora huset glimmade över hagen. Genom ett fönster kunde Danny se en julgran resas, Sarah och Kate som redde ut julgransbelysning för att sätta på den medan Pip verkade dirigera operationen från ett säkert avstånd och Ben Crossley använde sin längd och sina långa armar för att sätta en stjärna i toppen.

”Tänk om du kom till Melbourne?” frågade han plötsligt, orden vällde ut innan han hann tänka igenom dem helt. ”Om jag tog jobbet. Om du behövde någonstans att bo medan du ordnade med din visumsituation.”

Zoe stirrade på honom, förvåning tydlig i hennes uppspärrade ögon. ”Danny, vi har knappt börjat ... vad det nu är mellan oss. Det är ett enormt steg.”

”Jag vet”, backade han och kände sig dum. ”Det var bara en tanke.”

”En tanke utan någon praktisk grund”, sa hon och hennes ton hårdnade igen. ”Jag kan inte bara flytta till Melbourne på ett infall och hoppas på det bästa.”

”Det var inte ett infall”, kontrade Danny, sårad av hennes avvisande. ”Jag försökte hitta en lösning.”

”En lösning som bekvämt passar ditt potentiella nya liv?” Orden kom ut vassare än han någonsin hade hört från henne.

Danny kände sin egen frustration stiga för att möta hennes. ”Det är inte rättvist. Jag är inte ens säker på att jag vill ha jobbet.”

”Men du har lyxen att välja, eller hur?” Zoe reste sig abrupt och borstade av hö från sina jeans. ”Du kan alltid hitta ett annat jobb, Danny. Jag kanske måste lämna landet.”

Råheten i hennes uttalande hängde i luften mellan dem. Danny stirrade upp på henne, överraskad av den plötsliga ilskan i hennes röst.

”Zoe, jag är inte fienden här”, sa han tyst.

Hon slöt ögonen en kort stund och samlade sig synligt. ”Nej, det är du inte. Jag är ledsen.” Hon tog upp de tomma muggarna och undvek hans blick. ”Jag är bara trött och orolig och säger saker jag inte borde.”

Danny reste sig och sträckte sig efter hennes hand, men hon tog ett litet steg tillbaka.

”Låt oss inte göra det här nu”, sa hon. ”Vi är båda utmattade och upprörda. Det är inte rätt tid att fatta några beslut.”

”När är rätt tid?” frågade Danny, frustrationen färgade hans röst trots hans bästa ansträngningar. ”Om en vecka? En månad? Efter att Ridgewater är borta, eller ditt visum har gått ut?”

”Jag vet inte”, erkände hon och den genuina förvirringen i hennes röst fick hans ilska att lägga sig. ”Jag vet bara att jag inte kan tänka klart just nu.”

De stod vända mot varandra i det färgade skenet från julbelysningen, fysiskt nära men åtskilda av osäkerheter som ingen av dem kunde lösa. Till slut suckade Zoe.

”Jag borde gå och hjälpa till med granen”, sa hon och nickade mot Stora huset. ”Sarah bad om alla man på däck för att dekorera.”

”Självklart”, svarade Danny och kände sig plötsligt dum för att ha förväntat sig någon form av lösning ikväll. ”Jag måste ändå få hem Lucy för middag.”

Zoe tvekade och såg ut som om hon skulle säga något mer, men nickade sedan bara. ”Godnatt, Danny.”

”Godnatt, Zoe.”

Han såg henne gå iväg, hennes siluett blev mindre mot ljusen från huset. I fjärran, genom fönstren, fortsatte julförberedelserna; ljusslingor hängdes upp, granen tog form, normaliteten upprätthölls genom ren viljestyrka. Men julstämningen kändes ihålig nu, en ljus fasad över den osäkerhet som ruvade över allas liv.

Danny suckade och vände sig om för att ropa på sin dotter, axlarna tunga av tyngden av beslut han ännu inte kunde fatta och lösningar han inte kunde erbjuda. Julen skulle vara en tid av hopp, men ikväll kändes hoppet lika skört och tillfälligt som de färgade ljusslingorna längs takfoten, vackra men i slutändan utlämnade åt krafter bortom deras kontroll.

Kapitel tolv

Zoe satt vid köksbordet i stora huset följande morgon med det officiella brevet från inrikesdepartementet utspritt framför sig som en dödsdom. Regeringens vapensköld högst upp på sidan tycktes håna henne när solljuset strömmade in genom fönstren och lyste upp ord hon redan hade läst fem gånger men inte riktigt kunde tro på. Hennes ansökan om förlängt visum: avslagen. Hennes väg till permanent uppehållstillstånd: stängd. Det meningsfulla liv hon hade byggt upp på Ridgewater: balanserade plötsligt på en knivsegg.

Hennes fingrar darrade när hon drog dem över det kalla, formella språket som hade krossat hennes framtid.

”... vi beklagar att behöva meddela att er ansökan om permanent uppehållstillstånd under kategorin för yrkeskvalificerad oberoende invandring (subklass 189) har avslagits. Bedömningen har fastställt att era kvalifikationer inte uppfyller kraven för poängbaserad yrkesinvandring ..."

Färgen försvann från hennes ansikte när hon stirrade på stycket som beskrev hennes alternativ, eller snarare bristen på dem. Sex månader. Det var allt hon hade kvar på sitt visum innan hon skulle vara tvungen att lämna Australien. Sex månader för att säga adjö till sina kunder, till hästarna som litade på henne. Till sin bror, den enda familj hon hade kvar. Till Ridgewater och familjen McKenzie som hade välkomnat henne till sitt hem och sina hjärtan. Till Danny och Lucy.

Hennes andning blev grundare och rummet kändes plötsligt för varmt trots att luftkonditioneringen surrade svagt i bakgrunden. Hon vände till andra sidan, i ett desperat hopp om att hon hade missförstått, att någon alternativ väg skulle erbjudas. Men orden förblev envist oförändrade.

"Utan formella högre kvalifikationer inom ert område uppfyller ni inte minimikraven för yrkesinvandring. Även om vi erkänner er erfarenhet, kräver departementets policy erkänd certifiering ..."

Ett litet, kvävt ljud undslapp hennes strupe. Alla hennes år av praktisk erfarenhet, allt personligt lärande från de mästare hon hade sökt upp för att de skulle lära henne sina metoder, alla hästar hon hade hjälpt, vittnesmålen från tacksamma ägare, inget av det spelade någon roll mot den rigida checklistan av statliga krav. Hon borde ha slutfört den där veterinärutbildningen, borde ha skaffat formell certifiering istället för informella lärlingsplatser. De val som en gång hade verkat så rätt avslöjade sig nu som katastrofala felbedömningar.

Bakdörren öppnades med ett välbekant knarr, följt av ljudet av stövlar som sparkades av. Marcus, som hade en ledig dag från sitt veterinärarbete. Zoe torkade sig snabbt i ögonen, även om hon visste att ansträngningen var meningslös. Hennes storebror hade alltid kunnat läsa av henne, även när hon försökte dölja sina känslor.

”God morgon”, sa Marcus glatt när han kom in i köket. ”Jag trodde du skulle vara ute med Midnight nu. Sarah sa ...” Hans röst dog bort när han fick se hennes ansikte. ”Zoe? Vad har hänt?”

Hon kunde inte hitta orden, halsen snördes åt runt dem. Istället sköt hon tyst brevet över bordet. Marcus närmade sig försiktigt, som om papperet skulle kunna bitas, med pannan rynkad av oro. Han tog upp brevet och skummade snabbt igenom de första styckena.

Zoe såg hans uttryck skifta från förvirring till chock och sedan till ilska. Hans käke spändes, en muskel ryckte i hans kind, ett avslöjande tecken på hans behärskade raseri som hon kom ihåg från barndomens gräl.

”Det här är löjligt”, sa han till slut. ”Din expertis är precis vad Australien behöver. Du har byggt upp en framgångsrik verksamhet här på bara några månader. Du har kunder som är beroende av dig, tränare som köar för att lära sig dina metoder.”

”Tydligen spelar det ingen roll utan de rätta papperslapparna”, svarade Zoe, hennes röst lät främmande och avlägsen i hennes egna öron. ”Alla de där åren av träning med Jim Masterson och Gillian Higgins, inget av det räknas eftersom det inte var universitetsprogram.”

Marcus drog ut en stol och satte sig bredvid henne, hans hand lades över hennes där den vilade på bordet. Gesten, så enkel och välbekant, fick nästan hennes fattning att brista helt.

”Det måste finnas ett sätt att kringgå det här”, sa han med den beslutsamma ton han använde när han stod inför ett svårt medicinskt fall. ”Överklagandeprocesser, alternativa visumkategorier, någonting.”

”Jag har undersökt allt”, svarade Zoe och pekade mot sin laptop, öppen på en webbsida som beskrev australiensiska visumalternativ. ”Utan formella kvalifikationer är jag inte berättigad till yrkesinvandring. Och med Ridgewaters osäkra framtid ...”

Inlösenbeskedet. Hotet om förbifarten. Allt höll på att falla isär på en och samma gång, trådar hon omsorgsfullt hade vävt till ett nytt liv som nu drogs isär i hennes händer.

Marcus var tyst ett ögonblick och studerade brevet igen. ”Vi behöver ordentlig rådgivning”, sa han till slut. ”Inte bara efterforskningar på internet. Jag känner en invandringsjurist i Brisbane, hanterade ett komplicerat fall för en av mina kollegor på universitetskliniken.” Han tittade på sin klocka. ”Jag skulle kunna köra dig dit idag. Han kanske kan träffa oss om jag ber om en tjänst.”

Zoe nickade långsamt och grep efter denna lilla livlina. ”Tror du verkligen att det skulle hjälpa?”

”Det kan inte skada”, svarade Marcus och tog redan fram sin telefon. ”Åtminstone kommer vi att veta exakt var vi står och vilka alternativ som kan finnas.”

Medan Marcus ringde samtalet och gick ut för att få bättre mottagning, tvingade Zoe sig själv att andas djupt, att trycka undan paniken som hotade att överväldiga henne. När hon ställdes inför en kris hade hon alltid tagit sin tillflykt till metodiskt agerande, till att göra det hon kunde kontrollera samtidigt som hon accepterade det hon inte kunde. Det var så hon närmade sig svåra hästar, och det var så hon skulle närma sig det här.

Hon gick till sitt rum och hämtade sin dokumentmapp. Inuti fanns kopior av hennes få formella certifieringar, rekommendationsbrev från framstående tränare hon hade arbetat med, bokföring från det arbete hon hade gjort sedan hon anlände till Australien och kundvittnesmål. Hon lade till sitt pass och födelsebevis, färska kontoutdrag och en utskrift av sin kundlista, där hon noterade tillväxten under de senaste sex månaderna, och tog med sig mappen tillbaka till köket.

Hennes laptop plingade till med en e-postavisering, en förfrågan om en session med en ny kunds häst. Den grymma ironin undgick henne inte; hennes verksamhet blomstrade precis när hon stod inför att förlora allt.

Marcus kom tillbaka, med ett något ljusare uttryck. ”Han kan träffa oss klockan tolv. Det är bäst att vi åker.”

Zoe nickade och stängde sin laptop. ”Jag måste byta om”, sa hon, plötsligt medveten om sina slitna jeans och gamla t-shirt, nerskvätt med diverse onämnbara gamla fläckar. ”Ge mig tio minuter.”

I sitt rum tog hon fram kläderna hon reserverade för professionella presentationer, en krispigt vit skjorta och skräddarsydda byxor. Professionell. Kompetent. Värdig uppehållstillstånd. Hon bytte om mekaniskt, medan tankarna rusade med möjligheter och reservplaner.

När hon knäppte sin skjorta fumlande fingrarna och missade ett knapphål, vilket skapade en ojämnhet. Hon stirrade på misstaget en lång stund innan hon knäppte upp alla knapparna och började om, med intensivt fokus på den enkla uppgiften som om den på något sätt kunde bringa ordning i hennes kollapsande värld.

Hennes telefon vibrerade med ett sms från Danny, som frågade om hon var ledig för middag. Hon lade den åt sidan, oförmögen att tänka på hur hon skulle svara. Vad skulle hon säga till honom? Att hon kanske skulle tvingas lämna precis när deras förhållande fördjupades? Att alla deras försiktiga samtal om att ta det långsamt nu verkade som en lyx de inte hade råd med?

Hon tvingade sitt bångstyriga hår till lydnad och satte upp det i en prydlig knut, applicerade minimalt med smink för att dölja blekheten i sitt ansikte och tog på sig ett litet silverhalsband med en hästberlock som hade varit en gåva från hennes första tacksamma kund. En rustning för striden som väntade.

När hon kom ut väntade Marcus vid dörren med bilnycklarna i handen. Hans uttryck mjuknade när han såg henne, och han sträckte ut handen för att krama hennes axel mjukt.

”Vi löser det här, Zo”, sa han, och barndomens smeknamn kom helt naturligt. ”Du åker ingenstans om jag har något att säga till om.”

Zoe nickade, med halsen för hopsnörd för att kunna prata. När de klev ut i det starka Queensland-solskenet kastade hon en lång blick tillbaka på Ridgewater, på hagarna och stallen som hade blivit mer av ett hem för henne än någon annan plats någonsin varit.

Sex månader. Nedräkningen hade börjat.

Vägen sträckte sig framför dem, ett skimrande svart band i Queensland-hettan. Marcus körde med den fokuserade uppmärksamhet som kännetecknade hans inställning till allt i livet, med en hand stadigt på ratten medan den andra pillade med luftkonditioneringens kontroller. Bredvid honom stirrade Zoe ut på det förbipasserande landskapet, de välbekanta silverbarkade eukalyptusträden och böljande kullarna som hade blivit hennes hem, och som nu på något sätt verkade mer dyrbara, mer sköra, än de hade varit bara timmar tidigare.

”Pip tar lektionen du hade schemalagd i eftermiddag”, sa Marcus och bröt tystnaden som hade lagt sig mellan dem sedan de lämnade Ridgewater. ”Hon bad mig hälsa att du inte ska oroa dig för Midnight. Hon kommer bara att göra lite markarbete i hagen med honom, inget som kan sätta tillbaka hans framsteg.”

Zoe nickade, tacksam för omtanken men oförmögen att uppbåda energin för ett ordentligt svar. Hennes tankar fortsatte att cirkla tillbaka till avslagsbrevet, till det kalla, byråkratiska språket som hade reducerat hennes år av hängivenhet till en otillräcklig poängsumma.

"Du vet", fortsatte Marcus, uppenbart obekväm med hennes tystnad, "när jag först kom till Australien blev jag nästan deporterad på grund av ett pappersstrul. Universitetet hade satt fel kod på mina sponsordokument." Han skrattade, även om ljudet innehöll lite äkta munterhet. "Jag trodde i tre veckor att jag skulle behöva packa ihop och åka. Det visade sig att allt som krävdes var en kompetent jurist för att reda ut det."

"Det här är inte ett pappersstrul", svarade Zoe krasst. "Det är ett fundamentalt problem. Jag har inte de kvalifikationer de kräver, punkt slut."

"Det finns alltid kryphål", insisterade Marcus. "Alternativa vägar. Vi kommer att hitta dem."

Zoe vände sig från fönstret för att studera sin brors profil. Hans käke var spänd på det där beslutsamma sättet hon kände igen från barndomen, när han hade bestämt sig för att något skulle hända oavsett hinder. Hon älskade honom för hans optimism, även om en livstids erfarenhet fick henne att tvivla på den.

"Jag hoppas du har rätt", sa hon till slut.

Resten av bilresan passerade med att Marcus gjorde tappra försök till normal konversation, uppdaterade henne om sina senaste fall på kliniken och återberättade en rolig historia om en klient som hade misstagit en lerfläck på sin häst för ett melanom. Zoe svarade när det var nödvändigt, men hennes tankar förblev intrasslade i hennes prekära situation, där hon beräknade och omberäknade den begränsade tid hon hade kvar.

Brisbanes skyline dök upp vid horisonten, moderna glastorn som reste sig mot den blå himlen. De navigerade genom allt mer trafikerade gator tills de nådde en elegant kontorsbyggnad i affärsdistriktet. Bryce Westons advokatbyrå upptog den fjortonde våningen, och dess reception var en studie i diskret professionalism, med bekväma läderfåtöljer och väggar prydda med inramade framgångshistorier, där ”GODKÄND”-stämplar var synliga på visumansökningar som visades bakom glas.

”Doktor Webb”, hälsade en receptionist Marcus när de anmälde sig vid hennes skrivbord. ”Mr Weston väntar på er. Var snäll och stig på.”

Advokatens kontor erbjöd en panoramautsikt över staden, bokhyllor fyllda med juridiska texter och ett stort skrivbord av polerat trä. Bryce Weston själv reste sig för att hälsa på dem, en man i femtioårsåldern med silverstänk i håret och pigga ögon bakom snygga glasögon.

”Marcus, trevligt att se dig”, sa han och skakade hand fast innan han vände sig till Zoe. ”Och du måste vara Zoe. Varsågoda och sitt.”

Zoe satte sig, med dokumentmappen för hårt gripen i sina händer. Hon lade den på skrivbordet och öppnade den för att visa de minutiöst organiserade papperen inuti.

”Jag har tagit med mig allt”, började hon, med en röst som var stadigare än hon förväntat sig. ”Mina kundregister, vittnesmål, bevis på min affärstillväxt ...”

Bryce nickade och tog mappen och bläddrade igenom den. ”Mycket grundligt”, kommenterade han. ”Berätta nu om din situation. Marcus nämnde ett avslag på uppehållstillstånd?”

Under de följande femton minuterna förklarade Zoe sin bakgrund, sin specialiserade utbildning, avslaget på sin ansökan om permanent uppehållstillstånd. Bryce lyssnade uppmärksamt och gjorde ibland anteckningar på ett anteckningsblock.

”Problemet”, sa han när hon hade slutat, ”är inte din expertis eller ditt värde för samhället. Det är uppenbart.” Han knackade med sin penna mot anteckningssidan. ”Problemet är den rigida strukturen i Australiens poängbaserade migrationssystem. Utan formella kvalifikationer kan du helt enkelt inte samla tillräckligt med poäng för att kvalificera dig, oavsett dina praktiska färdigheter."

"Men år av specialiserad utbildning måste väl ändå räknas som något", protesterade Zoe. "Jag har arbetat med hästar på olympisk nivå, rehabiliterat djur som flera veterinärer hade gett upp hoppet om."

Bryce log sympatiskt. "Jag förstår din frustration. Tyvärr är departementet mycket strikt när det gäller papperskvalifikationer. Dina praktiska färdigheter, hur imponerande de än är, räknas inte i deras bedömningsmatris. De letar efter examina, certifikat, formell utbildning som passar prydligt in i deras kategorier."

Zoe kände hur det sista hoppet pyste ur henne. "Så det finns inget att göra?"

"Det sa jag inte", svarade Bryce och lutade sig fram något. "Det finns alltid alternativa vägar. Har du till exempel inlett några romantiska relationer sedan du anlände till Australien?"

Frågan överrumplade henne. "Ursäkta?"

"Är du i ett förhållande med en australiensisk medborgare eller någon med permanent uppehållstillstånd?" förtydligade Bryce.

"Hur är det relevant?" frågade Zoe, även om en rodnad spred sig uppför hennes hals.

"Ett partnervisum skulle helt kringgå kvalifikationsproblemet", förklarade Bryce. "Det baseras på din relationsstatus, inte dina färdigheter eller din utbildning. Om du är i ett engagerat förhållande med en australiensisk medborgare eller någon med permanent uppehållstillstånd, öppnar det en helt annan väg."

Marcus gav henne en blick från sidan.

"Jag, tja ..." Zoe tvekade, plötsligt obekväm. "Det finns någon, men det är väldigt nytt. Vi har bara träffats en kort tid."

Bryce nickade och gjorde en ny anteckning. ”Hur länge exakt?”

”Några veckor, officiellt”, erkände Zoe. ”Fast vi har känt varandra i flera månader.”

”Jag förstår”, sa Bryce, hans uttryck avslöjade ingenting. ”För ett partnervisum skulle du behöva visa att ni är i ett genuint och pågående förhållande. Det innebär vanligtvis delad ekonomi, gemensam bostad, bevis på ert liv tillsammans, uttalanden från vänner och familj som kan intyga äktheten i ert förhållande.”

Zoe kände en knut bildas i magen. Förhållandet med Danny var fortfarande så nytt, så trevande. De hade inte ens diskuterat exklusivitet, än mindre att flytta ihop eller slå ihop sin ekonomi.

”Det är inte ...” började hon, och tystnade sedan, osäker på hur hon skulle uttrycka komplexiteten i sina känslor. ”Vi är inte på det stadiet än.”

”Självklart”, sa Bryce smidigt. ”Jag beskriver bara alla möjliga alternativ. Ett annat alternativ är arbetsgivarsponsring, även om du då skulle behöva vara anställd av dem istället för att fakturera kunder direkt, och med osäkerheten kring Ridgewater på grund av inlösenbeskedet kan det vara svårt. Eller kanske det skulle kunna göras genom veterinärpraktiken, Marcus? Möjligen ett alternativ att överväga.”

Han fortsatte att redogöra för olika visumvägar, men Zoe hade svårt att fokusera. Alternativet med partnervisum dröjde sig kvar i hennes sinne, obekvämt men oundvikligt. Skulle Danny ens överväga något sådant? Skulle hon vilja att han gjorde det, med vetskapen om att det skulle utsätta deras bräckliga nya förhållande för invandringsmyndigheternas granskning? Och vilken effekt skulle det ha på Lucy att skynda på saker och ting?

När de lämnade Bryces kontor hade Zoe en mapp med information om olika visumalternativ, en tydligare förståelse för sin prekära position och en malande känsla av oro över möjligheten med partnervisum.

Bilresan tillbaka till Ridgewater började i tystnad, båda syskonen försjunkna i sina egna tankar. Det var inte förrän de var utanför stadens gränser som Marcus slutligen talade.

”Så”, sa han med en antydan till påtvingad lätthet i rösten, ”att flytta ihop med Danny Wareham. Det skulle lösa saker och ting fint, eller hur?”

Zoes huvud vände sig snabbt mot honom, hennes ögon smalnade. ”Lägg av, Marcus. Det är inte ett alternativ.”

”Jag menade bara ...”

”Men gör inte det”, avbröt hon, hennes röst skarpare än hon hade avsett. ”Danny och Lucy har gått igenom tillräckligt utan att jag använder dem för ett visum.”

Marcus rynkade pannan och tittade snabbt bort från vägen för att se på henne. ”Det var inte vad jag menade, Zo. Vem som helst kan se att det finns något genuint mellan er två.”

”Det spelar ingen roll”, sa Zoe och korsade armarna hårt över bröstet. ”Vi har knappt börjat vad det här nu än är. Jag tänker inte pressa honom att snabba på vårt förhållande på grund av mina invandringsproblem. Det skulle inte vara rättvist mot honom, och jag vill inte ens tänka på vilken effekt det skulle ha på Lucy.”

Hon vände sig för att stirra ut genom fönstret, hennes spegelbild i glaset visade spänningen i hennes käke, rynkan mellan hennes ögonbryn. Landskapet blev suddigt när tårar hotade, men hon blinkade envist bort dem.

Fälten och gårdarna rullade förbi, Australiens vidsträckthet både vacker och nu på något sätt hotfull i sin potentiella otillgänglighet. Zoe tänkte på Midnight, på det långsamma förtroende de hade byggt upp, på Lucys ansikte som lyste upp när hon bemästrade en ny färdighet, på Dannys tysta styrka. Hon tänkte på Ridgewater, på det liv hon omsorgsfullt hade byggt upp, på det hem hon hade funnit när hon behövde det som mest.

Sex månader kändes plötsligt som ingen tid alls.

Danny såg hennes silhuett mot den spektakulära solnedgången när han körde upp för Ridgewaters långa grusväg. Zoe satt uppflugen på den översta slanan på staketet som gränsade till Midnights hage, helt stilla. Något i hennes hållning, den nersjunkna ryggen och huvudet på sned, vittnade om nederlag, så olikt hennes vanliga tysta självförtroende att varningsklockorna omedelbart ringde i hans huvud. Han parkerade sin bil och gick mot henne, gruset knastrade under hans stövlar i kvällstystnaden.

Midnight betade fridfullt på avstånd, lyfte ibland på huvudet för att kolla till Zoe innan han återvände till sin middag. Den svarta ponnyns anmärkningsvärda framsteg under de senaste veckorna speglade Zoes tålmodiga, metodiska tillvägagångssätt, hennes medfödda förståelse för traumatiserade djur. Danny stannade upp, betraktade scenen, slagen av hur naturligt hon hörde hemma i detta landskap, hur sömlöst hon hade vävt in sig i Ridgewaters väv.

Hon vände sig inte om när han närmade sig, även om hon måste ha hört honom. Hennes blick var fäst vid horisonten, där de sista orangea strecken av solnedgången målade himlen i bleknande prakt.

”Tar värmen knäcken på dig, engelska flicka?” sa han och försökte låta lättsam. Det hade varit en brutalt het dag, och det svalnade inte mycket ens när solen sjönk bakom de avlägsna kullarna. Hans skjorta klibbade fast på ryggen av svett.

Hon sneglade över axeln och gav ett leende som inte nådde hennes ögon innan hon vände sig tillbaka mot utsikten. ”Det är inte så farligt nu”, var allt hon sa.

Danny ställde sig bredvid henne och lade märke till hur försiktigt hon höll sig, som om en fel rörelse kunde krossa hennes fattning. Han studerade hennes profil, spänningen som var synlig i hennes käke, den lätta rodnaden runt hennes ögon som antydde nyligen gråtna tårar. ”Berätta vad som är fel”, sa han tyst.

”Det är ingenting”, svarade hon automatiskt, och suckade sedan. ”Bara en lång dag.”

”Försök igen”, föreslog Danny. ”Jag är journalist, kommer du ihåg? Jag intervjuar folk för mitt levebröd. Jag känner igen en undanflykt när jag hör en.”

Ett svagt, äkta leende flimrade kort över hennes ansikte innan det försvann. ”Jag vill inte belasta dig med mina problem.”

”Det är inte så här det fungerar”, svarade Danny och lutade sig mot staketstolpen. ”Vad som än händer behöver du inte hantera det ensam.”

Zoe förblev tyst så länge att han trodde att hon kanske inte skulle svara. Sedan, med en rörelse som verkade kräva enorm ansträngning, sträckte hon sig in i sin bakficka och drog fram ett vikt brev. Hon räckte det till honom utan att möta hans blick.

”Inrikesdepartementet”, läste han högt och vecklade ut pappret. Magen knöt sig när han skannade det inledande stycket, och förståelsen grydde med en illavarslande klarhet. ”Din ansökan om uppehållstillstånd blev avslagen?”

Zoe nickade och stirrade fortfarande på den mörknande hagen. ”Tydligen räknas inte år av praktisk erfarenhet utan de rätta certifikaten. Jag har sex månader kvar på mitt arbetsvisum, och sedan ...” Hon gjorde en liten gest med handen, som om hon sköt något bort från sig.

Danny läste brevet noggrant, ilskan växte över det kalla byråkratiska språket som avfärdade Zoes exceptionella färdigheter. ”Det här kan inte vara sista ordet. Det måste finnas överklagandeprocesser, andra visumkategorier.”

”Marcus tog med mig till en invandringsjurist i Brisbane idag”, sa hon. ”Alternativen är begränsade. Utan formella kvalifikationer är jag inte berättigad till yrkesinvandring.”

Innebörden lade sig tungt på Dannys axlar.

”Hur är det med din bror? Det måste väl finnas något familjevisum?”

Hon skakade på huvudet. ”Inte för vuxna syskon. Det är komplicerat. Att ha familj här ger mig några poäng, men fortfarande inte tillräckligt för att kvalificera mig för det permanenta uppehållstillståndet.”

Danny vek ihop brevet försiktigt, hans tankar rusade genom möjligheter, genom vad detta innebar inte bara för Zoe utan också för honom och Lucy. Jobberbjudandet i Melbourne flöt upp till ytan i hans tankar, plötsligt i ett helt annat ljus.

Initialt hade erbjudandet verkat som ett komplicerat beslut, där karriärutveckling vägdes mot Lucys nyfunna stabilitet. Melbourne representerade trygghet, avancemang, närhet till hans föräldrar, men det innebar att lämna Ridgewater. Att lämna Zoe, precis när omständigheterna kanske skulle tvinga henne att också lämna.

Insikten slog honom med oväntad klarhet: han ville inte lämna Ridgewater. Någonstans på vägen hade denna plats blivit mer än bara Lucys ridskola eller ämnet för en grävande artikel. Den hade blivit ett hem, med sina originella invånare, sin känsla av gemenskap, sin läkande kraft för både honom och hans dotter.

”Advokaten nämnde ett annat alternativ”, sa Zoe plötsligt, hennes röst så svag att han var tvungen att luta sig närmare för att höra. ”Ett partnervisum.”

Dannys hjärta hoppade över ett slag när han förstod den outtalade innebörden. ”Baserat på ett förhållande med en australiensisk medborgare eller någon med permanent uppehållstillstånd”, sa han, och hans journalistkunskap fyllde i luckan.

Hon nickade, fortfarande utan att titta på honom. ”Det skulle kringgå kvalifikationsproblemet helt.” Hennes röst hårdnade något. ”Jag sa till Marcus att det inte var ett alternativ. Vårt förhållande är för nytt. Jag tänker inte använda dig och Lucy som en bekväm lösning på mina invandringsproblem.”

Den starka värdigheten i hennes röst, vägran att betrakta honom som ett medel för att nå ett mål, rörde vid något djupt i Dannys bröst. Han tänkte på Lucys förvandling sedan hon kom till Ridgewater, hennes växande självförtroende, hennes genuina lycka. Han tänkte på hur Zoe hade blivit en integrerad del av den förvandlingen, och inte bara erbjudit ridlektioner utan också en förebild av mild styrka som Lucy desperat behövde.

Han tänkte på sitt eget helande, på sena nattkonversationer över dokumentation om förbifarten som hade utvecklats till något mycket mer meningsfullt, på hur Zoes närvaro fick honom att känna sig grundad på ett sätt han inte hade gjort sedan innan hans äktenskap imploderade.

Jobbet i Melbourne kändes plötsligt som en distraktion, ett glänsande föremål som drog hans uppmärksamhet från det som verkligen betydde något. Trygghet var viktigt, ja, men inte på bekostnad av det hem de höll på att bygga här. Erkännande var viktigt, men inte på bekostnad av de relationer som hade börjat läka sår han hade trott var permanenta.

”Får jag?” frågade han och pekade på platsen bredvid henne på staketets slana.

Zoe nickade. Danny hävde sig upp och satte sig bredvid henne så att deras axlar snuddade lätt vid varandra. De satt tysta ett ögonblick och såg de första stjärnorna dyka upp på den allt djupare blå himlen ovanför.

”Vad sa advokaten om partnervisum?” frågade han till slut. ”Vad skulle det innebära?”

Zoe vände sig mot honom, med en blandning av förvåning och misstänksamhet i sitt uttryck. ”Danny, nej. Jag sa inte det här för att du skulle känna dig tvungen att ...”

”Jag frågar bara för att få information”, sa han mjukt. ”Journalist, minns du? Jag gillar att förstå alla alternativ.”

Hon studerade honom ett ögonblick, och tittade sedan bort. ”Vi skulle behöva visa ett genuint och pågående förhållande. Delad ekonomi, boende, uttalanden från vänner som känner oss som ett par. Det är ... intensivt. Och granskas noggrant av invandringsmyndigheterna.”

Danny nickade och bearbetade informationen. Ingen enkel lösning, alltså, men inte heller omöjlig.

”Jag tänker tacka nej till jobbet i Melbourne”, sa han efter en stunds tystnad.

Zoes huvud vände sig skarpt mot honom. ”Vadå? Varför? Det är en perfekt möjlighet för dig.”

”På papperet, kanske”, höll han med. ”Men Lucy trivs här. Hon har fått riktiga vänner för första gången sedan skilsmässan. Hon har hittat något hon älskar, något hon är genuint bra på. Även om Ridgewater som verksamhet måste flytta någon annanstans, då följer vi med.” Han tvekade och samlade mod. ”Och jag har hittat något här som också betyder något för mig.”

Deras blickar möttes i det bleknande ljuset, och en förståelse passerade mellan dem utan ord. Kopplingen som hade byggts upp mellan dem, försiktig och avmätt, kändes plötsligt både skörare och mer nödvändig.

”Vi löser något”, sa Danny tyst och sträckte sig för att ta hennes hand där den vilade på staketet. ”Du åker ingenstans.”

Zoes fingrar slöt sig hårdare om hans, hennes uttryck en komplex blandning av hopp och försiktighet. ”Det kan du inte lova. Visumkraven, granskningen ...”

”Vänta du bara och se”, svarade Danny, med en ton av sin gamla beslutsamhet i rösten. ”Jag har ägnat år åt att granska regeringsbeslut, hitta kryphål, förstå system. Om det finns ett sätt att få det här att fungera, kommer vi att hitta det. Jag har inte gett upp hoppet om att rädda Ridgewater än, och jag ger inte upp hoppet om dig heller."

Det sista ljuset försvann från himlen, och stjärnorna trädde fram i full prakt ovanför dem. Midnight vandrade närmare stängslet och gnäggade mjukt som ett tecken på att han kände igen deras närvaro. Zoe sträckte ut sin fria hand för att stryka hans sammetslena mule, och ponnyn lutade sig glatt mot hennes beröring och bad tyst om att bli kliad.

"Vi har sex månader på oss", sa Danny och betraktade hästen och kvinnan tillsammans, det förtroende mellan dem som tålmodigt byggts upp över tid. "Mycket kan hända på sex månader."

Zoe vände sig mot honom, och ett försiktigt leende nådde äntligen hennes ögon. "Ja", höll hon med mjukt. "Det kan det väl."

Kapitel tretton

SOLEN VÄRMDE DANNYS AXLAR där han lutade sig mot Midnights hagstaket och såg Zoe arbeta med den svarta ponnyn. Ända sedan hon anförtrott sig åt honom kvällen innan hade han funderat på problemen de stod inför, och växlat mellan att söka praktiska lösningar och att tänka på outtalade möjligheter. Han höll på att förklara sin undersökning av alternativa sponsorer medan Zoe borstade Midnights blanka päls, när ett gällt skrik och den tydliga dunsen av ett fall ekade från ridhuset. Han vände tvärt på huvudet mot ljudet, och hjärtat for upp i halsgropen när han kände igen Lucys röst.

”Lucy”, viskade han och började röra sig innan tanken ens hunnit formas.

Zoe var precis bakom honom när de skyndade mot ridhuset, och gruset knastrade under deras springande fötter. Dannys tankar skenade och den ena möjligheten var värre än den andra. Ljudet av fallet hade varit rejält, inte det lätta dunsandet av ett barn som snubblar över sina egna fötter.

De nådde fram till ridhusets port precis när en kör av unga röster höjdes i oro. Genom den öppna dörren såg Danny Lucy ligga utslagen i sanden på andra sidan ett litet krysshinder, orörlig under ett hjärtstoppande ögonblick innan hon sköt sig upp till sittande ställning. Ponnyn Sparky stod i närheten med hängande tyglar och nosade försiktigt på Lucys axel med uppenbar oro. Dannys ben vek sig nästan av lättnad när Lucy rörde sig, men oron kom snabbt tillbaka när han såg tårarna strömma nerför hennes ansikte.

Hans kropp spändes för att rusa in i ridhuset, för att samla ihop sin dotter i famnen och kontrollera varenda centimeter av henne efter skador, när Zoes hand tog ett fast tag om hans underarm.

”Vänta”, sa hon tyst.

Danny vände sig om mot henne, helt oförstående. ”Vänta? Min dotter ramlade just av en häst!”

”Jag vet”, svarade Zoe, med en blick som var både sympatisk och bestämd. ”Men Pip är redan där. Låt henne göra sitt jobb och bedöma situationen först.”

Jemima dök upp vid staketet bredvid dem, med ansiktet spänt av oro. ”Hon fick fel avsprångspunkt i anridningen”, förklarade hon, och orden välldes ur henne. ”Sparky var tvungen att ta ett stort språng för att klara det, och Lucy var inte beredd. Hon tappade balansen i landningen.”

Danny hörde henne knappt, med blicken fäst på Lucys lilla gestalt mitt i ridhuset. Han grep tag i räcket så hårt att knogarna vitnade. Varje beskyddarinstinkt skrek åt honom att gå till henne, att se till att hon var okej, att skydda henne från mer skada.

”Hon måste lära sig att ramla av”, sa Zoe mjukt bredvid honom. ”Det är en del av ridningen.”

"Hon kan inte lära sig någonting om hon är allvarligt skadad", kontrade Danny med spänd röst.

Pip satt redan på huk bredvid Lucy, och hennes röst var lugn och rogivande när hon talade. Runtom i ridhuset satt de andra barnen tyst på sina ponnyer och höll ett respektfullt avstånd till den fallna ryttaren. Deras uttryck varierade från oro till den lätt skyldiga lättnaden hos barn som är glada att det inte var de som hade ramlat av.

Danny tittade på, med hjärtat bultande mot revbenen. Han hade varit här förut: i sjukhusväntrum efter Ginnys "olyckor", på rektorsexpeditioner efter olyckor på skolgården, i den skrämmande ovissheten av att inte veta hur illa skadat hans barn var. Varje gång var känslan densamma: total hjälplöshet blandad med desperat kärlek.

"Titta på Sparky", mumlade Zoe.

Danny tvingade sin uppmärksamhet mot ponnyn och noterade hur djuret stod beskyddande nära Lucy, med öronen spetsade framåt i uppenbar oro. Sparky var inte skrämd eller försökte springa iväg, istället verkade han kontrollera sin ryttare och knuffade varsamt på henne med nosen som för att be om ursäkt.

"Det där är en bra ponny", fortsatte Zoe. "Han vet att hon har ramlat av och han stannar hos henne. Om det var verklig fara skulle Pip inte vara så lugn."

Dannys käke var fortfarande spänd, men han kände de första förnuftets trådar tränga igenom hans panik. Pip rörde sig verkligen med självförtroendet hos någon som hanterar en rutinsituation, inte med brådskan hos en verklig nödsituation.

"Det här händer, eller hur?" frågade han med sträv röst. "Barn ramlar av."

Zoe nickade. "Hela tiden. Jag har ramlat av fler hästar än jag kan räkna. Och det slutar aldrig. Åkte av ett av Emmas före detta galoppörer så sent som förra veckan när hästen skyggade för en jäkla fjäril, av alla saker."

”Hur ska det kunna vara lugnande?” frågade Danny, även om ett motvilligt halvt leende lekte på hans läppar trots oron.

Lucy satt nu rakare upp och torkade sig i ansiktet med handryggen. Danny kunde se henne nicka åt något Pip sa, axlarna fortfarande darrande lite men hennes hållning blev stadigare.

”För att jag fortfarande är här, om än med några blåmärken”, svarade Zoe enkelt. ”Vi ramlar alla. Vi reser oss alla upp igen.”

Till skillnad från hans egen hetska oro utstrålade Pip lugn kompetens, och hennes röst hördes över ridhuset i en ton som varken var nedlåtande eller överdrivet orolig. Hon lät sina vana händer löpa längs Lucys armar och ben, kontrollerade efter skador och bad Lucy att först rotera fötterna, sedan händerna, sedan att försiktigt resa sig upp.

”Hon kollar efter stukningar eller frakturer”, förklarade Zoe tyst bredvid honom. ”Pip har avancerad första hjälpen-utbildning specifikt för ridolyckor, precis som vi alla har.”

Danny nickade, med halsen för snäv för ord. Den första skräcken som hade gripit honom höll långsamt på att lätta och ersattes av en mer hanterbar oro.

”Inget brutet, bara lite mörbultad”, meddelade Pip, tillräckligt högt för att alla skulle höra. Hon borstade sand från Lucys hjälm med rask tillgivenhet. ”Det är därför vi *alltid* har på oss dessa, eller hur, ryttare?”

En kör av ”Ja, fröken Pip!” steg från de tittande barnen, det välbekanta svaret var uppenbarligen en del av deras regelbundna säkerhetspåminnelser.

Lucy torkade sig i ögonen med handryggen och lämnade strimmor av röd sand över sina blossande kinder. Hennes underläpp darrade fortfarande, men tårarna hade sinat. Danny kunde se henne kämpa för att samla sig, för att leva upp till vad som uppenbarligen förväntades i denna lilla gemenskap av ryttare.

"Redo att sitta upp igen?" frågade Pip Lucy, med en lugnt förväntansfull ton. Som om det enda möjliga svaret var "Ja, självklart."

Danny spände sig igen, fingrarna grävde sig in i trästaketet. De kunde väl inte förvänta sig att hon skulle fortsätta efter ett sådant fall? Lucy hade bara ridit i några veckor, och det här var hennes första riktiga avramling. Han öppnade munnen för att protestera, men Zoes milda tryck på hans arm tystade honom.

"Ge henne en chans", viskade hon. "Det här är den viktiga delen."

"Du kan inte mena allvar. Hon ramlade just av!"

"Och det är precis därför hon måste upp i sadeln igen", insisterade Zoe. "Om hon inte gör det nu, får rädslan tid att sätta sig. Lita på Pip i det här."

På andra sidan ridhuset höll Pip fram tyglarna till Lucy med en uppmuntrande nick. Danny såg på sin dotters ansikte, såg tvekan där, den tillfälliga blixten av rädsla när hon tittade på ponnyn som just hade kastat av henne.

"Hon är modigare än du tror", sa Zoe.

"Jag vet hur modig hon är", svarade Danny tyst. "Jag hatar bara att se henne skadad."

"Det är för att du är en bra pappa", sa Zoe. "Men ibland innebär det att vara en bra pappa att låta henne möta utmaningar, även när det är svårt att se på."

Danny nickade långsamt och släppte aldrig Lucy med blicken när hon tog ett djupt andetag och sträckte sig efter Sparkys tyglar. I det ögonblicket såg han inte bara sin lilla flicka, utan glimtar av den starka unga kvinna hon höll på att bli, en person som kunde falla och finna modet att försöka igen.

Lucy borstade av sina ridbyxor, vilket fick moln av fin sand att falla till marken. Hennes uttryck var en komplex blandning av förlägenhet, kvardröjande rädsla och beslutsamhet.

”Jag vet inte om jag kan”, sa Lucy, med en röst så liten att Danny var tvungen att anstränga sig för att höra den.

”Klart du kan”, svarade Pip, sakligt men vänligt. ”Sparky blev bara lite entusiastisk över hindret för att du kom in för fort, du skyndade dig för att du var exalterad. Vi tar det lugnare den här gången.”

Lucy sneglade tveksamt på hindret, ett enkelt krysshinder som inte kunde ha varit mer än trettio centimeter högt. För Danny verkade det omöjligt litet för att ha orsakat ett så dramatiskt fall, men han kom ihåg Jemimas förklaring om fel avsprångspunkt och att Sparky hade tagit ett stort språng.

”Tänk om jag ramlar av igen?” frågade Lucy, och sårbarheten i hennes röst träffade rakt i Dannys hjärta.

”Då sitter du upp igen”, sa Pip enkelt. ”Men jag tror inte att du kommer att göra det. Du vet vad som gick fel, och nu vet du att du ska rida an mer försiktigt. På ett eller annat sätt skulle du antagligen ha åkt av där. Om Sparky inte hade varit den typen av modig ponny som vill hjälpa dig, hade han stannat och du skulle ha flugit över hans huvud och landat på bommarna, vilket, jag kan försäkra er alla, gör mycket ondare än att landa i sanden.” Hon gned sig teatraliskt på rumpan och ett par av de andra barnen skrattade.

Pip log och fortsatte. ”Men Sparky är modig och han försökte hjälpa dig. Det kommer han alltid att göra, och det är därför vi använder honom för att lära nybörjare att galoppera och hoppa. Om det var lätt att hoppa skulle vem som helst kunna göra det. Ryttare ramlar till och med av i OS, kom ihåg det. Men som allt annat jag lär er, övning ger färdighet, eller om inte färdighet, så gör det dig riktigt, riktigt bra. Så. Låt oss öva lite mer, okej?”

Danny såg hur Lucy tog ett djupt andetag och rätade på sina små axlar. Hon lyfte hakan och nickade modigt.

"Så ja", uppmuntrade Pip och ledde barn och ponny över till uppsittningspallen. "Kom ihåg din sits. Hälarna ner, blicken upp, mjuka händer."

Medan Pip höll i Sparkys träns klättrade Lucy upp på uppsittningspallen, satte foten i stigbygeln och svingade sig upp i sadeln. Väl på plats pausade hon ett ögonblick, justerade sin position och tog några lugnande andetag. Danny kunde nästan känna hur hon arbetade sig igenom den kvardröjande rädslan och ersatte den med fokus.

"Bra tjejen", sa Pip och tog ett steg tillbaka. "Sätt nu igång honom i galopp, en volt, sedan rider vi an mot hindret ordentligt."

Danny höll andan när Lucy styrde Sparky framåt. Ponnyn rörde sig villigt, med öronen uppmärksamt spetsade som om han förstod vikten av att uppföra sig perfekt just nu. De cirklade ridhuset en gång, och Lucys hållning blev gradvis mer avslappnad när inget oväntat hände, och hon manade på Sparky i galopp.

"Hon ser bra ut", mumlade Zoe. "Ser du hur hon sitter djupare i sadeln? Det är självförtroendet som kommer tillbaka."

Pip placerade sig nära hindret och gestikulerade åt Lucy att rida an efter att ha slutfört sin volt. "Fint och stadigt", ropade Pip. "Och glöm inte att andas!"

Lucy nickade, med ansiktet stelt av intensiv koncentration när hon vände Sparky mot hindret.

Dannys händer knöts ofrivilligt när de närmade sig krysshindret. Bredvid sig kände han hur Zoe också spände sig något, även om hennes uttryck förblev självsäkert.

"Nu!" ropade Pip i exakt rätt ögonblick.

Sparky hoppade prydligt över det lilla hindret, och Lucy rörde sig i perfekt rytm med honom. Hennes sits förblev säker när de landade och fortsatte framåt i den lätta galoppen. Lättnaden i hennes ansikte förvandlades snabbt till ett strålande leende av prestation.

Ett spontant jubel bröt ut från de åskådande barnen och vuxna. Jemima visslade mellan fingrarna.

”Hon klarade det”, viskade Danny, och en kraftfull våg av stolthet sköljde över honom. ”Hon klarade det faktiskt.”

”Självklart gjorde hon det”, svarade Zoe, även om hennes eget lättade leende motsade hennes självsäkra ord. ”Hon är tuffare än du tror.”

”Och Sparky kan hoppa fyra gånger så högt”, lade Jemima till. ”Lucy är säker med honom, mr Wareham. Jag lovar!”

Resten av lektionen fortsatte utan incidenter, och Lucys självförtroende växte synligt med varje lyckat hopp. När Pip avslutade lektionen satt Lucy rak i sadeln, hennes tidigare tårar bortglömda i triumfen över att ha övervunnit sin rädsla.

När barnen satt av och började leda sina ponnyer mot utgången, gick Danny för att möta Lucy. Hon var rosig av ansträngning och prestation, med håret klistrat mot pannan när hon tog av sig hjälmen.

”Är du okej, Luce?” frågade han och satte sig lite på huk för att kontrollera hennes ansikte. ”Det där var ett rejält fall.”

Till hans förvåning himlade Lucy med ögonen i en gest som var så tonårsaktig att Danny nästan skrattade trots sin kvardröjande oro.

”Det var bara ett fall, pappa. Det händer alla. Sluta noja dig!” Hon klappade Sparkys hals tillgivet. ”Fröken Pip sa att jag faktiskt hade en jättebra form över hindret när jag fick till det rätt.”

Jemima nickade vist. ”Jag har ramlat av minst hundra gånger, och DET är därför alla på Ridgewater har hjälm på sig.” Hon knackade på Lucys hjälm för att betona. ”Mamma säger att om man aldrig har ramlat av har man inte utmanat sig själv.”

Danny blinkade, tillfälligt mållös över denna nonchalanta inställning till vad som för honom hade känts som en stund på liv och död bara trettio minuter tidigare.

”Det är sant”, lade Pip till och närmade sig med ett varmt leende. ”Till och med de bästa ryttarna faller. Det viktiga är att Lucy satt upp igen och korrigerade sitt misstag.” Hon gav Lucy en gillande nick. ”Bra återhämtning idag. Nästa lektion ska vi arbeta mer med din lätta sits.”

Lucy strålade av berömmet, vände sig sedan om för att leda Sparky mot stallen, redan i full färd med att prata med Jemima om nästa lektion som om fallet vore uråldrig historia.

Danny rätade på sig och såg sin dotter gå iväg med en märklig blandning av stolthet, lättnad och kvardröjande oro.

”Du gjorde bra ifrån dig”, sa Zoe tyst bredvid honom. ”Att inte rusa in, att låta henne fortsätta.”

”Jag ville det”, erkände Danny. ”Varje instinkt skrek åt mig att gå in där.”

”Men du gjorde det inte. Det är det som räknas. Det är en av de svåraste läxorna i föräldraskapet, eller hur?” sa Pip sympatiskt. ”Att veta när man ska ingripa och när man ska ta ett steg tillbaka.”

”Den lär jag mig fortfarande”, sa han beklagande. ”Tydligen har jag mycket att lära mig om att vara pappa till en hästtokig dotter.”

”Du klarar dig alldeles utmärkt”, försäkrade Zoe honom, och hennes leende var varmt av gillande. ”Och det gör hon också.”

När de följde barnen tillbaka till stallet kände Danny hur den sista av hans spänning löstes upp. Lucy var säker, stolt över sig själv och såg redan fram emot sin nästa utmaning. Kanske fanns det en läxa i det för dem alla.

Lite senare satt Danny med Lucy på en sliten träbänk utanför stallet. Runt omkring dem skapade de rytmiska ljuden från Ridgewater en fridfull bakgrund; klappret av hovar när hästar leddes in från hagarna, vattenhinkar som fylldes, det tillfälliga mjuka gnäggandet när hästar hälsade på sina människor. Lucys ben dinglade lojt, nådde inte riktigt ner till marken, och hennes hjälm vilade bredvid henne på bänken medan hon törstigt klunkade från sin vattenflaska. Hon såg anmärkningsvärt samlad ut för någon som hade ramlat av för mindre än en timme sedan, det enda beviset på hennes fall var den röda ridhussanden som färgade hennes ansikte och kläder.

Danny såg Charlotte och Jemima leda sina hästar förbi, på väg till sin mer avancerade hoppningslektion. Lucy vinkade till dem med ett lätt och naturligt leende. Det fanns inget spår av den skrämda flicka som hade suttit i ridhussanden med tårar strömmande nerför ansiktet. Barns motståndskraft upphörde aldrig att förvåna honom; deras förmåga att studsa tillbaka, att möta rädslan och gå vidare.

Hans egen rädsla var dock långsammare att försvinna. Men något annat hade slagit rot vid sidan av den rädslan: en djup insikt om att han inte kunde skydda Lucy från varje bula och blåmärke som livet kunde ge. Ännu viktigare, kanske borde han inte ens försöka.

”Du var väldigt modig idag”, sa han och bröt deras bekväma tystnad.

Lucy såg upp på honom, med förvåning i blicken. ”Det var ingen stor grej, pappa. Fröken Pip säger att alla ramlar av ibland.”

”Jag vet. Men det var ditt första fall, och du satt upp direkt igen. Det kräver mod.”

Hon funderade på detta, med huvudet på sned. ”Jag var rädd”, erkände hon. ”Men Sparky var ledsen, det kände jag. Och jag visste att om jag inte satt upp direkt, skulle det vara svårare nästa gång.”

Danny nickade, slagen av den enkla visdomen i hennes ord. ”Det stämmer för många saker i livet, inte bara ridning.”

Den varma brisen rörde om i Lucys hår och förde med sig doften av hö och hästar som hade blivit så bekant under de senaste månaderna. I fjärran betade Midnight fridfullt i sin hage, och lyfte då och då på huvudet för att överblicka sin omgivning innan han återgick till den allvarliga uppgiften att äta.

”Luce”, började Danny och valde sina ord noggrant. ”Jag har tänkt mycket på vad som kommer härnäst för oss.”

Hon blev stilla bredvid honom, plötsligt alert. ”Vad menar du?”

”Tja, det finns några beslut vi måste fatta. Om var vi bor, om mitt jobb.” Han vände sig lite för att möta henne. ”Jag har blivit erbjuden en tjänst på en tidning i Melbourne. Ett bra jobb, med mer pengar. Och vi skulle vara nära mormor och morfar.”

Lucys ansikte föll och hennes axlar sjönk ihop synbart. ”Men Ridgewater då? Och mina ridlektioner? Och...” Hon tystnade och sneglade mot rundpaddocken där Zoe höll en Masterson Method-terapisession på en av Emmas nyligen anlända fullblodshästar.

”Det är precis det jag ville prata med dig om”, fortsatte Danny. ”Innan jag fattar några beslut vill jag veta vad du tycker. Vad du vill.”

Lucy såg upp på honom, med ögonen vidgade av förvåning. ”Frågar du mig?”

”Självklart gör jag det. Det här påverkar oss båda.” Han log milt. ”Du håller på att växa upp, Luce; du är gammal nog att tänka själv. Och vad du vill är viktigt för mig. Det vore inte rättvist att fatta stora beslut utan att rådfråga dig."

Hon var tyst ett ögonblick och vägde uppenbarligen sitt svar noggrant. Sedan rätade hon på sig och såg rakt på honom med fullständig säkerhet i sitt uttryck.

"Jag vill bo kvar här och jag vill fortsätta rida", sa hon bestämt. "Jag älskar det här, pappa. Jag har vänner. Jag lär mig så mycket. Och..." hon pausade och sneglade mot Midnights hage. "Jag tror att jag hjälper Midnight. Han litar på mig nu. Han låter mig till och med borsta honom, och fröken Zoe säger att det är jätteviktigt för hans återhämtning att han har ett barn i närheten som han litar på."

Danny följde hennes blick mot den svarta ponnyn och mindes hur rädd djuret hade varit när de först stötte på honom. Förvandlingen hade varit anmärkningsvärd, nästan lika anmärkningsvärd som Lucys egen utveckling.

"Jobbet i Melbourne skulle innebära bättre skolor", sa Danny, inte för att han försökte övertyga henne, utan för att han ville att hon skulle förstå hela bilden. "Och mormor och morfar skulle bli så glada att få träffa dig oftare."

"Vi skulle kunna hälsa på dem, eller så kan de hälsa på oss", kontrade Lucy. "Och skolan här är bra. Charlotte och Jemima går där, och de är jättesmarta. Charlotte ska bli advokat som sin pappa." Hon tvekade och lade sedan tyst till: "Jag vill inte börja om igen, pappa. Jag gillar mitt liv här. Mycket mer än jag gillade att bo i Brisbane."

Den enkla ärligheten i hennes uttalande träffade Danny med kraft. Efter all turbulens de senaste åren – hennes mammas svek, vårdnadstvisten, flytten från Brisbane – hade Lucy äntligen funnit lycka och stabilitet. Hon hade slagit rot i denna gemenskap, skaffat vänner, upptäckt en passion. Vem var han att rycka upp henne med rötterna igen, även för en påstått bättre möjlighet?

"Då gör vi så", sa han enkelt. "Vi stannar."

Lucys ansikte lyste upp. ”Verkligen? Menar du det?”

”Det gör jag.” Han log åt hennes uppenbara glädje. ”Ärligt talat vill jag inte heller flytta. Jag gillar också vårt liv här.”

Lucy studerade honom ett ögonblick, hennes uttryck blev fundersamt. ”Är det på grund av fröken Zoe?” frågade hon, och hennes skarpsinne överrumplade honom.

Danny kände hur värmen steg i ansiktet. ”Delvis”, medgav han, och såg ingen anledning att slingra sig när Lucy uppenbarligen redan hade dragit sina egna slutsatser. ”Men mest för att det här känns som hemma nu. För oss båda.”

”Men fröken Zoe är också viktig, eller hur?” insisterade Lucy, med en antydan till bus i sitt leende.

”Ja”, sa Danny och förvånade sig själv med sin uppriktighet. ”Det är hon. Och faktiskt, det finns något du borde veta. Fröken Zoe kanske måste lämna Australien på grund av visumproblem och åka tillbaka till England.”

Lucys leende försvann. ”Åka? Men hon kan inte åka! Hon hör hemma här!”

”Jag håller med”, sa Danny. ”Och jag hoppas... tja, jag hoppas att hon kanske kan bli en del av vår familj. Om det är något du skulle tycka var okej.”

Förvandlingen av Lucys uttryck från bestörtning till glädje var omedelbar. ”Ska du gifta dig med henne?” frågade hon och studsade lite på bänken. ”För det skulle vara fantastiskt! Hon skulle kunna bo med oss, och lära mig om hästar varje dag, och göra sitt fantastiska bananbröd till frukost!”

Danny skrattade, både lättad och rörd av hennes entusiasm. ”Sakta i backarna! Jag har inte frågat henne något än. Vi försöker fortfarande reda ut saker och ting, och det är komplicerat på grund av hennes visumsituation. Men... skulle du verkligen bli glad om Zoe blev en större del av våra liv?”

”Ja!” utbrast Lucy utan tvekan. ”Hon får dig att le, pappa. Du log inte särskilt mycket innan vi kom hit.”

Observationen, så enkel men ändå så djup, lämnade Danny tillfälligt mållös. Hade han varit så genomskinlig? Eller var hans dotter helt enkelt mer uppmärksam än han hade gett henne cred för?

”Tja”, sa han slutligen, ”vi får se vad som händer. Men för nu tror jag att vi båda är överens om att det är här vi hör hemma.”

Kapitel fjorton

Danny gnuggade sig i de trötta ögonen och lutade sig tillbaka i stolen, omgiven av det kaos av papper som hade uppslukat honom i veckor nu. Kommunfullmäktigeprotokoll, fastighetsregister och lantmäterihandlingar bildade ostadiga torn på varje tillgänglig yta. Hans farmors gamla köksbord i furu knakade under tyngden av kommunala arkiv. Utanför slog decembersolen obarmhärtigt mot fönstren, och det sena eftermiddagsljuset kastade långa skuggor över rummet när Danny återvände till dokumentet som hade fångat hans uppmärksamhet.

”Det där kan inte stämma”, muttrade han.

Han hade gått igenom de här pärmarna ett dussin gånger, men på något sätt hade just detta dokument undgått hans uppmärksamhet fram till nu. En post i fastighetsregistret från arton månader sedan, som visade köpet av fem hundra tunnland precis där den föreslagna östra förbifartsleden skulle återansluta till huvudvägen, mark som skulle bli otroligt värdefull kommersiell egendom om den östra leden blev av. Köparen var inte Coastal Holdings, företaget som hade dykt upp flera gånger i hans utredningar, utan Wilkins Family Holdings.

Dannys puls steg när hans instinkter vaknade till liv och sa honom att detta var något viktigt. *Wilkins.* Han sträckte sig efter sin laptop, och fingrarna flög över tangenterna när han sökte efter företagets registreringsuppgifter. Företagsregistret ASIC bekräftade hans misstankar – Wilkins Family Holdings administrerades av en viss James Wilkins, make till en delstatsparlamentariker, Trisha Wilkins. Och ... en annan sökning talade om för honom att Trisha Wilkins flicknamn var Conley. Hon var syster till kommunalrådet Conley, en av ägarna till Coastal Holdings. Och hon satt i den kommitté som direkt kontrollerade Main Roads.

”Nu har jag er”, viskade Danny. Han sträckte sig efter sin telefon, tvekade och öppnade sedan kameraappen innan han ringde samtalet. Han fotograferade noggrant varje relevant dokument, såg till att alla detaljer var tydligt synliga och säkerhetskopierade dem på flera olika lagringsplatser. Först då tillät han sig själv ett kort ögonblick av firande och pumpade tyst näven i luften.

Detta var det – det rykande vapnet han hade letat efter. En tydlig intressekonflikt som förklarade varför den östra leden hade drivits igenom så aggressivt trots att det västra alternativet var mer logiskt. Om parlamentsledamoten Wilkins hade använt sitt inflytande för att gynna sin familjs markinnehav ...

Implikationerna var enorma. Detta handlade inte längre bara om att rädda Ridgewater; det handlade om att avslöja korruption på de högsta nivåerna inom den lokala förvaltningen.

Dannys telefon ringde och ryckte honom ur hans tankar. Gregs namn blinkade på skärmen.

”Jag skulle precis ringa dig”, sa Danny som hälsning.

”Säg att du har något”, svarade hans redaktör. ”Jag skulle vilja publicera den här artikeln snarast.”

”Jag har mer än något”, sa Danny och kunde inte dölja tillfredsställelsen i sin röst. ”Jag har hittat en direkt koppling mellan delstatsparlamentarikern Trisha Wilkins och mark som skulle skjuta i höjden i värde om den östra förbifartsleden godkänns.”

Han redogjorde för sina fynd, med kameran redan ansluten till sin laptop medan han överförde fotona.

”Hennes bror är kommunalrådet Conley, som har lett kampanjen för den östra leden trots enormt motstånd från samhället”, fortsatte Danny. ”Och hennes makes företag äger fem hundra tunnland som skulle omregleras från landsbygd till kommersiell mark om den östra leden blir av.”

”Det skulle vara värt miljoner”, sa Greg med en röst som blev skarpare av intresse. ”Är du säker på det här? Är dokumentationen tydlig?”

”Kristallklar”, bekräftade Danny. ”Jag skickar bevisen till dig nu – lantmäterihandlingar, företagsregistreringar, hela rasket. De köpte marken för arton månader sedan, precis när de första förslagen om förbifartsleden utarbetades och innan något offentliggjordes. Tidpunkten kan inte vara en tillfällighet.”

”Och om den västra leden väljs?”

”Då förblir marken landsbygd, värd en bråkdel av vad den skulle vara med kommersiell zonindelning.” Danny tryckte på *Skicka* i mejlet som innehöll hans bevis. ”Du borde ha det nu.”

Det blev tyst på linjen medan Greg granskade dokumenten. Danny väntade och trummade med fingrarna mot skrivbordet, akut medveten om att tiden gick. Han behövde ta sig till Ridgewater för att berätta för familjen McKenzie personligen.

”Det här är förstasidesmaterial”, sa Greg till slut. ”Vi måste låta juristerna granska det, men om allt stämmer kör vi det imorgon. Bra jobbat, Danny.”

”Hur lång tid kommer juristerna att ta på sig?” frågade Danny och samlade redan ihop sina nycklar och sin plånbok.

”Jag ska sätta eld i baken på dem. Ge mig en timme. Om du inte hör något annat är det grönt ljus.”

Danny avslutade samtalet och rörde sig snabbt genom huset och stängde fönster. Han stannade vid dörren, tyngden av det han hade upptäckt vilade på hans axlar. Den här artikeln kunde förändra allt för Ridgewater och familjen McKenzie. Men den kunde också skaffa honom mäktiga fiender. Trisha Wilkins hade rykte om sig att vara en hård nöt att knäcka; hon skulle inte ta detta avslöjande utan strid.

Hettan slog emot honom som en fysisk kraft när han klev ut. Queensland i december var brutalt, fuktigheten fick luften att kännas tjock nog att simma igenom. Hans skjorta klibbade fast vid ryggen innan han ens hade nått sin bil, som hade stekt i eftermiddagssolen. Ratten brände hans handflator när han startade motorn och drog på luftkonditioneringen på max.

När han körde iväg från huset plingade hans telefon till med ett meddelande från Greg: ”*Juristerna säger att det är lugnt. Vi kör det på förstasidan, släpps online vid midnatt. Var beredd på efterdyningarna.*”

Danny kände en komplex blandning av känslor när han körde mot Ridgewater – triumf över att ha hittat det avgörande beviset, oro över den potentiella motreaktionen, och hopp om att detta kunde vara tillräckligt för att rädda egendomen som hade blivit så viktig för honom och Lucy.

Bilens luftkonditionering utkämpade en förlorande strid mot decemberfuktigheten. Även med fläktarna på full effekt sipprade svett nerför Dannys rygg när han navigerade de välbekanta vägarna. Landskapet skimrade i hettan, och eukalyptusträden lät sina löv hänga i kapitulation inför den obevekliga solen.

Hans tankar vände sig till Zoe medan han körde, och han föreställde sig hennes ansikte när han delade med sig av nyheten. Skulle denna utveckling även hjälpa hennes visumsituation? Möjligheten fick hans hjärta att slå snabbare än vad hettan ensam kunde förklara.

När han svängde in på Ridgewaters långa uppfart, med gruset knastrande under däcken, repeterade Danny hur han skulle presentera sina fynd. Familjen behövde vara förberedd på vad som skulle hända när artikeln publicerades. Det skulle bli frågor, förnekelser, kanske till och med hot. Parlamentsledamoten Wilkins skulle inte ge upp i tysthet.

Stora huset kom inom synhåll, solitt och välkomnande mot det hårda landskapet. Flera bilar stod parkerade framför, vilket antydde att hela familjen var hemma. Danny stannade bredvid dem och stängde av motorn och tog ett ögonblick för att samla sig.

Han hade bevisen. Artikeln skulle publiceras. Detta kunde vara genombrottet de alla behövde. Men när han klev ut i den skimrande hettan och torkade svetten från pannan, påminde Danny sig själv om att inte lova för mycket. Kampen var inte över än – den hade bara gått in i en ny fas.

Arenorna var tysta, även om han kunde höra barn skratta någonstans i ladan. Lucy med Jemima och Charlotte, misstänkte han, och stannade för att kasta en snabb blick in i sadelkammaren och fann dem upptagna med att rengöra sadelgjordar. Teresa, en av de brasilianska backpackrarna, övervakade och hälsade på honom med en nick.

”Hej, pappa!” Lucy tittade upp och såg honom, och hennes min föll omedelbart. ”Är det dags att åka hem?”

”Inte än. Jag måste träffa Sarah och de andra i familjen McKenzie. De vuxna McKenzies, alltså.” Han log mot Jemima.

”De är alla uppe i Stora huset”, sa Jemima. ”Det är för varmt för att rida just nu.”

”Okej. Ingen brådska att åka, gumman”, sa han till Lucy, som återvände till att arbeta in sadeltvål i Foxies sadelgjord med ett glatt leende.

Stora huset välkomnade Danny med en fläkt av välsignad svalka, luftkonditioneringen arbetade på övertid. Sarah McKenzie mötte honom vid dörren, hennes vanliga samlade uttryck gav vika för nyfikenhet över hans oväntade ankomst.

”Danny? Är allt bra?” frågade hon och klev åt sidan för att släppa in honom.

”Bättre än bra”, svarade han och försökte hålla tillbaka spänningen i sin röst. ”Jag måste prata med alla. Är ni alla här?”

Sarah nickade och studerade hans ansikte med intresse. ”De flesta av oss. Kate är nere vid The Shack med Ben, Emma och Ryan är i köket, och Marcus kom precis hem. Pip är i duschen ... Jake är fortfarande på jobbet, dock.” Hon tystnade. ”Du ser ut som om du ska spricka, Danny. Vad har hänt?”

”Jag har hittat något viktigt om förbifartsleden”, sa han enkelt. ”Något som kan förändra allt.”

Förståelse grydde i Sarahs ögon. ”Jag ringer upp Kate och Ben och samlar de andra.”

Inom tio minuter hade de vuxna i McKenzie-familjen samlats i vardagsrummet. Danny stod vid den otända öppna spisen, akut medveten om att allas blickar var på honom.

Kate satt på armstödet till en läderfåtölj, hennes hållning rak och uppmärksam, hennes partner Ben satt i stolen med sina långa ben utsträckta framför sig. Emma och Ryan satt tätt tillsammans i soffan, deras fingrar sammanflätade, medan Sarah tog öronlappsfåtöljen närmast Danny. Marcus lutade sig mot dörrkarmen med armarna i kors, hans uttryck nyfiket. Pip, med vått hår insvept i en handduk, satt på fönsterbrädan. Och Zoe satt med korslagda ben på en golvkudde, hennes ögon lämnade aldrig Dannys ansikte.

”Tack för att ni alla kom så snabbt”, började Danny. ”Jag har grävt i lantmäterihandlingar och kommunfullmäktigeprotokoll i veckor nu, i ett försök att hitta något konkret som förklarar varför den östra förbifartsleden drivs igenom så aggressivt.”

Han tystnade och såg sig omkring i rummet. ”Idag hittade jag det. Parlamentsledamoten Trisha Wilkins make äger en femhundra tunnland stor tomt som skulle omregleras från landsbygd till kommersiell mark om den östra leden godkänns. Köpt för en nominell summa som en förfallen gård, skulle den vara värd miljoner.”

Effekten var omedelbar. Emma flämtade hörbart, medan Kates ögon smalnade till kalkylerande springor.

”Hur säker är du?” frågade Sarah och lutade sig framåt.

”Hundra procent”, svarade Danny. ”Marken köptes av Wilkins Family Holdings för arton månader sedan, precis när de första planerna för förbifartsleden utarbetades. Jag har lantmäterihandlingarna, företagsregistreringar, allt. Och kommunalrådet Conley, som har lett kampanjen för den östra leden i kommunfullmäktige och är en av direktörerna för Coastal Holdings, det andra företaget som har stor nytta av omreglerad mark ... är Trisha Wilkins bror.” Han log stramt. ”Den sista spiken i kistan är att parlamentsledamoten Wilkins sitter i den kommitté som övervakar Main Roads.”

För ett ögonblick blev det en chockad tystnad när de alla smälte informationen. Och sedan visslade Ben mellan tänderna och bröt tystnaden. ”Wow. Det är en rejäl korruption du har avslöjat, Wareham. Bra jobbat.”

”Det här är kriminellt”, sa Emma, hennes röst spänd av ilska. ”Försöker de förstöra vårt hem, vår försörjning, för profit?”

”Det är tekniskt sett inte olagligt för parlamentsledamöters familjer att äga egendom”, påpekade Sarah, alltid pragmatikern. ”Men intressekonflikten i att driva igenom en led som direkt gynnar hennes familj ekonomiskt utan att redovisa det eller tillåta att korrekta förfaranden följs ...” Hon skakade på huvudet. ”Det är en helt annan sak.”

”Courier-Mail kommer att köra storyn”, sa Danny. ”Förstasidan, imorgon bitti. Den går live online vid midnatt.”

En tung tystnad sänkte sig över rummet när implikationerna sjönk in. Sedan talade Kate, hennes röst mjuk men bestämd.

”Det här ändrar spelreglerna helt och hållet. Main Roads kan omöjligt godkänna en led med den här typen av korruption kopplad till sig.”

”Underskatta inte politikers förmåga att hålla varandra om ryggen”, varnade Ryan, där hans affärserfarenhet visade sig. ”Men det sätter definitivt offentligt tryck på dem att ompröva.”

Danny nickade och uppskattade Ryans realism. ”Artikeln kommer att tvinga parlamentsledamoten Wilkins att svara, men hon har mäktiga vänner. Det kommer att bli motstånd, möjligen juridiska hot. De kommer att försöka misskreditera storyn, kanske till och med misskreditera mig personligen.”

”Låt dem försöka”, sa Zoe argsint, ett stolt leende lyste upp hennes ansikte när hon såg på Danny. ”Du har gjort ett fantastiskt jobb.”

Danny kände en värmevåg vid hennes beröm, men behöll sitt fokus på saken i fråga. ”Det viktiga är att detta ger oss ett förhandlingsläge. Den västra leden ser plötsligt mycket mer attraktiv ut när den östra är befläckad av skandal.”

Sarah reste sig och gick till fönstret för att blicka ut över egendomen som hennes föräldrar hade byggt upp från ingenting till en av delstatens främsta ridsportanläggningar. ”Tror du att det kommer att räcka?” frågade hon utan att vända sig om.

”Det kan jag inte lova”, erkände Danny. ”Men det är ett otroligt starkt argument. Åtminstone borde det tvinga fram en granskning av beslutsprocessen, vilket köper oss tid.”

”Tid vi kan använda för att mobilisera samhällsstöd ännu mer”, sa Pip. ”När den här storyn briserar kommer vi att ha konkreta bevis på korruption att peka på, inte bara våra känslomässiga vädjanden om Ridgewaters värde.”

Emma nickade ivrigt. ”Vi borde förbereda ett uttalande för sociala medier, göra det redo att publiceras i samma ögonblick som artikeln går live.”

”Och kontakta vår advokat”, tillade Kate. ”Vi kommer att behöva juridisk rådgivning om hur vi kan utnyttja detta i våra formella invändningar mot tvångsinlösen.”

Danny såg på när familjen naturligt föll in i planeringsläge, där varje person bidrog med idéer baserat på sina styrkor. Chocken höll på att ge vika för beslutsamhet, för handling. Han hade sett det förut – familjen McKenzie var inget om inte motståndskraftig.

”Danny”, sa Sarah plötsligt och vände sig från fönstret. ”Du och Lucy måste stanna på middag. Flickorna har så roligt tillsammans, och vi ska ändå grilla. Det är det minsta vi kan erbjuda efter vad du har gjort för oss.”

”Absolut”, instämde Pip. ”Jake stannar till hos slaktaren efter sitt skift för att köpa lite färsk biff. Vi hade tänkt äta ute när solen står lägre och det svalnar lite.”

”Det låter jättebra”, svarade Danny, genuint rörd över att bli inkluderad. ”Lucy skulle älska det.”

När familjen skingrades för att fortsätta sina förberedelser kände Danny hur Zoe kom och ställde sig bredvid honom.

”Du gjorde det verkligen”, sa hon mjukt, hennes ögon klara av beundran. ”Du hittade den pusselbit som kan rädda Ridgewater.”

”Jag hoppas det”, svarade han, medveten om hur nära hon stod, om den svaga doften av hästar och solsken som alltid tycktes omge henne. ”Men vi ska inte fira än.”

”Jag vet”, instämde hon. ”Men ikväll, låt oss åtminstone tillåta oss själva lite hopp.”

Ute var den sena eftermiddagen fortfarande brutalt het, men inne i Stora huset, omgiven av familjen McKenzies beslutsamma optimism, kände Danny att något förändrades. Problemet var inte löst – långt därifrån – men för första gången sedan beskedet om tvångsinlösen anlände fanns det en genuin känsla av att Ridgewater kunde överleva.

När kvällen närmade sig och Jake anlände med en kylväska full av biff och saftiga gourmetkorvar, såg Danny på Lucy och Jemima, deras skratt hördes över gården när de kom springande upp till Stora huset och omedelbart skickades till badrummet av Sarah för att tvätta sina smutsiga händer och ansikten. Han tänkte på jobberbjudandet i Melbourne, nu bestämt avvisat i hans sinne, och på framtiden han började se framför sig här i Queensland. En framtid med en glad och välmående Lucy, omgiven av hästar och bra människor. En framtid som han alltmer hoppades skulle kunna inkludera även Zoe.

Doften av fräsande biffar fyllde luften när solen började sin nedgång och kastade långa skuggor över Ridgewaters hagar. Morgondagen skulle föra med sig sina egna utmaningar, men ikväll, under den mörknande Queensland-himlen, skulle de tillåta sig detta ögonblick av försiktigt firande.

Solen hade äntligen gett vika för horisonten, men hettan dröjde kvar som en ovälkommen gäst, tung och tryckande i decemberkvällen. Zoe borstade en förrymd lock från pannan och kände hur den omedelbart fastnade på hennes fuktiga hud. Bredvid henne gick Danny i bekväm tystnad, deras stig skar genom Ridgewaters östra hagar mot sjön. Middagen hade varit en märklig blandning av firande och försiktighet, familjen pendlade mellan upphetsad planering och nyktra verklighetskontroller om kampen som fortfarande låg framför dem. Nu, borta från de andra, kände Zoe en annan typ av spänning byggas upp mellan dem, något mycket mer personligt än egendomens öde.

”Jag kan fortfarande inte fatta att du hittade den kopplingen”, sa hon och bröt tystnaden. ”Sättet du pusslade ihop allt! Det är imponerande.”

Danny sneglade på henne, ett blygsamt leende lekte på hans läppar. ”Jag gör bara mitt jobb. Följer pappersspåret tills det leder någonstans.”

”Förminska det inte”, insisterade Zoe. ”Du har blivit Ridgewaters förkämpe, vet du. Familjen McKenzie var vilsen innan du började gräva, även med att Ryan drog i de trådar han kunde på företagsnivå.”

Haggräset strök mot hennes ben när de gick, fortfarande varmt från dagens hetta. Cikador surrade oavbrutet från eukalyptusträden som kantade egendomens gräns, deras kör steg och föll i vågor. Zoes skjorta klibbade obehagligt mot hennes rygg, men hon fann att hon inte hade så mycket emot obehaget med Danny vid sin sida.

”Jag är inte säker på vad som händer härnäst”, erkände Danny med eftertänksam röst. ”Artikeln kommer att skapa en storm, men om det räcker för att ändra beslutet ...” Han tystnade och lämnade osäkerheten hängande i den fuktiga luften.

”Det ändrar åtminstone samtalet”, svarade Zoe. ”Gör det svårare för dem att köra över allt utan att svara på några obekväma frågor.” Hon log svagt. ”Ni journalister har en talang för att få mäktiga människor att skruva på sig.”

De nådde en liten höjd, och sjön kom inom synhåll, dess yta mörk och stilla i det samlade skymningsljuset. En enkel träbrygga sträckte sig några meter ut i vattnet, och en liten eldstad satt på den steniga stranden, rester från familjen McKenzies många sommarkvällar med simning och matlagning utomhus.

”Det är vackert här”, sa Danny mjukt, som om han inte ville störa scenens stillhet.

Zoe nickade och kände en välbekant värk i bröstet vid tanken på att allt detta fortfarande kunde gå förlorat. ”Sarah berättade att hennes pappa byggde den där bryggan när flickorna var små”, sa hon. ”De kom ner hit nästan varje sommarkväll när hettan var outhärdlig. Flickorna lärde sig simma i den här sjön innan de kunde gå.”

De nådde stranden, deras skor knastrade på de små stenarna som kantade den. Sjöns yta reflekterade de första stjärnorna som dök upp, små nålstick av ljus i det djupnande blå, och månen som just höll på att stiga över kullarna. Trots mörkret förblev luften tjock av hetta, och tryckte ner på dem som en filt.

”Gud, så varmt det är”, suckade Zoe och torkade pannan igen. ”Det var trettioåtta grader vid lunchtid idag, och jag tror inte att det har sjunkit mycket ens nu när solen har gått ner.”

En busig impuls slog henne, och utan att tänka efter vände hon sig mot Danny med ett leende. ”Ridgewater kanske inte har en pool, men ...” Hon gestikulerade mot sjön. ”Sugen på ett dopp?”

Danny såg förvånad ut, sedan road. ”Nu? Vi har inga badkläder.”

”Badkläder är överskattat”, svarade Zoe och förvånade sig själv med sin djärvhet. ”Dessutom är hela familjen tillbaka vid huset.”

Innan hon hann börja tveka, sparkade Zoe av sig skorna och drog sin svettfuktiga T-shirt över huvudet. Den lätta brisen mot hennes hud var en välsignad befrielse efter den kvävande hettan. Hon såg Dannys ögon vidgas, sedan mörkna av uppskattning, vilket skickade en rysning genom henne som inte hade något med temperaturen att göra.

”Nå?” utmanade hon och krängde av sig resten av sina kläder. ”Kommer du i, eller ska du stå där och glo?”

Det bröt hans tillfälliga förlamning. ”Skulle inte missa det”, sa han och knäppte snabbt upp sin skjorta.

Zoe vände sig om och vadade ut i vattnet och suckade av njutning när svalkan omslöt hennes ben, sedan hennes midja. Bakom sig hörde hon plasket av Danny som följde efter henne. Sjöbotten var slät under hennes fötter och sluttade gradvis.

När vattnet nådde hennes axlar vände hon sig om och fann Danny bara några meter bort, hans hår slätt bakåtstruket och droppar som klamrade sig fast vid hans ögonfransar. I det svaga månskenet, med vattnet som kluckade runt dem, såg han yngre ut, obelastad av ansvaret som vanligtvis kantade hans ansikte.

”Bättre?” frågade hon och trampade vatten.

”Mycket”, instämde han och rörde sig närmare. ”Även om jag börjar tro att nedkylningen bara var en del av din plan.”

Zoe skrattade, ljudet bar över det stilla vattnet. ”Jag är opportunistisk, inte beräknande.”

”Hur som helst”, sa Danny med en röst som blev lägre, ”så godkänner jag det.”

Han minskade avståndet mellan dem, hans armar gled runt hennes midja under vattnet. Beröringen av hans hud mot hennes skickade elektricitet genom hennes kropp trots svalkan som omgav dem. Zoe slog armarna om hans nacke, deras ansikten bara centimeter från varandra.

”Det här är fruktansvärt opassande”, viskade hon och kunde inte dölja leendet i sin röst. ”Nakenbad i chefens sjö efter arbetstid.”

”Chockerande beteende”, instämde Danny, hans ögon lämnade aldrig hennes. ”Vad skulle grannarna tro?”

”De närmaste grannarna är över en kilometer bort”, påpekade Zoe, ”och de gör förmodligen ungefär samma sak för att undkomma den här hettan.”

Dannys skratt mullrade genom vattnet mellan dem, och sedan var hans läppar på hennes, smakade av vinet de hade delat vid middagen och något unikt för honom. Zoe smälte in i kyssen, hennes kropp pressades mot hans när de trampade vatten tillsammans.

Det som började lekfullt fördjupades snabbt till något mer angeläget, mer väsentligt. Deras kroppar fann varandra i mörkret, händer utforskade, andhämtningen blev snabbare. Svalkan i vattnet kontrasterade mot hettan som byggdes upp mellan dem, vilket skapade en ljuvlig spänning som fick Zoe att flämta mot Dannys mun och lyfta sina ben för att haka dem runt hans midja.

Senare satt de på den steniga stranden insvepta i de stora badhanddukar som Zoe hade hämtat från en kista på The Shacks veranda. Zoe lutade sig mot Dannys axel, hennes fuktiga hår lockade sig vilt i den fuktiga nattluften.

”Jag tackade nej till jobbet i Melbourne”, sa Danny plötsligt. ”Jag ringde Greg igår för att meddela honom.”

Zoe rätade på sig och vände sig om för att se på honom. ”Gjorde du? Men det var en så bra möjlighet.”

”På papperet, kanske”, svarade han och sträckte sig för att stoppa en ostyrig lock bakom hennes öra. ”Men det här är hemma nu, för mig och Lucy. Hon är lyckligare här än jag har sett henne på flera år. Hon har vänner, hon har hästarna. Hon har dig.” Han tystnade, hans ögon mötte hennes. ”Och det har jag också.”

Zoe kände tårar sticka bakom ögonen, oväntade känslor vällde upp. ”Danny ...”

”Jag vet att det fortfarande är komplicerat”, fortsatte han. ”Din visumsituation, osäkerheten om Ridgewater. Men vad som än händer vill jag stanna. Jag vill att vi ska stanna.”

Ordet ”*vi*” hängde i luften mellan dem, tungt av mening. Zoe svalde hårt, glädje och rädsla trasslade ihop sig i hennes bröst.

”Jag skulle inte vilja något hellre”, sa hon med darr på rösten. ”Men mitt visum ...”

Danny nickade och tog hennes hand. ”Jag har faktiskt undersökt det där. Partnervisum.”

Zoe drog efter andan. ”Partnervisum?”

”Min skilsmässa blir slutgiltig i slutet av februari”, sa han, hans tumme ritade mönster på hennes handflata. ”Vi skulle kunna gifta oss.”

Orden landade i utrymmet mellan dem, enorma i sina implikationer. Zoe kände sitt hjärta bulta mot revbenen.

”Danny, vi kan inte bara gifta oss för ett visums skull”, sa hon, även om idén skickade en fladdrande känsla genom hennes bröst som inte helt var invändning. ”Det är ... det är ett enormt steg. Vi har bara varit tillsammans en kort tid.”

”Jag vet”, erkände han. ”Och jag friar inte, ja, inte formellt. Jag bara luftar idén. Ett partnervisum skulle lösa dina immigrationsproblem omedelbart. Du skulle ha en tydlig väg till permanent uppehållstillstånd.”

Zoe tittade mot sjön och samlade sina tankar. Den praktiska delen av henne insåg den eleganta lösningen det erbjöd. Den känslomässiga delen ryggade tillbaka inför tanken på att deras förhållande skulle reduceras till en immigrationsstrategi.

”Jag skulle inte stå ut med om vi rusade in i ett äktenskap av praktiska skäl och sedan ångrade det”, sa hon slutligen. ”Vad skulle det göra med Lucy? Med oss?”

Dannys hand hårdnade runt hennes. ”Det är inte de enda skälen, Zoe.”

Hon vände sig tillbaka mot honom och sökte hans ansikte i stjärnljuset. ”Vad menar du?”

”Jag menar att jag är kär i dig”, sa han enkelt. ”Har varit det sedan den dagen du satte min dotter på en ponny och på något sätt fick henne att le. Visumet skulle vara en fördel, ja. Men det är inte därför jag överväger detta.” Han tystnade, ett halvt leende korsade hans drag. ”Även om jag erkänner att tidpunkten är bekväm.”

Zoe skrattade trots sig själv, spänningen bröts. ”Du är omöjlig.”

”Jag är praktisk”, kontrade han. ”Och jag vet vad som är viktigt för mig nu, vad jag vill ha för min framtid. För Lucys framtid.” Hans uttryck blev allvarligt igen. ”Jag ber inte om ett svar ikväll. Bara ... tänk på det. Vi har tid.”

På andra sidan sjön ropade en nattfågel, dess röst ekade över vattnet. Zoe lutade sitt huvud mot Dannys axel igen och lät sig själv föreställa sig, bara för ett ögonblick, hur det skulle kunna vara. Ett liv här på Ridgewater, med Danny och Lucy. En egen familj.

”Jag ska tänka på det”, lovade hon mjukt.

Danny pressade en kyss på toppen av hennes huvud, och de satt i bekväm tystnad och såg eldens reflektion dansa över sjöns yta. Framtiden förblev osäker; Ridgewaters öde, hennes visumstatus, komplexiteten i att blanda samman deras liv. Men för ikväll, under den väldiga Queensland-natthimlen, kändes den osäkerheten mindre som ett hot och mer som en möjlighet som sträckte sig oändligt framför dem.

Kapitel Femton

Zoe klev ut på den breda verandan till Stora huset och kände hjärtat ta ett skutt när hon såg Dannys bil som rev upp dammoln längs uppfarten. Lucy studsade praktiskt taget i passagerarsätet, och hennes upprymdhet syntes även på avstånd. Decemberhettan låg tung i luften, men Zoe märkte den knappt när hon såg dem parkera. Danny klev ur med en trave tidningar i ena handen och mobilen i den andra, och ett brett leende spred sig över hans ansikte när han kollade skärmen. Ännu en notis, utan tvekan. Hans avslöjande hade spridit sig som en löpeld i sociala medier och på nyhetssajter i två dagar nu.

”De är här!” ropade Zoe över axeln, även om meddelandet knappast var nödvändigt. Familjen McKenzie hade väntat på Dannys ankomst med samma förväntan som barn visar på julmorgonen.

Myggnätsdörren slog igen när familjen vällde ut på verandan bakom henne. Sarah kom först till räcket, hennes vanliga lugn hade gett vika för en knappt återhållen spänning. Kate och Pip kom precis efter henne, med Emma som drog med sig Jemima i handen. Till och med Marcus dök upp, med en kaffemugg i handen, och låtsades som att han inte var lika ivrig som resten.

”Lucy!” skrek Jemima och slet sig loss från sin mamma för att rusa nerför trappan. Lucy hade knappt hunnit sätta fötterna på marken förrän Jemima krockade med henne i en kram som nästan fick dem båda på fall.

Danny skrattade, navigerade runt flickorna och gick uppför trappan med tidningarna höjda som en trofé. ”Rykande färska från pressen”, meddelade han. ”Dagens upplaga har det officiella tillkännagivandet.”

Familjen slöt sig omkring honom, en cirkel av lutande huvuden och händer som sträcktes fram när förstasidan avslöjades. Rubriken lyste i fet stil: ”PARLAMENTSLEDAMOT AVGÅR MITT I KORRUPTIONSSKANDAL KRING FÖRBIFART.”

”Låt mig se”, insisterade Kate och ryckte åt sig en av tidningarna ur högen. ”Har hon verkligen avgått?”

Sarah sträckte sig redan efter fjärrkontrollen. ”De sa att det skulle komma ett tillkännagivande på tolvnyheterna. Det är nästan dags.”

Tv:n som var monterad på uteplatsen flimrade till liv, inställd på den lokala nyhetskanalen. Gruppen flyttade på sig för att se skärmen, och Danny fann sin väg till Zoes sida. Hans fingrar snuddade vid hennes, och hon kände en värme blomma upp i bröstet som inte hade något att göra med Queensland-sommaren.

”Allt bra?” frågade han tyst.

”Bättre än bra”, svarade hon och kunde inte hålla tillbaka sitt leende.

Nyhetsankarets röst bröt igenom deras privata stund: ”Sena nyheter denna timme då delstatsparlamentarikern

Trisha Wilkins meddelar sin omedelbara avgång efter anklagelser om korruption relaterade till förbifartsprojektet i Ridgemont ..."

Kameran klippte till en regeringstalesperson som stod vid ett podium och såg passande allvarlig ut. "Efter en grundlig genomgång av planeringsprocessen har transportmyndigheten fastställt att den västra sträckningen för Ridgemonts förbifart utgör det lämpligaste alternativet, med en balans mellan samhällsbehov, miljöhänsyn och budgetansvar ..."

Resten av uttalandet dränktes av jubelrop som utbröt runt Zoe. Kate daskade Pip på axeln i triumf, vilket fick den mindre kvinnan att tappa balansen och snubbla skrattande in i Jake. Emma lyfte upp Jemima i luften med ett glädjetjut. Sarah, vanligtvis så reserverad, höjde näven och släppte lös ett för Sarah högst ovanligt segervrål.

Lucy slog armarna om Dannys midja och borrade in ansiktet mot honom. "Du klarade det, pappa! Du räddade Ridgewater!"

Danny rodnade och ryckte blygsamt på axlarna. "Ärligt talat är det helt och hållet deras hårda arbete", sa han och nickade mot McKenzies. "Sarahs noggrannhet med pappersarbetet gjorde det möjligt. Jag kopplade bara ihop punkterna."

"Kopplade ihop punkterna?" utbrast Pip med gäll röst av upphetsning. "Du sprängde hela den korrupta verksamheten i luften! De skulle aldrig ha backat utan din artikel."

Sarah nickade, plötsligt samlad nog att tala. "Pip har rätt. Vi hade pappersarbetet, vi hade samhällets stöd, men utan din utredning skulle de ha kört över oss fullständigt." Hon sträckte ut handen för att klämma Dannys axel. "Ridgewater står kvar tack vare dig, Danny."

Zoe såg känslorna spela över Dannys ansikte: stolthet, förlägenhet, lättnad. Han var inte van vid att vara hjälten, insåg hon. Under så lång tid hade han fokuserat på att skydda Lucy, på att bygga upp deras liv igen efter att hans äktenskap imploderat så fruktansvärt, att han hade glömt sin egen förmåga att göra skillnad.

”Betyder det här att vi kan stanna för alltid?” frågade Lucy och tittade upp på sin far med lysande ögon.

”Jag tror det, lilla gumman”, svarade Danny och strök henne över håret. ”Om det är vad du vill.”

”Det är vad jag vill mer än något annat”, förklarade Lucy med den absoluta säkerhet som bara barn kan uppbåda.

Zoe kände hur det stramade till i halsen. *För alltid*. Ordet hängde i luften, fullt av möjligheter. Med Ridgewater i säkerhet kändes hennes egen framtid plötsligt också ljusare. Partnerskapsvisumet kändes inte längre som en desperat åtgärd, utan som en dörr som öppnade sig mot något hon verkligen ville ha.

”Vi behöver champagne”, meddelade Kate, redan på väg mot dörren. ”Och saft till tjejerna. Det här kräver ett ordentligt firande!”

Medan familjen skingrades för att hämta dryck och tilltugg dröjde sig Emma kvar för att ge Danny en innerlig kram. ”Tack”, viskade hon. ”Du har räddat mer än du anar.”

Zoe mötte Dannys blick över Emmas axel, och ögonkontakten de delade var värd mer än ord. I den stunden visste hon att de tänkte samma sak: den här platsen, dessa människor, hade blivit deras hem. Deras familj.

Ryan dök upp inifrån med en ishink med champagneflaskor. ”Jag hade de här på kylning”, förklarade han. ”Man kan kalla det affärsmässig optimism.”

Atmosfären på verandan förvandlades till ett glädjefyllt firande. Glasen fylldes, skålar utbringades och skrattet flödade lika fritt som champagnen. Lucy och Jemima satt på trappstegen och drack saft, med huvudena tätt ihop medan de planerade ridäventyr som nu var garanterade i deras framtid.

Zoe lutade sig mot räcket och tog in allt. Bara några månader tidigare hade hon anlänt till Ridgewater, osäker och ensam förutom sin bror. Nu stod hon omgiven av människor som hade blivit oumbärliga i hennes liv och såg på medan mannen hon höll på att bli kär i fick det erkännande han förtjänade för sitt mod och sin integritet.

Samtalet virvlade omkring henne, planer gjordes redan för förbättringar av egendomen nu när dess framtid var säkrad. Kate insisterade på att de behövde en andra täckt ridbana, vilket Ben glatt erbjöd sig att finansiera med förskottet från sin senaste bok, medan Emma argumenterade för att en utbyggnad av rehabiliteringsanläggningarna borde prioriteras, och Sarah och Marcus pratade om ... dränering? *Typiskt Sarah*, tänkte Zoe roat.

”Vad tänker du på?” frågade Danny och dök upp vid hennes sida med ett nytt glas champagne till henne.

Zoe tog emot det med ett leende. ”Bara på hur annorlunda allting ser ut nu, jämfört med för några veckor sedan.”

”Ja, visst gör det?” Han klirrade försiktigt sitt glas mot hennes. ”Skål för nya starter.”

”Skål för nya starter”, ekade hon, hjärtat fyllt av hopp om vad dessa starter kunde innebära.

Firandet fortsatte, och diverse medlemmar av McKenzie-familjen försvann in i köket och kom ut med förberedda rätter att mumsa på och dela. Zoe dröjde sig kvar i utkanten av gruppen, smuttade på sitt andra glas champagne och tittade på medan Sarah arrangerade om stolar runt den stora skärmen. Familjens

WhatsApp-grupp hade surrat av meddelanden från Jim och Ingrid sedan nyhetssändningen, där de krävde ett ordentligt videosamtal för att fira tillsammans trots att de var halvvägs över landet i sin husbil.

”Alla samlas här”, ropade Sarah och klappade i händerna för att få uppmärksamhet. ”Mamma och pappa är redo att ansluta från Tasmanien. De har hittat en husvagnspark med hyfsat wifi för en gångs skull.”

McKenzies placerade ut sig i en lös halvcirkel med ansiktena strålande av förväntan. Zoe noterade hur naturligt Danny och Lucy smälte in i gruppen, hur Jemima drog med sig Lucy för att sitta bredvid henne, och hur Ben gjorde plats för Danny nära mitten av gruppen. Hon kände en mjuk hand på sin armbåge och vände sig om för att se Pip leda henne framåt.

”Kom igen”, mumlade Pip. ”Inget smygande i bakgrunden idag. Du är också familj.”

En värme blommade i Zoes bröst vid det enkla konstaterandet, och hon lät sig dras in i cirkeln och hittade en plats där hon kunde se både skärmen och Dannys profil.

Sarah tryckte på sin surfplatta och den stora skärmen flimrade till liv. Efter ett ögonblick av digitalt brus dök Jim och Ingrids ansikten upp, något pixliga men omisskännligt strålande. De satt sida vid sida i vad som såg ut som husbilens kompakta matplats, med en liten julgran synlig i bakgrunden. Jim höll upp ett glas med något bärnstensfärgat – whisky, förmodligen – medan Ingrid vinkade entusiastiskt.

”Där är de!” dånade Jims röst genom högtalarna. ”Våra Ridgewater-mästare!”

En kör av hälsningar bröt ut från verandan, alla pratade i mun på varandra tills Sarah höjde händerna för tystnad.

”En i taget, annars hör de ingenting”, förmanade hon, även om hennes eget leende var omöjligt brett. ”Mamma, pappa, vi klarade det. Den västra sträckningen är bekräftad.”

”Vi har följt allt hela dagen”, svarade Ingrid, och hennes normalt svaga svenska accent blev mer påtaglig i hennes upphetsning. ”Nyheterna har nått till och med den här avlägsna lilla hörnan av Tasmanien. Vi är så stolta över er alla.”

Jim lutade sig närmare kameran, och hans väderbitna ansikte fyllde mer av skärmen. ”Men vi förstår att det finns en specifik person vi behöver tacka.”

”Han är precis här!” Ben grep tag i Dannys arm och drog upp den. ”Danny Wareham, en absolut legend!”

Jim log brett. ”Där är han! Dagens man.”

Danny sänkte huvudet en aning, fortfarande obekväm med berömmet. ”Jag gjorde bara vad som behövde göras, sir.”

”Inget sånt där ’sir’-nonsens”, insisterade Jim och höjde sitt glas. ”Du har räddat vårt hem, grabben. Du och Lucy är en del av familjen nu, välkomna när som helst.” Han tog en klunk av sin whisky och tillade med en blinkning: ”Fast av vad tjejerna säger så har du redan gjort dig ganska hemmastadd.” Han tittade, omisskännligt, rakt på Zoe.

Zoe rodnade och kunde inte låta bli att le när även Dannys kinder blev röda. Familjen McKenzie hade en anmärkningsvärd talang för att få folk att känna sig både välkomna och försiktigt retade på samma gång.

”Vi kan inte tacka dig nog”, tillade Ingrid, hennes stadiga lugn sprack slutligen i kanterna när hon torkade bort en tår. ”Ridgewater är inte bara en egendom eller ett företag. Det är vårt livsverk, vårt arv till våra barn och barnbarn.”

Jim lade en arm om sin frus axlar, och hans egna ögon var misstänkt blanka. ”Vad Inga försöker säga är att du har gjort mer än att rädda lite mark och några byggnader. Du har bevarat vår familjs hjärta.”

Känslan i Jims röst genljöd genom gruppen på verandan. Zoe såg sig omkring och såg fuktiga ögon och darrande leenden. Sarah stod rak som en fura, men hennes hand grep hårt om Marcus. Emma lutade sig mot Ryans sida, medan Pip ogenerat torkade sina kinder.

”Vi hade inte kunnat göra det utan er alla”, svarade Danny, hans röst stadig trots stundens känslosamhet. ”Ridgewater är värt att kämpa för på grund av människorna som gör det till vad det är.”

Lucy, som hade varit ovanligt tyst, sa plötsligt: ”Mr Jim, Mrs Ingrid, betyder det här att jag får fortsätta rida här och lära mig av fröken Pip och fröken Zoe?”

Ingrids ansikte mjuknade i ett leende. ”Självklart, lilla vän. Så länge du vill.”

”För alltid, alltså”, förklarade Lucy med absolut säkerhet, vilket lockade fram skratt från cirkeln.

Jim höjde sitt glas igen. ”För Ridgewaters framtid, och för nya medlemmar i vår familj. Må platsen fortsätta att växa och blomstra i många generationer framöver.”

Efter några minuter till med uppdateringar och planer – Jim och Ingrid skulle vara hemma i mars eller april, husbilsäventyren tillfälligt stillade – avslutades samtalet med löften om ett ordentligt firande när de återvände.

När Sarah stängde av skärmen delade familjen upp sig i mindre samtal, lättnaden och glädjen fortfarande påtaglig i luften. Zoe fann sig själv iakttagande Danny, som stod med Lucy tryckt mot sin sida och tog emot gratulationer från Jake och Ben. Hans ansikte lyste av något hon kände igen som mer än stolthet eller tillfredsställelse. Det var tillhörighet.

”Han passar ganska bra in, eller hur?” sa Kates röst mjukt bredvid henne.

Zoe vände sig om, förvånad. ”Ursäkta?”

Kate log medvetet. ”Danny. Han och Lucy. De är Ridgewater-folk nu.” Hon smuttade på sin champagne och tittade på Zoe över kanten på glaset. ”Precis som du.”

”Jag, um...”, Zoe tvekade, osäker på hur hon skulle svara.

”Åh, oroa dig inte”, sa Kate med ett lätt skratt. ”Vi är alla överlyckliga över det. Särskilt efter allt som har hänt. Du förtjänar lite lycka, Zoe. Det gör ni båda.”

Innan Zoe hann formulera ett svar hade Kate rört sig bort för att delta i en diskussion om julmiddagsförberedelser. Zoe stod kvar där hon var, en mild värme som lade sig i bröstet medan hon såg Danny skratta åt något Ben hade sagt, hans ögonrynkor som bildades i hörnen, med Lucy fortfarande tätt tryckt mot hans sida.

Det slog henne då, med plötslig klarhet, att hon för kanske första gången i sitt vuxna liv, på den här julaftonen, var precis där hon hörde hemma. Inte bara på Ridgewater, även om egendomen hade blivit dyrbar för henne, utan med dessa människor. Med Danny och Lucy. Med den stora, generösa McKenzie-klanen som hade gjort plats för henne utan att tveka.

De senaste veckorna hade varit fyllda av osäkerhet; hotet mot Ridgewater, hennes visumsituation, den trevande början på hennes förhållande med Danny. Men när hon stod här nu och såg denna improviserade familj fira inte bara sin seger utan också sin samhörighet, kände Zoe något landa inom henne.

Detta var hemma. Dessa var hennes människor. Och på något sätt, mot alla odds, hade de hittat varandra och vunnit säkerhet för Ridgewaters framtid, precis i tid till jul.

När festen fortsatte in på natten och den festliga stämningen blev högre för varje timme som gick, kände Zoe ett behov av en stunds tyst reflektion. Hon smet iväg från den trånga verandan och drogs mot stängslet där Ridgewaters hästar betade fridfullt i sina natthagar. Det sammetslena mörkret bröts av ljusslingor som Sarah hade insisterat på att hänga från stalltaken, vilket kastade ett milt sken över det välbekanta landskapet. Hon hade inte stått där länge när fotsteg krasade på gruset bakom henne, och hon vände sig om och såg Marcus närma sig med två ångande muggar.

”Tänkte att du kanske ville ha lite”, sa han och räckte henne en av muggarna. ”Det är den där äckliga pulverchokladen du av oförklarlig anledning föredrar framför riktig drickchoklad.”

Zoe tog emot den med ett tacksamt leende. ”Min raffinerade smak uppskattar de nostalgiska kemiska undertonerna.” Hon sniffade. ”Fast jag tror den här har lite extra ... du lät Sarah ha i rom, eller hur?”

Marcus flinade och lutade sig mot staketet bredvid henne. ”Kommer du ihåg julaftonskvällarna hemma? Pappa lät oss vara uppe precis länge nog för att ställa fram en paj till jultomten, sen skyndade han oss i säng och hotade med att den store mannen inte skulle komma om vi fortfarande var vakna.”

”Och du låg där och kom på alltmer invecklade teorier om hur en enda man möjligen kunde leverera presenter till varje barn på en enda natt”, tillade Zoe och tog en klunk av sin varma choklad. ”Tidsdilatation, kvantfysik...”

”Jag var ett brådmoget barn”, sa Marcus med låtsad värdighet. ”Du kan väl knappast klandra mig för att ha tillämpat vetenskaplig metod på ett så osannolikt scenario.”

De föll in i en bekväm tystnad och såg på medan Midnight och de andra hästarna rörde sig som skuggor över hagen, ibland upplysta av ljusslingorna. Värmen från muggen i hennes händer kändes förankrande, en motpol till virveln av känslor som kvällen hade rört upp.

”Det är annorlunda i år, eller hur?” sa Marcus till slut, med mjukare röst. ”Julen, menar jag.”

Zoe nickade. ”Svårt att tro att det bara har gått sex månader sedan jag kom hit. Det känns som...”

”Hemma?” fyllde Marcus i.

”Ja”, erkände hon. ”Mer än England någonsin gjorde, om jag ska vara ärlig.”

Marcus studerade hennes profil i det svaga ljuset. ”Inte bara på grund av hästarna och jobbet, va?”

Zoe tog en avsiktlig klunk av sin varma choklad och undvek hans blick. ”Jag vet inte vad du pratar om”, svarade hon prydligt.

”Nehej?” Marcus vände sig helt mot henne, med ett oskyldigt uttryck. ”Så jag såg dig inte precis titta på Danny de senaste tre timmarna som om han hängt upp månen och stjärnorna? Eller såg dig le det där speciella leendet som får dig att se ut som om du svalt en solstråle varje gång Lucy säger något smart?”

Zoe puffade till hans axel med sin egen. ”Du inbillar dig.”

”Och jag antar att jag också inbillade mig att du smet iväg med honom till sjön häromkvällen?” fortsatte Marcus, hans röst sänktes till en retsam viskning. ”Och kom tillbaka misstänkt fuktig i kanterna?”

”Marcus!” väste Zoe, dödligt generad. ”Det var, vi bara ... det var varmt, och...”

Marcus brast ut i skratt, ett spontant, genuint ljud som Zoe inte hade hört från sin vanligtvis reserverade bror på evigheter. ”Ditt ansikte!” lyckades han få fram mellan skrattsalvorna. ”Du ser exakt ut som du gjorde när mamma kom på dig med att smuggla in den där igelkotten i ditt sovrum.”

Trots sin pinsamhet fann sig Zoe också skratta. ”Du är omöjlig.”

”Och du är kär”, kontrade Marcus, och hans skratt ebbade ut i ett varmt leende. ”Det klär dig, Zo.”

Hon förnekade det inte den här gången, utan vände sig tillbaka för att titta på hästarna. ”Det är komplicerat.”

”Livet är oftast det”, svarade Marcus med en axelryckning. ”Men ibland är de bästa delarna av det förvånansvärt enkla. Du älskar honom. Han älskar uppenbarligen dig. Lucy avgudar dig." Han smuttade på sin dryck. "Visumfrågan är bara en teknikalitet."

"En teknikalitet som kan skicka mig tillbaka till England", påminde Zoe honom.

Marcus skakade på huvudet. "Inte om jag känner Danny Wareham rätt. Den mannen sänkte inte en korrupt politiker och räddade ett helt ridcenter bara för att förlora kvinnan han älskar till byråkratiskt trassel."

Innan Zoe hann formulera ett svar, fångade ett förtjust tjut från husets riktning deras uppmärksamhet.

"Låter som att julklappsutdelningen har börjat", observerade Marcus.

"På julafton?" sa Zoe, förvirrad.

"Det är så de gör här. Berättade inte Sarah för dig? Tydligen är det en svensk grej som Ingrid införde. Jim brukar klä ut sig till Tomten, som är den svenska versionen av jultomten – Sarah frågade mig men jag sa att jag inte skulle ha en aning om vad jag gjorde."

"Du ville bara inte ta på dig en fånig dräkt", anklagade Zoe.

"Du känner mig så väl." Marcus flinade. "Ska vi?"

De gick tillbaka till Stora huset, där firandet hade flyttat från verandan till det stora vardagsrummet. Den magnifika julgranen dominerade ett hörn, omgiven av inslagna paket i olika stadier av öppnande. Lucy satt med benen i kors på golvet i mitten, omgiven av McKenzies, med omslagspapper utspritt som färgglad konfetti runt henne.

"Fröken Zoe!" ropade hon och fick syn på dem i dörröppningen. "Titta vad Miss Pip gav mig!"

Hon höll upp en skinande, splitterny rosa ridhjälm och vände på den för att visa var hennes namn hade stavats ut i små strasstenar på baksidan.

"Den är jättefin", svarade Zoe och gick in i rummet för att undersöka den ordentligt. "Och personlig! Så snyggt!"

”Limmat på kristallerna själv”, sa Pip belåtet.

”Och titta”, fortsatte Lucy, knappt med en paus för att andas när hon sträckte sig efter en annan öppnad present. ”Fröken Sarah gav mig de här böckerna om hästar, och fröken Kate gav mig de här speciella ridhandskarna, och fröken Emma gav mig de här ridbyxorna med speciella knäförstärkningar för bättre grepp, och...”

Danny stod bakom sin dotter och såg på med en blandning av munterhet och något djupare, mer ömt. Hans blick mötte Zoes över Lucys huvud, och kopplingen mellan dem kändes nästan påtaglig, en tråd av förståelse och delad glädje.

”Hon kommer att vara den bäst utrustade nybörjarryttaren i Queensland”, sa han, hans röst varm av tacksamhet.

”Det finns en till”, sa Zoe och kom plötsligt ihåg. ”Från mig. Det lilla blå paketet.”

Lucy hittade det snabbt och rev upp pappret med entusiasm. Hon flämtade till när hon lyfte upp ett stadigt silverarmband med små hästberlocker som dinglade från länkarna.

”Det är vackert”, viskade hon och höll upp det mot ljuset. ”Pappa, titta! Den här ser ut som Midnight!”

Danny böjde sig ner bredvid sin dotter och hjälpte henne att fästa armbandet runt handleden. ”Det är perfekt, Luce. Vad säger du till fröken Zoe?”

Lucy kastade sig tvärs över rummet och krockade med Zoe i en våldsam kram. ”Tack, tack, tack! Jag kommer aldrig att ta av mig det, inte ens när jag badar!”

”Kanske särskilt inte när du badar”, föreslog Danny med ett skratt. ”Silver gillar inte tvål särskilt mycket.”

Lucy drog sig tillbaka och beundrade armbandet på sin handled. ”Det här är den bästa julen någonsin”, förklarade hon. ”Vi räddade Ridgewater, OCH jag fick en glittrig rosa hjälm OCH ett silverarmband!”

De vuxna utbytte roade blickar över hennes prioriteringar, men ingen rättade henne. Zoe mötte Dannys blick igen när Lucy återvände till att undersöka sina presenter. Hans uttryck var öppet, oförställt, fyllt med något som fick hennes hjärta att hoppa över ett slag.

Allt eftersom kvällen fortskred utbyttes presenter mellan de vuxna, även om ingen togs emot med riktigt samma ohämmade entusiasm som Lucy hade visat. Zoe fann sig själv iaktta scenen med en växande känsla av visshet som slog rot djupt i hennes ben. Det var här hon hörde hemma, med Danny och Lucy, som en del av denna stora, kärleksfulla familj på Ridgewater.

Visumproblemen, de kvardröjande frågorna om hennes framtid – allt skulle lösa sig, var hon plötsligt säker på. Det som betydde något var den här stunden, dessa människor, den här platsen som hade blivit ett hem när hon minst anade det.

Senare, när julaftonskvällen närmade sig midnatt och Lucy äntligen hade lugnat ner sig, ihopkurad bredvid Jemima i soffan med sitt nya armband fortfarande glittrande på handleden och nya böcker uppslagna i deras knän, fann Zoe sig själv stående bredvid Danny ute på verandan och tittade på stjärnorna över Ridgewater.

”Lycklig?” frågade han tyst.

”Fullständigt”, svarade hon och lutade sig mot honom när han lade armen om hennes axlar. ”Det här är den bästa julen jag haft på flera år.”

”Det är kanske den bästa julen jag någonsin har haft”, sa Danny med en blick in mot Lucy. ”Det är definitivt den bästa hon någonsin har haft, och du har varit en stor del i att göra den magisk, så tack.”

”Jag gjorde ingenting”, avfärdade Zoe. ”Du är Ridgewaters hjälte den här julen; sola dig i den välförtjänta äran!”

”Jag gjorde bokstavligen bara mitt jobb”, sa han, men hon kunde se stoltheten i hans uttryck och visste att just den här journalistiska utredningen betydde mycket mer för honom än bara ett jobb.

De stod en stund i bekväm tystnad, tills verandadörren öppnades och en gäspande Emma kom ut. ”Jag ska ta hem Jemima”, sa hon. ”Hon och Lucy är båda halvt sovande.”

”Ja, jag borde också ge mig av”, sa Danny, men han gjorde ingen ansats att gå in och hämta sin dotter. Istället såg han ner på Zoe. ”Följ med oss hem”, bjöd han mjukt.

Hon tvekade. ”Lucy...”

”Kommer att bli överlycklig över att dela julfrukost med dig.” Danny flinade åt henne. ”Precis som jag.”

Hon behövde inte tänka särskilt länge på saken. ”Ge mig ett par minuter att hämta min tandborste och slänga ner ett ombyte i en väska.”

Kapitel sexton

DANNY STANNADE VID KANTEN av hagen med kameran hängande runt halsen, frapperad av synen framför honom. Lucy och Zoe stod sida vid sida vid staketet och morgonsolen förgyllde deras profiler när de såg på medan Midnight betade fridfullt flera meter bort. Den en gång så skräckslagna ponnyn rörde sig nu med en lugn eftertänksamhet som skulle ha varit otänkbar för bara några veckor sedan. Danny höjde sin kamera och fokuserade noggrant för att fånga ögonblicket, relationen mellan flicka och häst, mentor och elev, som hade blommat ut i sommarhettan i Queensland.

Midnight såg ut som ett helt annat djur än den magra, vildögda varelse som hade anlänt till Ridgewater. Hans svarta päls glänste nu av hälsa och fångade solljuset i blååktiga högdagrar. Revbenen stack inte längre ut och hans rörelser hade förlorat den där rädda, ryckiga kvaliteten. Det mest slående var förändringen i hans ögon, som en gång rullat vita av skräck, men som nu var mjuka och uppmärksamma när han med jämna mellanrum höjde huvudet för att titta till sina mänskliga observatörer innan han återgick till det seriösa arbetet med gräset.

Danny torkade svetten från pannan med handryggen. Januari i Queensland var brutalt het och luftfuktigheten fick luften att kännas tjock nog att tugga på. Cikadorna skrek från eukalyptusträden som kantade egendomen, deras kör steg och sjönk i vågor som verkade matcha det dallrande värmediset över hagarna. Han plockade upp burken med bananbröd och vattenflaskan som han hade ställt ner och fortsatte mot Zoe och Lucy.

”Han ser magnifik ut”, ropade Danny när han närmade sig.

”Pappa!” Lucy vände sig om med ett ansikte som lyste av spänning. ”Zoe säger att vi ska börja med riktig markträning med Midnight idag. I rundcorralen!”

”Det är ett stort steg”, svarade Danny och anslöt sig till dem vid staketet. Han räckte burken till Zoe. ”Tänkte att ni kanske behövde lite näring för det stora tillfället.”

Zoe öppnade locket och den söta doften av bananbröd spred sig. ”Du har med dig mitt bananbröd! Bra tajming, jag tänkte precis att vi kanske skulle ta en fika innan vi sätter igång.”

”Bästa bananbrödet i Queensland”, sa Danny och blinkade snabbt mot henne. ”Kanske i hela Australien. Var tvungen att dela med mig innan jag åt upp alltihop.”

Lucys uppmärksamhet hade redan återvänt till Midnight. ”Zoe säger att jag måste titta på allt, hur han står och rör sig. Det är som att han pratar med kroppen.”

”Det är precis så det är”, nickade Zoe och räckte en skiva bananbröd till Lucy. ”Hästar kommunicerar hela tiden om vi lär oss att lyssna. Ser du hur hans öron rör sig fram och tillbaka? Han håller koll på oss, men han är avslappnad nog för att fortsätta beta."

Danny höjde kameran igen och fångade Lucys koncentrerade min när hon studerade ponnyn. "Vad mer ser du, Luce?"

"Svansen viftar inte som den brukade när han var nervös", konstaterade Lucy och pratade med munnen full av bananbröd. "Och hans hals är inte så där stel och högt buren."

"Bra observationer", berömde Zoe. "Den sänkta halsen betyder att han känner sig trygg. När vi går in i rundcorralen kommer vi att leta efter samma tecken för att veta när han är bekväm."

Danny tog ett nytt foto och försåg sig sedan med en bit bananbröd. De tre stod kamratligt vid staketet, delade på godsaken och betraktade Midnight. Dessa stunder hade blivit dyrbara för Danny, den avslappnade intimiteten av ett gemensamt syfte och tillgivenhet.

"Så vad exakt är markträning?" frågade han och fokuserade kameran på Midnights graciösa rörelser.

"Det är allt vi gör med en häst innan vi sitter upp på ryggen på den", förklarade Zoe med den milda lärarröst han hade lärt sig att älska. "Det bygger förtroende, etablerar kommunikation och skapar grunden för ridning. För en häst som Midnight, som har ett trauma, är det oumbärligt."

Lucy nickade allvarligt. "Vi ska lära honom att människor är trygga och att jag är hans vän."

"Det viktigaste att komma ihåg", fortsatte Zoe och tittade menande på Lucy, "är tålamod och konsekvens. Hästar finner trygghet i förutsägbarhet. Tydliga signaler, konsekventa svar."

"Som människor", mumlade Danny och fångade Zoes förstående leende.

När de hade ätit upp bananbrödet tittade Zoe på sin klocka. ”Redo att ge det här ett försök, Lucy? Vi borde börja innan det blir för varmt.”

Lucy nickade ivrigt och de gick mot grinden. Danny såg på när Zoe visade hur man skulle närma sig Midnight med lugna, medvetna steg. Ponnyn höjde huvudet, med öronen spetsade framåt, men stod stilla när Zoe satte på honom grimman och grimskaftet.

Promenaden till rundcorralen genomfördes med noggrann hänsyn till Midnights bekvämlighet. Lucy höll sig vid Zoes sida och matchade hennes lugna energi, medan Danny följde efter på respektfullt avstånd, med kameran redo. Han förundrades över hur naturligt hans dotter hade anammat Zoes milda, metodiska förhållningssätt till hästar.

Vid rundcorralen knäppte Zoe loss grimskaftet och tog ett steg tillbaka, så att Midnight kunde röra sig fritt i den cirkulära inhägnaden. Hon guidade Lucy till mitten och positionerade henne noggrant.

”Nu väntar vi”, förklarade Zoe, och hennes röst nådde Danny där han stod vid räcket. ”Låt honom bli bekväm med utrymmet och med att vi är här.”

Midnight började trava nervöst längs staketet, med högt huvud och vidgade näsborrar. Lucy stod blickstilla bredvid Zoe, hennes lilla ansikte samlat i ett tålmodigt uttryck som Danny inte skulle ha trott var möjligt för sex månader sedan.

”Han är orolig”, viskade Lucy.

”Det är han”, höll Zoe med. ”Men lägg märke till att han inte får panik. Han kollar läget, tänker. Det är bra.”

Danny höjde kameran och fångade kontrasten mellan den cirklande ponnyn och de stilla gestalterna i mitten. Solen gassade obarmhärtigt, men varken Zoe eller Lucy visade några tecken på obehag eller otålighet.

Efter flera minuter saktade Midnights trav ner till skritt. Hans huvud sänktes något, även om han fortsatte att cirkla.

”Utmärkt”, sa Zoe mjukt. ”Nu, Lucy, vill jag att du vänder din kropp lite bort från honom. Titta inte direkt på honom, det kan kännas som en press.”

Lucy följde instruktionen exakt och vinklade sin kropp som om hon plötsligt fann staketstolpen till vänster om sig fascinerande.

”Perfekt. Titta nu i ögonvrån. När han saktar ner eller vrider ett öra mot dig, då börjar han uppmärksamma dig.”

Danny var så uppslukad av det tysta dramat som utspelade sig framför honom att han nästan hoppade till när en röst talade bredvid honom.

”Hon är en naturbegåvning”, sa Pip, som hade kommit gående tyst. Hon lutade sig mot räcket, hennes expertöga bedömde scenen. ”Zoe har en sann gåva, men jag tror verkligen att Lucy kan ha den också.”

I rundcorralen hade Midnight saktat ner sina cirklar och tittade då och då mot Lucy och Zoe. Zoe viskade något till Lucy, som nickade och tog ett litet steg mot ponnyn, stannade sedan och väntade.

”Hon erbjuder kontakt”, förklarade Pip tyst för Danny. ”Inbjuder honom att överväga att närma sig istället för att tvinga honom.”

”Tar det alltid så här lång tid?” frågade Danny och noterade att nästan tjugo minuter hade gått med till synes små framsteg.

Pip småskrattade. ”Det är precis den sortens otålighet som förstör god hästhantering. Det här går faktiskt snabbt, med tanke på hans bakgrund.”

Inne i rundcorralen hade Midnight slutat cirkla. Han stod vänd mot Lucy och Zoe, med öronen framåt, och tycktes betrakta dem. Zoe mumlade instruktioner till Lucy, som långsamt sträckte ner handen i fickan och sträckte fram den med handflatan platt och något litet på.

”En lakritsgodis”, viskade Pip. ”En belöning för hans uppmärksamhet.”

Danny höjde kameran igen, fascinerad av samspelet. Han fångade ögonblicket då Midnight tog ett tveksamt steg mot Lucy, sedan ett till, dragen av nyfikenhet och den erbjudna godbiten.

De följande minuterna utvecklades med utsökt långsamhet, varje ögonblick en delikat förhandling om förtroende. Lucy förblev anmärkningsvärt stilla när Midnight närmade sig, tog godbiten med sammetslena läppar och sedan drog sig tillbaka. Zoe guidade henne genom att erbjuda en till godbit och sedan försiktigt sträcka ut handen för att röra vid hans hals när han kom tillräckligt nära.

Danny kände sig privilegierad som fick bevittna denna försiktiga dans, detta återuppbyggande av förtroende mellan ett traumatiserat djur och ett tålmodigt barn. Han kom på sig själv med att hålla andan när Midnight slutligen lät Lucy klappa honom på halsen i flera sekunder innan han tog ett steg bort.

”Titta på hans uttryck”, viskade Pip vördnadsfullt. ”Det där är ett genombrott.”

Midnight stod några steg från Lucy, med sänkt huvud och mjuka ögon. Han frustade ut ett långt andetag genom näsborrarna, ett ljud som verkade innehålla år av spänning som äntligen släppte.

Lucys ansikte förvandlades av tyst triumf, hennes leende så strålande att det nästan fick Dannys hjärta att stanna. Han fångade ögonblicket med sin kamera, instinktivt medveten om att det var ett han skulle värdesätta för alltid: hans dotter som hittade sin styrka i mildhet, vägledd av kvinnan som hade blivit så oumbärlig för dem båda.

En vecka senare lutade sig Danny mot stalldörren och såg på när Lucy noggrant kammade Midnights glänsande svarta man. Ponnyn stod tyst, med ena bakbenet vilande, och vände ibland på huvudet för att nafsa i Lucys ficka där hon hade ett litet förråd av morotsbitar som belöning. Zoe rörde sig runt ponnyns andra sida, hennes händer gled över hans muskler i vad hon hade förklarat var en Masterson Method-teknik för att släppa på spänningar.

”Ser du hur hans ögon blinkar och läppen rycker?” demonstrerade Zoe, hennes fingrar rörde knappt vid en punkt på Midnights bog. ”Det är en frisättningsrespons. Hans kropp släpper gamla mönster av att hålla spänningar.”

Lucy nickade högtidligt och iakttog med fullständigt fokus. ”Som när folk får massage och deras muskler blir alldeles slappa?”

”Exakt så”, log Zoe. ”Hästar bär på känslomässiga minnen i sina kroppar, precis som vi. Det här hjälper dem att släppa taget om tidigare trauman.”

Dessa subtila interaktioner fascinerade Danny, språket av beröring och respons som Zoe läste så flytande och lärde Lucy att förstå. Han förundrades över hur hans dotter hade förvandlats från ett barn som knappt talade till ett som ställde eftertänksamma frågor och observerade med skarp uppmärksamhet.

”Pappa, titta!” utbrast Lucy när Midnight sänkte huvudet och pressade mulen mjukt mot hennes bröst i en gest av hästlig tillgivenhet. ”Han kramar mig!”

Danny tog ett foto, bröstet sammansnört av känslor. ”Det gör han verkligen, Luce. Du har förtjänat hans förtroende.”

Zoe mötte Dannys blick över Midnights rygg, hennes leende mjukt av delad stolthet. Dessa stunder av samhörighet hade blivit allt vanligare mellan dem, små broar av förståelse som inte krävde några ord.

Följande vecka befann de sig vid rundcorralen, där morgonluften redan hettade till trots den tidiga timmen. Pip satt uppe på Midnight, och ponnyns öron rörde sig fram och tillbaka när han anpassade sig till den ovana vikten. Zoe stod vid hans huvud och talade tyst, medan Lucy tittade på från Dannys sida vid staketet.

”Pip är så liten, hon är perfekt för hans första ritter”, förklarade Zoe. ”Mindre vikt, och hon har otroligt tysta händer.”

Danny observerade hur stilla Pip satt, och knappt verkade röra sig när Midnight tog försiktiga steg framåt. Hennes ansikte bar ett uttryck av lugn koncentration, hennes små händer höll tyglarna med en mjuk beröring.

”Skritt fram”, mumlade Pip och lade ett lätt tryck med benen. Midnight rörde sig framåt och cirklade runt rundcorralen med försiktiga steg. ”Duktig pojke. Det där är fint.”

Efter flera cirklar bad Pip om halt och sedan om ett riktningsbyte. Midnight svarade på varje begäran med ökande självförtroende, hans initiala spänning smälte synbart bort.

”Han är smart”, kommenterade Pip när hon guidade honom genom en mjuk övergång från skritt till trav. ”Han lär sig snabbt.”

Lucy strålade åt berömmet av sin favorit, hennes ansikte upplyst av stolthet. ”När kommer jag att kunna rida honom?”

”Låt oss ge honom några veckors grundträning med Pip först”, svarade Zoe. ”Vi vill att han ska vara stabil i grunderna innan du sitter upp.”

Danny nickade och uppskattade försiktigheten. Trots Midnights anmärkningsvärda framsteg var minnet av den där första skräckslagna ponnyn fortfarande levande. Tålamod hade tagit dem så här långt; tålamod skulle se dem igenom.

Några dagar senare hade Lucy sin vanliga lektion på Sparky i ridhuset. Danny satt på en bänk vid kanten av ridbanan med manuskriptsidor utspridda bredvid sig, medan Ben Crossley gick fram och tillbaka i närheten och gestikulerade medan han talade.

”Tempot i kapitel tre är mitt i prick”, sa Ben, och hans längd fick hans skugga att sträcka sig dramatiskt över sanden. ”Du har byggt upp spänningen perfekt fram till upptäckten av bevisen. Jag kunde känna drivet i utredningen.”

”Tack”, svarade Danny, genuint nöjd med feedbacken från den framgångsrika deckarförfattaren. ”Jag var orolig att det skulle bli segt i mittendelen.”

”Inte alls. De tekniska detaljerna kunde ha varit torra, men du har förmänskligat det.” Ben tystnade och såg på när Lucy guidade Sparky genom en serie ökande och minskande volter, hennes hållning märkbart förbättrad från hennes tidigare lektioner. ”Hon blir duktig.”

”Det blir hon”, höll Danny med, oförmögen att dölja stoltheten i sin röst. ”Svårt att tro att hennes allra första ridtur var för bara några månader sedan.”

Ben gav honom en medveten blick. ”Och hur fortskrider den andra relationen?”

Danny kände en hetta stiga i ansiktet som inte hade något att göra med sommarvärmen i Queensland. ”Den ... fortskrider också bra.”

”Tänkte väl det”, sa Ben med ett flin. ”Du har den där blicken. Den som säger att du har hittat något värt att hålla fast vid.”

Innan Danny hann svara, ekade Pips röst från ridbanan. ”Utmärkt arbete, Lucy! Mycket bättre balans genom den där undanflytten!”

Danny riktade sin uppmärksamhet tillbaka till sin dotter och såg hur hon satt djupt i sadeln under Sparkys trav, hennes händer stadiga, hennes ansikte koncentrerat.

”Hon är en naturbegåvning”, konstaterade Ben. ”Som om hon alltid var menad att vara här.”

Dagen för Lucys första ridtur på Midnight kom med all förväntan som en stor milstolpe innebär. Danny gick fram och tillbaka vid kanten av ridbanan och tittade på klockan upprepade gånger medan Zoe justerade Lucys hjälm och säkerhetsväst.

”Kom ihåg, bara en kort skritt idag”, instruerade Zoe. ”Håll tyglarna jämna, och om du känner dig osäker alls säger du bara ’ptro’ så stannar vi omedelbart.”

Lucy nickade med ett ansikte allvarligt av koncentration. Pip stod vid Midnights huvud och höll i ett grimskaft som var fäst vid hans träns som en extra försiktighetsåtgärd. Ponnyn stod tyst, till synes oberörd av förberedelserna runt omkring honom.

Danny tvingade sig själv att sluta gå fram och tillbaka och insåg att hans nervösa energi kunde överföras till både häst och ryttare. Han tog flera djupa andetag och påminde sig själv om alla de noggranna steg som hade lett fram till detta ögonblick, veckorna av markträning, Pips framgångsrika inridning, Zoes expertvägledning.

Ändå, när Pip hjälpte Lucy upp och hans dotter satte sig till rätta i sadeln på Midnights rygg, kände Danny hur hjärtat hoppade upp i halsgropen. Lucy såg så sårbar ut trots säkerhetsutrustningen och övervakningen.

”Slappna av, pappa”, ropade Lucy och läste hans ansikte med kuslig precision. ”Midnight är min vän. Han kommer att ta hand om mig.”

Det enkla självförtroendet i hennes röst lugnade honom. Detta var Lucys ögonblick, inte hans att störa med föräldraångest. Han nickade, lyckades få fram ett leende och höjde kameran för att dölja den kvardröjande oron i sina ögon.

Pip tog bort grimskaftet men stannade nära när Lucy samlade ihop sina tyglar. Zoe placerade sig på Midnights andra sida, med handen lätt vilande på Lucys ben.

"Be honom att skritta fram", instruerade Zoe. "En fin, mjuk kram med båda benen."

Lucy lade på trycket och Midnight tog villigt ett steg framåt. Danny iakttog med andan i halsen hur hans dotter guidade ponnyn i en långsam skritt runt ridbanan. Hennes små händer var stadiga på tyglarna, hennes hållning avslappnad men rak. Midnights öron rörde sig ibland bakåt för att lyssna på henne när hon talade lugnande till honom, hans steg jämna och lugna.

Kontrasten mellan Lucys tysta självförtroende och Dannys kvardröjande ångest slog honom med kraft. När hade hans dotter blivit så kapabel, så modig? Hon hade alltid haft jävlar anamma, men denna tålmodiga beslutsamhet var något nytt, något som smitts i hennes förbindelse med hästarna och med Zoe.

Efter två försiktiga varv runt ridbanan och en kort trav föreslog Zoe att de skulle avsluta på ett positivt sätt. Lucy stannade Midnight perfekt i mitten, klappade hans hals med uppenbar tillgivenhet innan Pip hjälpte henne av.

"Bra jobbat, båda två", berömde Zoe, hennes leende brett av genuin stolthet. "En perfekt första ridtur."

Lucys ansikte strålade av prestation när hon kramade om Midnights hals. "Vi klarade det", viskade hon till ponnyn. "Precis som jag visste att vi skulle."

Den sista fasen av förberedelserna kom flera veckor senare när Jemima och Charlotte anslöt sig till Lucy efter skolan. Danny anlände och fann alla tre flickorna i stallgången, där Midnight stod tålmodigt medan de arbetade med hans utseende med intensiv koncentration.

Danny lutade sig mot stalldörren och betraktade scenen med tyst tillfredsställelse. Samtalet flöt mellan flickorna med vänskapens enkla rytm, punkterat av skratt och seriösa diskussioner om strategi för utställningsringen.

”Nu till hans hovar”, meddelade Charlotte och tog fram en liten flaska olja. ”Man vill att de ska glänsa när man går in i ringen.”

”Vi kommer att vinna på utställningen”, förklarade Lucy och tog ett steg tillbaka för att beundra deras hantverk. ”Eller hur, Midnight?”

Ponnyn gnäggade mjukt, som för att instämma, och Danny kom på sig själv med att tro på det också. De hade redan vunnit något mycket mer värdefullt än någon utställningsrosett, något som inte kunde mätas eller bedömas men som kunde kännas i varje interaktion mellan hans dotter och den en gång trasiga ponnyn som hade hjälpt till att läka hennes hjärta.

Kapitel sjutton

RIDGEMONTS LANTBRUKSUTSTÄLLNINGSOMRÅDE SURRADE AV aktivitet under den strålande marshimlen. Danny navigerade mellan hästtransporter och parkerade bilar, med kameraväskan slängd över ena axeln och tävlingsschemat i handen. Runt omkring dem ledde tävlande i formell ridklädsel skinande blanka hästar till och från framridningsbanorna, medan domare med skrivplattor rörde sig med målmedvetna steg mellan ringarna. Luften doftade av damm, häst, sockervadd från de närliggande kringaktiviteterna och den omisskännliga doften från matvagnarna som startade sina grillar inför den kommande dagen. Danny tittade på klockan för tredje gången på lika många minuter, och en oro knöt sig i magen trots den festliga stämningen.

”Ring tre för klasserna för arabkorsningar börjar inte förrän klockan nio”, påminde Zoe honom vänligt och dök upp vid hans sida med en termos. ”Kaffe? Sarah gjorde det så starkt att en sked skulle kunna stå rakt upp i det.”

Danny tog tacksamt emot, och den välbekanta tryggheten i Zoes närvaro lättade hans spänning en aning. ”Var är Lucy?”

”Med Pip och de andra tjejerna vid Ridgewaters hästtransporter. Midnight är en riktig gentleman, oroa dig inte.”

De tog sig fram genom folkmassan mot det område där familjen McKenzie hade slagit upp sin bas för dagen. Ridgewaters hästtransporter var lätta att få syn på, prydda med den välbekanta logotypen och omgivna av en samling hästar och ponnyer i olika stadier av förberedelse. Lucy stod bredvid Midnight, klädd i sina nya tävlingsridbyxor och kritvita, stärkta skjorta, medan Pip gjorde de sista justeringarna på ponnyns träns.

”Snyggt jobbat, Team Midnight”, ropade Danny.

Lucy vände sig om, och hennes ansikte lyste av spänning snarare än den nervositet han hade förväntat sig. ”Pappa! Visst är Midnight vacker?”

Förvandlingen av den en gång så skräckslagna räddningsponnyn var verkligen anmärkningsvärd. Midnights svarta päls glänste som polerad onyx i solskenet, hans man och svans var som böljande fall av svart siden och hans ögon var lugna och uppmärksamma. Borta var varje spår av den magra, vildögda varelsen som hade attackerat Zoe i ren skräck när han anlände till Ridgewater.

”Ni möter en del hård konkurrens”, varnade Pip och nickade mot en grupp en bit bort. ”Speciellt Thornley-tjejen med den gråa. Det är Snowflake, som de köpte efter att han vann varje klass han ställde upp i på påskshowen i Sydney förra året.”

Danny följde hennes blick till en flicka på kanske tolv år som stod bredvid en vacker vit ponny. Till skillnad från

Lucys spända förväntan bar den här flickans ansikte ett uttryck av uttråkad överlägsenhet.

”De ser väldigt ... polerade ut”, konstaterade Danny och lade märke till den dyra utrustningen och flickans oklanderliga klädsel.

”Köpt framgång”, sa Pip tyst. ”Den där ponnyn kostade mer än de flesta människors bilar, och han är tränad att prestera som en robot. Tekniskt perfekt, men inget hjärta i det.” Hon log plötsligt. ”Vilket är anledningen till att jag tror att vår Lucy kan överraska alla idag.”

Zoe slutade rätta till Lucys krage och tog sedan ett steg tillbaka för att beundra helhetsintrycket. ”Kom ihåg vad vi övade på”, sa hon. ”Stå rak i ryggen, le mot domaren när du kommer in och låt Midnight visa upp sig. Han vet vad han ska göra nu.”

”Jag kommer ihåg”, nickade Lucy högtidligt. ”Och om han blir nervös ska jag bara andas långsamt och djupt så att han känner att jag är lugn.”

Danny kände en våg av stolthet över sin dotters fattning. För sex månader sedan skulle hon ha gömt sig bakom hans ben vid blotta tanken på att gå in i en tävlingsring och bli bedömd. Nu stod hon där, rak i ryggen, fokuserad och redo.

”Deltagare till klass 3A, vänligen bege er till samlingsfållan”, meddelades det över högtalarsystemet.

”Det är vi”, sa Lucy och tog emot grimskaftet från Pip.

Danny tog instinktivt ett steg framåt, men Zoes hand på hans arm stoppade honom. ”Hon måste få göra det här själv”, sa Zoe mjukt. ”Vi tittar från staketet.”

De hittade platser längs staketet när Lucy och de andra deltagarna marscherade in i arenan, var och en med en ponny i ledtygel. Dannys hjärta bankade när han såg sin dotter gå självsäkert bredvid Midnight, hennes lilla gestalt rak och samlad. Domaren, en barsk kvinna i tweedjacka, stod i mitten av ringen med en skrivplatta i handen.

”Var snälla och skritta era ponnyer längs ytterkanten”, instruerade hon. ”Ställ er sedan upp på medellinjen med ansiktet mot mig.”

Lucy ledde Midnight i en perfekt skritt och höll det exakta avståndet till ponnyn framför som Zoe hade lärt henne. Midnights steg var jämna och avslappnade, hans eleganta hals böjd och huvudet buret i precis rätt höjd för att visa upp sin exteriör.

”Hon ser ut som om hon har gjort det här hela sitt liv”, mumlade Danny och lyfte kameran för att föreviga ögonblicket.

”Naturlig talang”, instämde Pip, som anslöt sig till dem vid staketet. ”Båda två.”

När deltagarna ställde upp sig lade Danny märke till att Thornley-tjejen manövrerade sin vita ponny så att den stod precis bredvid Lucy, och gav henne en hård blick innan hon vände sin uppmärksamhet mot domaren. Om Lucy lade märke till försöket till hot visade hon inga tecken på det, utan fokuserade helt på att ställa upp Midnight korrekt.

Domaren gick längs raden och granskade varje ponny i tur och ordning och bad visarna att skritta eller trava sina djur bort och tillbaka för att få en bättre bild av rörelserna. När hon kom till Lucy verkade hon ägna extra tid åt att studera Midnight och gick runt honom med en värderande blick.

”Ställ upp honom korrekt, tack”, bad hon.

Lucy positionerade försiktigt Midnights ben, och ponnyn samarbetade perfekt och stod orörlig medan domaren kontrollerade hans exteriör från alla vinklar. Danny såg kvinnans ögonbryn höjas något, en godkännande nickning när hon gjorde anteckningar på sin skrivplatta.

”Skritta honom från mig och trava tillbaka, tack”, instruerade hon.

Lucy lydde med anmärkningsvärd fattning, ledde Midnight i en rak linje bort från domaren innan hon vände och uppmuntrade honom till en prydlig trav tillbaka. Ponnyns rörelser var flytande och balanserade, hans huvud stolt buret och svansen lyft i den karaktäristiska hållningen från hans arabiska förfäder.

Efter att ha granskat de sista deltagarna återvände domaren till mitten av ringen. ”Jag har fattat mitt beslut”, meddelade hon. ”Skulle alla visare vänligen skritta sina ponnyer ett varv till runt ringen, så kommer jag att ropa in placeringarna.”

Spänningen vid staketet var påtaglig när de unga visarna fullbordade sitt sista varv. Danny höll andan när domaren började meddela placeringarna, med början från sjätte plats. Thornley-tjejen och hennes dyra Snowflake ropades in som tvåa och flickans ansikte var åskmörkt när hon ställde upp sig med de andra som ropats fram.

”Och på första plats”, förklarade domaren slutligen, ”nummer 7, Ridgewater Midnight, visad av Lucy Wareham. Ett utmärkt exempel på korrekt presentation och visning, med en ponny som visar anmärkningsvärd kvalitet och utstrålning.”

Danny hörde sig själv ge ifrån sig ett glädjetjut innan han kunde hejda sig, och anslöt sig till de entusiastiska applåderna från Ridgewaters supportrar. Lucys ansikte blommade upp i förvåning och glädje när hon ledde Midnight fram för att ta emot den blåa rosetten. Bredvid henne mörknade Thornley-tjejens ansikte i en bister min, hennes ponny bortglömd när hon blängde på Lucys triumfartade ögonblick.

”Jag visste det”, viskade Pip intensivt. ”Jag visste att de skulle se det vi ser i honom.”

Efter prisutdelningen ledde Lucy Midnight ut från ringen, och svävade praktiskt taget av lycka. ”Pappa! Zoe! Såg ni? Vi vann!”

”Vi såg”, sa Danny och satte sig på huk för att krama henne så fort hon räckte över Midnights grimskaft till Pip. ”Du var helt otrolig, Luce.”

”Så samlad”, tillade Zoe, med misstänkt blanka ögon. ”Som ett proffs. Jag är så stolt över er båda.”

De hade knappt tid att fira innan det var dags att förbereda sig för ridklassen. Pip hjälpte Lucy att sadla och sitta upp, justerade hennes stigbyglar medan Zoe gav de sista instruktionerna.

”Kom ihåg, det här är svårare än visningsklassen. Några av de här ryttarna har tävlat i åratal. Fokusera bara på att rida Midnight som du har övat. Tydliga övergångar, stadig rytm.”

Danny gick nervöst av och an medan Lucy värmde upp, oförmögen att dämpa oron över att se sin dotter tävla i sin första ridklass. Midnight verkade lugn under henne och svarade villigt på hennes tysta hjälper, men Dannys fantasi frammanade alla möjliga katastrofer, från plötsliga skutt i sidled till missade signaler.

”Det kommer att gå bra”, försäkrade Zoe honom och krokade arm med honom för att stoppa hans vandrande. ”Sluta nöta ett dike i marken.”

När klassen ropades in fann Danny sig i att hålla andan när Lucy ledde Midnight in i ringen tillsammans med sex andra unga ryttare. Hjärtat slog i halsgropen när domaren instruerade dem att skritta, sedan trava, sedan galoppera i båda varven runt ringen.

Lucys ansikte var ett under av koncentration, hennes små händer stadiga på tyglarna när hon guidade Midnight genom varje övergång. Ponnyn rörde sig med elegant grace, hans rytm konsekvent, hans svar snabba men avslappnade. Danny tittade på med en blandning av skräck och stolthet när hans dotter galopperade runt ringen, hennes sits säker, hennes självförtroende tydligt i varje rörelse.

”Titta på det där”, mumlade Pip bredvid honom. ”Lucy rider som om hon vore född i sadeln, Danny. Ärligt talat, hennes sits är nästan lika bra som Jemimas, och hon *föddes* praktiskt taget i sadeln!"

Domaren lät dem sedan utföra individuella moment, där varje ryttare i tur och ordning fick visa ett enkelt mönster av övergångar och volter. När det var Lucys tur guidade hon Midnight noggrant genom mönstret, hennes lilla ansikte ett under av koncentration, och avslutade med en perfekt, korrekt halt framför domaren, som gav en godkännande liten nickning.

Efter vad som verkade vara en evighet kallade domaren in ryttarna till mitten. Danny klamrade sig fast vid staketet, knogarna vitnade av spänning när placeringarna meddelades. När Lucy och Midnight tilldelades förstaplatsen igen, bröt Ridgewater-truppen ut i jubel. Pip visslade mellan fingrarna, Jakes djupa röst dånade gratulationer och Sarah applåderade med oanad entusiasm.

Lucys ansikte när hon tog emot sin andra blå rosett var en bild av ren glädje, hennes leende tillräckligt brett för att klyva hennes ansikte i två delar. Thornley-tjejen, som den här gången hade placerat sig trea, slängde henne ännu en giftig blick innan hon abrupt travade sin vita ponny ut ur ringen, utan att ens delta i ärevarvet, till domarens uppenbara missnöje.

"Dålig förlorare", kommenterade Pip med ett leende. "Men vem bryr sig, vår tjej tog storslam idag!"

När Lucy lämnade ringen omgavs hon av gratulanter från Ridgewater och tog emot gratulationer med ett blygt leende som påminde Danny om att hon fortfarande var hans lilla flicka trots sitt nyvunna självförtroende. Jemima och Charlotte rusade till hennes sida och granskade hennes rosetter med ivrigt pladder, medan Emma tog dussintals bilder med sin telefon.

"Det ser ut som att vi har en anledning att fira", förklarade Sarah. "Jag har tagit med en picknickkorg, och jag anser att detta kräver saft till alla."

De samlades i skuggan av ett stort eukalyptusträd och bredde ut filtar på marken för en spontan segerfest. Lucy satt i mitten med Midnights rosetter stolt utspridda över sitt knä medan hon andlöst återberättade varje ögonblick från båda klasserna i detalj. Ponnyn själv betade belåtet i närheten och njöt av en välförtjänt vila med tränset utbytt mot en bekväm grimma.

Danny fann sig själv bredvid Zoe i utkanten av gruppen, och betraktade scenen med ett hjärta som svämmade över.

”Jag kan inte riktigt tro det”, sa han mjukt. ”Något av det, egentligen. Att den där skräckslagna ponnyn förvandlades till en champion. Min tillbakadragna lilla flicka blir denna självsäkra unga ryttare. Det är som en saga.”

”Ingen saga”, rättade Zoe, och hennes hand slöt sig om hans. ”Bara det som händer när man ger kärlek, tålamod och rätt miljö till någon som har blivit sårad. Oavsett om de har fyra ben eller två.”

Danny tittade ner på deras sammanflätade fingrar, sedan tillbaka på Lucy, omgiven av vänner, där Charlotte och Jemima ivrigt beundrade hennes rosetter trots de dussintals de måste ha vunnit mellan dem.

”Tack”, sa han enkelt, orden otillräckliga för att uttrycka djupet av känslorna bakom dem.

Zoe klämde hans hand. ”För vad?”

”För att du hjälpte henne att hitta sig själv. För att du hjälpte mig att hitta ett sätt att vara den pappa hon behöver.” Han tystnade och samlade mod. ”För att du blev en del av vår familj.”

Zoes ögon mötte hans, varma av förståelse och något djupare. ”Jag tror att vi hittade varandra, alla tre.”

Lucy tittade upp då och fick syn på dem stående hand i hand. Hennes leende blev omöjligt ännu bredare när hon viftade med sina rosetter i triumf. I det ögonblicket, med Zoes hand i sin, visste Danny att de hade vunnit något mycket mer värdefullt än någon tävling. De hade hittat hem, till varandra, till den familj de var menade att vara.

Lucy klappade Midnights hals, med rosetterna fortfarande hårt knutna i handen medan de väntade på att Charlottes klass skulle börja. Zoe tittade på klockan och undrade hur lång tid Danny skulle vara borta med glassarna, när arga röster skar igenom det omgivande sorlet från tävlingsplatsen och kom närmare för varje sekund som gick.

”Jag säger ju det, det är han! Det är Ebony!”

Zoe vände sig mot tumultet och tog instinktivt ett steg närmare Lucy och Midnight. Ett välklätt par trängde sig igenom klungan av åskådare nära framridningsbanan, med en flicka bakom sig. Kvinnan bar dyra ridkläder trots att hon uppenbarligen inte tävlade, hennes slingade blonda hår tillbakadraget i en stram hästsvans. Mannen bredvid henne, i strukna chinos och en pikétröja, bar det berättigade uttrycket hos någon som inte var van att bli nekad något.

Men det var flickan som fångade Zoes uppmärksamhet skarpast. Kanske tolv eller tretton år gammal, bar hon designer-ridbyxor, långa italienska läderstövlar och en specialsydd tävlingskavaj som förmodligen kostade mer än Zoes månadsinkomst, en tävlingskavaj som Zoe hade sett på ryttaren på den vita ponnyn som Lucy och Midnight hade slagit två gånger. Hennes ansikte var förvridet av barnslig ilska.

”Det är min ponny!”, utbrast flickan och pekade rakt på Midnight. Hennes röst hördes över hela området och fick flera närliggande tävlande att vända sig om och stirra. ”Det är Ebony!”

Bredvid Zoe stelnade Lucy till, och hennes hand hårdnade om Midnights grimskaft. Ponnyn kände omedelbart av spänningen, hans öron vände sig bakåt när hans kropp spändes.

”Ursäkta?”, sa Zoe och höll medvetet sin röst lugn medan hon ställde sig beskyddande framför Lucy.

Mannen steg fram, med bröstet uppblåst av indignation. ”Den där ponnyn tillhör vår dotter. Vi har letat överallt efter honom!”

Zoe kände en kall chock av insikt skölja över henne. Dessa människor – denna överklädda, arga familj – måste vara Midnights tidigare ägare. De som hade svultit och slagit honom tills djurskyddsorganisationen RSPCA hade ingripit. De som var ansvariga för skräcken i hans ögon som det hade tagit månader av tålmodigt arbete att övervinna.

”Den här ponnyn beslagtogs lagligen av djurskyddet och är fodervärd hos Ridgewater Equestrian”, svarade Zoe och kämpade för att hålla rösten stadig. ”Han heter Midnight.”

”Ebony”, rättade kvinnan skarpt. ”Och djurskyddet hade ingen rätt att ta honom. Det var ett fullständigt missförstånd. Vår stallskötare matade honom inte ordentligt medan vi var på semester.”

Lucy tryckte sig mot Zoes sida, blek i ansiktet av förvirring och växande rädsla. Bakom dem flyttade Midnight sig nervöst, då han kände av fientligheten som strålade från främlingarna.

”Missförstånd?”, upprepade Zoe med misstro i rösten. ”Midnight var gravt undernärd när han överlämnades. Han hade obehandlade sår som tydde på att han blivit slagen.”

Mannen viftade avfärdande med handen. ”Överdrivna rapporter. Vår dotter höll precis på att lära sig hantera honom. Olyckor händer under träning.”

”*Olyckor*?” Zoe kände hur ilskan blossade upp men kämpade för att behålla lugnet. Runt omkring dem hade en liten folksamling börjat samlas, ditlockad av konfrontationen.

Flickan stampade plötsligt fram och pekade anklagande på Lucy.

”Det där är MIN ponny!”, skrek hon gällt, och hennes ansikte blev ilsket rött. ”Du stal honom! Han är MIN!”

Lucy ryggade tillbaka som om hon hade blivit slagen, och hennes ögon vidgades av förvirring och smärta. Hon såg upp på Zoe och bad tyst om en förklaring, om tröst.

”Djurskyddet tog vår ponny olagligt”, insisterade kvinnan med höjd röst för att försäkra sig om att publiken hörde hennes version av händelserna.

Flickan stampade med foten och tårar av raseri strömmade nu nerför hennes ansikte. ”Det är inte RÄTTVIST!”, jämrade hon sig och pekade på Lucy igen. ”Varför ska den där nollan få vinna med MIN ponny? Jag vill ha tillbaka honom NU!”

Lucys ansikte förvreds av de elaka orden och tårar fyllde hennes ögon. Hon tryckte sig mot Midnights sida som om hon sökte skydd hos ponnyn istället för att erbjuda det. Midnight svarade med att sänka huvudet till hennes nivå, men hans kropp förblev spänd och blicken var vaksam när han iakttog de skrikande människorna.

Nu räcker det, tänkte Zoe. *Det här tar slut nu*.

Hon klev fram så att hon stod helt mellan Lucy och familjen och rätade på sig i hela sin längd. Den skyddande instinkten som hade flammat upp inom henne hårdnade till kall beslutsamhet.

”Den här ponnyn beslagtogs lagligen av djurskyddet efter dokumenterad vanvård”, förklarade hon, och hennes röst nådde tydligt åskådarna. ”Han följer inte med er någonstans.”

Kvinnans ögon smalnade. ”Har du någon aning om vilka vi är?”

”Människor som har vanvårdat ett djur”, svarade Zoe utan att tveka. ”Och som nu trakasserar ett barn på vad som borde vara en festlig dag.”

”Du kan inte tala till oss på det där sättet”, röt mannen och blev röd i ansiktet. ”Vi betalade tjugotusen dollar för den där ponnyn!”

”Och höll sedan på att förstöra honom genom vanvård och misshandel”, kontrade Zoe, och hennes dialekt blev tydligare allt eftersom ilskan steg. ”Pengar ger er inte rätten att skada djur.”

Runt omkring dem spreds ett mummel bland de samlade åskådarna. Zoe snappade upp fragment av viskade samtal: ”Det där är familjen Thornley ... Hörde om det där fallet ... Stackars ponny ...”

Flickan kastade sig plötsligt fram och sträckte sig efter Midnights grimskaft. ”Ge tillbaka honom!”

Zoe blockerade hennes försök och klev bestämt emellan dem medan Midnight ryckte upp huvudet i panik och nästan slet repet ur Lucys grepp.

”Våga inte röra honom”, varnade Zoe, vars tålamod nu var slut. ”Lucy, stanna bakom mig.”

Mrs Thornley grep tag i sin dotters arm och drog henne tillbaka, men hennes blick var fortfarande fäst på Zoe med kall vrede. ”Det här är inte över”, väste hon. ”Den där ponnyn tillhör Cassandra, och det ska vi bevisa.”

Zoe stod stadigt kvar, fullt medveten om att Lucy darrade bakom henne och att Midnight blev alltmer upprörd.

Pip dök upp i kanten av folkmassan och bedömde situationen med en snabb blick. ”Vad verkar vara problemet här?”, frågade Pip och trängde sig fram för att ställa sig bredvid Zoe.

Mannen vände sin uppmärksamhet mot Pip och justerade uppenbarligen sitt tillvägagångssätt för en ny publik, samtidigt som han lade märke till logotypen för *Pip's Perfect Ponies* på hennes pikétröja. ”De här människorna har vår dotters ponny. Det har skett ett missförstånd som vi håller på att reda ut.”

Pip höjde lätt på ögonbrynen. ”Jaså? För jag har förstått det som att den här ponnyn beslagtogs av djurskyddet på grund av allvarlig vanvård och misshandel.”

Konfrontationen hade nu dragit till sig så mycket uppmärksamhet att en ganska stor folkmassa hade samlats runt dem. Zoe kände hur Lucy tryckte sig närmare hennes sida, och flickans axlar skakade av tysta tårar.

Fadern såg sig omkring på publiken som tittade på och verkade ta det som ett tillfälle, rätade till sin dyra skjorta och antog vad Zoe föreställde sig att han trodde var en auktoritär ton.

”Vi kommer att vidta rättsliga åtgärder”, meddelade han, tillräckligt högt för att alla i närheten skulle höra. ”Den där ponnyn togs olagligt från vår egendom, och vi har dokument som bevisar äganderätten. Jag kommer att se till att ni blir anmälda för stöld.”

Zoe kände ett uns av tvivel; hade de faktiskt papper som kunde komplicera saken? Men djurskyddet hade haft Midnight i sin ägo i sex veckor innan han ens kom till Ridgewater, och familjen Thornley hade uppenbarligen inte gjort det minsta för att få tillbaka honom under månaderna sedan dess. Först nu när han var rehabiliterad och vann på tävlingsbanan ville de ha honom tillbaka, tänkte hon cyniskt.

”Ni kan ju försöka”, svarade hon stadigt. ”För vi har all dokumentation från djurskyddet, inklusive detaljerade medicinska rapporter om Midnights tillstånd när han beslagtogs. Jag föreslår att ni talar med er advokat innan ni kommer med hot.”

Modern steg fram igen och hennes röst sänktes till en hotfull underton. ”Vi har kontakter du inte ens kan föreställa dig. Min kusin arbetar direkt under jordbruksministern. Ett telefonsamtal, och den där ponnyn är tillbaka i vår dotters stall imorgon.”

”*Kontakter*?”, upprepade Zoe, oförmögen att dölja föraktet i sin röst. ”Som de som delstatsparlamentarikern

Wilkins hade innan hon tvingades avgå på grund av korruption? Ridgewater är inte rädda för den sortens kontakter."

Kvinnans ögon vidgades en aning, och Zoe visste att hennes pik hade träffat rätt. Skandalen kring den nya vägen hade varit förstasidesnyheter över hela Queensland i veckor.

Flickan – Cassandra, som hennes mamma hade kallat henne – var inte intresserad av rättsliga hot eller politiska kontakter. Hennes raseriutbrott eskalerade när hon insåg att hon inte omedelbart skulle få som hon ville.

"Det är inte RÄTTVIST!", skrek hon igen, med en röst så gäll att flera närliggande hästar oroligt kastade med huvudena. "Den där nollan förtjänar inte MIN ponny! Hon kan inte ens rida ordentligt!"

Lucy ryggade till vid varje elakt ord, hennes lilla hand var vit om knogarna där hon höll i Midnights grimskaft. Ponnyn hade börjat darra och hans öron for fram och tillbaka när spänningen runt honom ökade.

Något inom Zoe brast. Veckorna av noggrann träning med Midnight, Lucys tålmodiga engagemang, glädjen i barnets ansikte när hon hade fått sina rosetter; allt kolliderade med den självgoda ilskan hos dessa människor som hade orsakat så mycket lidande och nu ville ha tillbaka sitt offer.

"Ni kan stoppa upp era hot där solen inte skiner", sa Zoe högt, hennes röst vibrerade av ilska. "Den här ponnyn stannar hos någon som faktiskt bryr sig om honom. Någon som har ägnat månader åt att läka skadorna som *ni* orsakade. Någon som behandlar honom med respekt och vänlighet, inte som en ägodel att misshandla när det är svårt att lära sig."

Gaspningar spreds genom den åskådande folkmassan. Mannens ansikte mörknade av vrede, men innan han kunde svara klev Pip fram och ställde sig rakt framför honom.

”Jag tror det är dags för er att gå vidare”, sa hon, och hennes ringa storlek motsade stålet i hennes röst. ”Om ni inte vill att jag ska be tävlingskommittén att granska säkerhetsvideon från det här området? Jag är säker på att de skulle vara intresserade av att se vem som trakasserar unga tävlande.”

Kvinnan tvekade och hennes blick flackade mot övervakningskamerorna som var monterade på hörnet av den närliggande paviljongen. Zoe hade inte ens lagt märke till dem, men hon välsignade tyst Pips snabba tänkande.

”Det här är inte över”, sa fadern och pekade med ett finger mot Zoe. ”Vi kommer att höra av oss via vår advokat.”

Zoe vände sig bort från dem och fokuserade helt på Lucy och Midnight. ”Vi åker”, sa hon tyst. ”På en gång.”

Lucy nickade, med tårar som tyst strömmade nerför hennes kinder.

”Lucy, jag vill att du leder Midnight direkt till transporten”, instruerade Zoe och höll rösten lugn trots ilskan som fortfarande forsade genom henne. ”Gå som vanligt, spring inte. Midnight behöver att du är lugn för hans skull, okej?”

Lucy tog ett skakigt andetag och nickade igen, synbart samlande sitt mod. ”Kom nu, Midnight”, viskade hon och vände ponnyn bort från konfrontationen.

”Följ med dem”, sa Pip till Zoe. ”Jag hämtar era saker och tar dem till transporten. Och oroa dig inte för Charlotte och Jemima, vi ser till att de tas om hand. Emma är i hoppningsklassen i huvudringen just nu men jag ska hitta Sarah och vi håller ihop allihop. Jag ringer Kate och ber henne ta sin lastbil och hämta de andra hästarna, så du behöver inte oroa dig för att köra tillbaka transporten. Se bara till att Midnight kommer tryggt tillbaka till Ridgewater.”

”Tack”, mumlade Zoe, tacksam för familjen McKenzies förmåga att samlas i en kris.

Hon höll sig placerad mellan Lucy och den arga familjen när de tog sig fram över tävlingsområdet, hypervaksam på varje rörelse bakom dem. Lucy gick med anmärkningsvärd fattning med tanke på omständigheterna och pratade lågmält med Midnight när de navigerade mellan släpvagnar och parkerade bilar. Ponnyns öron förblev riktade mot hennes röst, även om hans kroppsspråk visade att han fortfarande var upprörd.

De nådde hästtransporten precis när Midnight började skygga nervöst, då han kände av Lucys kvarvarande oro. Zoe skyndade sig att öppna rampen och hjälpte sedan Lucy att leda in honom. Ponnyn tvekade kort vid ingången, ovanligt motvillig.

”Det är lugnt, grabben”, lugnade Zoe och strök en hand längs hans spända hals. ”Du är i säkerhet. Vi åker hem nu.”

Med försiktig uppmuntran gick Midnight till sist in. Zoe säkrade bommen och stängde rampen, och vände sig sedan om och fann Lucy stående bredvid transporten, med tårstrimmor i ansiktet och rosetterna fortfarande fastklämda i en darrande hand.

”De kan inte ta honom, eller hur?”, frågade Lucy, hennes röst var liten och rädd. ”De kan väl inte tvinga Midnight att åka tillbaka till dem?”

Zoe satte sig på huk i Lucys nivå och lade händerna på flickans axlar. ”Nej, gumman. De kan inte ta honom.”

”Men de sa att de hade kontakter. Och de är rika.”

”Att vara rik ställer en inte över lagen”, sa Zoe bestämt. ”Och kontakter tar en bara en bit på vägen. Djurskyddet har all dokumentation om hur de vanvårdade Midnight. Vi har min brors veterinärjournaler från när han först kom till oss, som visar hans tillstånd. Familjen Thornley kan hota hur mycket de vill, men de kan inte tvinga djurskyddet att ge tillbaka honom.” Hon var ganska tacksam över att hennes förfrågan om att betala adoptionsavgiften och behålla Midnight faktiskt inte hade godkänts än. Djurskyddets advokater var en tung motvikt att slåss med.

Lucys underläpp darrade. ”Hon kallade mig en nolla.”

Zoe kände en ny våg av ilska mot det elaka barnet och föräldrarna som uppenbarligen hade främjat en sådan självrättfärdighet. ”Du är ingen nolla, Lucy Wareham. Du är en briljant, snäll, tålmodig tjej som förtjänade den ponnyns förtroende när ingen annan kunde. Du vann de där rosetterna för att du och Midnight är ett riktigt team, inte för att dina föräldrar köpte dig dyr utrustning eller italienska designerstövlar eller spenderade lika mycket som en ny bil på en ponny som någon annan har tränat för att vinna.”

Pip kom skyndande, bärandes på deras tävlingsväska. ”Allt är packat”, rapporterade hon och räckte den till Zoe. ”Och jag såg Danny på väg hitåt med glassar. Hoppas du är beredd på att förklara.”

Som om han hade framkallats av hennes ord, dök Danny upp runt hörnet på en närliggande transport med en pappbricka med glassar i händerna, med Jemima skuttande bredvid honom. Hans leende försvann omedelbart när han såg Lucys tårfläckade ansikte.

”Vad har hänt?”, frågade han och tryckte hastigt glassbrickan i händerna på Jemima.

”Midnights förra ägare dök upp”, förklarade Zoe snabbt. ”Ställde till med en scen, hotade med rättsliga åtgärder, gjorde Lucy upprörd. Vi måste åka.”

Dannys uttryck förändrades från förvirring till beskyddande ilska när han bearbetade hennes ord. Han satte sig på huk framför Lucy och torkade försiktigt bort tårar från hennes kinder. ”Är du okej, lilla vän?”

Lucy kastade sig i hans armar och borrade in ansiktet mot hans axel. ”De vill ta Midnight ifrån mig”, snyftade hon. ”De kallade honom Ebony och sa att han tillhör dem.”

Dannys blick mötte Zoes över Lucys huvud, en tyst fråga i hans ögon.

”De kan inte ta honom”, försäkrade Zoe dem båda. ”Djurskyddet skulle aldrig tillåta det. Men de hotade oss, och Lucy blev upprörd, så jag tyckte det var bäst att vi åkte.”

Danny nickade, med käken spänd av beslutsamhet. ”Du gjorde helt rätt.” Han vände sig till Jemima, som tittade på med stora, bekymrade ögon. ”Jem, kan du ta de här glassarna till din moster Sarah och säga att vi var tvungna att åka? Lucy blev lite skrämd.”

”Självklart”, sa Jemima, genast allvarlig. ”Oroa dig inte, Lucy. Ingen kommer att ta Midnight. Charlottes pappa är advokat, kommer du ihåg? Han hjälper till.”

Med Jemima ivägskickad och Pip på väg tillbaka för att övervaka Charlottes klass, klättrade Zoe in i förarhytten på pickupen och startade motorn medan Danny hjälpte Lucy att sätta sig i baksätet. Midnight gnäggade oroligt från transporten som var kopplad bakom dem men sparkade lyckligtvis inte bakut när Zoe sakta började köra iväg.

När de körde iväg från tävlingsplatsen sneglade Zoe i sidospegeln och förväntade sig nästan att se den arga familjen följa efter dem. Men där fanns bara dammet från parkeringen, de färgglada flaggorna som markerade tävlingsringarna blev allt mindre i fjärran.

”Midnight visste, eller hur? Det var därför han var rädd för dem”, sa Lucys lilla röst från baksätet.

Zoe övervägde frågan noggrant. ”Hästar har väldigt bra minne, särskilt för människor som har skadat dem. Ja, jag tror att han kände igen dem.”

”Men han var inte rädd med mig”, sa Lucy, med en anstrykning av förundran i rösten trots hennes kvarvarande oro. ”Även när allt det där hände, stannade han hos mig.”

”För att han litar på dig”, svarade Zoe enkelt. ”Du har förtjänat det förtroendet genom att vara tålmodig och snäll. Det är värt mer än någon rosett.”

Lucy nickade igen, och i backspegeln såg Zoe henne titta ner på rosetterna i sina händer, ett mycket litet leende dök upp i hennes ansikte när de körde bort från skuggan som tillfälligt hade förmörkat deras triumf, mot tryggheten i Ridgewater och hemmet.

Kapitel arton

Brevet anlände till Ridgewater tre dagar efter tävlingen, i ett krispigt vitt kuvert med ett präglat brevpapper från en advokatbyrå som praktiskt taget skrek pengar och inflytande. Sarah mötte Danny vid bilen och räckte honom brevet med bister min medan Lucy sprang iväg för att leta efter Jemima.

”Familjen Thornley?” frågade han.

”Och deras dyra advokat.” Hon ryckte på axlarna. ”Jag har redan skickat en kopia till Joe Ashford, som sa att vi bara skulle låta RSPCA hantera det, men ...”

”Jag har ett personligt intresse i det här. Tack.” Han höll upp kuvertet. ”Vet Zoe om det än?”

Sarah skakade på huvudet. ”Det kom för bara en halvtimme sedan.” Hon såg lite skyldig ut. ”Om du inte har något emot det ...”

”Jag säger till henne.” Danny hittade Zoe i terapistallet, där hon varsamt lät händerna glida längs flanken på ett fuxfärgat sto.

Hon såg upp när han kom in, och hennes leende falnade när hon såg hans min. ”Vad har hänt?”

Ordlöst räckte Danny henne brevet. Hon torkade av händerna på en handduk och tog det, med pannan i veck medan hon läste.

”De slösar ingen tid”, sa hon till slut. ”Jag var orolig för att de skulle försöka sig på något sådant här.”

”De hävdar att de aldrig avsade sig ägarskapet”, sa Danny. ”Att RSPCA inte hade någon rätt att ta honom, och att de kommer att använda ’alla lagliga medel’ för att säkra hans återkomst.” Han lutade sig mot stallväggen med armarna i kors. ”Vad tror du om det?”

Zoe vek ihop brevet och räckte tillbaka det. ”De vill ha tillbaka honom nu när han vinner rosetter. Klassiskt mönster för den här typen av människor. Han var för viljestark för Cassandra att hantera, så hon försökte knäcka hans vilja, men nu när någon annan har lagt ner arbetet och han har bevisat sitt värde i tävlingsringen är han plötsligt värdefull för dem igen.”

Fuxen knuffade till Zoes axel och sökte uppmärksamhet. Hon klappade frånvarande hästens hals, fortfarande fokuserad på problemet.

”Vilka är våra alternativ?” frågade Danny.

”RSPCA har all dokumentation om hans tillstånd när han omhändertogs”, svarade Zoe. ”Men familjen Thornley har pengar och, tydligen, kontakter. De skulle kunna ställa till med problem.”

Danny rätade på sig då en plan började ta form i hans huvud. ”Jag tror att jag måste prata med den som är ansvarig för fallet på RSPCA.”

”Det måste vara Graham, som tog hit honom. Jag har pratat med honom några gånger och berättat om Midnights framsteg. Han kallar mig mirakelarbetare.”

Hon tog upp sin mobil ur fickan, letade fram kontakten och delade den med Danny, som gick ut för att ringa.

Graham svarade på tredje signalen med en röst som var sträv men vänlig. Danny presenterade sig och förklarade situationen kortfattat, medan journalisten inom honom instinktivt organiserade fakta i en tydlig berättelse.

”De där jävla Thornleys”, suckade Graham när Danny var klar. ”Jag är inte förvånad över att de försöker sig på det här. De bråkade när vi först omhändertog ponnyn, men sedan blev det tyst. Jag trodde att de hade gett upp – slutat kräva tillbaka honom i utbyte mot att inte bli åtalade.”

”De såg honom vinna på Ridgemont-tävlingen”, förklarade Danny. ”Med min dotter. Nu vill de ha tillbaka honom.”

”Självklart vill de det.” Grahams avsky var uppenbar även genom telefonen. ”Hörru, jag har all dokumentation och alla foton från när vi omhändertog honom. Riktigt jävla hemska grejer. Spömärken, sår från sporrar, och den stackars saten var bara skinn och ben. Och bodde i smuts.”

”Jag skulle vilja ha kopior”, sa Danny. ”För en artikel som jag funderar på att skriva.”

Det blev tyst i luren en stund. ”En artikel, minsann? Tja, det skulle nog kunna skrämma upp dem lite. Kan du komma förbi mitt kontor i Dakabin imorgon bitti? Jag ser till att allt är klart tills du kommer.”

”Jag är där klockan nio”, bekräftade Danny. ”Och Graham ... tack.”

Han avslutade samtalet och stirrade på telefonen ett ögonblick, försjunken i tankar. När han såg upp stod Zoe och betraktade honom från stalldörren, med armarna i kors och en fråga i blicken.

”Jag ska göra ett besök hos familjen Thornley”, sa han. ”Efter att jag har hämtat lite bevismaterial från Graham.”

”Danny ...” Zoes röst bar en ton av försiktighet. ”De här människorna är otrevliga. Och de har resurser.”

”Det har jag också”, svarade Danny med ett skarpt litet leende, och hans beslutsamhet hårdnade. ”Jag har satt dit korrupta politiker och yrkeskriminella. Jag kan hantera familjen Thornley.”

Nästa morgon, efter att ha lämnat Lucy i skolan med försäkringar om att allt skulle bli bra, hämtade Danny dokumentationen från Graham. Det manilafärgade kuvertet var tjockt av fotografier som fick det att vända sig i magen på honom när han snabbt bläddrade igenom dem. Graham hade också inkluderat ett utlåtande från veterinären som hade undersökt Midnight vid intaget, där omfattningen av vanvården och misshandeln detaljerades.

Danny stoppade kuvertet i sin portfölj och begav sig in mot staden. Eftersom han ändå var här nere kunde han lika gärna svänga förbi kontoret och prata med sin redaktör. Nämn att han kanske arbetade på ett nytt korruptionsfall – det här om djurplågerifall som sopades under mattan så länge förövarna kände rätt personer. Även om eftermiddagen gick som han hoppades, kunde det fortfarande finnas en story här.

Tidigt på eftermiddagen körde Danny genom en välbärgad förort i utkanten av Brisbane och följde sin GPS till familjen Thornleys bostad. Huset var precis vad han hade förväntat sig: stort, pråligt, med välskötta trädgårdar och en cirkelformad uppfart, och ett par hektar hage bakom huset där han kunde se den vita ponnyn, Snowflake, beta. Han parkerade sin bil bredvid en Porsche och gick mot ytterdörren med portföljen i handen, med manilakuvertet säkert instoppat.

Han ringde på dörrklockan och väntade, och rätade på sig för att utstråla professionellt självförtroende. När dörren öppnades stod Mr Thornley själv där, lång och bredaxlad i dyra fritidskläder.

”Kan jag hjälpa till?” sa han och mönstrade Danny från topp till tå, med en lätt krökning på läppen som antydde att han fann Dannys chinos och enkla skjorta alldeles för alldagliga för den prestigefyllda plats han befann sig på.

”Mr Thornley? Danny Wareham, jag är journalist på Courier-Mail.” Danny sträckte fram handen och log sitt mest professionella leende. ”Jag ringde tidigare och frågade om du ville prata med mig om situationen jag har hört talas om gällande en ponny, som skulle kunna bli en intressant artikel.”

Thornleys min ändrades omedelbart, och försiktigheten gav vika för självbelåten tillfredsställelse. Han skakade entusiastiskt Dannys hand.

”Självklart, självklart. Stig på. Jag har hoppats att någon från media skulle intressera sig för denna orättvisa.” Han tog ett steg tillbaka och visade in Danny i en foajé med marmorgolv. ”Min fru är i salongen. Cassandra kommer hem från skolan när som helst och jag är säker på att hon mer än gärna vill prata med dig om sin älskade Ebony. Vi är alla helt förtvivlade.”

Danny följde honom genom huset och lade märke till de dyra möblerna och den pråliga konsten som vittnade om rikedom utan smak. Mrs Thornley reste sig från en vit lädersoffa när de kom in, och hennes eleganta klänning antydde att hon just hade återvänt från en dyr lunch någonstans. Eller så klädde hon sig kanske så hela tiden; Danny varken visste eller brydde sig.

”Älskling, det här är reportern från Courier-Mail”, meddelade Thornley. ”Han är här angående Ebony.”

Hennes perfekt sminkade ansikte lyste upp i en kalkylerad förtjusning. ”Åh, underbart! Det var på tiden att någon fick höra vår sida av den här fruktansvärda historien.”

Danny satte sig i den erbjudna fåtöljen och placerade sin portfölj bredvid sig. ”Jag förstår att ni anser att er ponny felaktigt togs ifrån er”, uppmanade han med neutral röst medan han mentalt förberedde sig för vad som skulle komma.

”Absolut”, nickade Thornley ivrigt. ”En fullständig överreaktion från RSPCA. Vi var bortresta i några veckor, och vår stallskötare följde uppenbarligen inte instruktionerna. När vi kom tillbaka och fann Ebony i dåligt skick blev vi förskräckta. Men innan vi hann åtgärda det slog RSPCA till och tog honom.”

”Så synd”, lade Mrs Thornley till med en röst som dröp av inövad uppriktighet. ”Cassandra var förkrossad. Den där ponnyn betyder allt för henne.”

Danny nickade och behöll sitt professionella uppträdande medan han öppnade portföljen. ”Jag skulle vilja få er reaktion på en del bevismaterial som jag har fått tag på.”

Han tog fram manilakuvertet och plockade ut flera stora fotografier som han lade försiktigt på soffbordet av glas mellan dem. Bilderna var osminkade och störande – Midnight (eller Ebony, som de kallade honom) stående i en smutsig box, med revbenen som stack ut kraftigt genom den matta pälsen, med huvudet hängande. Närbilder visade spömärken över flankerna och obehandlade sår där sporrar hade trängt igenom huden.

Familjen Thornley stirrade på bilderna, för ett ögonblick mållösa.

”Som ni ser”, fortsatte Danny lugnt, ”dokumenterar dessa foton ponnyns tillstånd vid tiden för omhändertagandet. Veterinärutlåtandet indikerar att dessa skador var förenliga med långvarig misshandel, inte några veckors vanvård från en stallskötare.”

Thornley återhämtade sig snabbt, och hans ansikte blev rött. ”Träningsolyckor”, avfärdade han med en handviftning. ”Cassandra höll fortfarande på att lära sig hantera honom. Och som jag sa, stallskötaren skötte honom uppenbarligen inte ordentligt medan vi var borta.”

”Intressant”, svarade Danny och tog fram fler dokument ur sin portfölj. ”För enligt era kreditkortsutdrag, som ingick i RSPCA:s utredning, var ni inte bortresta under den aktuella perioden. Ni gjorde regelbundna inköp här i Brisbane. Restauranger, taxi, shopping ... och Cassandra var inte borta en enda dag från skolan, enligt hennes skolas närvarokontrollant."

Mrs Thornleys perfekt manikyrerade hand flög upp till halsen. "Ni har ingen rätt till de uppgifterna!"

"RSPCA fick dem lagligt som en del av sin utredning, eftersom ni påstod att ni var bortresta och skyllde på er stallskötare", förklarade Danny med oförändrat jämn röst. "Precis som de lagligt omhändertog en ponny som höll på att svältas och misshandlas." Han tystnade och mötte Thornleys blick rakt i ögonen. "Jag är beredd att publicera en detaljerad exposé om det här fallet, inklusive dessa fotografier och dokumentation."

"Det vågar du inte", fräste Thornley, och hans självsäkra fasad krackelerade. "Jag stämmer dig för förtal!"

"Förtal i skrift, faktiskt", rättade Danny milt. "Och du kommer inte att vinna. Dessa fotografier och veterinärutlåtandet utgör obestridliga bevis. Jag har laglig rätt att publicera, och dessa foton innebär att du inte kan stämma mig framgångsrikt för förtal." Han tog fram ett sista dokument ur portföljen. "Men jag är beredd att hålla på artikeln ... om du skriver under det här."

Han sköt pappret över bordet. Det var ett dokument som RSPCA:s juridiska team hade förberett, där det stod att familjen Thornley avsade sig alla anspråk på Midnight och gick med på att underkasta sig regelbundna inspektioner från RSPCA av alla djur i deras vård under de kommande tio åren.

Rummet blev tyst medan Thornley läste igenom dokumentet, och hans ansikte mörknade för varje rad. Mrs Thornley lutade sig över hans axel, och hennes min skiftade från indignation till beräkning till rädsla.

"Det här är utpressning", sa Thornley till slut, men hans röst saknade övertygelse.

”Det är ett val”, svarade Danny. ”Skriv under, och det här förblir privat. Vägra, och varenda djurälskare i Queensland kommer att veta exakt vad som hände med Midnight i er vård. Min redaktör är mycket intresserad av artikeln, och av de här fotografierna. Vid minsta nyhetstorka under nästa månad kommer det här att bli den typ av förstasidesnyhet som säljer många tidningar.”

Ytterdörren slogs igen, och Cassandra dök upp i dörröppningen, klädd i uniformen från en av Brisbanes mest exklusiva privatskolor. Hon tog in scenen, och hennes ögon spärrades upp när hon såg bilderna på bordet.

”Vad är det som händer?” krävde hon. ”Vem är han?”

”Gå till ditt rum, Cassandra”, sa hennes mor vasst.

”Men ...”

”Nu!” Båda föräldrarna talade i kör, med ansträngda röster.

Flickan gav Danny en ilsken blick, sedan sina föräldrar, innan hon stormade ut med högljudda fotsteg på marmorgolvet.

Mr Thornley tittade återigen på dokumentet, sedan på de fördömande fotografierna, innan han motvilligt sträckte sig efter pennan som Danny erbjöd. Hans hand skakade lätt när han skrev sitt namn, och hans fru följde efter i sammanbiten tystnad.

Danny samlade ihop det undertecknade dokumentet och lade tillbaka det i sin portfölj tillsammans med bilderna och bevisen. Han reste sig och sträckte ut handen en sista gång.

”Tack för er tid”, sa han formellt. ”RSPCA kommer att kontakta er angående inspektionsschemat.”

Hur mycket han än var frestad att publicera artikeln ändå, var man ibland tvungen att sluta en pakt med djävulen för att få det resultat man ville ha. Och på det här sättet skulle åtminstone Snowflake vara skyddad. Han kastade en sista blick på den vita ponnyn som betade fridfullt i hagen innan han satte sig i bilen och körde iväg.

När han körde ut genom grindarna tog han ett djupt andetag, kände spänningen rinna av honom och bad sin telefon ringa ett samtal.

Graham svarade på andra signalen. ”Hur gick det?” frågade han utan omsvep.

”Det är klart”, svarade Danny med en stillsam tillfredsställelse som värmde hans röst. ”De har skrivit under dokumentet där de avsäger sig alla anspråk på Midnight och går med på inspektionerna.”

”Herrejävlar”, Graham lät genuint imponerad. ”Jag var inte säker på att de skulle ge med sig så lätt. Bilderna gjorde susen, antar jag?”

”Det och hotet om offentlig exponering. Mr Thornley verkade särskilt oroad över sitt rykte i samhället.”

Graham fnös. ”Hans rykte borde ha varit i spillror för länge sedan. Vi ville väcka åtal för djurplågeri när vi först omhändertog den där ponnyn. Hade alla bevis klara, ett solklart fall.”

”Vad hände?” Danny svängde ut på huvudvägen, och hans journalistiska instinkter väcktes.

”Politik hände”, Grahams röst blev bitter. ”Thornleys fru har en kusin på jordbruksdepartementet. Plötsligt fanns det ’otillräckliga bevis’ för att gå vidare med åtal, och vi blev tillsagda att fokusera våra begränsade resurser på annat håll.”

Danny rynkade pannan och tänkte på den utmärglade ponnyn på fotografierna, de obehandlade såren, den uppenbara vanvården och misshandeln han hade utsatts för. ”Hur är det möjligt? Bevisen verkade överväldigande.”

”Välkommen till den underbara världen av otillbörlig påverkan”, suckade Graham. ”Åtminstone fick vi ut ponnyn. I vissa fall lyckas vi inte ens med det.”

Uppgivenheten i Grahams röst talade om alltför många förlorade strider, alltför många djur de inte kunde rädda. Danny kände en förnyad uppskattning för det arbete som RSPCA gjorde, ofta mot mäktigt motstånd.

”Tja, den här gången har ni vunnit”, sa Danny bestämt. ”Dokumentet ger er laglig befogenhet att inspektera alla hästar i deras vård, inklusive den där dyra vita ponnyn de köpte nyligen.”

”Ah, just det, stackars Snowflake.” Grahams ton ljusnade något. ”Tro mig, mina kollegor och jag kommer att göra regelbundna överraskningsinspektioner. De kommer inte att få chansen att misshandla ett annat djur.”

Danny navigerade genom eftermiddagstrafiken, på väg tillbaka mot RSPCA:s anläggning i Dakabin. ”Jag lämnar det signerade dokumentet på ditt kontor inom en timme.”

”Perfekt”, svarade Graham. ”Och medan du är här har jag några andra papper du kan hämta.” Det fanns ett leende i hans röst nu. ”Zoes adoptionsansökan för Midnight har godkänts. Hon är nu hans lagliga ägare.”

Dannys hjärta gjorde ett skutt vid nyheten. ”Det är fantastiskt! Hon vet inte om det än?”

”Pappersarbetet kom precis igenom för ett par timmar sedan. Jag tänkte ringa henne senare, men eftersom du ändå ska komma förbi ...”

”Jag skulle älska att få vara den som berättar för henne”, sa Danny och föreställde sig redan Zoes reaktion, och Lucys glädje när hon fick höra nyheten.

”Då är det bestämt. Vi ses snart.”

Danny avslutade samtalet med en känsla av att allt var som det skulle, som infann sig inom honom. Efter månader av osäkerhet, av att se Lucy knyta an till Midnight samtidigt som han visste att ponnyns framtid inte var säker, kändes det här som den sista pusselbiten som föll på plats. Nu skulle Midnight stanna hos de människor som älskade honom, som hade läkt hans kropp och hans själ.

RSPCA-anläggningen var som vanligt bullrig när Danny anlände, med hundar som skällde i hundstallet och potentiella adoptanter som gullade med söta kattungar i visningsburarna. Han hittade Graham i hans lilla kontor, omgiven av ärendemappar och de oundvikliga kaffekopparna som kännetecknade en lång arbetsdag.

Graham reste sig för att skaka hans hand, och hans väderbitna ansikte sprack upp i ett leende. ”Dagens man”, sa han och tog emot kuvertet med det undertecknade dokumentet. ”Jag önskar att du hade varit med om det här från början. Då kanske vi faktiskt hade fått åtalet för djurplågeri att hålla.”

”Jag är bara glad att vi kunde lösa det nu”, svarade Danny. ”Lucy skulle ha blivit förkrossad om de hade lyckats ta Midnight.”

Graham nickade, med förståelse i blicken. Han hade sett tillräckligt många fall för att veta att bandet mellan ett barn och ett djur var något dyrbart, värt att skydda. Han öppnade en låda och drog fram en annan mapp.

”Här är vad jag lovade”, sa han och räckte den till Danny. ”Allt är underskrivet och officiellt. Zoe Webb är nu laglig ägare till ponnyn känd som Midnight.”

Danny tog emot mappen, och dess tyngd i hans händer tycktes representera något större än bara lagligt ägande. Det var ett påtagligt bevis på Midnights förvandling från en misshandlad, rädd varelse till en älskad familjemedlem med ett permanent hem.

”Det här betyder mycket”, sa Danny enkelt. ”För oss alla.”

”Vi får inte tillräckligt många lyckliga slut i det här jobbet”, svarade Graham, hans röst sträv av en känsla han uppenbarligen inte var van vid att uttrycka. ”Det är skönt att se ett fall som slutar bra.”

”Om du får ett annat fall som Midnights”, erbjöd Danny, ”något där politiska påtryckningar gör att du inte kan använda lagen ... så har du mitt nummer.”

”Skulle du vara öppen för en anonym källa?” frågade Graham. ”Hypotetiskt?”

”Absolut.” Danny räckte fram sitt visitkort med ett leende. ”En anonym källa kan skicka mejl till mig precis hit.”

Danny lämnade RSPCA-kontoret med en känsla av fullbordan som fyllde honom när han körde mot Ridgewater. Eftermiddagen övergick i kväll, det gyllene Queensland-ljuset mjukade upp landskapet och värmde bilens interiör. Han kunde knappt bärga sig att dela nyheten med Zoe, att se hennes ansikte när hon insåg att Midnight officiellt var hennes.

Men medan han körde började en annan tanke ta form i hans sinne, en som hade blivit alltmer påträngande under de senaste veckorna. Hans skilsmässa skulle slutföras inom några dagar, vilket skulle avsluta ett kapitel av en smärtsam del av hans liv. Och när den var det, skulle det kanske vara dags att formellt inleda nästa kapitel.

Idén kändes rätt och landade i hans hjärta med en säkerhet som både överraskade och tröstade honom. På något sätt hade han funnit något han aldrig förväntat sig: en andra chans till kärlek, till en familj, till ett hem.

Han svängde in på grusvägen som ledde till Ridgewater, och förväntan byggdes upp i hans bröst. Ikväll skulle han berätta för Zoe om adoptionspappren. Och snart, mycket snart, skulle han ställa henne en ännu viktigare fråga.

Skilsmässodomen låg på Dannys skrivbord. Slutgiltig. Efter månader av pappersarbete och rättsliga förfaranden var hans äktenskap med Ginny officiellt över. Danny lät fingret glida över det präglade sigillet och kände varken triumf eller sorg, utan snarare en stilla känsla av avslut. Dokumentet representerade både ett slut och en början, stängningen av ett kapitel som hade blivit alltmer smärtsamt och öppnandet av ett nytt, fyllt av oväntad glädje.

Han hade i flera år vetat att hans äktenskap var på upphällningen, redan innan Ginnys affär. De hade glidit isär och blivit främlingar som delade ett hus och ett barn men lite annat. Upptäckten av hennes förhållande med en man som Danny visste var farlig hade varit mindre hjärtskärande än skrämmande, vilket hade lett till hans kamp för ensam vårdnad om Lucy. Den striden hade varit värd varje sömnlös natt och varje krona han spenderat, med hans dotters säkerhet och lycka som det enda pris som betydde något.

Nu, sittande i sitt tysta hemmakontor, lade Danny försiktigt domen i en mapp och stoppade in den i sin skrivbordslåda. Det förflutna var officiellt bakom honom. Framtiden däremot; framtiden väntade på Ridgewater, i form av en lockhårig hästterapeut med gyllenbruna ögon och händer som kunde utföra magi på oroliga, spända hästar.

Hans hand letade sig till jackfickan och kände den lilla sammetsasken som låg där. Han hade köpt ringen tre dagar tidigare, under ännu en bilresa ner till Brisbane. Juveleraren hade varit tålmodig medan Danny funderade, och till slut hade han valt en enkel men elegant design med en liten safir flankerad av två diamanter. Inte prålig, men vacker och distinkt, precis som Zoe själv.

Danny tittade på klockan. Han skulle hämta Lucy på Ridgewater om en timme, men om han åkte tidigt kunde han förhoppningsvis få tag på Zoe ensam en liten stund. Han tog sina nycklar och gick mot bilen, med hjärtat bultande i snabb takt mot revbenen.

Danny repeterade vad han ville säga medan han körde den korta sträckan till Ridgewater, och orden tumlade runt i hans huvud i olika kombinationer, där ingen verkade helt rätt. Hur berättade man för någon att de hade förändrat ens liv? Att de hade fört tillbaka ljuset till platser som hade varit mörka så länge? Att se dem med ens barn fick en att tro på andra chanser?

Han parkerade nära det stora stallet, och de välbekanta ljuden och dofterna från Ridgewater sköljde över honom. Några hästar betade i de närliggande hagarna, och någon longerade en häst i rundcorralen – Zoe, insåg han när han kom närmare.

Hon stod i mitten av inhägnaden och dirigerade en fuxfärgad häst med subtila rörelser av sina händer och sin kropp, utan piska eller rep. Hästen cirklade runt henne i en lätt trav, och kastade ibland med huvudet men var mestadels fokuserad på Zoes tysta kommandon. Danny lutade sig mot staketet, nöjd med att se henne arbeta. Hon rörde sig med sådan grace och säkerhet, och hennes kroppsspråk var tydligt och självsäkert. Hästen svarade henne med växande förtroende, och varje lyckad cirkel byggde på kopplingen mellan dem.

Danny mindes första gången han såg Zoe arbeta med en häst, den dagen han intervjuade Kate. Han hade slagits då av hennes tålamod, hennes milda auktoritet. Samma egenskaper hade dragit honom till henne personligen och skapat en grund av förtroende som hade vuxit till något mycket djupare.

Zoe såg upp och fick syn på honom, och hennes ansikte sprack upp i ett varmt leende som fortfarande, efter alla dessa månader, fick hans hjärta att hoppa över ett slag. ”Spionerar du på mig?” ropade hon när hon närmade sig staketet, med kinderna rosiga av ansträngning och några lockar som hade rymt från hennes fläta.

”Beundrar”, rättade han och lutade sig fram för att ge henne en snabb kyss. ”Du är enastående med dem.”

Hon böjde lätt på huvudet åt komplimangen, en gest han fann förtjusande. För att vara så skicklig kunde Zoe vara förvånansvärt blygsam om sina förmågor.

”Emmas senaste projekt”, förklarade hon och nickade mot fuxen som nu undersökte en gräsplätt vid kanten av rundcorralen. ”Fortfarande grön, men klipsk som få och ivrig att vara till lags.”

Hon hakade av grinden och kom ut till honom, borstade damm från sina kläder. ”Jag väntade dig inte än; jag tror Lucy fortfarande är ute på en uteritt med Jemima och Charlotte?”

”Allt är bra”, försäkrade han henne. ”Jag tänkte att vi kanske kunde ta en promenad, om du inte är alltför upptagen?”

Zoe studerade hans ansikte, och en lätt rynka uppstod mellan hennes ögonbryn. ”Du ser allvarlig ut.”

”Bara tankfull”, svarade han och erbjöd sin hand. ”Promenera med mig?”

Hon flätade sina fingrar samman med hans och föll i takt med honom när de gick mot sjön. De promenerade i bekväm tystnad ett tag, med eftermiddagssolen varm på sina axlar. Danny kände tyngden av ringasken i fickan, både ett löfte och en fråga.

”Jag fick den slutgiltiga skilsmässodomen idag”, sa han när de närmade sig sjökanten, och vattnet glittrade i det sena eftermiddagsljuset. ”Det är officiellt nu.”

Zoe klämde försiktigt hans hand. ”Hur känner du inför det?”

”Mest lättad”, erkände han. ”Det har varit en lång väg, men det känns rätt att ha det ordentligt avslutat.” Han tystnade och samlade sina tankar. ”Ginny och jag var över långt innan pappren lämnades in. Men att ha det officiellt ... det känns som ett tillstånd att helt och hållet omfamna det som kommer härnäst.”

De nådde den enkla träbryggan som sträckte sig ut i sjön, samma plats där de hade simmat tillsammans den där stekheta decembernatten. Danny ledde ut henne på de väderbitna plankorna, och vattnet kluckade stilla under dem.

”Jag har tänkt mycket på nästa steg”, fortsatte han och vände sig mot henne. ”På vad jag vill ha för min framtid. För Lucys framtid.”

Zoes blick mötte hans, varm och tålmodig. ”Och vad är det du vill ha?”

”Dig”, sa han enkelt. ”Dig i våra liv, som familj. Som min fru.”

Han tog båda hennes händer i sina, hans hjärta bultade men hans röst var stadig. ”Jag frågar inte på grund av ditt visum, även om jag vet att det fortfarande är ett bekymmer. Jag frågar för att jag inte kan föreställa mig mitt liv utan dig. För att du har visat mig hur ett riktigt partnerskap ser ut. För att Lucy avgudar dig, och jag ...” han tystnade och svalde mot känslan som snörde åt i halsen. ”Jag älskar dig, Zoe. Mer än jag trodde var möjligt.”

Hennes ögon vidgades och fylldes av tårar. Danny släppte hennes ena hand precis tillräckligt länge för att kunna sträcka sig ner i fickan och ta fram den lilla sammetsasken. Sedan gick han ner på knä på träbryggan.

”Zoe Webb”, sa han och öppnade asken för att avslöja ringen som låg inuti, ”vill du gifta dig med mig?”

Tiden tycktes stanna när han såg känslorna spela över hennes ansikte – överraskning, glädje, kärlek. Hennes händer darrade lätt när hon sträckte sig mot honom.

”Ja”, viskade hon, sedan högre, ”Ja. Självklart ja.”

Danny trädde ringen på hennes finger, reste sig sedan och drog henne in i en omfamning som kändes som att komma hem. Hennes armar slingrade sig runt hans nacke när deras läppar möttes i en kyss som smakade av salta tårar och lycka.

”Ni ska GIFTA er!” Lucy rusade fram bakom ett eukalyptusträd, med ansiktet strålande av glädje. ”Jag visste det! Jag visste det!”

Danny och Zoe bröt isär, överraskade, när Lucy kastade sig mot dem och nästan välte alla tre i sjön.

”Lucy!” Danny stabiliserade dem och tittade ner på sin dotter med förvirring. ”Vad gör du här? Jag trodde att du var ute på en uteritt.”

”Vi kom tillbaka tidigt för att Charlottes ponny hade en lös sko”, förklarade Lucy andfått, och orden snubblade över varandra i hennes iver. ”Och jag såg din bil, och Sarah sa att du hade gått på promenad med Zoe mot sjön, och jag tänkte att du kanske skulle fråga henne IDAG som du sa att du kanske skulle göra snart, så jag följde efter er!”

Hon slog armarna om dem båda, och hennes lilla kropp vibrerade av lycka. ”Vi ska bli en riktig familj! Du blir min nya mamma! Det här är den bästa dagen NÅGONSIN!”

Danny mötte Zoes blick över Lucys huvud, hans hjärta så fullt att det kändes som om det skulle svämma över. Från den dagen Lucy först klättrade upp på Foxies rygg, till detta ögonblick av ren glädje, hade de färdats en väg som ingen av dem hade kunnat förutse. De hade kämpat för Ridgewater, för Midnight, för varandra. Och på något sätt, mot alla odds, hade de vunnit.

”Den bästa dagen någonsin”, instämde han mjukt, med en arm om sin dotter och den andra om kvinnan som skulle bli hans fru. I det varma Queensland-solskenet, med sjön som sträckte ut sig framför dem och Ridgewater i ryggen, höll Danny Wareham sin familj tätt intill sig och kände sig, äntligen, helt och hållet hemma.

Kapitel nitton

Zoe klämde Dannys hand när de åkte hissen upp till fjortonde våningen i kontorsskyskrapan av glas och stål. Idag kunde avgöra hela hennes framtid i Australien, hennes framtid med Danny och Lucy. Danny klämde lugnande hennes hand när de klev in i receptionen på advokatbyrån, och luftkonditioneringen var en välkommen lättnad från den fuktiga aprilmorgonen.

”Mr Wareham och Ms Webb?” Receptionisten hälsade på dem med ett professionellt leende. ”Mr Weston väntar på er. Var snälla och följ med mig.”

Zoe strök nervöst över sin marinblå klänning och önskade att hon hade haft på sig något mer formellt. Danny, som kände av hennes oro, lade en mild hand på hennes svank när de följde efter receptionisten nerför en korridor kantad av inramade certifikat och omdömen från tacksamma klienter som framgångsrikt hade navigerat Australiens komplicerade immigrationssystem.

Bryce Weston reste sig från sin plats bakom skrivbordet när de kom in, log och räckte fram handen för att skaka hand med dem båda.

”Trevligt att se er igen, Miss Webb, och trevligt att träffas, Mr Wareham. Var snälla och sitt ner”, bjöd han och pekade på stolarna framför sitt skrivbord. ”Kan jag bjuda på te eller kaffe?”

”Te skulle vara gott, tack så mycket”, svarade Zoe, och munnen kändes plötsligt torr.

Medan receptionisten gick för att hämta deras drycker lutade sig Bryce tillbaka i sin stol och öppnade en mapp som Zoe kände igen som den som innehöll alla dokument de hade skickat i förväg. Hennes visumansökningsformulär, Dannys skilsmässodom, deras förlovningsannons, fotografier på dem tillsammans med Lucy på Ridgewater, referenser från flera av Zoes klienter och ett formellt brev på Ridgewaters brevpapper skrivet av Sarah, som bekräftade Zoes anställning.

”Jag har granskat ert fall igen mot bakgrund av denna nya information”, började Bryce. ”Ni har tillhandahållit utmärkta dokument, vilket gör mitt jobb mycket enklare.”

Zoe kände hur Dannys hand fann hennes under bordet, och hans tumme ritade små cirklar i hennes handflata. Den enkla gesten lugnade hennes rusande hjärta.

”Så, låt mig redogöra för processen för er”, fortsatte Bryce efter att deras drycker hade kommit in. ”Ni ansöker om ett partnervisum, underklass 820, vilket är komponenten för tillfälligt uppehållstillstånd. När det har beviljats är ni på väg mot komponenten för permanent uppehållstillstånd, underklass 801, som vanligtvis behandlas två år efter ert ursprungliga ansökningsdatum.”

Zoe nickade och försökte ta till sig informationen medan hon kämpade mot den ihållande oro som hade plågat henne i månader. Tänk om de hittade någon anledning att neka henne? Tänk om hon var tvungen att lämna Australien, lämna Danny och Lucy, lämna Ridgewater och alla hästarna som behövde henne?

”De goda nyheterna”, sa Bryce, som om han läste hennes tankar, ”är att med ert äkta förhållande och Lucys tydliga anknytning till er båda, borde detta vara enkelt.”

”Verkligen?” Zoe kunde inte dölja den hoppfulla förvåningen i sin röst.

Bryce log. ”Verkligen. Inrikesdepartementet söker efter bevis på ett äkta och fortlöpande förhållande. Det har ni båda så det räcker och blir över.” Han knackade på mappen. ”Fotografierna, det gemensamma bankkontot ni har öppnat, uttalandena från vänner och familj; allt målar upp en tydlig bild.”

”Och hur är det med bröllopet?” frågade Danny. ”Hur påverkar det saken?”

”Bröllopet stärker ert fall avsevärt”, förklarade Bryce. ”Även om jag bör betona att departementet är intresserat av substansen i ert förhållande, inte bara den juridiska statusen. De vill se att ni delar era liv på meningsfulla sätt.” Han tittade ner på sina anteckningar. ”Att bo tillsammans, dela ekonomiskt ansvar, bygga ett liv med Lucy – dessa delar är avgörande.”

”Det gör vi redan alltihop”, sa Danny självsäkert.

Zoe klämde Dannys hand under bordet, och en våg av lättnad sköljde över henne. Hennes visumsituation hade verkat som ett oöverstigligt hinder när hennes ansökan om yrkesvisum avslogs. Nu, när hon satt på detta kontor med sin fästman, började en tydlig väg framåt att ta form.

”Det kommer att finnas några fler formulär att fylla i idag”, fortsatte Bryce och sköt flera dokument över skrivbordet. ”Och ni bör vara beredda på möjligheten av en intervju eller ett hembesök efter bröllopet. Detta är standardprocedurer för att verifiera förhållandet.”

”Meddelar de före ett hembesök?” frågade Zoe, med tanke på deras hektiska scheman på Ridgewater.

”Inte nödvändigtvis”, svarade Bryce. ”Den oanmälda karaktären hjälper till att säkerställa att de får en autentisk bild av ert liv tillsammans.”

De tillbringade den följande timmen med att fylla i pappersarbete och signerade sida efter sida av juridiska formulär. Zoe skrev sitt namn så många gånger att hennes signatur började se främmande ut för henne. Men för varje ifyllt formulär lättade knuten i magen lite mer.

”Nu”, sade Bryce när de var klara med det sista dokumentet, ”låt oss prata om era bröllopsplaner. När tänker ni gifta er?”

”I mitten av april”, svarade Danny. ”Vi håller det enkelt, bara en liten ceremoni på Ridgewater med nära vänner och familj.”

”Perfekt timing”, nickade Bryce godkännande. ”Vi skickar in denna ansökan omedelbart efter att vigselbeviset har utfärdats. Att ha ceremonin på Ridgewater är en fin detalj också, det visar på er integration i samhället och Zoes etablerade liv här.”

Zoe kände en varm glöd vid tanken på deras bröllopsplaner. ”Vi vill ha något intimt, med de människor som betyder mest för oss. Familjen McKenzie har varit så stöttande, de är praktiskt taget familj – ja, de *är* min familj nu, antar jag, eller åtminstone är Sarah det, eftersom hon gifte sig med min bror!”

”Och Lucy är mer än exalterad”, lade Danny till med ett leende. ”Hon övar redan på sin roll som blomsterflicka.”

”Jag tycker att vi är i utmärkt form”, sa Bryce och samlade ihop de ifyllda formulären i en prydlig hög. ”Jag kommer att hantera allt immigrationspappersarbete personligen, och jag kommer att vara tillgänglig när som helst om ni har frågor eller funderingar.” Han tittade direkt på Zoe. ”Baserat på allt jag har sett idag är jag övertygad om att er framtid i Australien är säker.”

Det enkla uttalandet utlöste en flod av känslor som Zoe inte hade insett att hon hade hållit tillbaka. Hennes syn blev suddig av tårar när hon nickade tacksamt.

”Tack”, lyckades hon få fram med tjock röst.

När de lämnade kontorsbyggnaden en kort stund senare och klev ut i det starka solskenet i Brisbane, kände sig Zoe lättare än hon hade gjort på månader. Danny drog henne nära sig när de gick mot parkeringsplatsen och tryckte en kyss mot hennes tinning.

”Jag sa ju att det skulle gå bra”, mumlade han.

”Det gjorde du”, medgav hon och lutade sig mot hans stadiga närvaro. ”Det är bara det att ... jag har varit orolig så länge, det är svårt att tro att det faktiskt kan vara så här enkelt.”

”Tro på det”, sa Danny, hans röst fylld av övertygelse. ”Om några veckor kommer du att vara Zoe Wareham. Och ingenting kommer att kunna splittra vår familj.”

Vår familj. Orden fyllde hennes hjärta till bristningsgränsen. Hon hade kommit till Australien i jakt på en nystart och hade aldrig kunnat föreställa sig att hon skulle finna ett så fulländat hem, en så allomfattande kärlek. När de körde tillbaka mot Ridgewater tittade Zoe ut på Queenslands landskap som hade blivit så kärt för henne, och lät sig själv äntligen verkligen tro på att det var här hon hörde hemma.

Zoe stod framför den antika spegeln i gästrummet i ”Stora huset” och kände knappt igen sig själv i den enkla elfenbensfärgade sidenklänningen som smekte hennes figur innan den föll i mjuka veck ner till anklarna. Hennes vilda lockar hade tämjts till en lös uppsättning, med små inhemska blommor invävda av Kates tålmodiga händer. Utanför fönstret bredde Ridgewater ut sig i all sin prakt, betesmarkerna gyllene i den sena eftermiddagssolen, eukalyptusträd som kastade långa skuggor över gräset. Hon pressade en hand mot magen, fjärilar dansade under hennes fingrar. Om mindre än en timme skulle hon vara Dannys fru, Lucys styvmor.

En mjuk knackning på dörren föregick Sarahs entré. Hennes vanliga jeans och t-shirt var utbytta mot en böljande klänning i en blå nyans som matchade den molnfria Queenslandhimlen. ”Nästan alla är klara”, sa hon, hennes vanliga effektivitet mjuknad av ett genuint leende. ”Du är vacker, Zoe.”

”Tack vare er alla”, svarade Zoe och pekade på klänningen som Emma hade hjälpt henne att hitta, blommorna som Kate hade arrangerat, platsen som Sarah hade förvandlat. ”Jag kan inte fatta hur mycket arbete ni har lagt ner på det här.”

Sarah viftade bort tacksamheten. ”Det är vad familjen är till för.” Hon gick fram till fönstret och tittade ut på den växande folksamlingen nedanför. ”Det ser ut som att alla är här. Marcus väntar när du är redo.” Med ett leende vände hon sig om för att tillägga: ”Han ser mer nervös ut än du.”

Efter att Sarah hade gått tog Zoe en sista blick i spegeln, och kunde knappt tro att den här dagen hade kommit. När hon hade följt efter sin bror till Australien i hopp om en nystart, hade hon aldrig kunnat föreställa sig att hon skulle finna detta; en man som älskade henne fullständigt, ett barn som hade blommat ut under hennes vård, en plats som kändes mer som hemma än någon annanstans hon någonsin hade bott.

Dörren öppnades igen och Marcus dök upp, stilig i en välstruken kostym, och hans vanliga lugn sprack när han fick se sin syster som brud.

”Du ser ...” började han och harklade sig sedan. ”Mamma och pappa skulle ha varit så stolta.”

Zoe kände tårarna tränga fram och blinkade snabbt. ”Våga inte få mig att gråta före ceremonin”, varnade hon med en aning darr på rösten. ”Kate kommer aldrig att förlåta mig om jag förstör hennes sminkkonst.”

Marcus gick över rummet och kramade henne försiktigt, medveten om hennes klänning. ”Redo att bli en Wareham?”

”Mer än redo”, svarade hon och hakade arm i hans.

De gick nerför trappan i ”Stora huset” tillsammans och klev ut på den omslutande verandan där Pip väntade med Lucy. Den lilla flickan drog efter andan när hon såg Zoe, med ögonen stora av förtjusning.

”Du ser ut som en prinsessa!” utbrast Lucy. Hennes egen klänning var en miniatyrversion av Zoes, och en krans av inhemska blommor prydde hennes mörka lockar.

”Och du ser ut som den vackraste blomsterflickan i hela Australien”, svarade Zoe och böjde sig ner för att kyssa Lucys kind. ”Är du redo?”

Lucy nickade allvarligt, och hennes min blev plötsligt gravallvarlig av tyngden av sitt ansvar. ”Pappa väntar. Han ser jättesnygg och jättenervös ut.”

Pip gav Lucy hennes korg med blomblad och ställde sig i position för att leda dem ner till ceremonin. När de gick längs stigen från huset till de uråldriga eukalyptusträden där ceremonin skulle äga rum, tog Zoe in förvandlingen av Ridgewater.

Familjen McKenzie hade överträffat sig själva. Rader av höbalar täckta med mjuka filtar utgjorde sittplatserna, kantade av glasburkar fyllda med inhemska blommor. Ljusslingor var spända mellan eukalyptusträdens grenar, redo att tindra när skymningen föll efter ceremonin. Längst fram skapade en enkel båge flätad med eukalyptus och akacior altaret. Hästskor hängde från närliggande grenar, en detalj som fick Zoe att le – tur och hästar, de två saker som hade fört henne till detta ögonblick.

Och sedan såg hon Danny, som väntade bredvid vigselförrättaren med Ben vid sin sida. Han bar en enkel kostym, håret lätt rufsigt av den milda brisen, och hans ansikte lystes upp när han fick syn på henne. Lucy hade haft rätt; han såg stilig ut, men det som slog Zoe mest var kärleken som strålade från honom, så stark att hon nästan kunde känna den över avståndet mellan dem.

Den lilla samlingen gäster reste sig när Lucy påbörjade processionen, och hon spred blomblad längs gången med ett koncentrerat ansiktsuttryck. När det var dags för Zoe och Marcus att börja gå, kände hon en överväldigande visshet skölja över sig. Det här var rätt. Det här var hemma.

Vigselförrättaren, en kvinna med varm röst som Emma hade rekommenderat, välkomnade alla när Zoe intog sin plats bredvid Danny, med Lucy som stolt stod vid hennes sida. Ceremonin i sig var kort, i linje med deras önskan om enkelhet, men när det var dags att utbyta sina personligt skrivna löften, bultade Zoes hjärta av ögonblickets betydelse.

Danny var först ut, hans röst stadig trots känslorna som lyste i hans ögon.

”Zoe, du kom in i våra liv när Lucy och jag var vilsna, och du visade oss vägen hem. Du lärde mig att tålamod och mildhet kan läka även de djupaste såren. Du har gett Lucy inte bara en mammas kärlek, utan en förebild av styrka och medkänsla som jag bara hade kunnat drömma om för henne.” Han tystnade och tog hennes händer i sina. ”Jag lovar att stödja dina drömmar lika intensivt som du har stöttat våra. Jag lovar att vara din partner i allt, att möta allt som kommer med samma mod som du har visat. Och jag lovar att påminna dig varje dag om hur mycket glädje du har fört in i våra liv.”

Zoe blinkade bort tårarna när hon påbörjade sina egna löften, hennes röst mjuk men klar.

”Danny, du anförtrodde mig Lucy, ditt hjärta, din framtid. Idag lovar jag att hedra det förtroendet på alla sätt jag kan. Jag lovar att inte bara vara en fru för dig, utan en mor för Lucy, att älska henne som min egen och att hjälpa henne att växa till den enastående kvinna hon redan håller på att bli." Hon tittade ner på Lucy, vars ögon lyste av lycka. "Jag lovar att bygga vårt hem med skratt, med ärlighet och med den sortens tålamod som låter kärleken fördjupas med varje dag som går. Du och Lucy är familjen jag aldrig visste att jag sökte, och jag kommer att vårda er båda i alla mina livsdagar."

De utbytte ringar, enkla band som fångade det gyllene eftermiddagsljuset. När vigselförrättaren förklarade dem man och hustru var Dannys kyss mild men fylld av löften, början på deras liv tillsammans beseglat inför de människor som betydde mest för dem. Lucy klappade entusiastiskt, vilket utlöste en våg av applåder och jubel från deras gäster.

Mottagningen som följde var lika avslappnad och glädjefylld som de hade hoppats, med bord uppdukade under träden och fat med mat som skickades runt bland gästerna. När ljusslingorna började tindra i skymningen mötte Zoe Dannys blick och nickade lätt. Han log, förstod hennes signal och samlade tyst ihop Lucy.

"Vi har något att visa dig", sa Zoe till henne och ledde både Lucy och Danny bort från firandet mot hagen där Midnight betade fridfullt.

Midnight lyfte på huvudet när de närmade sig och gnäggade en hälsning. Lucy gick genast fram till staketet och ponnyn kom fram för att gnugga mulen mot hennes utsträckta hand.

"Lucy", sa Zoe, med hjärtat fyllt av känslor när hon såg bandet mellan barn och häst, "jag har en speciell bröllopsgåva till dig." Hon sträckte sig ner i fickan på sin klänning och drog fram ett kuvert, och gick ner på knä för att vara i ögonhöjd med sin nya styvdotter. "Det här är Midnights officiella ägarpapper. De står i ditt namn nu."

Lucy stirrade på kuvertet, sedan på Zoe, och hennes ögon blev stora. "Min? Verkligen min?"

"Verkligen din", bekräftade Zoe. "Det här är mitt löfte till dig, som din nya mamma. Midnight kommer alltid att vara din, och han kommer alltid att vara säker här på Ridgewater.”

Lucys ansikte förvrängdes av känslor när hon slängde armarna först runt Zoe, och sträckte sig sedan för att inkludera sin pappa i omfamningen. ”Jag älskar dig, mamma”, viskade hon mot Zoes axel, och ordet ’mamma’ var fortfarande nytt och dyrbart mellan dem.

Dannys armar slöt sig om dem båda, och hans ögon mötte Zoes över Lucys huvud. I det ögonblicket, med Midnight som nyfiket tittade på från hagen och bröllopsgästerna som firade på avstånd, visste Zoe att hon hade hittat allt hon någonsin önskat sig; en familj bildad inte av blod utan av val, av kärlek och av tålamodets och tillitens helande magi.

Zoe höll på att sortera veckans tvätt i vardagsrummet när den skarpa knackningen på ytterdörren skrämde henne. Hon väntade inga besökare, och Danny skulle inte komma hem från sitt möte med redaktören förrän om en timme. Hon lade de vikta kläderna åt sidan och gick för att öppna, förvånad över att se en strängt utseende kvinna i en välstruken marinblå dräkt stå på verandan. Kvinnan höll upp ett officiellt id-kort med den australiska regeringens vapen och orden ”Department of Home Affairs”.

”Mrs Wareham?” frågade kvinnan med en kort och professionell ton. ”Jag heter Veronica Pearson från inrikesdepartementet, immigrationsavdelningen. Jag är här för att genomföra ett verifieringsbesök angående er ansökan om partnervisum.”

Zoes hjärta hoppade upp i halsgropen. Bryce hade varnat dem för att detta kunde hända, men verkligheten av att ha det på tröskeln var en helt annan sak.

”Ja, självklart”, lyckades hon få fram och klev tillbaka för att släppa in tjänstemannen. ”Stig på, är ni snäll. Jag väntade inte ... det vill säga, vi blev inte meddelade ...”

”Dessa besök är avsiktligt oanmälda, Mrs Wareham”, förklarade Pearson och klev in i hallen. Hon bar på en surfplatta och en smal portfölj, och hennes skarpa ögon katalogiserade redan detaljer i hemmet. ”Är er man här?”

”Han är på ett möte med sin redaktör i Brisbane, men han borde vara hemma snart”, svarade Zoe och räknade mentalt ut hur snabbt hon kunde messa Danny utan att verka misstänksam. ”Vill ni ha lite te medan vi väntar?”

”Efter att jag har tittat runt, tack”, sa Pearson och konsulterade sin surfplatta. ”Detta är en standardprocedur för att verifiera att ert äktenskap inte är ett skenäktenskap för immigrationsändamål. Jag måste se era bostadsförhållanden och ställa några frågor.”

Zoe nickade och försökte utstråla lugn medan magen vred sig av oro. Hon ledde vägen genom deras hem, Dannys farmors gamla hus som de höll på att modernisera. De hade renoverat köket och ett av de två badrummen, och gjort om Lucys rum hittills, men det fanns fortfarande mycket kvar att göra.

”Det här är vårt sovrum”, sa Zoe och öppnade dörren till mastersovrummet.

Pearson gick in och noterade den stora sängen med sängbord på vardera sidan, ett belamrat med Dannys läsglasögon, anteckningsbok och en pocketdeckare, det andra med Zoes handkräm, en skål med hårsnoddar och en bok om barfotaverkningstekniker. Ett inramat bröllopsfoto hängde på väggen: Danny och Zoe under ljusslingorna på Ridgewater, Lucy mellan dem med sin blomsterkrans lite på sned, alla tre strålande av lycka.

Tjänstemannen gick fram till garderoben, som stod öppen och avslöjade Dannys skjortor hängande bredvid Zoes klänningar, deras skor blandade på golvet nedanför.

Hon gjorde anteckningar på sin surfplatta, hennes uttryck avslöjade ingenting.

”Hur länge har ni bott tillsammans på denna adress?” frågade hon och gick för att undersöka badrummet en suite där två tandborstar stod i en keramikhållare och det fanns både manliga och kvinnliga tvålar och schampon i duschen.

”Vi flyttade ihop för ungefär fyra månader sedan”, förklarade Zoe och mindes Bryces råd att vara ärlig och rakt på sak. ”Efter att Danny friade.”

De fortsatte genom huset, och tjänstemannen noterade Lucys sovrum med sina hästdekorationer och fotografierna av henne ridande på Midnight som var framträdande placerade. I korridoren visade en tavelvägg upp fler familjefoton: Lucys första ritt på Foxie, Lucy på julshowen med Honey, de tre tillsammans med Midnight efter att Lucy vunnit sina rosetter på Ridgemont Show.

I köket stannade Pearson framför kylskåpet, täckt med Lucys teckningar. En färgstark teckning med texten ”Min familj” visade tre figurer som höll varandra i händerna; en lång med ”Pappa” skrivet under, en medellång med lockigt hår märkt ”Mamma”, och en liten mellan dem märkt ”Jag”. Vid sidan om fanns en svart häst märkt ”Midnight”. Tjänstemannen studerade den längre än hon hade studerat något annat och gjorde en ny anteckning på sin surfplatta.

”Lucy ritade den dagen efter bröllopet”, förklarade Zoe, oförmögen att dölja värmen i sin röst.

Ytterdörren öppnades och Dannys röst ropade: ”Zo? Jag är hemma tidigt. Mötet var klart tidigare än väntat.”

Han dök upp i köksdörren, och förvåning syntes i hans ansikte vid åsynen av Pearson, men han återhämtade sig snabbt. ”Hej”, sa han och sträckte fram handen. ”Danny Wareham.”

”Pearson, från inrikesdepartementet”, svarade hon och skakade hans hand. ”Jag förklarade just för er fru att detta är ett standardverifieringsbesök.”

”Självklart”, sa Danny och ställde sig naturligt vid Zoes sida, hans hand fann hennes svank i en stödjande gest. ”Vill ni ha lite te? Ska jag sätta på vattenkokaren, Zo?”

Zoe nickade tacksamt, lättad av Dannys lugna närvaro. De rörde sig tillsammans i köket, Danny fyllde vattenkokaren medan Zoe tog fram muggar ur skåpet, deras hushållsrutin var tydligt väletablerad. Pearson observerade dem, gjorde enstaka anteckningar men ställde färre frågor nu.

När vattenkokaren kokade hämtade Zoe kakburken och räckte den automatiskt till Danny som öppnade den och arrangerade ett urval på ett fat. De hade utfört denna tebryggningsdans otaliga gånger, och deras enkla samordning talade sitt tydliga språk om deras gemensamma liv.

Ytterdörren slogs upp igen, följt av ljudet av en skolväska som tappades i hallen. ”Mamma! Pappa! Jag fick ett A i naturkunskap för min uppsats om hästens anatomi!” Lucys röst föregick henne in i köket, hennes skoluniform något skrynklig, hennes ansikte upplyst av spänning.

Hon sprang rakt till Zoe och slog armarna om hennes midja i en våldsam kram. ”Ms Thompson sa att den var bäst i klassen och hon sa att jag kunde ta med Midnight till skolan för visa och berätta en dag. Kan vi? Snälla?”

Zoe skrattade och strök över Lucys hår. ”Det får vi prata om, älskling. Just nu har vi en besökare.” Hon vände Lucy försiktigt mot Pearson, som iakttog interaktionen med oförställt intresse.

Lucys upprymdhet dämpades något när hon registrerade främlingen, men hennes naturliga vänlighet tog snabbt över. ”Hej”, sa hon artigt. ”Kommer du från pappas förlag? Han skriver en bok om hur han räddade Ridgewater från de korrupta politikerna.”

En antydan till ett leende spräckte Pearsons professionella fasad. ”Nej, jag är från regeringen, här för att ställa några frågor till dina föräldrar.”

”Jaha”, sa Lucy och bearbetade detta. ”Handlar det om mammas visum? Vår advokat Mr Weston sa att allt var bra nu när de är gifta.”

”Lucy”, avbröt Danny försiktigt, ”varför går du inte och byter om från din uniform medan vi pratar klart med Pearson? Sedan kan du berätta allt om din uppsats.”

Lucy nickade, gav Zoe en snabb kram till innan hon försvann uppför trappan, hennes fotsteg dundrade med en nioårings otyglade energi.

Pearson tog emot det erbjudna teet, hennes surfplatta var nu undanlagd. ”Hon verkar väldigt bekväm med er båda”, konstaterade hon med en genuin fråga i tonen.

”Det har varit en resa”, medgav Zoe. ”När jag först träffade Lucy var hon ganska tillbakadragen efter allt som hänt med hennes biologiska mamma. Men hästar har ett sätt att hela människor.” Hon log och mindes de första dagarna. ”Nu kan jag inte föreställa mig mitt liv utan henne. Utan någon av dem.”

Tjänstemannen nickade, och något i hennes uttryck mjuknade när hon smuttade på sitt te. Hon ställde några fler frågor om deras dagliga rutiner, deras arbete, deras framtidsplaner. Efter att ha druckit upp sitt te gjorde hon några sista anteckningar på sin surfplatta innan hon tittade upp på dem båda.

”Allt verkar vara i sin ordning”, konstaterade hon. ”Era bostadsförhållanden och familjedynamik är förenliga med ett äkta äktenskap.” Hon reste sig och samlade ihop sina saker. ”Detta besök var bara en formalitet, men en viktig sådan.”

När de visade henne till dörren vände sig Pearson kort om, hennes professionella mask gled precis så mycket att den avslöjade ett genuint leende. ”Grattis till ert äktenskap, Mrs Wareham. Er familj verkar underbar.”

Efter att dörren stängts bakom tjänstemannen sjönk Zoe ihop mot Danny i lättnad, och hans armar kom omedelbart runt henne.

”Ser du?” mumlade han in i hennes hår. ”Inget att oroa sig för. Vi klarade oss med glans.”

”Det gjorde vi, eller hur?” sa Zoe och tittade upp på honom med ett leende. ”För det här är på riktigt. Alltihop.”

Från övervåningen hördes Lucys röst, som ropade ner och frågade om hon fick visa dem sin uppsats. Danny tryckte en kyss på Zoes panna innan de separerade och gick tillsammans mot trappan och det nyaste kapitlet i deras liv som familj.

Epilog

RIDGEWATERS JULSHOW FÖRVANDLADE DET vanligtvis så funktionella ridcentret till ett festligt sagoland. Ljusslingor tindrade från varje stalldörr och stängselstolpe, gröna och röda band prydde arenans räcken och en enorm julgran stod stolt vid ingången till huvudarenan. Zoe rättade till Lucys krage och slätade ut hennes rena vita skjorta som fortfarande såg omöjligt prydlig ut trots morgonens förberedelser. Från nervös nybörjare till självsäker tävlande på bara lite mer än ett år var Lucys förvandling nästan lika anmärkningsvärd som Midnights.

”Kom ihåg vad vi övade på”, sa Zoe och borstade bort en osynlig dammpartikel från Lucys axel. ”Stå rak i ryggen, håll avstånd till de andra och låt Midnight visa upp sig.”

”Jag vet, mamma”, svarade Lucy, och ordet fick det fortfarande att fladdra till varmt i Zoes bröst varje gång hon hörde det. ”Vi har ju övat i flera veckor.”

Midnight stod tålmodigt bredvid dem, med pälsen glänsande som polerad onyx i morgonsolen. Den en gång så skräckslagna ponnyn bar nu sitt huvud högt, med silverbjällror inflätade i manen som klirrade mjukt vid varje rörelse. Hans ögon, en gång uppspärrade av rädsla, visade nu ett lugnt självförtroende när han överblickade den livliga folkmassan.

”Ni är perfekta båda två”, försäkrade Zoe dem och tittade på sin klocka. ”Det är nästan dags. Vi går ditåt, de ropar snart upp er klass.”

När de gick mot arenan fick Zoe syn på Danny vid räcket, med kameran redan i position. Han mötte hennes blick och gjorde tummen upp, med ett stolt leende som syntes även på avstånd. Runt honom stod familjen McKenzie samlad. Sarah studsade med lille Kit på höften medan Marcus svävade beskyddande i närheten. Pip hade tvingat Jake att ta henne på ryggen så att hon kunde se ordentligt, vilket fick Zoe att fnysa av undertryckt skratt när de gick förbi.

”Klass 2A, visare under tolv år med ponny, ombeds vänligen att komma in i ringen”, hördes det i högtalarna.

”Nu är det dags för dig”, Zoe klämde Lucys axel. ”Lycka till!”

Lucy nickade, tog ett djupt andetag och ledde in Midnight i arenan med samma självförtroende som en erfaren visare. Zoe skyndade sig för att ställa sig bredvid Danny vid räcket.

”Hon ser så vuxen ut”, viskade Danny när Zoe kom fram till honom.

”Hon är vuxen”, svarade Zoe med stolthet i rösten. ”Titta på henne, Danny. För ett år sedan kunde hon knappt prata med främlingar, och nu går hon in i den där ringen som om hon ägde den.”

Domaren, en distingverad kvinna i en festlig röd klänning, instruerade de tävlande att leda sina ponnyer runt arenan. Lucy guidade Midnight med subtila, självsäkra signaler och höll perfekt avstånd till de andra deltagarna. Midnight rörde sig med en flytande elegans, hans steg var jämna och målmedvetna, och han bar huvudet i precis rätt vinkel för att framhäva sin eleganta profil.

”Titta hur han visar upp sig”, viskade Pip bakom dem. ”Den där ponnyn vet att han är speciell nu.”

Domaren bad visarna att ställa upp sig i mitten och påbörjade sedan sin granskning, medan hon stadigt rörde sig längs raden. När hon kom till Lucy och Midnight höll Zoe andan. Domaren cirklade långsamt runt dem, hennes erfarna blick granskade varje aspekt av Midnights exteriör, hans hållning, pälsens glans och blickens vakenhet. Domaren nickade uppskattande och gjorde anteckningar på sin skrivplatta innan hon bad Lucy att leda bort Midnight och sedan trava tillbaka.

”Perfekta övergångar”, mumlade Kate när hon kom upp bredvid Zoe, hennes professionella bedömning hade tyngden av hennes många års tävlingserfarenhet. ”Titta på den där upplyfta traven. Ren kvalitet. Han skulle bli en så bra dressyrponny ... vi ska få Lucy att göra några av de mer avancerade rörelserna med honom i år.”

Efter att ha granskat alla deltagare återvände domaren till mitten av ringen. ”Jag har fattat mitt beslut”, meddelade hon. ”Om alla visare vänligen leder sina ponnyer ett varv till runt ringen så ropar jag in placeringarna.”

Lucy och Midnight fullföljde sitt sista varv med samma polerade prestation som de hade visat hela tiden.

”På första plats”, förklarade domaren, ”nummer femton, Ridgewater Midnight, visad av Lucy Wareham.”

Ridgewater-publiken bröt ut i jubel och Pips entusiastiska visslingar skar genom applåderna.

Lucys ansikte lyste upp av glädje när hon ledde fram Midnight för att ta emot den blå rosetten. Hon stod rakryggat bredvid honom, med en stadig hand på grimskaftet, och tog emot domarens gratulationer med fattning innan hon vände sig om för att artigt gratulera de andra tävlande.

"Det är vår tjej", sa Danny med tjock röst av rörelse medan han tog bild efter bild.

När Lucy och Midnight kom ut ur ringen mötte Zoe dem med en intensiv kram. "Ni var magnifika, båda två!"

"Såg du?" frågade Lucy med lysande ögon. "Midnight var så duktig, han ryckte inte ens till när den där ballongen smällde nära ingången!"

"Jag såg det", försäkrade Zoe henne och tittade på klockan igen. "Nu har du en halvtimme på dig före ridklassen. Vi sadlar Midnight."

Tillbaka i stallet hjälpte Lucy Zoe att sadla Midnight medan Danny fortsatte att dokumentera varje ögonblick. Ponnyn stod lugnt hela tiden och vände ibland på huvudet för att nafsa i Lucys ficka där hon hade små godbitar. Hon skrattade och gav honom en, berömde honom för att han redan vunnit en rosett, men förmanade honom att inte dregla överallt när hon väl hade satt på honom tränset.

"Kom ihåg", sa Zoe när hon kontrollerade sadelgjorden, "mjuka övergångar, stadig rytm och blicken upp. Du klarar det här."

Lucy nickade, nu allvarlig igen med sitt tävlingsfokus. "Jag ska inte göra honom besviken."

"Det skulle du aldrig kunna", svarade Zoe mjukt och gav Lucy en hjälpande hand upp i sadeln.

När Zoe såg Lucy rida in i ringen för ridklassen kände hon en våg av känslor som överraskade henne. Det var svårt att tro att Lucy bara hade börjat rida för ett år sedan; hon red lika bra som många barn som nästan var födda i sadeln. Och Midnight, som rörde sig med balanserade, jämna steg under henne, visade inga spår av den misshandlade ponny som en gång hade attackerat Zoe av ren skräck.

Domaren lät klassen visa vad de gick för och bad om skritt, trav och galopp i båda varven. Lucy guidade Midnight genom varje övergång med subtila hjälper, hennes små händer var stadiga på tyglarna och hennes sits var säker och balanserad i sadeln.

När de individuella uppvisningarna började, genomförde Lucy och Midnight sitt program med flytande perfektion. Midnights öron rörde sig uppmärksamt bakåt mot Lucy vid varje subtil signal, hans reaktioner var omedelbara men avslappnade. När de avslutade med en perfekt halt framför domaren såg Zoe kvinnans gillande nick och kände hoppet stiga.

Tillkännagivandet av ännu en förstaplats fick Ridgewater-supportrarna att fira på nytt. Lucys ansikte lyste upp av ren glädje när hon tog emot den blå rosetten, med Midnight stående stolt under henne, medan Danny och Zoe jublade och hoppade av glädje på åskådarplats.

Finalparaden förde in alla Ridgewaters unga ryttare i arenan för att fira sina framgångar under året. Lucy, som inte kunde motstå julstämningen, hade satt ett par renhorn på Midnights träns. Till allas förvåning accepterade den en gång så skygga ponnyn förödmjukelsen med anmärkningsvärd tolerans, hans enda protest var en enda huvudskakning som fick bjällrorna i manen att klirra.

När de fullbordade sitt varv, med Midnight stolt sprattlande under sina löjliga horn, lutade sig Zoe mot Dannys sida, med hans varma arm runt hennes axlar.

”Från räddningsfall till julstjärna”, mumlade hon och såg Lucy stråla av stolthet. ”Ingen dålig förvandling.”

”Som för oss alla”, svarade Danny och tryckte en kyss mot hennes tinning. ”Vi hittade hem till jul.”

Zoe nickade med ett hjärta som svällde medan hon såg Lucy och Midnight cirkla runt arenan, omgivna av ljusslingor och festlig stämning, resan som hade fört dem alla samman var fullbordad.

Stora huset på Ridgewater lyste av julglädje, varje yta pryddes med juldekorationer som Ingrid hade samlat på sig under decennier av familjefiranden. Zoe följde efter Danny och Lucy uppför verandatrappan och in i huset, där luftkonditioneringen var välsignat sval efter den fuktiga kvällsluften utanför. Julmusik spelades mjukt från dolda högtalare och blandades med de glada samtalen från den utökade McKenzie-klanen som redan var samlad i det vidsträckta vardagsrummet. Zoe kände en våg av tillhörighet när hon såg sig omkring på familjen som hade blivit hennes egen, ännu mer värdefull nu när hon officiellt var en Wareham, och inte längre oroade sig för visumansökningar eller om hon skulle kunna stanna.

”Där är de! Våra mästare!” Jim McKenzies dånande röst skar genom sorlet när han reste sig från sin fåtölj. Fortfarande rakryggad och imponerande vid sjuttioett års ålder rörde sig Jim med den obesvärade elegansen hos en livslång hästkarl när han korsade rummet för att omfamna Lucy varmt.

Ingrid följde i hans kölvatten, hennes platinablonda page glänste i den mjuka belysningen, elegant som alltid i en röd sidenblus. ”Kom, kom, Lucy, du måste sitta med mig”, sa hon, hennes svaga svenska accent mer uttalad i hennes upphetsning. ”Jemima har varit spänd hela dagen och väntat på att du ska komma.”

Lucy lät sig svepas med till mitten av rummet där Jim och Ingrid hade etablerat sitt julhov, de stolta morföräldrarna i sina matchande fåtöljer. Zoe såg med ett leende på när Lucy visade upp sina rosetter och återberättade varje detalj av klasserna med animerade gester.

”Hon kommer att prata om de där rosetterna fram till nyår”, mumlade Danny, hans hand fann sin plats i Zoes svank. ”Fast jag kan inte direkt klandra henne.”

”Hon förtjänade dem”, svarade Zoe och sökte med blicken efter sin bror i rummet.

Sarah och Marcus stod nära julgranen, omgivna av en liten grupp beundrare som gullade med spädbarnet i Marcus armar. Vid bara tre månaders ålder krävde Christopher, alias Kit, Webb redan uppmärksamhet med samma tysta auktoritet som hans far besatt, även om hans klädsel, en liten tomtedräkt komplett med luva, något underminerade hans allvarliga uttryck.

”Vi går och hälsar på vår systerson”, föreslog Zoe och styrde Danny mot granen. När de närmade sig såg Sarah dem och vinkade.

”Där är ni!” sa Sarah och sträckte sig ut för att klämma Zoes hand. ”Har Lucy släppt de där rosetterna ens för en minut?”

”Jag tror hon sov med dem”, sa Danny oberört, vilket fick dem alla att skratta.

Marcus lämnade försiktigt över babyn till Zoe. ”Han har övat på att applådera, men det ser mest ut som slumpmässigt viftande med armarna.”

Zoe höll sin systerson i famnen och förundrades över hans små drag och hur hans allvarliga blick fästes på hennes ansikte. ”Hej snygging. Hade du roligt på din första hästshow?” Babyn gurglande till svar och en liten hand sträckte sig efter en slinga av hennes hår. ”Jag tar det som ett ja.”

”Han är definitivt en McKenzie”, sa Sarah stolt. ”Han piggnar redan till varje gång vi tar med honom till stallet.”

”På tal om framtida ryttare”, meddelade Pip, som dök upp vid Zoes armbåge och kikade på lille Kit med ett brett leende, ”Honeys föl kommer att ha den perfekta storleken för hans första ponny. Det kommer att vara redo för inridning när Kit är gammal nog att sitta på det."

Jim, som hade utmärkt hörsel när det gällde samtal om hästar, ropade från andra sidan rummet. "Lugn i stormen, Pip! Det är en McKenzie-tradition att jag köper den första ponnyn till mina barnbarn. Jag gjorde det för Jemima, och jag kommer att göra det för lille Kit också."

"Du är för sent ute, gubbe lilla", retades Pip, hennes ögon dansade av bus. "Honeys lilla palominohingst är redan lovad till Kit. Han är upp i dagen sin mor, och du vet hur speciell Honey är."

Jims ansikte förvreds till en överdriven surmulen min som fick alla att skratta. "Den respektlöshet jag får i mitt eget hem! Efter alla dessa år av att bygga upp Ridgewaters rykte!"

Ingrid klappade hans arm tröstande. "Du kan köpa hans andra ponny, kära du. Barn behöver alltid en uppgradering."

Detta förnuftiga förslag möttes av mer skratt och en motvillig nick från Jim. Zoe lämnade tillbaka Kit till Marcus när Emma och Kate anslöt sig till deras krets, båda rosiga av spänning inför sin kommande Europaturné.

"Pappren kom igår", meddelade Emma. "Phoenix och Sparrow är godkända för resa, och vi har ordnat uppstallning på alla de stora tävlingsplatserna."

"Och Cavaliers pass kom äntligen också", lade Kate till, hennes vanliga återhållsamhet gav vika för äkta entusiasm. "Em och jag har ordnat en bas i Frankrike där vi kommer att mötas upp mellan tävlingarna. Vi kommer att vara där borta i minst sex månader."

"Det kommer att bli en riktig Ridgewater-invasion av Europa", sa Ryan och lade en arm om Emmas midja. Hans designerkläder hade successivt bytts ut mot mer praktiska kläder under det senaste året, men Zoe noterade att han fortfarande behöll en aura av polerad sofistikering även i vardagskläder.

”Ben och Ryan har varit helt fantastiska med hela grejen”, fortsatte Kate. ”De har flyttat om i sina arbetsscheman för att anpassa sig till tävlingskalendern.”

Ben, som hade varit djupt försjunken i ett samtal med Danny, såg upp när hans namn nämndes. ”Värt det för att se dessa två tävla på den nivån. Dessutom kan jag skriva var som helst, och Ryans golfbana sköter sig praktiskt taget själv nuförtiden.”

”Vi lämnar Jemima hos mamma och pappa”, förklarade Emma och sneglade dit där hennes dotter just nu visade Lucy en video på en avancerad flätningsteknik på sin surfplatta. ”Men de kommer att ta med henne över för att vara med oss under skolloven. Hon planerar redan vilka europeiska landmärken hon vill se.”

”Främst de berömda ridanläggningarna”, tillade Ryan torrt. ”Även om jag har lyckats förhandla in några faktiska turistattraktioner i resplanen.”

Samtalet skiftade när Ben vände sig tillbaka till Danny. ”Så, officiellt publiceringsdatum i mars, eller hur? Marknadsföringsteamet var överlyckliga över omslagsförslaget.”

Zoe såg Dannys ansikte lysa upp när han diskuterade sin bok, en samling sanna brottsberättelser om korruption inom regeringen, inklusive den historia han hade skrivit om korruptionsskandalen kring förbifarten som nästan hade förstört Ridgewater. Hon kände en våg av stolthet; han hade förvandlat sitt undersökande reportage till en fängslande berättelse som förlaget omedelbart hade slagit till på.

”De pratar redan om en potentiell serie”, anförtrodde Danny med en antydan till förundran i rösten. ”Om den här säljer bra vill de ha fler australiska true crime-historier.”

”Du kommer inte att behöva leta långt”, svarade Ben med ett medvetet flin. ”Det här landet producerar en del kreativa brottslingar.”

”Det känns fortfarande overkligt”, erkände Danny. ”Från frilansande till ett bokkontrakt med ett av de största förlagen i landet.”

”Du har förtjänat det”, sa Zoe och klämde hans hand. ”Den där historien förtjänade att berättas på rätt sätt.”

”Och Verity var mer än glad att sköta affären åt dig”, sa Ben och refererade till sin agent, som också hade tagit sig an Danny som klient. ”Ganska säker på att hon kommer att ringa dig om TV-rättigheterna snart. Det skulle bli en fascinerande dokumentärserie.”

Allt eftersom kvällen fortskred blev festen alltmer festlig. Fat med mat dök upp på matsalsbordet, champagnekorkar smällde och julsånger ersatte bakgrundsmusiken.

Energin i rummet förändrades subtilt när Jim smet iväg, förmodligen för att ta på sig sin tomtedräkt. Zoe kände ett pirr av förväntan i magen som inte hade något att göra med Jims kommande framträdande som den svenska tomten.

Hon såg Jim försvinna ner i korridoren, medveten om att det snart skulle vara dags för julklappsutdelningen, och att den allra mest speciella gåvan äntligen skulle avslöjas.

Jim återvände till vardagsrummet förvandlad. Hans vita skägg må ha varit falskt, men de tindrande ögonen och det robusta skrattet var helt äkta när han klev in i rummet klädd som tomten. Ingrid hade förklarat för Zoe att enligt svensk tradition var tomten en nisseliknande figur som delade ut presenter på julafton istället för den mer välbekanta jultomten på juldagsmorgonen. Han bar en röd dräkt liknande jultomtens men med en längre luva och mer rustika detaljer som Ingrid insisterade på var autentiska.

”Ho ho ho!” dånade Jim, hans röst hördes över musiken och samtalet. ”Har alla varit snälla i år?”

Rummet bröt ut i skratt och jubel när Jim tog sig till den höga julgranen, där ett berg av inslagna paket väntade på att delas ut. Zoe mötte Ingrids blick tvärs över rummet, och den äldre kvinnan gav henne en uppmuntrande nick. Självklart hade Ingrid gissat, tänkte Zoe. Ingenting undgick hennes uppmärksamhet på Ridgewater.

”Först”, meddelade Jim och rotade bland presenterna med överdriven noggrannhet, ”en särskild leverans till Miss Lucy Wareham, mästerridare!”

Lucy klev fram, hennes ögon var stora av förväntan när Jim räckte henne ett stort, vackert inslaget paket. Zoe såg på när Lucy försiktigt tog bort bandet och pappret och avslöjade en skinande ny sadel och ett matchande träns till Midnight. Det svarta lädret var smörmjukt, sömmarna oklanderliga, med subtila silverdetaljer som skulle komplettera Midnights svarta päls perfekt.

”Pappa!” flämtade Lucy och såg upp på Danny med förvånad förtjusning. ”Den är underbar! Det är precis vad jag önskade mig!”

”Bara det bästa för min mästare”, svarade Danny, hans leende varmt när Lucy slog armarna om honom. ”Du och Midnight har förtjänat det.”

Zoe kände sitt hjärta svälla när hon såg dem tillsammans, far och dotter förenade av en kärlek som bara hade fördjupats under deras tid på Ridgewater. Lucy strök vördnadsfullt med fingrarna över sadeln och granskade varje detalj med en sann ryttares seriösa uppskattning.

”Midnight kommer att se så stilig ut i den här”, förklarade hon. ”Får jag ta med den och visa honom imorgon bitti?”

”Det första vi gör”, lovade Danny. ”Även om jag misstänker att han kommer att vara mer intresserad av sin julmorot än sin nya utrustning.”

Jim fortsatte att dela ut gåvor bland skratt och förtjusta utrop. Zoe tog emot ett vackert inslaget paket från Sarah och Marcus och tvingade sig själv att fokusera på ögonblicket snarare än på avslöjandet som skulle komma.

”Och nu”, meddelade Jim och höll upp den lilla asken, ”en särskild gåva till Danny och Lucy Wareham.”

Danny såg förvånat upp, uppenbarligen inte förväntade sig en till present. Han tog emot asken med ett förbryllat leende, medan Lucy tryckte sig tätt intill honom när han försiktigt öppnade den.

”Öppna den då”, uppmanade Lucy, nyfikenheten lyste i hennes ögon.

Zoe höll andan när Danny lyfte på askens lock och avslöjade ett par små, handstickade gula tossor som låg inbäddade i silkespapper. För ett ögonblick stirrade han bara, oförstående. Bredvid honom spärrades Lucys ögon upp i plötslig insikt.

”På riktigt?!” utbrast hon och hoppade upp med ett exalterat studs. ”På riktigt, på riktigt?!”

Danny fortsatte att stirra på tossorna, mållös, innan han långsamt höjde blicken för att möta Zoes. Hon såg ögonblicket då insikten slog ner, hans uttryck skiftade från förvirring till förundran, tårar samlades i hans ögon.

”Zoe?” viskade han, det enda ordet innehöll ett helt universum av frågor.

Hon nickade, hennes egen syn suddades av tårar. ”Beräknad i juli”, bekräftade hon mjukt, hennes röst stadig trots känslan som hotade att överväldiga henne.

Rummet hade tystnat, familjen McKenzie höll kollektivt andan när de bevittnade detta intensivt personliga ögonblick. Danny ställde försiktigt ner asken på soffbordet, gick sedan över till där Zoe stod och tog båda hennes händer i sina.

”En bebis?” frågade han, hans röst grötig av känsla. ”Ska vi ha barn?”

”Det ska vi”, nickade hon, en tår rann ner trots hennes ansträngningar att hålla tillbaka den. ”Jag har vetat det i några veckor, men jag ville berätta det så här, med Lucy, med alla.”

Lucy slog armarna om dem båda, hennes lilla kropp vibrerade av spänning. ”Jag ska bli storasyster! Jag ska lära bebisen allt om hästar och hur man rider och hur man flätar manar och allt!"

Danny skrattade, ljudet var en halv snyftning när han drog både Zoe och Lucy intill sig i en hård omfamning. "Det här är allt", viskade han mot Zoes hår. "Du är allt."

Rummet bröt ut i jubel och gratulationer, och familjen McKenzie slöt upp runt dem med kramar och lyckönskningar. Marcus klappade Danny på ryggen medan Sarah omfamnade Zoe och viskade: "Välkommen till moderskapet, syrran."

Pip insisterade på att inspektera tossorna, förklarade dem "helt perfekta för en framtida ryttare" och fick Zoe att skratta.

"Jag tror det här kräver en skål", meddelade Jim och tog sitt whiskyglas. "Sarah, häll upp något alkoholfritt till vår blivande mor!"

Glas delades snabbt ut, och Zoe tog emot ett flöjtglas med kolsyrad äppeljuice med ett tacksamt leende. Jim höjde sitt glas, hans röst nådde varje hörn av rummet.

"För nya begynnelser", förkunnade han. "För nästa generation av Ridgewater-familjen. Må de rida lika bra som sina föräldrar och älska detta land som vi alla gör."

"För nya begynnelser", ekade alla och höjde sina glas i firande.

Dannys arm drog sig tätare om Zoes midja när de smuttade på sina drycker, hans hand vilade beskyddande över hennes på hennes fortfarande platta mage. Lucy lutade sig mot hennes andra sida och pladdrade exalterat om allt hon skulle lära sitt nya syskon.

Genom de breda fönstren kunde Zoe se hästarna i sina natthagar, fridfulla silhuetter mot den stjärnklara Queensland-himlen. Midnight var osynlig i natten, men hon visste att han var där; trygg, glad och älskad, precis som det var menat.

Från räddad ponny till älskad familjemedlem, från främlingar till familj; alla deras resor hade sammanstrålat på Ridgewater, läkt sår både synliga och dolda, och skapat band som skulle vara livet ut.

”Lycklig?” mumlade Danny och tryckte en kyss mot hennes tinning.

”Fulländad”, svarade Zoe och lutade sig in i hans famn medan hon blickade ut mot hästarna under stjärnorna, hennes hjärta fyllt av kärleken som omgav henne och det nya livet som växte inom henne.

Zoes bananbröd

INGREDIENSER

3–4 mycket mogna bananer, mosade
⅓ kopp macadamiaolja (eller smält smör)
¾ kopp rårörsocker
1 ägg, uppvispat
1 tesked vaniljextrakt
1 tesked bikarbonat
En nypa salt
1 ½ kopp vetemjöl

Valfritt tillskott:

¼ kopp torkad mango, finhackad

½ kopp hackade macadamianötter
¼ kopp riven kokos

GÖR SÅ HÄR

Värm ugnen till 175 °C. Smörj en brödform.

Blanda de mosade bananerna med olja, socker, ägg och vanilj.

Blanda mjöl, bikarbonat och salt i en separat skål.

Vänd ner de torra ingredienserna i bananblandningen och rör bara tills allt precis har blandats.

Rör ner macadamianötter, kokos och mango om du använder det.

Häll smeten i den förberedda formen och grädda i 60–65 minuter, eller tills en provsticka kommer ut ren.

Låt kakan svalna i formen i 10 minuter innan du stjälper upp den och låter den svalna klart på ett galler.

Ljuvlig precis som den är – men prova gärna en skiva med färskt, nyss brett smör!

Jag hoppas att du har uppskattat de klassiska Queensland-recepten från kvinnorna på Ridgewater! Se till att du har läst hela serien för att få ta del av dem allihop!

Fler böcker av Caitlyn Lynch

De Förlorade Australiska

Flickan i bäcken
Flickan på Yachten
Flickan i Herrgården

Hästryttarna på Ridgewater

Lita på resan

Bryta barriärer
Stadig mark
Skrivet i stjärnorna
Jul i Ridgewater

Elitstyrkan Rescue Rangers

Räddad av en Ranger
En Ranger återvänder
Under täckmantel med en Ranger
En Ranger mot världen
Rangers Hetta (endast för nyhetsbrevsprenumeranter)

Upptäck alla Shenanigans Press-utgivningar på vår webbplats(https://www.shenaniganspress.com/se) !

Eller följ oss på sociala medier – vi finns på Facebook och Instagram (@ShenanigansPressSvenska).

Och glöm inte att prenumerera på vårt nyhetsbrev för att få veta mer om nya släpp, erbjudanden, utlottningar och mycket mer!

www.ingramcontent.com/pod-product-compliance
Lightning Source LLC
Chambersburg PA
CBHW030559170726
48283CB00002B/391

9781923727229